KNAUR

Über die Autorin:

Eva Maaser, geboren 1948, studierte Germanistik und Kunstgeschichte in Münster. Seit 1999 arbeitet sie als freie Schriftstellerin und hat bereits zahlreiche historische Romane, Krimis sowie Jugendbücher veröffentlicht. Eva Maaser mag Hunde und Katzen sehr gern, sie ist große Gartenliebhaberin und lebt im westfälischen Steinfurt.

Eva Maaser

Eine Gurke macht noch keinen Frühling

Roman

KNAUR

Besuchen Sie uns im Internet:
www.knaur.de

FSC
www.fsc.org
MIX
Papier aus verantwortungsvollen Quellen
FSC® C083411

Vollständige Taschenbuchausgabe Februar 2014
Knaur Taschenbuch

Ein Unternehmen der Droemerschen Verlagsanstalt
Th. Knaur Nachf. GmbH & Co. KG, München

Redaktion: Regine Weisbrod
Umschlaggestaltung: ZERO Werbeagentur, München
Umschlagabbildung: FinePic®, München
Satz: Adobe InDesign im Verlag
Druck und Bindung: CPI books GmbH, Leck
ISBN 978-3-426-51418-4

2 4 5 3 1

1

Zu Tante Ellas Erbe gehörte leider auch die Leiche, die ich eben erst in einem Gemüsebeet hinter dem Haus entdeckt hatte. Nun kämpfte ich mit der Vorstellung, dass der Gurkensalat, den wir mittags als Biokostbeilage zur Tiefkühlpizza gegessen hatten, sein herzhaftes Aroma einer problematischen Düngung zu verdanken hatte. Von dem Salat war noch etwas übrig, das hatten wir abends essen wollen. Schaudernd packte ich die Schüssel und leerte sie in den Abfalleimer unter der Spüle. Als ich mich aufrichtete, sah ich etwas vor dem Küchenfenster erscheinen, es schob sich von unten in mein Blickfeld, etwas Schwarzes und Krummes wie das Teleskop eines Unterseeboots.

Vor Schreck machte ich mir beinahe in die Hose.

Stand ich bereits unter Beobachtung? Mit einer Leiche im Garten hat niemand ein ganz astreines Gewissen. Im nächsten Moment wummerte das Teleskop gegen das Fenster, und mir ging auf, dass es sich um die Krücke eines Regenschirms handelte – eines schwarzen Herrenregenschirms. Bevor ich daran denken konnte, mich zu ducken, damit mich niemand hier sah, tauchte ein Gesicht neben der Krücke auf, und jemand sah mir direkt in die Augen.

Ich blinzelte aufsteigende Tränen weg.

Die Krücke schlug wieder zu, mein Puls begann zu jagen.

»Mom?« Die Stimme kam aus dem Wintergarten.

Am besten rannte ich hinaus, um meinen Besuch abzuwimmeln, falls das überhaupt möglich war. Der Schlag der Krücke gegen das Fenster hatte etwas durch und durch Hartnäckiges an sich.

Gleich darauf stand ich auf dem Vorplatz. Eigentlich brauchte ich Zeit zum Nachdenken und war nicht auf Konversation aus. Genauer gesagt, ich war über die Entdeckung im Gemüsebeet so außer mir, dass ich befürchtete, nicht in zusammenhängenden Sätzen sprechen zu können.
Die Tür hinter mir stand halb offen. Es war eine zweiflügelige Scheunentür, von der die rostbraune Farbe abblätterte. Dahinter erstreckte sich ein großer Raum, von dem rechts eine schmale Treppe ins Obergeschoss führte und links über zwei Stufen eine Tür in die Küche. Mit seinem Fußboden aus abgetretenen Sandsteinplatten bildete er eine Art rustikale Diele. Bestückt war sie mit einem großen Eichenschrank, zwei klobigen Armlehnstühlen, einer Runddeckeltruhe, einem seltsamen, spillerigen Eisengestell als Garderobe und einem winzigen Klo im äußersten Winkel hinter der Treppe. Eine große, breite Fenstertür zum Garten ließ von hinten viel Licht herein. Ich dachte über die Frau nach, die mir gegenüber Posten bezogen hatte, und vor allem darüber, was sie sah oder hoffentlich nicht sah. Es war früher Nachmittag, der Garten hinterm Haus lag nach Südwesten, aber da die Sonne nicht schien und nicht mit Blendreflexen zu rechnen war, musste durch die Tür und die gegenüberliegende Fenstertür ein Blick in den Garten möglich sein. In Gedanken versuchte ich das Gurkenbeet zu orten und wurde immer nervöser. Mir fiel der offene Anbau an dieser Seite des Hauses ein. Ein gut einsehbarer Unterstand für Mülltonnen und Gartengerümpel. Von dort, wo sich die Frau befand, konnte sie vermutlich auch durch den Anbau in den Garten schauen – und eventuell auf das Gurkenbeet.
Gebannt starrte ich ihr ins Gesicht. Aber sie schielte an mir vorbei, als suchte sie etwas.
Sie war um die sechzig, und ich hatte den Namen, den sie genannt hatte, drei Sekunden später bereits vergessen.

Ich hatte keine Erfahrung mit Situationen wie dieser hier. Es war meine erste Erbschaft.
Jetzt sah die Frau mich wieder an.
Ihr Blick durchdrang mich wie ein Angelhaken. Ahnte sie, dass in einem der Gemüsebeete eine Leiche provisorisch bestattet war? War das möglich? Aber wie sollte sie etwas ahnen können, was ich selbst gerade erst entdeckt hatte? Ich merkte, wie wirr meine Überlegungen wurden, konnte mich aber nicht dazu zwingen, klarer und nüchterner zu denken.
Das Atmen fiel mir schwer, doch das lag bestimmt auch am Wetter. Die Luft war so feucht, dass ich den Eindruck gewann, durch einen triefnassen Schwamm Sauerstoff in die Lungen zu saugen. Es kam mir so vor, als wäre ich mit jedem Luftholen näher am Ertrinken.
Dabei nieselte es nur hartnäckig.
Und das war schon eine gewaltige Wetterverbesserung. Denn vor knapp einer Stunde war der reinste Wasserfall durch den Garten gerauscht, hatte Erde weggespült und dabei etwas freigelegt, das meiner bescheidenen Meinung nach niemals hätte freigelegt werden sollen.
Außerdem war es schwülwarm. Meine Kopfhaut begann zu jucken, ich spürte, wie mir der Schweiß, verdünnt vom Regen, durchs Haar rann.
Die Frau vor mir war doch schon einige Jahre über sechzig, korrigierte ich meine erste Einschätzung. Sie hielt ihren großen, schwarzen Regenschirm inzwischen aufgespannt. In dessen Schatten konnte sich das faszinierende Farbenspiel ihrer Kittelschürze nur gedämpft entfalten. Um mich zu beruhigen, versuchte ich den Lilaton, der die Grundfarbe bildete, zu analysieren. Das Entscheidende war allerdings, dass er sich heftig mit sämtlichen Rottönen der aufgedruckten Blümchen biss. Sogar eine Farbschattierung wie von Bitterschokolade

war darunter. Es tat fast weh, das zu sehen und nicht sofort darüber reden zu dürfen. Jetzt jedenfalls nicht.
Alles, was ich aus bestimmten Gründen wollte und ersehnte, war, dass die Frau verschwand. Damit war ich wieder bei meinem Ausgangsproblem angelangt.
Ich wusste ja erst seit einer Viertelstunde, dass mein Erbe mehr umfasste, als ich mir vorgestellt hatte.
Im Blick dieser Frau loderte ungezügelte Neugier. Es war anzunehmen, dass sie Tante Ella gekannt hatte. Bloß wie gut?
»Entschuldigen Sie, wie war Ihr Name?«, stotterte ich.
Über das Fundstück, das zweifelsfrei der Rest einer menschlichen Hand war, hatte ich den schwarzen Plastikeimer gestülpt, in dem ich vor dem Regenguss Gürkchen gesammelt hatte. Zu mehr war ich nach dem Fund nicht fähig gewesen. Die Sache musste erst einmal gründlich durchdacht werden, bevor ich mich zu weiteren Maßnahmen entschloss. Leider war mir der Salat inzwischen auf den Magen geschlagen, so dass ich überhaupt kaum noch denken konnte, und mit jeder Sekunde, die verstrich, meldete sich stärker und stärker Brechreiz.
Nach der Flutwelle hatte ich im Garten etwas Ordnung schaffen wollen. Beim Gurkenpflücken hatte ich versehentlich ein paar Pflanzen herausgerissen, was mir in dem Augenblick nicht besonders schlimm erschien. Die Blattranken wirkten schon ein wenig welk, aber da der Gurkensalat so phantastisch schmeckte, wollte ich nach dem Essen den Schaden beheben und die Pflanzen wieder ordentlich eingraben. Aber von der Idee kam ich erst einmal ab, denn der Regen hatte mitten im Beet ein Loch ausgespült. Und aus dem Loch ragte …
»Sie müssen die Nichte sein«, sagte meine Besucherin und setzte missbilligend hinzu: »Warum sind Sie nicht zur Beerdi-

gung gekommen? Wir hatten fest mit Ihnen gerechnet. Die ganze Nachbarschaft war da – nur Sie nicht.«

Mir lief das Wasser aus den Haaren, ich stand da wie der sprichwörtliche begossene Pudel und wusste nicht, was ich entgegnen sollte. Ich hätte darauf hinweisen können, dass ich nur die Großnichte war.

Was die Frau gedacht, aber nicht gesagt hatte, war: Sie haben alles geerbt und es nicht einmal für nötig befunden, Ihrer Tante die letzte Ehre zu erweisen?

Bestimmt wusste sie, dass ich die Erbin war, so etwas sprach sich in einer Zweitausend-Seelen-Gemeinde schnell herum. Die Missbilligung in ihrer Miene war trotz des Schirmschattens unverkennbar, und ich konnte es ihr nicht einmal verdenken. Bestimmt sah sie in mir die Vertreterin einer Generation, die nicht mehr nach traditionellen Werten erzogen worden war. Aber da irrte sie sich gründlich. Wenn auch, fiel mir nun ein, es meine Mutter Helen mit den besagten Werten selbst nicht so genau genommen hatte, denn sie hätte zur Beerdigung fahren können. Es hat mich gewundert, dass sie sich nicht einmal eine Ausrede einfallen ließ.

Ich wusste erst seit zwei Wochen, dass mir Tante Ella ihr Haus vermacht hatte, genauer gesagt ihren gesamten Besitz – was immer das heißen sollte.

»Nun? Wieso sind Sie erst jetzt hier aufgetaucht?«, brachte sich meine Besucherin wieder in Erinnerung.

Ich musste ihr vorkommen wie eine Schlafwandlerin.

Die Beerdigung Tante Ellas hatte vor vier Wochen stattgefunden, da lag Meggie mit fast vierzig Grad Fieber im Bett und hatte gerade von Sommergrippe auf Bronchitis umgestellt, an die sich noch eine Mittelohrentzündung anhängte. Ich wusste nicht, ob der Hinweis auf die Erkrankung meiner Tochter dem Drachen vor mir als Entschuldigung genügen würde.

Möglicherweise hatte die Frau zu den intimen Freundinnen meiner Tante gehört. Sie spähte an mir vorbei zur Tür. Offensichtlich erwartete sie, dass ich sie hineinbat. Das wäre nur höflich gewesen.
Wir waren erst abends eingetroffen und hatten noch nicht einmal die Koffer ausgepackt. Mein ganzes Arbeitsmaterial war über Nacht im Wagen geblieben, mein Laptop, die Fotoausrüstung, die Box mit den Spezialgrafikkarten, für die ich noch Raten abstotterte, und noch ein paar Schätzchen, die zu meiner Existenzgrundlage gehörten. In Berlin hätte ich mir eine solche Sorglosigkeit nicht erlaubt, aber wer dachte in einem Kaff wie Nienborg an Autoknacker und Diebe?
Autoknacker waren hier vielleicht die harmloseren Verbrecher.
Ich dachte an die Warnung eines Freundes. Sobald ich erwähnt hatte, wo das geerbte Haus stand, hatte er sich über die unterdurchschnittliche Bevölkerungsdichte ausgelassen und dann erklärt, dass die Bewohner dieser Gegend von den Genen her noch auf der Stufe von Höhlenbewohnern standen.
»Mächtige Instinkte, nicht sehr redegewandt?«, hatte ich nachgefragt.
»Die grunzen nur«, hatte er geantwortet.
Fünf Wochen – so lange war Tante Ella jetzt tot – hatten ausgereicht, in ihrem Haus eine Gruftatmosphäre zu schaffen, die selbst bei notorischen Frohnaturen Anfälle von Schwermut auslösen musste. Uns war abgestandene Luft entgegengeschlagen, überall lag dicker Staub auf den Möbeln, und ein Geruch durchzog das Haus, den ich nicht einzuordnen wusste. Am ehesten assoziierte man ihn mit Verwesung. Trotz der Mücken, die von draußen zu uns in das hell erleuchtete Haus taumelten, hatte ich alle Fenster aufgerissen. Der Gestank hielt sich dennoch.

Die erste Aufhellung der Atmosphäre war mittags mit dem intensiven Geruch nach frischen Gurken ins Haus eingezogen, aber nun konnte ich dem nichts Positives mehr abgewinnen.

Ich schüttelte mich, streckte eine Hand aus und suchte Halt an der Hausecke hinter mir.

So alt war meine Großtante gar nicht gewesen – erst fünfundsiebzig –, und sie war sehr plötzlich gestorben. Warum sie ausgerechnet mir ihr Haus vermacht hatte, begriff ich immer noch nicht. Sie war alleinstehend gewesen, und irgendwer musste natürlich erben. Aber wir hatten uns nie nahegestanden. Die Erste in der Erbfolge wäre logischerweise ihre Nichte, meine Mutter, gewesen.

Von einem Streit zwischen der alten Ella und meiner Mutter war mir nichts bekannt.

Irgendetwas schoss am Rand meines Blickfelds um unser Auto und die entferntere Ecke des Hauses herum. Das machte mich zusätzlich nervös. Hier war alles so anders als in Berlin. Schon die erste Nacht hatte mich verstört, weil mir das Verkehrsbrummen von der Schönhauser Allee gefehlt hatte. Bis zu diesem Zeitpunkt war ich bereit gewesen, den Verkehr zu verfluchen – ich hatte ja nicht wissen können, wie abgründig Stille sein konnte. Jetzt bekam sie noch nachträglich eine unheilvolle Bedeutung.

Tante Ella hätte kein Testament hinterlassen müssen, aber sie hatte es getan. Und es bei einem Notar hinterlegt, um ganz sicherzugehen, dass das Haus und alles, was dazugehörte, mir zufiel.

Gestern hatte ich das Erbe noch als Glücksfall betrachtet, jetzt fragte ich mich im Hinblick auf die Leiche: Hatte ich Ella irgendwann so verärgert, dass sie sich posthum an mir rächen wollte?

Es war ein hübsches Haus, falls man Fachwerk, Sprossenfenster und unregelmäßige Grundrisse mochte. Das Gebäude war mehrfach umgebaut und immer mal wieder erweitert worden und wirkte schon von außen ein wenig chaotisch. Die letzte Zutat bestand in einem gigantischen, modernen Wintergarten auf der Rückseite. Es sah so aus, als wäre das Haus an den Wintergarten angebaut worden und nicht umgekehrt. Woher hatte Tante Ella das Geld dafür gehabt? Irgendwie hatte sich bei mir die Meinung festgesetzt, dass sie eine ganz arme Maus gewesen war, die von einer schmalen Rente lebte. Nennenswerte Ersparnisse, hatte mir der Notar am Telefon gleichmütig erklärt, wären jedenfalls nicht vorhanden. Nach Absprache mit der Bank hatte er mir die Kontoauszüge geschickt, die das bestätigten, und ich wusste, dass mein Vater die Beerdigung bezahlt hatte.
Der Blick meiner Besucherin irrte wieder zur Seite, und erst da merkte ich, dass sich Meggie zu uns gesellt hatte. Sie musste durch den Durchgang gekommen sein.
Meggie starrte unsere Besucherin unverhohlen an. Ohne einen Wimpernschlag saugte ihr Verstand jedes Detail der Fremden in sich auf. Ich würde sie später bitten, mir das Muster der Kittelschürze aufzuzeichnen. Kittelschürzen waren in diesem Sommer in Berlin der letzte Schrei, und diese Frau trug eine mit der größten Selbstverständlichkeit. Eine Freundin von mir hatte auf einer Mitternachtsparty Furore mit einer gemacht, die nicht halb so phänomenal wie diese hier gewesen war.
Im Gesicht der Frau zuckte es.
»Meine Tochter«, sagte ich lahm. Normalerweise geht Meggie Fremden aus dem Weg; dass sie sich freiwillig zu uns gesellte, musste einen triftigen Grund haben. Hoffentlich hatte sie nicht unter den Eimer im Gurkenbeet geschaut.

»Guten Tag«, sagte unsere Besucherin reserviert.
»Meggie«, sagte ich mit flacher Stimme.
Meg trat vor, ergriff zackig die Hand der Frau, schüttelte sie, ließ sie los und schnarrte im Stakkato auf einer einzigen Tonhöhe: »Meggie Nollander, sehr erfreut, Sie kennenzulernen.« Hochzufrieden mit sich trat sie einen Schritt zurück.
Der Frau fielen fast die Augen aus dem Kopf.
Wir beide, Meg und ich, sehen uns nur bedingt ähnlich. Meine Haare sind so rot, dass mein Kopf in Sachen Auffälligkeit in Konkurrenz mit einem Feuermelder immer vorn liegt. Dazu kommt noch, dass meine Haare überaus lockig sind und ganz gleich, was ich dagegen unternehme, als wilde Mähne mein Haupt umwallen. Meggies Haarpracht hingegen würde auf jeder Shampoo-Werbung als fototechnisch aufgehübscht angesehen werden, dabei ist alles an ihr echt. Die Haare fallen in großen, schmeichelhaften Wellen auf ihre Schultern, und ihr intensives Rotbraun leuchtet, wie es keine Kur bewerkstelligen könnte.
Meg ist für ihr Alter von elf Jahren groß und dazu athletisch gebaut, ich bin eher klein und ein bisschen mollig. In vier oder fünf Jahren, wenn sie ihre endgültige Größe erreicht haben wird, werde ich wahrscheinlich wie eine Zwergin neben ihr wirken.
Manche halten sie, wenn sie überhaupt eine Verwandtschaft in Betracht ziehen, für meine jüngere Schwester. Das liegt natürlich daran, dass Frauen heutzutage meist erst in meinem Alter – also mit dreiunddreißig – damit beginnen, sich Nachwuchs zuzulegen. Und ich sehe deutlich jünger aus, als ich bin.
»Das ist eine Nachbarin, Meg, sie kommt Hallo sagen«, erläuterte ich dumpf. »Frau ...?« Ich hob die Stimme, um anzudeuten, dass mir immer noch der Name fehlte.

»Da sind sechsunddreißig Schafe auf der Wiese hinterm Haus«, sagte Meggie.
»Siebenunddreißig«, widersprach unsere Besucherin, »es müssen siebenunddreißig sein.«
»Sechsunddreißig«, wiederholte Meggie stur.
»Wenn Meg sagt, es sind sechsunddreißig, sind es sechsunddreißig«, warf ich rasch ein und ahnte bereits den ersten nachbarschaftlichen Konflikt voraus.
»Es sind siebenunddreißig, das muss ich ja wissen, sie gehören meinem Neffen«, entgegnete die Frau ohne Namen und stemmte als Kampfansage eine Faust in die Hüfte.
Ich hatte vorhin vom Garten aus nur einen flüchtigen Blick auf die angrenzende Wiese geworfen. Das hieß, so flüchtig war der Blick auch wieder nicht gewesen. Genau genommen hatte ich mich vergewissert, dass ich mit meiner Entdeckung allein war. Der Garten hinter dem Haus endete an einem Bächlein, über das ein Holzsteg führte. Rechts grenzte der Garten an die alte Burgmauer, links fasste ihn ein Zaun ein, der sich um das Grundstück bis zur Mauer herumzog. An der Burgmauer standen mächtige alte Bäume, zwischen die eine Hängematte gespannt war. Buchsbaum säumte die Beete, das alles sah altmodisch und gediegen aus und ein bisschen verwahrlost. Unter den Bäumen lagen abgebrochene Äste herum, der Buchsbaum hätte einen Fassonschnitt vertragen können, und auf den Wegen zwischen den Beeten wuchs Gras.
Das ganze Anwesen hatte die Form einer Bocksbeutelflasche, wobei der Hals der Flasche recht lang gezogen war und die Einfahrt bildete; eine leicht geschwungene Einfahrt, die direkt an der Burgmauer entlangführte und sich zu einem unregelmäßigen Platz vor dem Haus erweiterte, der von schmutzigem Kies bedeckt war.
Ich musterte meine Tochter. Sie sah immer noch erbarmungs-

würdig blass aus, und unter den Augen lagen dunkle Schatten. Der Arzt hatte Luftveränderung verordnet und an die Schweizer Berge gedacht. Aber da war uns Tante Ellas Ableben dazwischengekommen, und ich hatte gedacht, hier am Rand der zivilisierten Welt musste die Luft doch auch frisch und gesund sein.

Die Wiese hinter dem Haus sah sehr saftig und grün aus, überhaupt sah die ganze Gegend saftig und grün aus, es gab nicht nur den Bach hinterm Haus, sondern auch einen Fluss, die Dinkel, und einen Bach, der Donau hieß, und einen namens …

Vielleicht wäre die Frage nach der Anzahl der Schafe unrettbar in einen Streit ausgeartet, da traf uns ein Laut, den ich zunächst nicht einordnen konnte.

Sicher war nur, dass er mich von hinten erreichte.

Ich drehte mich um, da hörte ich ihn schon wieder. Kein Zweifel, das siebenunddreißigste Schaf musste sich in unseren Garten verirrt haben. Das hatte Meggie uns wahrscheinlich sagen wollen. Nun erkannte ich immerhin, dass die Sicht in den Garten begrenzt war, was daran lag, dass das Gelände abschüssig war. Daher hatte der Regen auch so viel Erde wegspülen können. Man sah von hier aus eher über den Garten hinweg. Immerhin fiel mein Blick durch das Dielenfenster hinten auf etwas Weißes, Wuscheliges, das ich als die obere Hälfte eines Schafkopfes erkannte.

Ein Schaf im Garten kam mir im Augenblick ungelegen. Ohne auf unsere Besucherin zu achten, hastete ich in den offenen Anbau und rannte auf der anderen Seite hinaus.

Es hatte aufgehört zu nieseln, zaghaft lugte ein Sonnenstrahl durch die Wolken.

Das Schaf stand heiser blökend mitten in einem der Beete, nicht weit von einem schwarzen Plastikeimer, der als Fremdkörper aus dem Gurkenlaub ragte. Kaum war ich aufgetaucht, setzte es sich in Bewegung, direkt auf mich zu. Nur stand der Eimer im Weg. Im Geist sah ich bereits, wie das Schaf ihn umwarf.

»Husch!«, schrie ich und wedelte mit den Armen.

Das Schaf schrak zusammen und machte einen Satz näher auf den Eimer zu. In meinem Kopf wirbelten die Möglichkeiten durcheinander. War der makabre Fund überhaupt zwischen den Gurken erkennbar? Würde das Schaf etwa drauftrampeln, wenn es erst einmal den Eimer aus dem Weg geräumt hatte? War die Entdeckung, dass wir, Meggie und ich, einen Garten mit Leiche geerbt hatten, nun unausweichlich?

Jemand stürmte an mir vorbei. Es war meine neue Bekanntschaft. Den Schirm musste sie im Anbau gelassen haben. Im Laufen riss sie die Kittelschürze auf und nutzte die Seitenteile als eine Art Flügel. So flatterte sie auf das Schaf zu, das seitwärts auswich und über die nächste Buchsbaumhecke sprang. Der Eimer fiel um, aber das bemerkte die Frau nicht, denn sie war voll auf die Jagd konzentriert. Das Schaf trat den Rückweg an und strebte nun auf das offene Törchen zu, das auf den Steg und die Wiese hinausführte. Vielleicht hätte ich von der anderen Seite kommend den Rückzug unterstützen sollen, aber ich hatte nur Aufmerksamkeit für den Eimer. Ich grapschte danach und stellte ihn wieder an die richtige Stelle. Unterdessen nahm das Schaf einen neuen Anlauf, den Garten zu erobern. Vielleicht war das Grün hier saftiger als auf der Wiese. Immerhin wuchs in einem der Beete eine Art Blattsalat. Aber am Salat zeigte es kein Interesse, an meinem Eimer schon, denn es galoppierte wieder auf mich und den Eimer zu.

Ich hab's nicht so mit Tieren, ich hatte nie das Bedürfnis nach einer Katze oder einem Hund als Gefährten, und Reiten hatte ich auch nicht lernen wollen.

Tiere haben doch Instinkte. Warum erkannte das Schaf nicht, dass ich nichts mit ihm zu tun haben wollte? Dass ich sogar Angst vor ihm hatte.

Waren die Schafe hier noch dümmer als anderswo?

Unsere Besucherin näherte sich flügelschlagend von der Seite, ich sank auf den Eimer und griff mir ans wild klopfende Herz. Meinen Posten würde ich nicht mehr verlassen, selbst wenn das Schaf über mich hinwegtrampeln würde. Ich schloss vor lauter Qual die Augen. Um mich herum tobte die Jagd und verzog sich den Geräuschen nach schließlich in Richtung Törchen.

Ich hörte, wie das Törchen eingeklinkt wurde, erst dann öffnete ich wieder die Augen.

Die Gefahr war gebannt. Zumindest, was das Schaf betraf.

Meine Besucherin strich sich eine Haarsträhne aus dem Gesicht und nestelte mit der anderen Hand am obersten Knopf ihres Kittels. Sie schien mir nun ein bisschen verlegen. Ich erinnerte mich, flüchtig eine große weiße Unterhose und einen großen, stramm sitzenden Büstenhalter erblickt zu haben, und begann, über die merkwürdigen Sitten auf dem Land nachzudenken. Wie gesagt, ich stamme aus einem konservativen Elternhaus. Aufgewachsen bin ich in Düsseldorf, ging aber zum Studienabschluss nach Berlin. Dort lernte ich, mich vom unkonventionellen Benehmen anderer nicht irritieren zu lassen. Aber selbst meine exzentrischsten Freundinnen und Freunde würden sich nicht so freizügig benehmen, außer sie waren stockbetrunken. Lag das Verhalten meiner Besucherin vielleicht an der Witterung? In Berlin war es nie so schwül, heiß ja, aber nicht schwül. Führte das Wetter hier noch zu anderen Auswüchsen? Nur zu genau war ich mir dessen bewusst, was sich unter mir befand.

Meine Besucherin hatte sich nun den Kittel fertig zugeknöpft,

bückte sich und fieselte eine Gurke aus dem Grün. Sie hielt sie hoch.
»Die sehen gut aus«, erklärte sie.
Ich schauderte.
Die Gurke kam mir vor wie ein emporgereckter grüner Leichenfinger.
Hinten auf der Wiese gesellte sich der Ausreißer wieder zu seinen Artgenossen. Wieso hatte das Schaf überhaupt in den Garten gelangen können? Ich war mir ziemlich sicher, dass das Törchen korrekt geschlossen gewesen war, als ich die Gurken pflückte.
»Falls Sie welche haben möchten, bitte, bedienen Sie sich«, bot ich mit matter Stimme an und sehnte mich nach einem Schnaps oder Cognac, der meine Nerven beruhigte. »Jetzt haben Sie bei mir was gut. Schließlich haben Sie mich von dem Schaf befreit. Ohne Sie hätte ich das nicht geschafft.«
»Das war doch nicht der Rede wert.«
Sie beäugte mich abschätzend.
»Ich kenne mich halt aus mit Schafen«, fuhr sie fort, da ich nichts mehr sagte. Die Verlegenheit der Frau wurde noch ausgeprägter. Sie strich mit einer Hand über die Knopfleiste ihrer Kittelschürze. »Wissen Sie, Sie müssen ja sonst was von mir gedacht haben, als ich gerade …« Sie druckste herum.
Also war es hier nicht üblich, halb entkleidet Schafe durch einen fremden Garten zu jagen? Vielleicht hatte sie sich den Kittel aufgerissen, weil sie dringend Abkühlung brauchte? Das konnte ich nachvollziehen, mir perlte ja selbst der Schweiß von der Stirn.
Ihre Stirn sah trocken aus.
Ich lächelte ihr gütig zu. Wenn sie doch bloß verschwände und mich endlich mit meinem Problem allein ließe. Immer dringender meldete sich der Wunsch, mich mit der Sache

nüchtern auseinanderzusetzen. Kaffee wäre mir nun auch recht, selbst ohne einen Schuss Cognac, doch ich befürchtete, nicht mal ohne Schwindelanfall vom Eimer hochzukommen. Ich fühlte mich müde, geradezu hundemüde, und gereizt. Mir war elend zumute, und ich tat mir überaus leid.

»Aber wenn Sie nichts dagegen haben, pflücke ich mir gern ein paar Gurken, es sind ja auch viel zu viele für Sie und Ihre Tochter, wo Sie doch aus der Stadt kommen, oder legen Sie ein? Kann ich mir irgendwie nicht vorstellen«, fuhr meine Besucherin skeptisch fort und sagte dann etwas Schreckliches: »Am besten geben Sie mir den Eimer.«

Starr vor Schreck glotzte ich sie an.

»Bitte?«

»Der Eimer, Sie sitzen drauf.«

»Ja.« Ich rührte mich nicht.

Trotz der Hitze fühlte ich mich wie in Eis getaucht. Ich begann zu zittern.

»Soll ich Ihnen aufhelfen?«

Ich kam mir vor, als ob ich in Treibsand stecken würde.

Die Frau streckte die Hand nach mir aus. Eine solide, abgearbeitete Hand mit Altersflecken, Runzeln und breiten, schlecht gepflegten Fingernägeln, so urtümlich und vertrauenerweckend wie das ganze öde Land hier. Aber ich ließ mich nicht darauf ein, nach ihr zu greifen, da sie sich vor meinen Augen in die Klaue eines Untiers verwandelte. Sobald ich nach ihr griff, käme ich zwar aus dem Treibsand heraus, würde aber sofort gefressen.

Meine Mutter meinte immer, ich hätte zu viel Phantasie und sie wüsste nicht, von wem.

Ich schüttelte den Kopf.

»Mein Gott, Sie zittern ja!«, sagte sie. »Hat Sie das Schaf so erschreckt? Sie leben in einer Großstadt, in der Messerstechereien unter Ausländern zum Alltag gehören, erschrecken aber vor einem harmlosen Schaf?«

Ich sah ihr in die Augen und wusste genau, was in ihr vorging. In Gedanken spulten wir beide in Windeseile, aber hemmungslos sämtliche Vorurteile über das Großstadt- beziehungsweise Landleben ab, ganz gleich, wie abgestanden sie mittlerweile waren.

Ich riss mich zusammen. »Ich wohne in einem friedlichen Viertel, das Schlimmste, was bei uns passiert, ist Autoklau.« Das aber fast täglich, hätte ich hinzufügen können.

Woher wusste sie, wo ich lebte?

»Wissen Sie was?«, fuhr ich beherzter fort. »Ich bringe Ihnen später die Gurken vorbei, Sie müssen sie nicht selbst pflücken. Sie brauchen mir nur zu sagen, wie viel Sie davon haben wollen.« Je länger ich sprach, desto mehr erwärmte ich mich für die Idee. So würde ich mit Anstand die Frau *und* die Gurken los. Der Salat hatte Meggie ebenso gut wie mir geschmeckt, und bestimmt wollte sie, dass ich morgen wieder welchen zubereitete. Aber das hätte ich nicht über mich gebracht. Nie wieder Gurkensalat!

»Ach was, ich nehme sie jetzt mit, dann kann ich sie gleich einmachen.«

»Einmachen?«, echote ich verblüfft.

»Ja, wissen Sie das denn nicht? Das sind Einlegegurken. Ehrlich gesagt, bin ich erstaunt, dass Ihre Tante die hier angebaut hat. Was wollte sie mit so vielen Gurken? Sonst hat sich immer einer meiner Neffen um den Garten gekümmert, aber dieses Jahr nicht. Wissen Sie, er hat einen kleinen Gartenbaubetrieb. Ihre Tante hat immer nur Blumen haben wollen. Aber dieses Jahr … Das sind wirklich viele Gurken, möchte wissen, was sie als Dünger genommen hat.«

Ich hätte sie aufklären können.

Und mir ging auf, warum ich gerade an Treibsand gedacht hatte. Langsam, aber sicher sanken meine Füße immer tiefer in die weiche Erde ein, und auch der Eimer, auf dem ich saß. Mein Hintern näherte sich dem, was unter dem Eimer steckte, und ich stellte mir vor, wie unter mir mit einem lauten Knacken die Knöchelchen brachen. Ich schoss hoch, und dabei bewegte sich auch der Eimer. Er stand nun schräg, und der Rand ragte teilweise über das Gurkengrün. Während ich noch mit meinem Gleichgewicht rang, drehte sich alles vor meinen Augen. Dennoch entging mir nicht, dass meine Besucherin sich nach dem Eimer bückte.

»Nein«, röchelte ich mit versagender Stimme, »lassen Sie den bloß stecken. Er ist viel zu schmutzig.«

Ich torkelte um den Eimer herum. Auf der Seite, die aus dem Matsch ragte, tat sich ein dunkles Loch unter dem Rand auf. Ich wischte mir den Schweiß von der Stirn und aus den Augenbrauen, um zu sehen, ob da etwas Weißes hervorleuchtete. Ich konnte nichts erkennen, die Sonne blendete mich.

»Das geht schon.« Wieder streckte die Frau die Hand nach dem Eimer aus.

Ich stöhnte auf.

Sie stockte, und noch einmal traf mich ihr forschender Blick. »Steckt was unter dem Eimer?«

Eine Hand auf den Magen gedrückt, stieß ich einen unartikulierten Schrei aus.

Es kam ja sowieso immer alles heraus, was herauskommen musste, dämmerte mir.

»Ja«, flüsterte ich am Rand des nervlichen Zusammenbruchs, »ich hab's gerade erst entdeckt. Es ist grauenvoll, aber ... Meine Tochter soll das nicht sehen, verstehen Sie? Es geht ihr nicht gut. Sie darf von diesem Fund nichts wissen, und sie darf sich auf keinen Fall aufregen.«

Ich merkte, wie es mir widerstrebte, das Wort »Toter« oder »Leiche« auszusprechen.
Wo war Meg überhaupt? Ich blickte mich um und entdeckte sie einige Meter weiter. Sie lehnte an der Holzveranda, die sich vor der halben Rückseite des Hauses bis zum Wintergarten hinzog, und sah interessiert zu uns herüber. An der Schafsjagd hatte sie sich nicht beteiligt, sie sich aber auch nicht entgehen lassen.
Ihre Beobachtungen würde sie mir später mitteilen, falls ich lange genug nachbohrte.
»Sie ist sehr blass, das ist mir aufgefallen«, sagte meine Besucherin mitfühlend, rückte dem Eimer wieder näher und wischte sich die rechte Hand am Kittel ab, als könnte sie sie kaum ruhig halten. »Was hat sie denn?«
»Erst hatte sie eine Sommergrippe, dann eine Mittelohrentzündung. Deshalb konnten wir aus Berlin nicht weg. Sie muss sich unbedingt erholen, sagt der Arzt. Er meint, sie hat einen Schatten auf der Lunge und braucht viel frische Luft und Ruhe, um wieder ganz in Ordnung zu kommen.«
Der Blick meiner Besucherin schweifte nun auch zu Meggie, die unbehaglich die Schultern hochzog. Meine Tochter hasst Aufmerksamkeit.
»Das kann sie hier bei uns, da seien Sie man ganz beruhigt«, meinte die Frau zuversichtlich und nahm nachdenklich den Eimer ins Visier. »Und was das betrifft«, sie nickte dem Eimer zu, »das kenne ich. Damit haben wir alle unsere Last. Das liegt an der Gegend.«
Wurde hier mehr gestorben als anderswo? Und immer ziemlich plötzlich?
Im Geist sah ich meine neuen Nachbarn, wie sie Leichen in ihren Gärten verbuddelten.
Oder wovon, zum Teufel, sprach die Frau?

Vielleicht hatte sie meine tiefe Verwirrung nun endlich wahrgenommen.
»Bitte«, sagte sie leise und bedächtig, »Sie brauchen sich keine Sorgen zu machen, so schlimm ist es wirklich nicht. Es liegt an all den Bächen. Erst gestern hab ich bei mir eine junge Ratte gefunden, sie ist im Regenwasserfass ertrunken. Ich sehe ja, was hier los ist, da ist ein richtiges Loch in Ihrem Beet, wahrscheinlich ist das Wasser in einen Rattengang eingedrungen, und das Tier hat nicht mehr rausgekonnt und ist … Was haben Sie denn?«
Sie griff nach meinem Arm, und ich merkte, wie ich schwankte.
»Carlo?«, hörte ich Megs alarmierte Stimme. Aufschauend sah ich, wie sie sich in Bewegung setzte. Ich straffte mich, lächelte ihr zu und schüttelte den Kopf.
»Bleib da. Es ist nichts, die Sonne sticht bloß so, dass mir schwindlig geworden ist«, rief ich ihr zu.
Es stimmte, die Sonne brannte nun herunter, und wie die meisten Rothaarigen war ich es gewohnt, mich möglichst im Schatten aufzuhalten. Unter der Sonne wird meine Haut nicht braun, sondern so rot wie rohes Fleisch im Metzgerladen.
Mir klebte das T-Shirt am Leib, ich fühlte mich klebrig und schmutzig, aber mich durchrieselte eine sachte Erleichterung. Meine Besucherin hatte an Ratten gedacht und nicht an … das, was wirklich in dem Loch steckte.
»Ja, Sie haben recht. Der Regen hat eine Kuhle ins Beet gewaschen, und die Ratte ist darin ertrunken«, flüsterte ich wie eine Beschwörungsformel, »aber damit werde ich schon fertig … Mit der Ratte werde ich fertig, mit der Entsorgung, meine ich.«
Selbst in meinen Ohren klang das nicht sonderlich überzeugend. Und es war ja nicht einmal eine Ratte, was ich zu entsorgen hatte, sondern etwas viel, viel Schlimmeres!

Allerdings nicht unbedingt von der Optik her.
Der Griff um meinen Arm wurde schmerzhaft grob. »Aber nicht doch! Sie und Ihre Tochter gehen ins Haus, und ich bring die Ratte weg und nehme mir gleich noch Gurken mit.«
Einen Moment hatte das Angebot etwas schwindelerregend Verführerisches. Wie wünschte ich mir in diesem Augenblick eine Ratte unter den Eimer, ich stellte mir in seltsamer Intensität eine tote Ratte unter dem Eimer vor, und mir wurde auch nicht schlechter dabei, als mir ohnehin bereits war.
Meggie und ich würden ins Haus gehen, und die Frau kümmerte sich um die Lösung unseres Problems. Wäre es doch nur so einfach!
»Das werden Sie nicht tun«, entgegnete ich bestimmt. »Glauben Sie ja nicht, ich bin eine verhätschelte neurotische Stadtpflanze. Ich komme hier mit allem zurecht. Sie glauben gar nicht, was einem in Berlin so über den Weg läuft. Wir haben Wildschweine, die an der Ampel bei Grün über die Straße gehen. Und was ich die ganze Zeit schon fragen wollte: Haben Sie ein besonderes Anliegen, oder warum haben Sie ans Fenster geklopft?« Das hätte ich längst fragen sollen. »Wissen Sie, normalerweise würde ich Sie auf eine Tasse Kaffee hineinbitten, aber wir müssen erst einmal aufräumen und einiges in Ordnung bringen, wie den Boiler oder was immer es hier gibt, um heißes Wasser zum Duschen zu bekommen. Also, was hat Sie hergeführt?«
»Sie klingen wie Ihre Tante«, sagte die Frau schwach. Mit so viel Widerstand hatte sie offensichtlich nicht gerechnet. Endlich ließ sie mich los und wandte den Kopf suchend hin und her. »Haben Sie Napoleon gesehen? Meinen Kater? Er ist groß und schwarz.«
Ich schüttelte mich unmerklich. »Ganz bestimmt nicht«, sagte ich entschieden. »Und nun begleite ich Sie hinaus. Kom-

men Sie! Jetzt Gurken zu pflücken halte ich für keine gute Idee. Sehen Sie sich doch einmal Ihre Schuhe an, Sie haben den halben Garten dran kleben – wie ich auch.«

Es stimmte. Ich trug Sneakers, die einmal blau gewesen waren und inzwischen fast vollständig im Matsch steckten. Es gab einen schmatzenden Laut, als ich sie Schritt für Schritt herauszog. Daran hätte ich vorher denken müssen. Das war das zweite Paar Schuhe, das ich in diesem Beet ruinierte. Beim ersten handelte es sich allerdings nur um Flipflops. Sie standen schlammüberkrustet an der Tür zur Toilette, wohin ich sie warf, nachdem ich den Eimer über das Loch gestülpt hatte.

Ich musste schließlich der Frau aus dem Beet helfen, weil sie wegen ihres höheren Gewichts noch tiefer eingesunken war als ich. Breitbeinig watschelten wir über den Weg zurück in Richtung Haus. Meg kam uns an der Veranda entlang nach und traf mit uns am Durchgang zusammen.

»Sagen Sie, kommt Ihr Mann auch her?«, fragte unsere Besucherin und blieb stehen.

»Carlo ist nicht verheiratet«, sagte Meggie feindselig.

Die Frau sah erst Meg, dann mich mit hochgezogenen Augenbrauen an.

»Carlo?«, fragte sie nach einer kleinen Pause.

Und ich hatte wirklich gedacht, sie nähme an dem fehlenden Ehemann Anstoß.

»Meine Tochter nennt mich manchmal so. Ich heiße Carlotta«, sagte ich matt. »Und ehe ich's wieder vergesse, ich weiß immer noch nicht, wer Sie sind. Und falls Sie wirklich Gurken haben möchten, sollte ich auch Ihre Adresse kennen.« Ich würde ihr die Gurken bringen müssen, schon um zu verhindern, dass sie wieder unangemeldet aufkreuzte oder, schlimmer noch, ungefragt in den Garten eindrang und sich selbst bediente. Das traute ich ihr durchaus zu. Sie brauchte nur

durch den offenen Anbau oder an der anderen Seite ums Haus herumgehen, und schon gelangte sie zu den Beeten. Ich hätte ein Tor vorn an der Zufahrt gebrauchen können.
Es dauerte noch mindestens eine geschlagene Viertelstunde, bis ich sie auf den Vorplatz zurückgelotst hatte. Dabei zerriss mich die Sorge, dass Meg in der Zwischenzeit unter den Eimer guckte.
Als ich mich gerade von der Frau verabschieden wollte, hörten wir von der Straße her ein Gerumpel, das man überall erkennt.
»Das wird jetzt wohl zu spät sein«, sagte meine lästige Besucherin bedauernd. »Ihre Biotonne steht ja noch am Haus, die hätten Sie längst an die Straße stellen müssen.«
Wir drehten uns um und sahen, wie der Wagen der Müllabfuhr an meiner Einfahrt vorbeiruckelte.
Mir ging Verschiedenes durch den Kopf. Hätte ich die Müllabfuhrtermine gekannt, hätte ich das Ding unter dem Eimer unauffällig entsorgen können. Allerdings wusste ich nicht, was alles an der Hand hing – eigentlich war ja anzunehmen, dass recht viel daran hing, so einfach wäre es nun doch nicht gewesen, mich von dem unerwünschten Fund zu befreien.
Die Gedanken meiner Besucherin bewegten sich anscheinend parallel zu meinen. »Das ist schade, nicht?«, murmelte sie. »Sie hätten die Ratte leicht loswerden können. Warum hab ich nur nicht rechtzeitig daran gedacht?«
Ich war nicht undankbar dafür. Wäre ihr der Gedanke rechtzeitig gekommen, hätte sie vermutlich nichts davon abgehalten, den Eimer aufzuheben.

Als ich endlich auf die Veranda hinaustrat, war Meg nirgends zu sehen. Diesmal war ich barfuß, meine ehemals blauen Sneakers standen neben den Flipflops.

Im Haus war Meg auch nicht, es war beängstigend still, meine Stimme hörte sich nicht gut an, als ich nach meiner Tochter rief. Darin klang Panik auf. Und da überkam mich das ganze Entsetzen noch einmal, ich rannte die Treppe hoch ins Badezimmer, klappte den Toilettendeckel auf, und endlich, endlich wurde ich den Gurkensalat los. Danach fühlte ich mich zwar schwach auf den Beinen, aber unendlich erleichtert. Zumindest so lange, bis mich die Phantasien darüber, was Meg wohl gerade anstellte, wieder einholten.
Ich rannte die Treppe hinunter und nach draußen in den Garten. Der Teil mit den Beeten war gut zu überblicken, aber daran grenzte auf der anderen Seite des Wintergartens eine Reihe dicht stehender Sträucher, und hinter ihnen hatte ich noch nicht nachgesehen. Ein kleiner, von einem Rosenbogen umkränzter Durchgang führte zu den alten Bäumen an der Burgmauer. Ich hinkte darauf zu. Barfußlaufen war ich nicht gewöhnt. Aber ich war bereit, für Meggies Wohlergehen über glühende Kohlen zu gehen.
Sie lag in der Hängematte, die vom Regen noch nass sein musste, einen riesigen schwarzen Kater auf dem Bauch, die Augen geschlossen.
Ich näherte mich so weit, wie es meine Abneigung gegen die Katze zuließ.
Ich hatte als Kind ein Märchenbuch mit vielen Bildern besessen. Eins zeigte die Hexe aus Hänsel und Gretel. Sie blickte außerordentlich verschlagen drein, und auf einer Schulter saß ein gewaltiger schwarzer Kater. Seitdem waren Kater, vor allem schwarze Kater, für mich untrennbar mit Hexen verbunden.
Meine Besucherin hieß Edith Epping, und das war also ihr Kater namens Napoleon. Wäre ich mutiger gewesen, hätte ich ihn am Genick gepackt und von meiner Tochter gezerrt.

Schlief sie? Sie sah wunderbar entspannt aus. Der übliche Hauch von Rührung überkam mich, der Mütter befällt, wenn das Kind schläft und erst mal nicht mehr zur Last fallen kann. Rein theoretisch wäre auch eine von der Krankenkasse bezahlte Kur möglich gewesen. Je länger der Arzt den Schatten auf der Lunge kleinredete, desto mehr wuchs dieser verdammte Schatten in meiner Vorstellung. Und damit hatte mich der Doktor dort, wo er mich haben wollte. Aber ich hätte Meg nur mit Gewalt in ein Schweizer Lungensanatorium verfrachten können. Nicht mal, wenn ich mitgekommen wäre – eine Mutter-Kind-Kur wäre auch noch drin gewesen, das hätte der Arzt schon hingekriegt –, hätte Meg sich eine Kur gefallen lassen. Das war einfach nicht ihr Ding, das sah ihr zu sehr nach Zwang aus. Nach den Sommerferien würde sie die Schule wechseln, ein Jahr später als ihre Altersgenossen. Sie wusste noch nicht, dass ich sie längst in einer neuen Schule in Berlin angemeldet hatte. Ihrer Ansicht nach kam nur ein bestimmtes Internat im schottischen Hochland für sie in Frage. Wieso sie sich das Leben dort angenehmer vorstellte als bei mir in Berlin, begriff ich nicht. Ich hatte ein paar Erkundigungen eingezogen. Der Sitz des Internats war ein einsam gelegener mittelalterlicher Steinkasten mit allen typischen Kennzeichen wie Türmen, Zinnen und einer fehlenden Zentralheizung – eine Art Hogworse oder wie das Harry-Potter-Schulmausoleum hieß. Meg hatte nicht die geringste Ahnung, wie unkomfortabel so eine Burg war, und dazu war das Internat auch noch sauteuer. Kein Gedanke, dass wir uns das leisten könnten. Nach Nienborg hatte ich sie mit dem Versprechen gelockt, mal zu sehen, ob uns Tante Ella genug hinterlassen hatte, um ihren Wunsch wenigstens ernsthaft in Erwägung zu ziehen.
Leider hatte sie sich ohne mein Einverständnis mit dem schot-

tischen Hogworse bereits in Verbindung gesetzt und das so geschickt gemacht, dass von dort die Aufforderung gekommen war, mal vorbeizuschauen und sich vorzustellen. Am besten, bevor in sechs Wochen das nächste Trimester begann. Mir war klar, dass die scharf auf mein Kind waren. Und das nicht nur wegen der Studiengebühren.

Der Kater schnurrte, ich konnte es bis zu mir hören. Soweit ich wusste, waren Katzen, die schnurrten, gerade friedlich gestimmt. Ich sah also keine unmittelbare Gefahr für Meg. Hatte sie den Kater eingeladen, sich auf ihr niederzulassen? Ich grübelte über ihr Verhältnis zu Tieren nach, kam aber zu keinem eindeutigen Ergebnis. Sicher war nur, dass sie ihnen eher mit Interesse als mit Angst begegnete. Angst machten ihr höchstens Menschen.

Ich sah mich um. Das Plätzchen unter den Bäumen war idyllisch. Die Sonne wurde von den Blättern der Bäume gefiltert, zwei Meter weiter erhob sich die malerisch verwitterte Burgmauer, aus deren Fugen Farne und blaue Blümchen wuchsen. Von hier konnte man auch einen Streifen der Wiese erspähen, auf der sich die Schafe bewegten, darunter ein erstaunlich großes, das sich meinem Garten näherte, wie ich aus den Augenwinkeln wahrnahm. Jedenfalls schlich da etwas Weißes und Großes vorbei. Bevor ich es näher betrachten konnte, war es aus meinem Blickfeld verschwunden. Meg blinzelte und lenkte meine Aufmerksamkeit wieder auf sich.

»Ich hab Erdbeeren gefunden«, sagte sie träge.

»Wieso ist der Kater hier?«

»Die sind lecker.« Meg lässt sich ungern von einem Thema abbringen.

»Ich hab nach dem Kater gefragt. Wie lange ist der schon hier?«

»Weiß nicht, er war da, als ich kam. Das ist Napoleon.«

Also hatte Meg gehört, dass Frau Epping auf der Suche nach dem Vieh war. Warum hatte sie nichts gesagt? Weil ihr gefiel, dass der verdammte Kater da war.
»Du hättest Frau Epping sagen können, dass Napoleon bei uns ist.« Dann wären wir ihn gleich losgeworden.
»Da wachsen noch mehr Erdbeeren, hinter dem Baum.« Meg warf sich etwas in den Mund, und erst da nahm ich zur Kenntnis, was sie gesagt hatte.
»Erstens sollst du kein ungewaschenes Obst essen, zweitens nichts aus diesem Garten, bevor ich mir angesehen habe, wo du es herhast. Man weiß nie, ob das Zeug gesund ist. Verstanden?« Meine Stimme wurde scharf, als ich über die Düngung der Erdbeeren nachdachte. Die Gurken hatten mich sensibel gemacht. Der Kater miaute aufgebracht. »Und setz endlich dieses Tier runter, das hat Flöhe. Heute Nacht kratzt du dich überall, weil du Flohbisse hast.«
Meg schwang unschlüssig ein Bein aus der Hängematte und ließ es erst einmal baumeln.
Mein Gott, war ich blöd! Jetzt fing ich an, mit ihr zu streiten, dabei hatte ich doch etwas Wichtiges zu erledigen, bei dem ich sie überhaupt nicht gebrauchen konnte. Sie sollte nicht mal in der Nähe sein, wenn ich das Loch über der Hand zuschüttete.
Der Kater streckte eine Pfote aus, riss das Maul auf und fauchte.
»Beweg dich nicht«, sagte ich angstvoll. »Ich hole irgendwas, mit dem ich ihn in die Flucht schlagen kann.« Hatte Tante Ella Baseball gespielt? Oder wenigstens Tennis? Aber hier lagen ja jede Menge handliche Knüppel herum!
Der Kater und ich sahen uns an. Sein Blick gefiel mir nicht, er guckte ohne zu blinzeln, so starr und eindringlich – wie Meg, wenn sie unnachgiebiger Stimmung war. Besitzergreifend leg-

te sie dem Kater die Hand auf den Rücken, und da geschah das Wunder. Der Kater schloss die Augen, begann wieder durchdringend zu schnurren, und im gleichen Moment machte auch Meg die Augen zu und drehte den Kopf zur Mauer.

Einer der Hauptnachteile von exklusiven Mutter-Kind-Beziehungen als Lebensmodell besteht darin, dass sich das Grundbedürfnis nach Sex zu einem schmerzvollen Problem auswachsen kann. Dauerhafter Entzug – und hier spreche ich aus leidvoller Erfahrung – wirkt sich nicht nur nachteilig auf die psychische Gesundheit aus, sondern schadet auch dem Immunsystem. Mittlerweile ist das sogar wissenschaftlich erwiesen und Thema in Talkshows! Obwohl ich für gewöhnlich keinen Gedanken an mein Immunsystem verschwendete – außer ich war gerade erkältet –, kränkte es mich, auf ein so einfaches, anerkanntes und fast nebenwirkungsfreies Stärkungsmittel verzichten zu müssen. Hin und wieder ein Schäferstündchen war alles andere als ein unvernünftiger Wunsch.
Warum ich jetzt an Schäferstündchen dachte?
Der Mann, der sich am Gartentörchen eingefunden hatte, musste das übergroße Schaf sein, das ich vom Platz unter den großen Bäumen aus den Augenwinkeln bemerkt hatte. Dafür sprach nicht nur die Schafsnase, sondern vor allem der wollweiße, formlose Fusselpullover, den er trotz der schwülen Wärme trug. Vielleicht drückte sich in dieser Bekleidung Solidarität mit den Schafen aus, die ihr Fell auch nicht mal eben ablegen konnten. Mit seiner untersetzten Statur erinnerte er ein wenig an seine Vorfahren, die Neandertaler, auf die mich mein Freund bereits hingewiesen hatte.
Zum Aufhübschen meines Immunsystems käme der Mann auf den ersten Blick jedenfalls nicht in Frage. Einen gewissen Anspruch an die Ästhetik kann ich selbst in größter sexueller

Notlage nicht völlig außer Acht lassen, sollte aber eventuell daran arbeiten. So abstinent wie in den letzten Jahren durfte es auf die Dauer nicht weitergehen.
Meg hatte generell etwas gegen potenzielle Lebensabschnittsgefährten ihrer Mutter, das hatten wir mehrfach getestet und waren dabei über ihre einseitige Sicht der Dinge nie hinweggelangt. Ich wusste, anderen alleinerziehenden Müttern ging es nicht besser, das war aber kein Trost.
Ich fragte mich, was im Kopf dieses Mannes vorging.

Ich hatte nach einigem Herumsuchen einen Spaten gefunden und wollte gerade das Loch im Gurkenbeet zuwerfen. Vorher hatte ich den Eimer in der wahnwitzigen Hoffnung beiseitegeräumt, dass mich meine Einbildung in die Irre geführt hatte und in dem Loch gar keine Totenhand steckte. Es wäre nicht das erste Mal, dass sich etwas beim zweiten oder dritten Blick als etwas völlig anderes herausstellte, das passierte mir hin und wieder, auch in nüchternem Zustand. Von Frau Eppings Mutmaßungen angeregt, hoffte ich auf eine Ratte, so wenig ich Ratten sonst abgewinnen konnte.
Ich hatte mich vorgebeugt und in das Loch gestarrt. Es sah sogar alles noch schlimmer aus als vorher. Die Finger hatten sich gekrümmt und in die Erde gekrallt, als versuchte da jemand, aus dem Loch herauszukriechen. Mir wurde wieder schwindlig, verdammt schwindlig sogar, und mein Magen meldete sich, der ganze Schreck begann von vorn.
Die Hand war nun viel besser zu erkennen, weil die Sonne darauf schien. Mir flimmerte es vor den Augen. Meine Hand krampfte sich um den Spaten, und ich stöhnte auf.
Hatte da jemand was gesagt?
Das war der Moment, als ich – noch immer in gebückter Haltung – aufschaute und die Neandertaler-Schafsnase entdeckte.

Blitzartig wurde mir bewusst, dass ich ein sehr weit ausgeschnittenes T-Shirt und darunter nichts trug. Das hieß, auf die Entfernung von rund fünfzehn Metern …
Was hatte ich noch mal zu den hiesigen Höhlenbewohnern angemerkt? Nicht sehr redegewandt, bloß mächtige Instinkte?
Aber der Kerl starrte nicht in meinen Ausschnitt, sondern auf meine Füße. Das war sonderbar.
Ich war immer noch barfuß, und natürlich waren meine Füße dreckig bis zu den Knöcheln, denn ich sackte in die Erde ein, wenn auch nicht mehr so tief wie zuvor.
Was hatten meine dreckigen Füßen an sich, was einen Mann veranlassen konnte, lieber darauf als auf meinen nackten Busen zu starren?
Er musste so um die vierzig sein. Wesentlich ältere Männer, die ich kannte, würden sich sehr freuen, wenn ich mich so weit vorbeugte, dass sie eine ungehinderte Sicht in meinen Ausschnitt hatten.
Ich schaute selbst hinein. Es war noch alles vorhanden, wie ich es von der kalten Dusche heute Morgen in Erinnerung hatte. Beim Gedanken an die kalte Dusche richteten sich meine Brustwarzen auf.
Ich drückte das Kreuz durch und starrte den Kerl nun unverhohlen missbilligend an.
Da wurde er aufmerksam und sah mir ins Gesicht. Seine Hand, die auf dem Törchen lag, bewegte sich auf die Klinke zu.
»Was wollen Sie?«, rief ich schnell.
»Hm«, brummte er zur Antwort, und seine Hand verharrte in der Luft, legte sich dann aber auf die Klinke.
Ich brauchte ein Schloss an diesem Törchen, ich nahm mir vor, heute noch ein einfaches Vorhängeschloss zu kaufen, das mir ungebetene Besucher vom Hals hielt.

Der Mann hatte nicht nur eine stumpfe Schafsnase, die beinahe auf die Oberlippe hing, sondern Hängebacken, einen viel zu kleinen Mund, buschige Augenbrauen und dünne, sandbraune Haare. Hinter ihm drängelten ein paar Schafe heran, er drehte sich zu ihnen um, und ich erblickte das, was ich an Männern überhaupt nicht leiden kann: eine Hose mit Hängehintern. Es gibt nichts Abtörnenderes als einen Hängehintern. Wenn ein Mann optisch nichts zu bieten hat, erwarte ich zumindest eine gut ausgeprägte, ansprechende Gesäßpartie, die die Hose füllt.

Erst einmal scheuchte der Mann die Tiere zurück. Dabei bemerkte ich, dass er das ebenso lässig wie liebevoll machte: Er gab beruhigende Urlaute von sich, legte ihnen die Hände auf den Rücken und dirigierte sie mit beeindruckender Geschicklichkeit zurück auf die Weide. Irgendwie hatte sein Umgang mit den Schafen Stil.

Ich versuchte den Spaten herauszuziehen und mich an die Arbeit zu machen, bevor der Mann wieder Zeit für mich hatte. Der Spaten saß fest, ich ruckelte daran herum und bekam ihn endlich heraus, fiel dabei aber beinahe ins Loch.

Als ich mein Gleichgewicht wiedergewonnen hatte, war auch der Mann erneut bereit, zu mir in den Garten zu kommen. Seine Hand spielte mit der Torklinke.

Ausdruckslos musterte er den Spaten, seine Augen verengten sich, und sein Blick schweifte eine Spur zu beiläufig über mein T-Shirt. Daran erkannte ich dank langjähriger Erfahrung, dass ihm der Anblick meines nackten Busens doch nicht entgangen war. Seine Instinkte waren also in Ordnung. Aber konnte er verständlich reden?

»Also, was wollen Sie?«, fragte ich möglichst scharf. »Ich hab nämlich zu tun, wissen Sie.« Mit großer Geste deutete ich auf den Spaten.

Er nickte. »Weiß ich. Hab's gehört. Das sollten Sie aber nicht selbst machen. Ich mach das für Sie. Lassen Sie mal den Spaten stecken.«

Mir schwante etwas. Die Epping-Sippe hatte sich verschworen, in mein Leben einzugreifen. Erst die Tante, nun der Neffe mit den Schafen. In einer der ausgebeulten Hosentaschen des Neffen vermutete ich das Handy, über das seine Tante ihn erreicht hatte. Ich wusste da noch nicht, wie recht ich hatte – mit der Epping-Sippe. Ich fragte mich, ob dieser Neffe das Tor aufgeklinkt hatte, so dass eins der Schafe in den Garten trampeln konnte. Sozusagen als Vorhut der Eppings. Und warum sollte er nicht bereits selbst hier gewesen sein? Vielleicht hatten die Eppings nur darauf gewartet, dass ich die Leiche offiziell entdeckte?

Irgendetwas war hier im Gange, was ich noch nicht durchschaute.

»Sie sind also Frau Eppings Neffe, der, dem die Schafe gehören. Sie hat von Ihnen gesprochen und Sie anscheinend angerufen.«

Er nickte bedächtig. »Lothar Epping.«

Seine Stimme klang überraschend angenehm, vor allem, weil er nicht herumschrie und Meg aufscheuchte. Er sprach aber so deutlich, dass ich ihn auf die Entfernung gut verstand. Freunde würden wir dennoch nicht werden, da war ich mir sicher.

»Also, was diese Ratte betrifft, die hab ich schon in die Mülltonne entsorgt«, log ich forsch und hoffte, dass die Anteilnahme der Eppings nicht so weit ging, dass einer von ihnen in meinem Müll nachschaute. Ich spielte zum zweiten Mal mit dem Gedanken, die Totenhand in die Tonne zu werfen, dachte aber dann wieder, dass es damit wahrscheinlich nicht getan war. »Ich muss nur noch das Loch zuschütten«, fuhr ich fort.

»Der Boden ist lehmig«, wandte Lothar Epping ein, »der klumpt. Da braucht man Kraft für. Warten Sie, ich …«
Die Eppings hatten eine gemeinsame Eigenschaft: zügellose Hartnäckigkeit.
Mit größter Mühe hebelte ich einen Klumpen Lehmerde aus dem Beet und warf sie in das Loch. Von der Hand ragten nur noch zwei Fingerspitzen heraus.
»Na, bitte! Ich komm allein klar«, sagte ich triumphierend. Ich konnte mich kaum einkriegen vor Freude.
Da hörten wir beide einen Hund bellen. Das Bellen drang aus der Richtung herüber, wo Meg in der Hängematte döste, und es klang tief und bösartig. Mein Herz machte einen Satz, ich spürte einen heftigen Schmerz in der Brust und ging deutlich sichtbar in die Knie.
Das deutete der Neffe als Kapitulation.
Mit verschwimmendem Blick sah ich, wie das Törchen aufschwang und Lothar Epping in meinen Garten stapfte. Ein Schaf kam ihm nach, es hatte sich von hinten herangestohlen, das verschaffte mir einen winzigen Aufschub.
»Das Schaf«, wimmerte ich.
Epping drehte sich um, ich stieß den Spaten in den Grund.
Das Schaf trottete zurück auf die Wiese, Epping näherte sich mit großen Schritten.
Der Spaten saß wieder fest, wütend versuchte ich ihn herauszuziehen, mit Erde natürlich, das Ding bewegte sich, aber nicht so, wie ich es wollte.
Lothar Epping war noch einige Meter entfernt.
Konnte er bereits in das Loch sehen?
Noch einmal spannte ich die Muskeln an, hebelte am Spaten, und tatsächlich, es tat sich was. Optimistisch legte ich mich noch mal ins Zeug. Mit einem Ruck kam der Spaten frei, bewegte sich aber mit unaufhaltsamem Schwung weiter. Er

rutschte mir aus den Händen, ich drehte mich, stolperte einen Schritt und fiel rückwärts, während der Spaten über mich hinwegsegelte und mit einem satten Plopp irgendwo landete. Lothar Epping beugte sich über mich und hielt mir eine Hand hin.
Da erst merkte ich, dass ich in dem Loch saß, welches ich zuschütten wollte.
»Ich hab's Ihnen gesagt. Sie schaffen das nicht. Dann kommen Sie mal wieder hoch«, sagte er bar jeden Gefühls. Ich hatte noch nie eine so stumpfe Miene gesehen. Nicht ein Muskel zuckte, der Kerl glotzte so unbeteiligt, als ob er nach einer Mistgabel langte.
Die Hand rückte näher.
Da hatte ich ein Déjà-vu!
Es war gar nicht so lange her, da hatte ich schon einmal hier gesessen, und eine schwielige Hand hatte sich mir entgegengestreckt. Ich musste an »Und täglich grüßt das Murmeltier« denken. Erging es mir wie dem armen Teufel in dem Film? Der erlebte immer wieder haargenau dasselbe noch einmal, es war ein einziger, lang währender Alptraum, bis er endlich zu einer grundlegenden Einsicht über sein verpfuschtes Leben gelangte.
Was hatte ich bloß verbrochen? Außer dass ich mich nicht um Tante Ella gekümmert hatte und ihr Erbe nicht verdiente? Würde ich nun alle zwei Stunden auf der Leiche sitzen?
Ich konzentrierte mich. Hatte ich etwas unter mir brechen gehört? Knochen? Ich kam zu keiner eindeutigen Erkenntnis. Obwohl es sich nicht so anfühlte – ich spürte auch nichts Spitzes an meinem Hinterteil –, saß ich wie auf heißen Kohlen, und kein normaler Mensch hätte es verstanden, dass ich sitzen bleiben wollte. Und es würde nicht einfach sein, ohne Hilfe aus dem Loch herauszukommen. Das las ich aus Ep-

pings beinahe ritterlicher Geste. Vielleicht sollte ich ja dankbar dafür sein, dass er nicht von einem Ohr bis zum anderen grinste.
Ich fragte mich, ob er überhaupt jemals grinste.
»Gehen Sie weg!«, schnauzte ich ihn an.
Jetzt spiegelte sein Gesicht Betroffenheit.
»Wenn Sie sich nicht eingemischt hätten …«, fauchte ich weiter und verstummte.
Der Hund bellte wieder.
Wie hatte ich den vergessen können?
Der Lautstärke nach konnte er nicht weit weg sein, das hieß, er war viel zu nah für mein Gefühl. Oder war es Eppings Hund? Schäfer arbeiteten mit Hunden, so viel wusste ich, wenn ich auch sonst keine Ahnung von der Schafhaltung hatte.
Irgendetwas sagte mir, dass es sich nicht um einen Schäfer- oder Hütehund handelte.
Meg war in Gefahr, und ich saß hier herum.
»Meg«, schrie ich außer mir vor Zorn auf mich selbst, »rühr dich nicht! Ich komme.«
Ich wollte nach Eppings Hand greifen, aber er kam mir zuvor.
»Ist ja albern«, sagte er, packte mich unter den Achseln, hob mich hoch und stellte mich auf die Füße.
Die Erde drehte sich um mich, ich musste nach Eppings Arm greifen und mich daran festhalten. Mein Hintern fühlte sich scheußlich feucht an, die Hose klebte an mir. Von dem Fusselpullover traf mich der scharfe Geruch nach nassem Schaf, vermischt mit einem Hauch abgestandenem Aftershave – *Old Spice* vermutlich –, was keine gelungene Mischung ergab. Aber all das war gar nicht wichtig.
»Na also«, sagte Epping bestimmt, »und jetzt …«
Ich hörte nicht mehr zu.

Ich musste nach Meg sehen, jetzt sofort, nur einen Blick noch vorher in die Grube werfen.
Mir stockte der Atem, während mir durch den Kopf schoss, welch ungeheure Mühe ich mir gegeben hatte, die Entdeckung der Leiche zu verhindern. Es hatte mich ausgelaugt. Sich stundenlang durch den dichtesten Verkehr auf dem Berliner Ring zu quälen war weniger anstrengend. Alles umsonst. Wie eine Verurteilte schielte ich in das Loch und stellte mir die Hand vor, madenweiß und einfach grässlich, aber …
Da war nichts zu sehen. Nichts außer Erde. Ich war baff. Und zwar so sehr, dass ich mich bückte und ungläubig in das Loch starrte, während ich noch halbwegs geistesgegenwärtig mein T-Shirt vorn zusammenraffte.
Nicht ein Fitzelchen von der Hand, keine Fingerspitze, kein Knöchelchen, einfach gar nichts, was nach toter Hand aussah. Sie konnte doch nicht einfach verschwunden sein? Sie war gerade noch da gewesen. Ich fasste es nicht, dann erkannte ich die Spur, die mein Hintern gezogen hatte.
Beim Hineinfallen musste ich genug Erde vom Rand mitgerissen haben, um die Hand vollständig darunter verschwinden zu lassen. Unten in der Grube war nun ein perfekter Abdruck meines Allerwertesten zu sehen, und es war unverkennbar, dass mein Hintern meine Hose sehr gut ausfüllte.
Wie im Traum blickte ich mich nach Epping um und sah, dass er ebenfalls den Abdruck musterte, wieder bar jeder Emotion. Oder?
Ein Mundwinkel stahl sich in die Höhe.
Der Hund bellte wieder. Für einen Moment nagelte mich eine ungeheure Schwäche an Ort und Stelle fest.
»Ist das Ihr Hund?«, fragte ich barsch.
»Nein.« Er wandte seine Aufmerksamkeit nicht von der Grube ab, aber das hätte er ruhig tun können. Ich hatte mich ja

nicht nackt in das Loch gesetzt, schoss mir durchs Hirn, bevor ich über den Hund nachdachte.
Ich hatte also recht. Nicht sein Hund. Aber wenn es nicht sein Hund war, war das vielleicht ein Dorfköter, der hier frei umherschweifte und Kinder anfiel?
»Haben Sie ihn denn nicht gehört? Ich will nicht, dass er meine Tochter beißt«, fuhr ich Epping an und setzte mich endlich in Bewegung.
Epping hielt mich fest. »Machen Sie sich um Ihre Tochter keine Sorgen. Der Hund tut ihr nichts.«
Ich schüttelte ihn ab. »Woher wollen Sie das wissen?«
Ich rannte los, soweit der Matsch im Beet Rennen überhaupt zuließ. Meine Sohlen brannten, aber als ich erst einmal aus dem Beet heraus war und über einen der Wege zwischen den Buchshecken sprinten konnte, ging es schneller voran.
Meg lag noch immer in der Hängematte, die Knie angezogen, den Körper vollkommen verkrampft, und hielt sich die Ohren zu. Von einem Hund war nichts zu sehen, das war eine Erleichterung, entspannen konnte ich mich dennoch nicht. Das Gebell hörte ja nicht auf, und es klang verdammt nah. Auf der Suche nach der Quelle entdeckte ich Napoleon. Der Kater hockte oben auf der Mauer und schielte in den Nachbargarten hinunter.
Offensichtlich lieferte er sich ein Gefecht mit einer Bestie auf der anderen Seite, das machte ihn fast sympathisch. Er fauchte und zischte und schlug mit der Pfote nach dem für uns unsichtbaren Hund. Wenn der Kater glaubte, dass er ihm von oben runter eine langen könnte, musste der Köter ein Riese sein und der Kater lebensmüde.
In Gedanken zog ich eine Linie von meinem Scheitel bis zur Mauer und schätzte, dass die Mauer etwa ein Meter fünfundsechzig hoch war. Konnte ein Hund darüberspringen? Einer

dänischen Dogge, die mit Anabolika aufgepeppt war, traute ich das ohne weiteres zu. Das Haus hinter der Mauer war kein gewöhnliches, nicht umsonst hieß die Straße, an der es lag, einfach nur *Burg.* Tante Ella hatte neben einem Feudalsitz gewohnt.

Was waren das für Leute, die sich eine Bestie als Haustier hielten, und wie war Tante Ella damit klargekommen? Meine Mutter hatte mir nie etwas von Unfällen berichtet, allerdings wurde Ella bei uns zu Hause nur selten erwähnt. Aber wenn sie von einer Dogge attackiert und verletzt worden wäre, hätte ich es erfahren.

Oder nicht?

Ich strich mir über die Narbe am linken Oberarm und beschloss, die Sache etwas nüchterner zu betrachten.

Vielleicht bildete die Mauer doch ein ausreichendes Hindernis.

Langsam dämmerte mir, dass der Kater verschwinden musste, denn er stachelte den Hund zum Bellen auf. Wenn ich noch Schuhe anhätte, fuhr mir durch den Kopf, würde ich nun einen ausziehen und nach dem Kater werfen. Ich sah mich nach einem kurzen Stück Holz um.

Da hörte das Gebell urplötzlich auf. Ich konnte es kaum glauben. Auf einmal herrschte Stille.

Ich hatte nichts gehört, kein Kommando wie »Aus«, »Sitz« oder »Platz«, das auf menschliches Eingreifen hindeutete, ich sah nur, wie Napoleon geduckt auf der Mauer davonschlich.

Was tat die Stille gut! Mir rauschte die Stille in den Ohren, ich seufzte vor Erleichterung tief auf und hockte mich neben die Hängematte.

»Meg«, sagte ich leise, aber sie reagierte nicht.

»Meg«, ich zog ihr die Hände von den Ohren, »entspann dich, es ist vorbei.«

»Mom«, wisperte sie tonlos und wehrte meine Hände ab, »können wir zurück nach Berlin?« Sie streckte sich, und ich begann, sie in der Hängematte zu schaukeln, ein sehr wirksames Mittel zur Beruhigung.
Der Hund war immer noch da. Ich hörte ihn nun leise knurren, und das ging mir durch und durch. Selbst hinter der dicken Mauer fühlte ich mich nicht sicher.
»Wir gehen ins Haus«, sagte ich leise zu Meg. Aber sie hörte mich nicht, sie hatte einen Fuß auf den Boden gestellt und übernahm das Schaukeln nun selbst. Ich stand auf und blickte unschlüssig die Mauer an. Auf dieser Seite hatte sie einen Absatz. Mit schmerzenden Füßen kletterte ich mühsam hinauf und lugte in den Nachbargarten.
Von einem Hund war nichts zu sehen, er musste sich gerade davongemacht haben.

Später stellte ich fest, dass Lothar Epping meine Abwesenheit dazu genutzt hatte, das Loch zuzuschaufeln. Nichts deutete darauf hin, dass er zuerst einmal nachgegraben hatte, dennoch konnte ich diese Möglichkeit nicht völlig ausschließen.
Der Spaten stand ordentlich gereinigt neben einer Regentonne an der Veranda. Epping war verschwunden, und ich vergewisserte mich, dass das Törchen fest zugeklinkt war.

2

Den Abend verbrachte ich auf dem Sofa in Tante Ellas Wintergarten, der an die großzügige, loftartige Küche grenzte, die zugleich als Esszimmer diente und sich über zwei Stufen und eine hüfthohe Zwischenwand zum Wintergarten öffnete.

Meine Füße waren dick verpflastert und in Flauschsocken gehüllt, die ich sonst nur im Bett trug; meine Magenwände wurden von einem schottischen Whisky umschmeichelt.

Meggie hatte sich in ihr Zimmer im ersten Stock zurückgezogen, nachdem sie einen großen Bogen Zeichenpapier, ihren Laptop und den Scanner aus dem Auto geholt hatte. Sie hatte mir versprochen, das Muster der Kittelschürze nachzugestalten, und ich verließ mich darauf, dass sie beschäftigt war, bis es für sie Zeit wurde, ins Bett zu gehen. Das würde kaum vor elf Uhr der Fall sein. Wir sind beide Nachteulen.

Seit gestern war ich mit meiner Umgebung kein bisschen vertrauter geworden, und ich wurde so etwas wie Scham nicht los. Tante Ella konnte sich ja nicht mehr dagegen wehren, dass ich in ihre Privatsphäre eindrang. Es sah so aus, als hätte sie gerade eben nur auf einen Sprung das Haus verlassen. Hätte sie gewusst, dass es für immer sein sollte, hätte sie bestimmt ein bisschen aufgeräumt. In unserer Familie legten wir schließlich Wert auf einen gewissen Anstand, der es unumgänglich machte, die eigene Wohnung nicht in einem solch chaotischen Zustand zu hinterlassen. Das gehörte zu dem Lebensstil, den mir meine Eltern – das hieß hauptsächlich meine Mutter – vermittelt hatten.

Tante Ella war Opernsängerin und zeitweise so erfolgreich

genug gewesen, dass sie überall auf der Welt Engagements gehabt hatte. Von ihren Reisen hatte sie eine Menge Zeug mitgebracht, das sie zur Dekoration ihres Hauses verwandt hatte: Die schwere Seide der Vorhänge und der hübsche persische Teppich in verwaschenen Pastelltönen vor dem Sofa gehörten dabei zu den wertvolleren Mitbringseln und zeigten, dass Tante Ella keinen schlechten Geschmack gehabt hatte. Allerdings war auch viel Flitterkram dabei und Scheußlichkeiten wie die bizarre Holzmaske, die an Voodoo erinnerte und bestimmt zu dem Ramsch gehörte, den man Touristen auch heute noch auf Flughäfen andreht. Mich beschlich die Ahnung, dass ich noch lange brauchen würde, bis ich mir ein zutreffendes Bild von Tante Ella gemacht hatte, falls ich überhaupt Wert darauf legte.

Meine Mutter hatte mir den dringenden Rat erteilt, ein Entrümpelungsunternehmen damit zu beauftragen, das Haus besenrein leer zu räumen. Ein leeres Haus lasse sich besser verkaufen, und ich solle mir gleich von Berlin aus ein Unternehmen suchen und mir die Fahrt hierher ersparen. Als ich einwandte, dass das pietätlos sei, fragte mich meine Mutter, was Pietät in diesem Zusammenhang überhaupt zu suchen habe. Ich habe mich nie für Tante Ella interessiert, und es sei albern, ausgerechnet jetzt damit anzufangen. Beinahe hätten wir uns über den Umgang mit dem Erbe gestritten.

Meine Mutter sah alles viel nüchterner als ich.

Vielleicht wies sie irgendwann in unserer Auseinandersetzung einmal zu viel darauf hin, dass ich meine Großtante nicht näher gekannt hatte. Schließlich hatte ich im Alter von dreizehn Jahren drei Wochen mit Ella allein in diesem Haus verbracht. Damals hatte meine Mutter sie auf der Durchreise an die See besuchen wollen, es war einer ihrer seltenen spontanen Einfälle gewesen. Ich hatte Sommerferien wie Meg jetzt, wir wollten zwei Wochen am Meer verbringen. Schon auf der Fahrt begann ich, mich schlecht zu fühlen, und als wir in Nienborg ankamen, brach bei mir eine Grippe aus – eine echte Grippe, keine Erkältung. Nach zwei Tagen reiste meine Mutter weiter, weil das Hotel in Westerland fest gebucht war, und überließ mich Tante Ellas Pflege. Es wurden drei Wochen, an die ich mich kaum erinnern konnte. Wenn ich daran dachte, kamen mir diese Wochen wie ein Traum vor, den man beim Erwachen nur noch in Bruchstücken zusammenkriegt.

Tante Ella hatte ich als imposante Erscheinung in Erinnerung behalten, die meine Erkrankung sehr gelassen nahm. Weder hatte sie wie meine Mutter Furcht vor Ansteckung gezeigt, noch verhätschelte sie mich.

Als ich wieder genesen und nach Hause zurückgekehrt war, hatten wir ein paarmal miteinander telefoniert und ich hatte ihr versprochen, sie wieder zu besuchen. Aber daraus ist nie etwas geworden. Warum, wusste ich nicht, und ich dachte erst jetzt darüber nach. Wir hatten uns ganz gut vertragen. Damals wohnte sie noch nicht lange in diesem Haus, dunkel erinnerte ich mich an einige große Kisten, die nach Umzug aussahen und in der Diele gestanden hatten.

Ich genehmigte mir noch einen Whisky und sah sinnend hinaus. Von diesem Sofa aus hatte man einen phantastischen Blick über den Garten und die Wiese in die Landschaft dahinter, die aus mehreren Feldern und einer Baumreihe bestand, genauer konnte ich das nicht erkennen.

Ein allerletzter Hauch von Abendrot erhellte unmerklich den Himmel.

Ich hatte alle Lichter gelöscht und die Türen nach draußen weit aufgerissen. Es war immer noch schwül, die Luft, die hereindrang, brachte nur eine minimale Abkühlung. Ich spür-

te einen Schweißtropfen, der sich seinen Weg von der Kuhle zwischen meinen Brüsten nach unten bahnte. Eigentlich war es viel zu warm, um in diesem Wintergarten zu sitzen.
Durch die Wiese floss die Dinkel, wie ich wusste. Meg hatte es mir erklärt, sie hatte von Berlin aus im Internet für uns eine Menge über Nienborg recherchiert, darin bestanden ihre Reisevorbereitungen. Das Kofferpacken hatte sie dagegen mir überlassen. Schon auf der Fahrt hatte sie mir die Namen aller Bäche rund um den Ort genannt, daher wusste ich, dass es eine Menge waren, auch wenn ich die meisten Namen gleich wieder vergessen hatte.
Dunst stieg malerisch aus der Wiese auf und waberte um die Schafe herum, die sich wie riesige Wattebäusche unendlich gemächlich über das Gras bewegten. Aus dieser sicheren Entfernung trugen die Tiere sehr zur friedvollen Stimmung bei. Und dennoch!
Ich fühlte mich nicht wohl.
Daran änderte auch der Whisky nichts, obwohl es sich um eine recht anständige Marke handelte, das schmeckte ich. Überhaupt hatte mir Ella in dem Barschrank, den ich für ein Bücherregal mit Türen gehalten hatte, viele wertvolle hochprozentige Schätze hinterlassen, darunter eine Flüssigkeit, die wie geschmolzenes Gold in der Flasche schwappte. Das Etikett war dermaßen vergilbt und alt, dass ich es nicht mehr entziffern konnte.
Zum soundsovielten Mal an diesem Tag seufzte ich tief auf. Es war an der Zeit, mir darüber klarzuwerden, warum ich nach dem Fund im Gurkenbeet nicht das Nächstliegende getan hatte: die Polizei zu verständigen.
Natürlich gab es gute Gründe, es nicht zu tun, *bisher* nicht zu tun, aber konnte ich das noch länger durchhalten?
An diesem Punkt der Überlegungen angelangt, musste ich

Whisky nachschenken, der Whisky tat meinem Magen unverkennbar gut, und trotzdem stellte sich nicht ganz die Entspannung ein, die ich mir erhofft hatte.
Etwas störte mich gewaltig, und es würde mich auch morgen stören. Meg hatte es beim Abendessen erwähnt, also bestand es nicht nur in meiner Einbildung: Es roch in diesem Haus tatsächlich nach Verwesung.

Mitten in der Nacht wachte ich in Schweiß gebadet auf und dachte als Erstes daran, dass ich vergessen hatte, die Gurken zu pflücken und Edith Epping vorbeizubringen. Warum mir der Gedanke als Schreck in die Glieder fuhr, begriff ich nicht. Dann fiel mir die Entdeckung im Gurkenbeet ein.
Ich hatte mich um ein Uhr, von drei Gläsern Whisky beduselt, ins Bett geschleppt, nachdem ich mich vergewissert hatte, dass Meg inzwischen fest und ungestört schlief.
Ein Blick auf den Wecker zeigte mir, dass es kurz nach zwei Uhr war. Also hatte ich nur eine Stunde geschlafen. Meine Zunge klebte am Gaumen, typische Folge von zu viel Alkohol. Scheißwhisky, dachte ich, aber nun kam jede Reue zu spät. Voller Ärger auf mich selbst strampelte ich die leichte Sommerzudecke von meinen Beinen.
Ich hatte mich in Tante Ellas Schlafzimmer eingerichtet, und es hatte mich bereits letzte Nacht Überwindung gekostet, in ihrem Bett zu schlafen. Aber Meg konnte ich das erst recht nicht zumuten. Wobei sie weniger das Bett gestört hätte als die Unordnung, die auch hier herrschte. Zu Tante Ellas war meine dazugekommen.
Der Durst zwang mich aufzustehen. Erst wollte ich nur nebenan ins Badezimmer taumeln, dann schleppte ich mich die Treppe hinunter, weil mir einfiel, dass ich ein paar Flaschen Mineralwasser in den großen Kühlschrank in der Küche ge-

stellt hatte. Es war ein Kühlschrank *american style,* also ein Riesending, das geradezu futuristisch anmutete angesichts der ansonsten eher unauffälligen Einrichtung. Mir war bereits die Flasche Sekt darin aufgefallen. Ich habe nichts gegen ein gelegentliches Glas Sekt einzuwenden. Er musste jetzt sehr kalt sein, aber ich griff dennoch lieber zum Mineralwasser, um zwei Uhr nachts siegte die Vernunft, die mir zu Hause so sorgfältig eingebleut worden war.

Die Flasche anzuschauen verstieß aber nicht gegen meine ehernen Grundsätze. Es war echter französischer Champagner mit Herkunftsbezeichnung. Die Flasche sah so edel aus, als hätte ihr Preis locker für die Benzinkosten von Berlin hierher und zurück gereicht. Inklusive eines guten Mittagessens, fügte ich sinnend hinzu und legte die Flasche behutsam zurück ins Kühle.

Tante Ella wurde mir immer rätselhafter.

Ich goss mir das Mineralwasser in die Kehle, drückte das leere Glas gegen meine heißen Wangen und genoss die Erfrischung. Das Licht tat meinen Augen nicht besonders gut, daher löschte ich es und schloss die Lider. Als ich sie wieder öffnete, hatten sich meine Augen an die Dunkelheit gewöhnt.

So dunkel war es gar nicht, draußen schien der Mond.

Ich lehnte mich mit dem Rücken an den Kühlschrank. Tante Ellas Küche ging zur einen Seite nahtlos ins Wohnzimmer über. Der gesamte Raum war langgestreckt und wies etwa in der Mitte einen seltsamen Knick auf, so dass die zwei Hälften in einem stumpfen Winkel aufeinandertrafen. Gleich neben dem Knick befand sich auf der Küchenseite eine Tür zum Vorplatz, die eventuell als Eingangstür diente, aber sicher war ich mir da nicht. Jedenfalls befand sich draußen keine Klingel, auch kein Namensschild, nicht einmal ein Briefkasten.

Schade, dass ich die drei Whiskys getrunken hatte, denn der Al-

kohol machte aus meinen Gedanken eine wild durcheinanderhüpfende Hammelherde, die ich nicht unter Kontrolle bekam. Mir fiel das Bruchstück eines Traums ein, er hatte mit offenstehenden Türen zu tun. Ich blinzelte hinüber in den Wintergarten. Einen bangen Augenblick erwartete ich, die Fenstertüren weit offen zu sehen, aber dann erinnerte ich mich mit großer Klarheit daran, sie geschlossen zu haben.
Es stank immer noch, das fiel mir als Nächstes auf. Sogar mehr denn je. Immer noch dieser Verwesungsgeruch, er hatte Meg so sehr gestört, dass sie mit ihrem Laptop abgezogen war. Wieso roch es hier so? Weder im Kühlschrank noch im Abfalleimer hatte ich etwas Verschimmeltes gefunden.
Vielleicht war das eine Mahnung Ellas aus dem Grab? Ich schauderte.
Auf einmal klärte sich mein Blick, er wurde geradezu messerscharf. Weil kaum Farben zu erkennen waren, traten in diesem bleichen Mondlicht ein paar Konturen deutlicher hervor. Daher sah ich, was ich bisher nicht hatte erfassen können. Beinahe wäre mir das Glas aus der Hand gerutscht. Zitternd stellte ich es in die Spüle und zwang mich, meinen Blick noch einmal mit größter Konzentration schweifen zu lassen. Es drängte sich derselbe Eindruck auf wie vorher. Eine wahnwitzige Angst presste mir die Brust zusammen.
Leidvoll schluchzte ich auf.
Jemand hatte das Haus durchsucht. Eine Schublade des Schreibsekretärs stand ein wenig offen, die Voodoomaske hing unmerklich schief. Je mehr ich mich umsah, desto mehr Anzeichen sachter Unordnung fielen mir auf. Für sich genommen, erschien jedes einzelne Detail unbedeutend, in der Gesamtheit wirkten sie unheimlich.
Ich war noch nie in meinem Leben ernsthaft bedroht worden, nicht einmal nachts um drei auf den Berliner Straßen.

In mein Entsetzen mischte sich Wut. Wieso war hier, mitten in der Pampa, ein Einbrecher aufgekreuzt? Das war doch völlig verrückt.
Wirklich? Hier in Ellas Haus?
Und wann? Als wir schliefen?
Oder bildete ich mir den Einbruch ein?
Ich taumelte zur Tür und vergewisserte mich, dass sie verschlossen war, wobei verschlossen einfach lachhaft erschien. Die Tür aus ochsenblutrot gestrichenen Brettern war keine ordentliche Haustür, sondern eher eine Stalltür mit einem Schloss, zu dem ein Bartschlüssel gehörte. Jedes Kind konnte mit einem krummgebogenen Nagel so ein Schloss knacken, dafür brauchte es nicht mal Unterricht. Innen gab es einen Riegel, den schob ich nun mit ungeschickten Fingern vor und sank gegen die Tür.
Ich japste vor Furcht und brauchte wenigstens zehn Minuten, bis ich wieder einigermaßen klar denken konnte.
Nein, heute Nacht war bei uns niemand eingebrochen, das war eine blöde Vermutung. Aber jemand war nach Tante Ellas Tod hier gewesen, und er hatte alles durchwühlt, nicht nur unten, sondern auch oben in ihrem Schlafzimmer.
Ich schlüpfte gleichsam in Tante Ellas Rolle und durchlitt die furchtbare, nervenzerfetzende Panik, die die Entdeckung eines Einbruchs auslöst. Der Boden wird einem unter den Füßen weggezogen, jegliches Gefühl von Sicherheit, das einem normalerweise die eigene Bleibe vermittelt und auf dem die Bewahrung des normalen Menschenverstands beruht, geht flöten. Mein Hirn löste sich in Brei auf.
Ich tappte zum Kühlschrank und griff nach der Champagnerflasche.
Ungeschickt mühte ich mich mit dem Verschluss ab, die Flasche hatte eine richtige Panzerhaube aus Metall.

Das würde nichts werden.
Und überhaupt.
Ich legte den Champagner wieder weg, wischte mir den Schweiß von der Stirn und redete mir gut zu, mich zu beruhigen und nicht noch die drei, vier übrig gebliebenen Nerven zu verlieren.
Was war dran an meiner Einschätzung, dass hier eingebrochen worden war? Ich dachte noch mal angestrengt nach.
Leider ziemlich viel.
Tante Ella hatte ich nicht als unordentlich in Erinnerung, zumindest nicht so sehr, dass es auf den ersten Blick ins Auge fiel. Als ich die Unordnung hier registrierte, hatte sie mich bloß an meine eigene erinnert, die jedem in der Familie gegen den Strich ging, am meisten Meg.
Mein Herzschlag galoppierte immer noch hart am Herzklabaster entlang. Das tat richtig weh. Ich röchelte.
Als Echo heulte ein Hund. Ich dachte an die Töle des Nachbarn, und mir sträubten sich die Nackenhaare.
Wie sollte ich es hier die drei Wochen, die ich für unseren Aufenthalt kalkuliert hatte, aushalten? Und wie sollte ich verhindern, dass Meg mitbekam, hier stimmte dies und jenes nicht?
Sollte ich sie in den Zug setzen und zurück nach Berlin schicken? Das würde sie nicht zulassen, ebenso wenig würde sie sich zu meiner Mutter abschieben lassen, und Düsseldorf als Luftkurort kam mir darüber hinaus absurd vor. Nur, gab es für die Erholung, die Meg brauchte, einen schlechteren Ort als Nienborg?
Wahrscheinlich nicht.
Im trüben Licht blinkte mein Laptop.
My friend Doris hatte mir schon gestern eine Mail geschickt, die ich noch nicht beantwortet hatte, ich hatte sie abgerufen,

als ich nach dem Abendessen meine gesamte Ausrüstung hereingeholt hatte. Wenn wir uns nicht sehen konnten, hielten wir per Mail Kontakt, um die Dauertelefonate zu vermeiden, die uns früher halbe Tage, Nächte oder ganze Abende gekostet hatten.

Vielleicht verschaffte es mir die nötige Nüchternheit für schwerwiegende Entschlüsse, wenn ich nun die Mail beantwortete. Ein paar andere Gedanken, und die Panik legte sich. Ich brauchte drei Ansätze, um mein Passwort korrekt einzutippen. Zurzeit hieß es »Schottland«, aber ich würde es bald wieder ändern müssen, wenn ich weiterhin mit dem doppelten t so große Schwierigkeiten hatte.

Doris fragte, ob wir in Tante Ellas Haus schon auf Gold gestoßen seien und ob unter den Kerlen in der Nachbarschaft was Hübsches zum Angrapschen dabei sei. Doris arbeitete für ein Unternehmen, das Nachrichten zu Kurznachrichten für den Abruf aufs iPhone verdichtete. Daher ihre prägnante Ausdrucksweise.

Nach einem Moment tiefen Nachdenkens schrieb ich:

Ja, danke der Nachfrage. Gestern hat es geregnet, aber das ist in Westfalen viel normaler als in Berlin, daher ist es hier sehr grün und sehr nass. Mit dem Suchen haben wir noch nicht angefangen, erst mal haben wir entspannt. Also: bisher keine Goldnuggets. Kerle auch nicht, außer einer Schafsnase. Morgen müssen wir zum Amtsgericht, einkaufen und Gurken pflücken.

Ich stockte und überlas das Geschriebene.

Das war gar nicht mein gewohnter Stil. Doris erwartete mehr, aber die hiesige Gruselatmosphäre ihr auch nur anzudeuten, konnte ungeahnte Folgen haben.

Nach kurzem Besinnen fuhr ich fort:

Und außerdem haben wir eine Nachbarin getroffen, die eine

phantastische Kittelschürze trug, du würdest daneben in dem Lappen, den du neulich zu Glitzerleggings auf der Party anhattest, furchtbar ehrbar aussehen. Es schmerzt, darauf zu gucken.
Im Hauptberuf war Doris wie ich Designerin, nur ohne passende Anstellung. Gelegentlich arbeitete sie für ein Modelabel und modelte auch selbst, obwohl das aus bestimmten Gründen gelegentlich ein wenig heikel war. Auch in der Modebranche gab es Spießer.
Ich überlegte, ob ich die Erwähnung des Kittels löschen sollte, entschied mich aber dagegen. Einerseits stellte ich fest, dass ich mich tatsächlich durch die Tipperei abgelenkt hatte, und andererseits traf mich nun die Müdigkeit wie ein Hieb mit dem Vorschlaghammer. Mit einem Klick schickte ich die Mail auf die Reise und erhob mich. Selbst wenn wieder eingebrochen werden sollte, ich brauchte Schlaf.

3

Eigentlich hätte mich die kalte Dusche wach machen müssen. Tat sie aber nur für ein paar Schocksekunden, bevor ich schaudernd das Wasser abdrehte und nach dem Handtuch griff.

Inzwischen lehnte ich am Küchentresen und fingerte an der Kaffeemaschine herum, als wieder jemand ans Fenster klopfte. In meinem Kopf klopfte es heftiger, trotz einer doppelten Portion Aspirin, die aber noch nicht ihre volle Wirkung entfaltet hatte.

Nie wieder trinke ich drei steife Whisky an einem einzigen Abend, ohne vor dem Einschlafen Aspirin zu schlucken statt erst am nächsten Morgen, dachte ich zerknirscht, während ich blinzelnd nach draußen äugte. Ich versuchte, die Sicht scharf zu stellen, aber meine Augen konnten sich nicht über die Richtung einigen, in die sie synchron blicken sollten.

Dennoch hielt ich ahnungsvoll nach einer Schirmkrücke Ausschau.

Meiner Einschätzung nach musste es vor zehn Uhr sein, also keine Besuchszeit. Wusste das Frau Epping nicht?

Die Erinnerung an die ungepflückten Gurken und das nicht eingehaltene Versprechen löste bei mir ein flaues Gefühl im Magen aus.

Außerdem war ich für Besucher nicht korrekt gekleidet, denn ich hatte mir einfach das schlabbrige Herren-T-Shirt, das ich als Nachthemd benutzte, wieder über den Kopf gezogen, was zugegebenermaßen blöd war, denn es muffelte ganz schön, und die Zehn-Sekunden-Dusche war damit für die Katz.

Darunter trug ich nichts.

Meine Zähne hatte ich auch nicht geputzt, mir fiel der widerliche Geschmack auf, der nichts Gutes in Sachen Mundgeruch ahnen ließ.
Ich überlegte, ob ich mich ducken sollte.
Dann endlich registrierte ich, dass nicht Frau Epping versuchte, mit mir Kontakt aufzunehmen, sondern ein Mann. Ich blinzelte noch einmal. Wo kam der denn her? Wir starrten uns durch die schmutzige Scheibe an.
Der Mann sah verdammt gut aus. Wenn ich dem nachts um eins in einer Berliner Bar begegnet wäre, dann … hätte ihn mir Doris vor der Nase weggeschnappt.
So einer lief hier doch bestimmt nicht mehr frei herum, also konnte ich ihn gleich wieder vergessen.
War er der Postbote?
Er trat zwei Schritte zurück. Zu dunklen, fabelhaft gut sitzenden Jeans trug er ein weißes Hemd mit lässig aufgekrempelten Ärmeln, überhaupt hatte er etwas durch und durch Lässiges an sich, wie es sich für jemanden im öffentlichen Dienst einfach nicht gehörte. Also kein Postbote. Mein Herz schmolz dahin. Der hätte sehr gut nach Berlin gepasst, was machte so einer denn auf dem flachen Land?
Um mehr von ihm zu sehen, war ich näher ans Fenster gerückt, bis mir die Tresenkante unangenehm in den Bauch drückte. Der Mann deutete auf die Tür, die ich noch immer nicht als Haustür eingeordnet hatte. Zu Edith Epping war ich durch die Diele und das zweiflügelige Scheunentor hinausgeeilt.
Was sollte ich tun?
Ohne weiter zu überlegen, schob ich den Riegel zurück, schloss auf und öffnete die Tür so weit, dass ich den Kopf hinausstrecken konnte. In Berlin habe ich eine Kette vor der Tür, die fehlte mir hier.
Der Kerl drückte sofort die Tür sperrangelweit auf; ich konn-

te gerade noch zurückweichen, sonst wäre ich gerammt worden. »Hallo!«, sagte er und grinste breit. »Da komm ich ja rechtzeitig.«
Ganz unverhohlen musterte er mein kurzes T-Shirt und meine nackten Beine, bevor sein Blick widerstrebend zu meinem Gesicht zurückkehrte. Seine Augen funkelten verdächtig. Erwartungsfroh, hätte man auch sagen können.
Irgendwo tief in meinem Innern setzte ein Kribbeln ein, dagegen war ich machtlos.
»Wieso?«, stotterte ich.
»Sie haben kein heißes Wasser, hab ich gehört.«
Die Bemerkung änderte die Lage ein wenig.
Hätte ich mir wenigstens die Zähne geputzt! Mit ungeputzten Zähnen war ich diesem Mann gegenüber eindeutig im Nachteil. Ich konnte gar nicht anders, als mich wegen meines schlampigen Aufzugs zu schämen. Das machte mich wehrlos. Ich taumelte noch ein Stück zurück, und er trat ungeniert herein.
»Können Sie hellsehen?« Ich hielt mir eine Hand vor den Mund und tastete mit der anderen nach dem Kran. Ein Schluck Wasser würde wenigstens den schlechten Geschmack aus dem Mund vertreiben.
»Nein.« Er sah sich um, dabei verengten sich seine Augen und wurden dann wieder weit.
Der Umgang mit Meggie hatte mich gelehrt, selbst minimalste Veränderungen des Gesichtsausdrucks zu deuten, und das gelang mir sogar jetzt, trotz meines angeschlagenen Zustands. Das machte das tägliche Training.
»Nett hier, gefällt mir«, sagte mein Besucher bemüht beiläufig.
»Mir auch«, murmelte ich.
Davon ermutigt, schweifte sein Blick etwas kühner durch den

ganzen Raum. Besonders lange verweilte er auf dem venezianischen Kronleuchter über dem Flügel, der im entfernteren Teil des Wohnzimmers stand, und auf den Seidenvorhängen. Die im Wintergarten waren granatapfelrot, das hieß, ein kräftiges Rosa als Grundfarbe, mit einem pudrigen Oberton und außerdem mit hauchfeinen Goldfäden durchwirkt, was sie beim geringsten Lichteinfall fast dreidimensional aufschimmern ließ und eine Art feurigen Sonnenunter- oder -aufgang hervorzauberte, der als Fata Morgana den Raum erfüllte. So ein Stoff wurde nicht in einem x-beliebigen Innendekorationsladen angeboten. Ich wusste auch schon, wem ich die Vorhänge verkaufen wollte: einer Designerin, die ein kleines, exklusives Modelabel betrieb. Der Gewinn würde hoch genug sein, um wenigstens vorübergehend die Sperrung meines Kontos zu verhindern. Vorausgesetzt, es gelang mir, die Vorhänge ohne Beschädigung abzuhängen und nach Berlin zu schaffen. Ich nahm mir vor, möglichst bald Fotos vom Stoff zu machen, befürchtete aber, dass nur eine Stoffprobe als Verkaufsargument ausreichen würde. Aber irgendwie widerstrebte es mir, an den Vorhängen herumzuschnippeln.
Ich wandte meine Aufmerksamkeit wieder dem fremden Mann zu.
Es sah nicht so aus, als wäre mein Besucher schon einmal hier drinnen gewesen, also konnte ich den Gedanken streichen, einen guten Bekannten Tante Ellas vor mir zu haben. Sie spielten ja auch nicht in der gleichen Altersklasse. Mich überkam ein Geistesblitz.
»Tante Edith?«, warf ich fragend ein.
Er nickte strahlend. »Ihr Boiler funktioniert nicht, hat sie gesagt.«
Gierig trank ich ein Glas Wasser und fühlte mich danach der Situation eher gewachsen.

»Und da konnten Sie nicht widerstehen, mir Ihr Mitgefühl zu bekunden?«
»Das auch, aber ich hab eher daran gedacht, mir Ihr Schätzchen von Heizung mal anzusehen. Ich bin nämlich Klempner.«
Selbst wenn der Mann eine Schafsnase gehabt hätte wie der andere Neffe von Edith Epping, ich hätte ihn toll gefunden. Mir kamen beinahe die Tränen vor Glück. Wie sehr mich Frau Epping auch mit ihrem Besuch genervt hatte, jetzt ging mir auf, dass sie es nur gut gemeint hatte.
»Ich weiß nicht mal, wo die Heizung ist. Und überhaupt: Ich brauche keine Heizung, nur heißes Wasser zum Duschen.«
Mitleidig sah er mich an, und ich kam mir dusselig vor, aber wenn man zur Miete wohnt – noch dazu in einem Altbau mit zwanzig Wohneinheiten –, schenkt man es sich, sich über die Details des Heizsystems zu informieren.
»Na klar, aber das eine hängt mit dem anderen zusammen. Gehen Sie mal beiseite.«
Er riss den Unterschrank unter der Spüle auf, ging in die Hocke, spähte in den Schrank und sah dann an meinen nackten Beinen entlang hoch. Ich wich noch ein Stück zurück, weil mir einfiel, dass er von dort unten wahrscheinlich nicht nur Bein zu Gesicht bekam. Der Mann war so ausgeschlafen, dass er seiner Arbeit nachgehen und gleichzeitig an Sex denken konnte.
»Na?«, fragte ich hin- und hergerissen von so viel Dreistigkeit.
»Wo geht's hier in den Keller?«
Es war doch merkwürdig, dass ich diesem wildfremden Kerl blindlings vertraute, nur weil er behauptete, Klempner zu sein. Der bestaussehende Klempner, der mir je begegnet war. Trugen die auf dem Land alle weiße Hemden wie zur Erstkommunion?

»Keine Ahnung, ich hab noch nicht darüber nachgedacht.« Jetzt tat ich es. »Tja, also …«, setzte ich hilflos wieder an.
Geschmeidig kam er aus der Hocke hoch. Er war einen Kopf größer als ich und lächelte auf mich herunter. In seinen Augenwinkeln erschienen Lachfältchen, das machte ihn noch sympathischer. Mir wurden die Knie weich.
»Überlegen Sie mal. Irgendwo muss es hier doch eine Treppe ins Obergeschoss geben. Da gibt es meistens auch eine in den Keller.«
»Wie heißen Sie überhaupt?«, stotterte ich.
Er lachte. »Tut mir leid.« Er streckte mir die Hand hin. Seine war warm und fest. »Dieter Epping.«
»Der Bruder von Lothar? Dem Schäfer?«
Seine Augen blickten etwas weniger freundlich, und seine Mundwinkel kräuselten sich abfällig. »Wir sind Vettern. Der war also schon hier? Was wollte er denn?«
Mir dabei behilflich sein, eine Leiche wieder einzugraben, wäre die korrekte Antwort gewesen, die sich hier aber nicht anbot. Ich zuckte nur die Schultern.
»Wieso heißen Sie beide Epping, wenn Sie nur Vettern sind? Sind Ihre Väter Brüder?«
»Nein. Es gibt ziemlich viele Eppings in der Gegend. Tante Ediths Großvater und der von ihrem Gustav waren Brüder. Wissen Sie nun, wo die Treppe ist?« Sein Ton war sachlicher geworden.
Während Dieter Epping den Keller ergründete, zog ich mir rasch was Ordentliches an und bürstete mir die Haare, bis sie nicht mehr einem Wischmopp ähnelten, und machte mich auch sonst etwas zurecht, wozu außer Zähneputzen ein deutlicher Hauch meines Lieblingsparfüms in den Ausschnitt gehörte.
Als ich in die Küche zurückkehrte, kochte Meg gerade Kaf-

fee. Vor Dankbarkeit gab ich ihr einen Kuss auf die Wange, bevor sie ausweichen konnte. Mit einem Pott Kaffee im Magen fühlte ich mich dem neuen Tag gleich besser gewachsen. Zumindest so lange, bis Herr Epping aus dem Keller auftauchte und eine sorgenvolle Miene aufsetzte.

»Diese Heizung«, erklärte er ohne Umschweife, »taugt nichts mehr. Die hätte schon vor Jahren erneuert werden müssen. Da lohnt nicht mal eine Reparatur.«

Er war Psychologe genug, um diese Nachricht erst einmal sacken zu lassen. Während ich um Fassung rang, betrachtete er aufmerksam Meg, die keine Notiz von ihm nahm, sondern sich mit ihrem Kaffee und einer Schale Cornflakes wortlos in den Wintergarten verzog. Mir fiel auf, dass sie dabei einen Ball unter dem Arm trug. Woher hatte sie den? Wir hatten aus Berlin keinen mitgebracht.

»Ich glaub's einfach nicht, da muss sich doch noch irgendwas machen lassen«, stieß ich hervor. Vielleicht war der Mann ein Betrüger. Die Klempner, die ich kannte, liefen in Arbeitsklamotten herum. Allerdings musste Dieter Epping im Keller ganz schön herumgekrochen sein, denn sein Hemd war an mehreren Stellen schmutzig geworden, und eine Spinnwebe hing ihm in den Haaren. Dennoch. Es war blöd von mir, ihn im Keller allein gelassen zu haben, in einem Keller, in den ich noch keinen Fuß gesetzt hatte.

»Hübsches Mädchen.« Er deutete auf Meg. »Ihre Tochter?«

Als ob ihm Tante Edith das nicht längst erzählt hätte.

»Herr Epping …«, fing ich in entschiedenem Ton an.

Er wandte sich wieder mir zu. »Also, wenn ich Sie wäre, würde ich mich für eine Brennwerttherme entscheiden, da haben Sie die Kosten in ein paar Jahren wieder raus, weil die nämlich viel weniger Gas verbraucht. Alles andere ist nur ein Herumpfuschen, und was Unseriöses mache ich nicht. In zwei Tagen

liefere ich Ihnen einen Kostenvoranschlag, den gehen wir gemeinsam durch, damit Sie alles verstehen, und dann legen wir den Termin fest, wann ich meine Leute vorbeischicke. Das kann ganz schnell gehen. Drei Tage später ist alles gegessen, und Sie können wieder heiß duschen, so lange Sie wollen. Und wahrscheinlich sollte man die Ventile an den Heizkörpern erneuern, ich gehe davon aus, dass die auch alle veraltet sind. Das kostet nicht viel mehr und spart nochmals Energie.«
Ich hatte nur Miese auf dem Konto, aber die Aussicht, drei Wochen kalt zu duschen, brachte mich dazu, mir auszurechnen, wie viel Kontoüberziehung die Bank noch dulden würde.
Meggies Ball war ein blau-rot gemusterter, wie man ihn zum Prellballspielen verwendet … In meiner Erinnerung regte sich etwas.
Das Eingeständnis, dass etwas so Selbstverständliches wie die Heizung nicht funktionierte, würde auf potenzielle Käufer des Hauses sicher keinen guten Eindruck machen.
»Was kostet so eine neue Heizung?«
Ehrlich gesagt, hasse ich es, wenn Männer deutlich zu erkennen geben, dass sie einem überlegen sind. Das stört mich gewaltig. Ich hatte den Eindruck, dass Dieter Epping nur mühsam ein Siegerlachen unterdrückte. Er hatte mich dort, wo er mich haben wollte.
»Warten Sie meinen Kostenvoranschlag ab. Ich mach's günstig für Sie.«
Eine eiserne Regel für mündige Verbraucher besagt, dass etwas faul sein muss, wenn ein Anbieter einen Rabatt einräumt, bevor man auch nur danach gefragt hat.
Ich holte tief Luft.
»Wir haben Sommer, ich will jetzt nicht über Heizsysteme nachdenken. Mir ist eine kleine Reparatur im Augenblick viel

sympathischer, als gleich eine neue Heizung einzubauen. Darauf lasse ich mich jetzt auf gar keinen Fall ein. Also, kriegen Sie es hin, dass wir heißes Wasser haben?«

Es gab doch bestimmt noch andere Klempner in der Gegend.

»Haben Sie auch einen Kaffee für mich?«, fragte er zurück.

Beim Kaffee redeten wir nicht über Heizungen, sondern über Berlin, und es wurde überraschend nett, fast schon prickelnd, spätestens daran merkte ich, dass mein Hormonspiegel Eigendynamik entwickelte. Ich war einfach grauenhaft ausgehungert, was Sex betraf. Dieter war schon öfter in Berlin gewesen und kannte ein paar meiner Lieblingslokale. Nur von Ferne meldete sich ein Rest Vorsicht.

Ein gezielter Austausch erleichtert sich anbahnende Geschäftsbeziehungen sehr, da war eine Menge Manipulation von Dieters Seite her zu spüren, ich genoss es trotzdem. Zum Kaffee aßen wir leicht muffig schmeckende Kekse aus einer Schachtel, die ich im Küchenschrank gefunden hatte, und er schwärmte von der Gegend um Nienborg, in der es viele Angelgewässer gab. Das verlieh ihm etwas liebenswert Bodenständiges, das so gar nicht zu seinem flotten Äußeren passte. Doch, ja, ich käme mal zum Angeln mit, versprach ich und dachte egoistisch an abgelegene idyllische Plätzchen, die noch zu etwas anderem als Fischefangen taugten.

»Ich muss dann mal weiter«, sagte er, stand auf und brachte seinen Kaffeebecher selbst zur Spüle, was ihm einen weiteren Pluspunkt in meiner Wertschätzung eintrug.

Verdutzt musterte er die Kühlschranktür, an der mit Hilfe eines Magneten ein DIN-A4-Blatt angeheftet war. Es zeigte ein wildes Muster aus Rosen, Nelken, Stiefmütterchen und anderen Blumen in den verschiedensten Rottönen auf lilafarbenem Grund. So auf Papier wirkte es noch psychedelischer als in natura.

»Mein Gott«, sagte Dieter irritiert. »Komisch, das kommt mir irgendwie bekannt vor. Ist das ein Ausmalbogen oder so etwas? Ist deine Tochter nicht zu alt dafür?«
Er schüttelte abwehrend den Kopf, ich sagte nichts, was Licht ins Dunkel hätte bringen können.
Ein Blick hinüber in den Wintergarten zeigte mir, dass Meg ihr Frühstück aus Cornflakes und stark mit Milch verdünntem Kaffee beendet hatte und durch eine der Fenstertüren nach draußen verschwunden war – samt Ball.
»Was ist jetzt mit der Heißwasserversorgung?«, erinnerte ich Dieter an eines meiner wirklichen Probleme.
»Sag ich dir noch. Aber was mich noch interessiert, hast du schon Bekanntschaft mit deinem Nachbarn geschlossen?«
»Warum sollte ich?« Solange uns der Hund in Frieden ließ, sah ich keine Notwendigkeit dazu. Kurz hatte ich erwogen, Dieter hinsichtlich der vergrabenen Leiche um Rat anzugehen, sah aber davon ab, weil ich argwöhnte, dass das nur zu Irritationen führte.
»Nur so. Der gibt sich noch zugeknöpfter als deine Tante, deshalb.«
»Die ist tot, die redet gar nicht mehr.«
»Weiß ich doch. Darum bist du ja hier.« Es klang irgendwie mitleidig.
Auf einmal war es mir nicht recht, dass er ging, und daran merkte ich, wie viel mir seine Gegenwart bedeutete: Ich fühlte mich ein bisschen weniger schutzlos.
»Ist hier in der Gegend mal eingebrochen worden?«, fragte ich.
Er sah an mir vorbei, ließ wieder den Blick schweifen und runzelte die Stirn.
»Hast du Angst hier allein im Haus?«, fragte er gedämpft.
Schon, hätte ich beinahe geantwortet, verkniff es mir aber.

Vielleicht missverstand er das als Einladung, aus lauter Fürsorglichkeit bei mir zu übernachten. Einen winzigen Moment lang sah ich ihn neben mir in Tante Ellas großem Doppelbett. Sehr verführerisch, aber leider …
»Ich wollte es nur wissen.«
»Wir sind hier nicht in Berlin«, sagte er und wich wieder meinem Blick aus. Er öffnete die Tür zum Vorplatz. »Und noch was: Also heiß duschen könnt ihr, das ist nun kein Problem mehr, echt nicht.«
Ich strahlte. »Wie hast du das so schnell hinbekommen?«
Er grinste schief.
»Ich musste bloß den Brenner wieder einschalten, das hab ich erledigt, als ich unten im Keller war. Der Brenner war nämlich abgeschaltet, was ja nach dem Tod deiner Tante auch ganz sinnvoll war.«
»Das sagst du erst jetzt?«, fauchte ich undankbar.
Er lächelte heiter.
»He, mal nicht gleich so heftig! Hab's ja nicht vergessen, dir zu sagen – oder?«

Fünf Minuten nachdem Dieter verschwunden war, hörte ich etwas rhythmisch gegen die Hauswand prallen und erkannte, dass Meg mit dem Ball spielte. Und mir fiel ein, dass der mal mir gehört hatte. Ich wunderte mich über mich selbst, weil bei dieser Erinnerung so etwas wie Rührung in mir aufwallte. Tante Ella hatte mir den Ball geschenkt. Ich musste mich wohl sehr darüber gefreut haben.
Also hatte ich doch nicht die ganzen drei Wochen von Fieber geschüttelt im Bett gelegen. Wie so vieles andere hatte ich auch das vergessen. An Besucher konnte ich mich aber nicht erinnern. Ich sah in meinem Geist Tante Ella immer nur allein hier, und irgendwie passte meine Vorstellung von ihr nicht zu

gemütlichen nachbarschaftlichen Kaffeekränzchen. Vermutlich war sie ohnehin viel auf Reisen gewesen, denn sie hatte ja ihre Engagements. Oder war diese Zeit bereits vorbei gewesen, als ich bei ihr auftauchte? Und warum überhaupt hatte sie sich nach ihrer internationalen Karriere in diesem Zweitausend-Seelen-Kaff vergraben? Das war nicht zu begreifen. Mich beschlich ein sonderbares Unbehagen wegen all der verpassten Gelegenheiten, mich etwas genauer über sie zu informieren. Und diese Funkstille zwischen uns. War das normal gewesen? Wie nah verwandt ist man mit einer Großtante? Manche meiner Freunde kannten nicht mal die Namen solcher Verwandten, geschweige denn, dass sie den Kontakt mit ihnen suchten.

Bei uns zu Hause war so gut wie nie über Ella geredet worden, was mir erst jetzt seltsam erschien, aber mit der Leiche im Gemüsebeet eine hintergründige Bedeutung erfuhr. Man redete in den Kreisen meiner Eltern nicht gern über schwarze Schafe in der Familie, nicht mal, wenn man unter sich war.

War sie das gewesen? Das schwarze Schaf?

Hinter Tante Ellas antikem Schreibtisch hingen ein paar Fotos an der Wand, unter anderem eins von der Oper in Sydney und eins von der Metropolitan Opera in New York. Ein paar Leute waren mit auf den Aufnahmen, aber ich hatte nicht nachgesehen, ob Ella darunter war. Der Körnung der Fotos nach waren sie schon etwas älter, auch die Farben konnten hinsichtlich Intensität und Brillanz mit heutigen nicht annähernd mithalten.

Einen internationalen Opernstar in der Familie zu haben, war doch was. Vielleicht hatte sie nur im Chor gesungen? Nicht wahrscheinlich. Als gewöhnliches Opernchormitglied verschlug es einen nicht nach Amerika oder Australien.

Nachdenklich füllte ich meinen Kaffeebecher auf – der Kaffee war nur noch lauwarm – und ging damit in den Wintergarten hinüber. Es war an der Zeit, nüchtern und frei von sentimentaler Erinnerungsaufarbeitung nachzudenken. Auf die Dauer konnte es nicht gutgehen, wenn ich ständig innerlich der Antwort auf die einzig dringende Frage auswich, was mit dieser Leiche passieren sollte. Die durfte doch nicht ewig unter den Gurken begraben bleiben.

Je mehr Zeit verstrich, bis sie offiziell entdeckt wurde, desto ungünstiger würde meine Rolle in dem Ganzen erscheinen. Wie sollte ich einem Polizeibeamten erklären, dass ich den Fund nicht sofort gemeldet hatte?

Die Leiche war nicht mehr ganz frisch, so viel hatte ich erkannt. Die war auch nicht vor drei oder vier Wochen eingegraben worden, mutmaßte ich vorsichtig. Sondern früher. Aber wann? Und hatte Tante Ella davon gewusst?

Das war der Kernpunkt meiner Überlegungen, und deshalb sträubte sich etwas in mir bei dem Gedanken, die Polizei zu verständigen. Sie würden hier alles durchwühlen und für allergrößte Unruhe sorgen, bevor ich selbst dazu gekommen war, Tante Ellas Kram zu sichten. Ich fragte mich, ob ich wirklich darauf hoffte, auf Goldbarren zu stoßen, und ob ich sie behalten würde, selbst wenn alle Anzeichen dafür sprachen, dass es sich um illegal erworbene handelte. Wahrscheinlich kam ich auf solche Gedanken, weil der Beruf der Opernsängerin in meiner Familie als nicht ganz seriös angesehen wurde. In erster Linie vertrat meine Mutter diese Meinung, wenn auch nur in beiläufigen Andeutungen. Und ich hatte jahrelang, ohne nachzudenken, gefühlsmäßig diese Ansicht ebenfalls vertreten. Richtig geredet hatten wir darüber nie, meine Mutter und ich.

Was meinen Vater betraf, so hatte der gar keine Ader fürs Künstlerische. Er verdiente sein Geld damit, anderer Leute

Zähne in Ordnung zu bringen, und hatte mal halb im Scherz gesagt, besonders gern habe er die Patienten, die lieber die Zähne als die Zahnbürste wechselten, denn das brächte ihm das meiste Geld ein.
Ein Blick auf meine Armbanduhr sagte mir, dass es fast zwölf war. Den Termin beim Amtsgericht hatte ich nun verpasst, da musste ich dringend anrufen und einen neuen vereinbaren. Ich wusste, dass ich einige Papiere unterschreiben musste. Aber zum Einkaufen war es vielleicht nicht zu spät.
Ich holte aus Tante Ellas ehemaligem Schlafzimmer den Jutebeutel, der mir als Umhängetasche diente, und fingerte das Telefon heraus, um beim Amtsgericht anzurufen. Die Nummer hatte ich extra gespeichert und sie vorsichtshalber auch Meg gesagt. Sie würde sie nicht vergessen.
Sobald ich das Handy in der Hand hielt, begann es zu dudeln. Zu meiner Überraschung meldete sich Dieter, der mich wegen Terminabsprachen um die Nummer gebeten hatte, wobei ich vor allem ans Angeln gedacht hatte und an das, was sich bei einem Ausflug an einen romantischen Waldsee unweigerlich ergeben musste. Aber schon sein Ton hätte mich warnen müssen. Keine Spur von unterschwelliger Erotik.
»Hör mal, was ich vergessen hab, dir zu sagen: Du hast einen Wasserrohrbruch im Haus.« Dieter klang ernüchternd abgehetzt.
Ich ließ mich aufs Bett fallen. »Was?«
Im Hintergrund hörte ich Geräusche und gedämpfte Stimmen und stellte mir widerwillig vor, dass er gerade eine Lagebesprechung mit seinen Mitarbeitern abhielt, bei der unter anderem Tante Ellas marode Hütte zur Sprache kam.
»Nun mach dir mal keine Sorgen. Deine Tante ist bestimmt versichert, du musst nur die Police heraussuchen. Wenn du die hast, erklär ich dir den Rest, aber ich schick dir schon mal

zwei Leute vorbei, die sich die Wände ansehen. Ja? Also dann bis bald.«

Ich schrie ins Telefon. »He, warte mal, leg ja nicht auf!«

»Was ist denn noch? Hör mal, ich bin hier gerade …« Er unterbrach sich, um mit jemandem zu sprechen, ich hörte Verkehrslärm und ein leises Geratter wie von einem Pressluft-hammer, dann war Dieter wieder in der Leitung.

»Vertrau mir einfach!«

Nachdem er mir eine neue Heizung hatte andrehen wollen, nur weil ich zu blöd gewesen war, für das heiße Wasser den Brenner anzustellen?

»Warum denn? Woher weißt du, dass ich einen Wasserrohrbruch im Haus habe? Ich hab keine feuchten Wände bemerkt, so ein feuchter Fleck hätte mir auffallen müssen, oder?«

Dieter war zwar im Keller gewesen, aber vom restlichen Hausinnern hatte er nicht viel gesehen. Woher wollte er das also wissen?

»Hast du es an der Nase?«, fragte Dieter nachsichtig. »Ist dir nicht aufgefallen, wie es bei euch stinkt?«

Das saß.

Also daher der Gestank.

»Doch«, antwortete ich kleinlaut, dann aber regte sich ein letzter Widerstand. »Was hat denn ein Wasserrohrbruch mit Gestank zu tun?«

»Viel, ganz viel, vor allem, wenn Wasser unbemerkt in so dicke alte Wände sickert wie eure. Da modert's dann mächtig, das siehst du nicht gleich von außen. Du riechst es nur irgendwann.«

Er legte eine bedeutungsschwere Pause ein, um mir Gelegenheit zu geben, den Hinweis auf heimtückisch vor sich hin modernde Wände zu verarbeiten. Mir fiel nichts dazu ein.

»Carlo, bist du noch dran?«, erkundigte er sich.

»Ich weiß nicht, was ich dazu sagen soll.«
»Nichts, lass mich das mal regeln.«
Ich überlegte, ob ich meine und Megs Sachen zusammenraffen, ins Auto werfen und heute noch nach Berlin zurückfahren sollte. Dann mussten sich andere mit dem Erbe befassen, das eine Leiche und ein undichtes Haus umfasste, aber Meg und ich wären aus dem Schneider. Ich würde nichts mehr mit der ganzen unappetitlichen Sache zu tun haben, weder über Tante Ella nachdenken noch ihren Kram sichten müssen und …
Aber ich brauchte Geld. Ich war nicht einfach aus nostalgischen Gründen hier, um ein paar verwaschenen Kindheitserinnerungen nachzugehen und meinen vagen Schuldkomplex Tante Ella gegenüber abzuarbeiten. Ich wollte das Haus möglichst rasch verkaufen und mit dem Geld mein Konto ausgleichen, einiges für Meggie anschaffen, mir ein neues Auto leisten und … mein Leben etwas einfacher gestalten. Geld war da sehr hilfreich, und ich war es leid, meinen Vater darum zu bitten.
In den nächsten Tagen würde ein Makler vorbeikommen.
Während ich so auf dem großen Bett saß, in dem Tante Ella zwanzig Jahre geschlafen hatte, wurde ich immer entschlossener, die Sache durchzuziehen. Das würde bedeuten, den Fund der Leiche weiter für mich zu behalten. Wenn der erst einmal bekannt würde und sich eventuell herausstellte, dass hier im Haus jemand umgebracht worden war …
Warum hatte ich daran noch nicht gedacht?
Wie konnte ich so blöd sein?
Wie stank Blut, wenn es sich zersetzte?
Ich stand auf und fing an, hin und her zu rennen.
Ich hatte keine verdächtigen Flecken bemerkt. In Gedanken scannte ich die rumpeligen Steinplatten in der Eingangshalle

und die Holzdielen im Rest des Hauses. Nirgends verräterische Flecken oder Stellen, an denen intensiv herumgeschrubbt worden war.
Kein Hinweis auf Mord.
Aber die Leiche würde dafür sorgen, dass kein Mensch dieses Haus kaufen wollte.
Ich dachte über Gartengestaltung nach. Wenn ich einfach etwas möglichst Großes, möglichst Schweres in das Beet setzte – einen gemauerten Brunnen zum Beispiel, dann bliebe das Ding darunter unentdeckt. Nein, Brunnen brauchten Wasseranschlüsse, da würde zu viel gebuddelt, das kam nicht in Frage. Aber die Richtung stimmte.
Ich würde kämpfen. Um alles.
Ich rief beim Amtsgericht an, um mich zu entschuldigen, aber die Rechtspflegerin sagte, das sei kein Problem, ich könne immer noch vorbeikommen, dann sei die Angelegenheit in fünf Minuten erledigt.
Das würde ich schaffen.
Ich rief Dieter zurück und sagte ihm, dass ich seine Handwerker erst im Haus haben wollte, wenn das Wasser die Wände herunterlief.

Als ich aus dem Haus trat, sah ich jemanden auf dem Vorplatz, der sich gerade einen Helm unter den Arm klemmte. Mitten auf meiner Zufahrt stand ein Motorrad.
Der Kerl war dunkel gekleidet, und ich wusste, was in großen, weißen Buchstaben auf dem Rücken der Lederjacke stand.
Polizei.
Mir sank das Herz in die Hose.
Warum kam die Polizei hierher?
In meinem Kopf lief in Sekundenschnelle ein Film ab. Ich sah

mich im Garten, mit Schaf, ohne Schaf, mit Spaten, ohne Spaten und vor allem mit Leiche. Wer von den Eppings hatte mir die Polizei auf den Hals gehetzt, wer war auf die Leiche gestoßen, und warum hatte ich mich nicht jede Stunde vergewissert, dass sie nicht wieder zum Vorschein gekommen war? Wo war Meg? Schwach hörte ich Geräusche, die mich von der Schmalseite des Hauses erreichten, die zur Burgmauer lag. Anscheinend hatte sie sich dorthin verzogen, als der Polizist auftauchte. Meg spielte nun an der Burgmauer mit dem Ball. Es irritierte mich, diese Plopps zu hören, ich wollte, dass sie sich von der Mauer fernhielt.

»Was ist? Wollen Sie mir ein Knöllchen verpassen?«, fragte ich freundlich, aber deutlich angespannt. Ich hätte es wahnsinnig gern gehabt, wenn ich mich in kritischen Momenten cool und überlegen hätte geben können, aber bisher war jeder Versuch in dieser Richtung fehlgeschlagen, dennoch hielt mich nichts davon ab, es immer wieder zu versuchen.

Der Blick des Polizisten war kurz von mir zu meinem Auto geschweift und kehrte nun zu mir zurück. Ich holte tief Luft, damit mein Busen besser zur Geltung kam. Ich schätzte den Kerl auf Mitte zwanzig. Bei Männern dieses Alters befindet sich der Testosteronspiegel noch beinahe auf dem Höchststand.

»Gut geraten«, antwortete er und hob unmerklich einen Mundwinkel zu einem angedeuteten Grinsen, während sein Blick überhaupt nicht beiläufig über mein T-Shirt glitt.

So weit klappte das erotische Wechselspiel.

Unwillkürlich dachte ich an Dieter. »Heißen Sie Epping?«, fragte ich unbedacht.

»Seit einem Jahr ist die TÜV-Untersuchung für Ihr Auto überfällig«, umging er eine direkte Antwort.

Ich hätte jetzt erleichtert sein können, weil er mich nicht auf die Leiche angesprochen hatte. Dafür war ich auch dankbar, sehr dankbar sogar, aber mich mit so einer Lappalie wie der TÜV-Untersuchung zu nerven, fand ich angesichts meiner Gesamtsituation überflüssig.

»Ich kümmere mich darum«, erklärte ich eilig und flirtete ihn weiter an: Ich klimperte mit den Wimpern, nahm eine Schulter zurück, schob eine Hüfte vor, um meine Kurven insgesamt zu optimieren, und lächelte gewinnend.

Jetzt grinste der Mann anerkennend.

Dann fügte ich noch etwas hinzu: »Sobald ich zurück in Berlin bin. Okay?«

Dass ich etwas Falsches gesagt hatte, merkte ich, als er wieder zum Auto sah, den Kopf schüttelte, bevor er sich wieder zu mir umdrehte und mich schließlich lauthals auslachte.

»Der nächste TÜV ist in Ahaus. Wenn Sie wollen, fahre ich voraus und zeige Ihnen den Weg. Wir sind hier nett zu Fremden.«

War doch freundlich, nicht wahr? In Ahaus war auch das Amtsgericht. Unter anderen Umständen hätte ich das Angebot zu schätzen gewusst, leider wusste ich nur zu gut, dass meine Rostlaube nur mit erheblichem Aufwand TÜV-tauglich gemacht werden konnte – wenn überhaupt. Ein Freund, der etwas davon verstand, hatte für Abwracken plädiert.

Nach einer halben Stunde zäher Verhandlung war ich immer noch nicht weiter. Ich bekam nicht nur eine Verwarnung, die mich einen Haufen Geld kosten sollte, sondern er drohte mir damit, eine Kralle an einem der Räder anzubringen, falls ich auf die Idee kam, irgendwo anders hinzufahren als zum TÜV oder zu einer Autowerkstatt. Drei Kilometer weiter gab es eine in Heek.

Bestimmt hatte er längst meinen kaputten Auspuff bemerkt. Was damit los war, war selbst für einen halbblinden Laien erkennbar. Denn es sah so aus, als würde er jeden Moment abfallen oder endgültig zu Rost zerbröseln. Ich hatte das bisher ganz locker genommen.

»Heißt die Werkstatt Epping?«, fragte ich.

»Nein«, knurrte er, »und ich heiße auch nicht Epping mit Nachnamen.«

Sobald er weg war, überlegte ich, was ich nun ohne Auto tun sollte und ob der Polizist den ganzen Tag in der Nähe der Ausfahrt herumlungern würde, um mich beim Autofahren zu ertappen. Oder hatte er mein Kennzeichen an alle Kollegen durchgegeben, und die patrouillierten nun in den Straßen ringsum wie Haie am Korallenriff? Gestern hatte ich nur eine Leiche am Hals gehabt, jetzt hatte ich zusätzlich einen Wasserrohrbruch, ein sauteures Knöllchen und ein Auto, mit dem ich nicht mehr fahren durfte, und immer noch ein bedenklich überzogenes Konto.

Genau in diesem Moment tiefsten Selbstmitleids begann Nachbars Köter wieder zu bellen. Einen Augenblick lauschte ich aufgebracht, dann fragte ich mich, wo Meg steckte.

Ich sah lieber sofort nach.

Sie stand auf dem Mauervorsprung, von dem aus man in den Nachbargarten blicken konnte.

»Meg?«

Sie schaute nicht zu mir herunter, auch nicht, als ich nochmals ihren Namen rief. Sie ignorierte mich einfach. Mir blieb nichts weiter übrig, als zu ihr hochzuklettern.

»Was ist das?«, fragte ich entsetzt und lugte in die Tiefe auf der anderen Seite.

Der Hund hatte Falten wie ein Hundertjähriger. Und der Kiefer war wahrscheinlich so breit, damit all diese riesigen Zähne darin Platz fanden. Aber eigentlich sah der ganze Kopf so aus, als könnte er sich auf doppelte Länge auseinanderzie-

hen oder wäre bei einem Zusammenstoß fürchterlich gestaucht worden. Von dem Krach, den der Köter machte, hatte ich auf ein dreimal so großes Untier geschlossen. Irgendwie sah er auch noch so unproportioniert aus wie manche älteren Männer: breite Brust, aber hinten nichts in der Hose.
Ehrlich gesagt, interessiert es mich auch heute noch nicht, ob ein Hund hübsch oder hässlich ist, ich will nur wissen, ob er gefährlich ist.
Dieser war es bestimmt.
Er knurrte nun so, dass es mich kalt überlief.
»Komm hier weg«, sagte ich zu Meg.
Mir fiel ein, dass ich vorhin noch unsere Sachen hatte packen und abhauen wollen. Vielleicht war das doch die beste Idee. Bevor dieser Polizist mich noch einmal am Wickel haben könnte, wären wir über alle Berge.
Meg starrte ausdruckslos auf den Hund hinab. Ihr war nicht ein Schimmer von Furcht anzumerken, nur an der Hand, die sich auf den Steinen der Mauer leicht zusammenkrampfte, merkte ich, dass ihr der Lärm, den das kleine Monster machte, schrecklich auf die Nerven ging. Er war vom Knurren wieder zum Bellen übergegangen.
»Los jetzt! Runter von der Mauer, dann hört er auf.«
Ich war schon fast taub von dem Krach.
Meggie schüttelte den Kopf.
»Ich will meinen Ball wiederhaben.«
Der Ball lag ein ganzes Stück weiter an einer Buchsbaumhecke. Überhaupt sah der Garten ähnlich wie der von Tante Ella aus: Beete mit Blumen, eingefasst von Buchsbaum, hohe Büsche, einige große, ausladende Bäume, alles ein wenig ungepflegt. Das Haus war deutlich älter als unseres, Meg hatte mir das Jahrhundert gesagt, aus dem es stammte, aber das hatte ich vergessen. Es hatte Steinkreuze in den Fenstern. Eine Art

Burg eben. Nicht sehr groß, sie würde sich gut für eine Disney-Märchenverfilmung eignen. Ohne den Köter hätte sie etwas Romantisches gehabt, so dachte man mehr an ein Heim für Dracula oder eine Sippe von Werwölfen.

»Meg, komm endlich weg von hier.« Ich ergriff sie am Arm, aber sie riss sich los. Im nächsten Augenblick schwang sie sogar ein Bein über die Mauer. Der Hund hörte wieder auf zu bellen und sah erwartungsfroh zu uns auf. Der freut sich nun auf eine Zwischenmahlzeit, schoss mir durch den Kopf.

»Komm nicht mal auf die Idee, rüberzuklettern«, warnte ich Meg eindringlich, »vergiss den Ball.«

Dieser Hund allein war ein triftiger Grund, schleunigst abzuhauen.

Mir wurde übel bei dem Gedanken, dass Meg schlecht mit Argumenten beizukommen war. Sie hatte ihre völlig eigene Sicht der Dinge, das war schon im Alltag oft genug schwer für mich zu ertragen, und in solchen Situationen erst recht. Ich wusste nicht, was ich tun sollte. Ich konnte Meggie doch nicht von der Mauer schubsen, um sie vor Schlimmerem als einem Beinbruch oder einem verstauchten Knöchel zu bewahren. Ich hatte von Fällen gehört, wo solche Hunde einem Kind die Kehle durchgebissen hatten. Jetzt konnte ich die Panik kaum noch unterdrücken. Ich musste etwas tun. Ich sah mich um und beäugte wieder einmal die Holzknüppel auf unserer Seite. Mit welchem ließe sich der Hund am ehesten erschlagen?

»Tobler!«

Ich schrak zusammen.

Die Stimme kam aus den Büschen, nicht weit entfernt von der Stelle, wohin der Ball gerollt war. Ich schaute hinüber in der Hoffnung, dass nun die Rettung nahte. Aber wer immer sich dort verbarg, blieb unsichtbar. Oder fast. Der Stimme nach musste es ein Mann sein, und nun sah ich ihn deutlicher, als er zwischen den Sträuchern mit etwas herumfuchtelte, was ein Stock zu sein schien. Verdrosch er damit seinen Hund? Dann war es kein Wunder, dass sich dieser zu einer Kampfmaschine entwickelt hatte.

»Da ist jemand«, sagte Meg mit flacher Stimme.

»Hallo?«, schrie ich aus vollem Hals zu den Büschen hinüber. Der Hund hatte seine komischen kleinen Ohren, die überhaupt nicht zu seinem Krötenhaupt passten, gedreht, seufzte auf und klappte die Kiefer zweimal auf und zu, es war ein hässliches Geräusch wie von einer Hackmaschine.

»Tobler, hierher!«

Tobler oder wie immer der Hund hieß – ich war mir nicht sicher, dass ich den Namen richtig verstanden hatte – überlegte, was er tun sollte. Verlangend schaute er wieder zu Megs Bein, wandte aber dann den Kopf, drehte sich halb um und wedelte schwach mit dem Schwanz. Erstaunlich. Er hatte ein Ringelschwänzchen, ein dünnes, über den Rücken gedrehtes Ding.

»Könnten wir den Ball zurückhaben?«, versuchte ich auf unsere Notlage aufmerksam zu machen. Der Anblick dieses Ringelschwänzchens nahm mir beinahe die Stimme.

Die Büsche bewegten sich, und nun erblickte ich eine hagere Gestalt mit schlohweißem Haar. Auf die Entfernung konnte ich das Gesicht nicht gut erkennen, merkte aber, wie uns der Mann musterte.

War er taub?

Ich deutete mit einer weit ausholenden Geste auf den Ball, aber er ignorierte mein Bemühen. Der Kerl war teuflisch unhöflich.

Tobler hatte wieder Meg im Visier, stemmte seine Vorderbeine gegen die Mauer und begann erneut zu knurren. Wahrscheinlich dauerte es ihm zu lange, bis er seine Fangzähne in ihr Bein schlagen konnte. Wie ich diese Kröte hasste! Wie ich

überhaupt Hunde hasste, die zu viele Zähne sehen ließen. Ich zitterte vor Hass.
»Hau ab, du Mistvieh«, schrie ich voller Wut.
Die Töle erstarrte vor Verblüffung, aber plötzlich warf sie den Kopf herum, und ehe wir uns versahen, rannte sie los und war einen Augenblick später mit dem Mann verschwunden.
»Er hat eine Pfeife«, sagte Meg.
»Der *ist* eine Pfeife«, widersprach ich erbittert, »und jetzt komm von der Mauer herunter. Bitte!«
Meg sprang als Erste, aber ich kam ihr rasch nach und fasste sie am Arm, bevor sie sich dünnemachen konnte. Der Arzt hatte gesagt, sie brauche Bewegung und jede Menge frische Luft, das war in Ordnung, aber ich hätte nun gern geklärt, dass sie sich sowohl von der Mauer als auch von den Gemüsebeeten, speziell dem Gurkenbeet, fernhielt. Dabei wusste ich aus leidvoller Erfahrung, dass sie sich keine Vorschriften machen ließ, jedenfalls nicht sehr viele, und wenn überhaupt, mussten sie ihr schon sehr einleuchten. Das hatten wir bereits vor vielen Jahren geklärt, noch bevor sie richtig sprechen gelernt hatte.
»Wieso ist der Ball über die Mauer geflogen? Erklär mir das mal.«
Meg überlegte, ob es sich lohnte, auf die Frage einzugehen.
»Du hast doch zuerst an der Hauswand gespielt«, fügte ich bedächtiger hinzu.
Meg runzelte die Stirn, da wusste ich, dass der Ausdruck *spielen* die Sache nicht traf. Andere Kinder spielten, Meg nicht, das hatte sie nie getan.
»Also?«, hakte ich nach. Ich musste wissen, was sie im Sinn hatte, um zukünftige Gefahren abzuschätzen.
»An der Hauswand war's langweilig«, gab Meg widerwillig meiner Wissbegier nach. »Ich wollte sehen, in welchen Kurven der Ball von der Mauer zurückprallt.«

Ich stöhnte und sah zur Mauer.
»Das ist blöd, Meg, die Mauer hat eine viel zu unebene Oberfläche.«
»Mom, das verstehst du nicht.«
Im Geist sah ich, wie sie im Kopf Flugkurven und Geschwindigkeiten berechnete, das war ein Hobby von ihr, bei dem ich ihr nicht folgen konnte.
»Lass das sein, ja? Mach das nicht hier, Liebes. Geh rein, setz dich an deinen Laptop, und tausch dich mit deinen Freunden aus.«
Meg hatte überall auf der Welt Freunde, nur zu Hause hatte sie keinen.

Zum Mittagessen gab es wieder Pizza, aber ich weigerte mich, Gurkensalat dazu zu machen. Ich war heilfroh, dass ich von Berlin drei dicke Packungen Pizza mitgebracht hatte, sonst wären wir nun aufgeschmissen gewesen.
Da mir aber die Aufregungen des Vormittags auf den Magen geschlagen waren, blieb ein großes Stück Pizza übrig, das würden wir eben abends noch mal warm machen. Ich stellte es in den Kühlschrank. Und dann? Unsere Versorgung mit Lebensmitteln würde ohne Auto sehr schnell problematisch werden. Besser wir rationierten unsere Restvorräte, das hieß, Meg würde das Stück Pizza bekommen, und ich hielt mich an den Whisky als abendlichen Energiespender.
Eine kleine Recherche im Internet ergab, dass es in Ahaus einen Autoverleih gab, und eine kurze Überprüfung meines Kontostands, dass wir ohne Leihwagen auskommen mussten. Leider war nicht, wie ich inständig gehofft hatte, Geld auf mein Girokonto eingegangen. Nicht einmal die eine, nicht sehr große Summe, mit der ich fest gerechnet hatte. Umgehend schickte ich eine Mahnung an die Einmannfirma, die

mir den Betrag für eine aufwendig gestaltete Website bereits seit drei Monaten schuldete und hoch und heilig versprochen hatte, endlich die Rechnung zu begleichen. Fast tat mir der Mann leid. Sein Geschäftsmodell funktionierte anscheinend noch schlechter als meins.

Ich zwang mich, optimistisch zu bleiben. Wozu brauchten wir denn momentan ein Auto? Es ließ sich doch so ungeheuer viel über Internet oder Telefon erledigen. Autofahren war doch vorsintflutlich, unökologisch, ungesund – und vor allem teuer.

Ich telefonierte wieder mit dem Amtsgericht, die freundliche Rechtspflegerin bot mir an, mit den Papieren abends vorbeizukommen und sie unterschrieben gleich wieder mitzunehmen. Freudig stimmte ich zu und legte in Sachen Optimismus noch eins drauf. Erst später fiel mir ein, dass wir nun doch nicht abhauen konnten.

Da ich vorhatte, das Gurkenbeet umzugestalten, beschloss ich, es zuerst abzuernten und die Gurken zu Edith Epping zu schaffen. Es waren verdammt viele, sie füllten zwei große Eimer, unter anderem den, den ich bereits in Gebrauch gehabt hatte.

Als ich fertig war, wankte ich unter dem Gewicht der vollen Eimer ums Haus herum und überlegte, ob ich es wagen sollte, sie die ungefähr hundert Meter mit meiner Schrottkarre zu Edith Epping zu fahren.

Nur hundert Meter!

Ich äugte zur Straße. Kein Motorrad zu sehen. Na also.

Meg spielte mit dem Ball, sie ließ ihn wieder gegen die Hauswand prallen. Ich stutzte genau drei Sekunden, dann stellte ich außer mir vor Zorn meine Lasten ab. Aber ich kam nicht dazu, etwas zu sagen. »Woher hast du den Ball?«, blieb mir in der Kehle stecken.

Denn hinter mir hörte ich unregelmäßige Schritte auf dem Kies knirschen, begleitet von einem unheilvollen Hecheln. Jemand kam die Einfahrt herauf. Ich drehte mich um.
Tobler fletschte die Zähne und zog so an der Leine, dass ihn sein alter Herr kaum noch halten konnte, zumal er sich auf seinen Stock stützte. Das war also der Mann, der sich in den Büschen herumgedrückt hatte und der zu faul oder nur zu mies drauf gewesen war, um Meg den Ball zurückzugeben.
Was hatte Dieter über ihn gesagt? Nichts so richtig Positives. Ich verbot mir, darüber nachzudenken, was er vermutlich mit dem Stock dem Hund antat, wenn er mit ihm allein war. Ich hatte zwar nichts für Köter übrig, aber noch weniger für diejenigen, die sie quälten. Unversehens geriet ich in Kampfstimmung.
Sobald der Mann begriff, dass ich ihn meinerseits bemerkt hatte, blieb er stehen und stützte sich auf den Stock. Wir sahen uns an, ich eindeutig in Gewitterstimmung.
Er dagegen hatte etwas ganz und gar Lässiges an sich und verbreitete gleichzeitig eine unaufdringliche Aura von Vornehmheit, deren Wirkung ich mich nicht ganz entziehen konnte. Er trug einen leicht zerknitterten, etwas angeschmuddelt wirkenden, sommerlich hellen Leinenblazer, dazu einen sehr eleganten Strohhut. Mehr oder weniger kam er mir vor, als käme er aus dem vorigen Jahrhundert, und ich stellte ihn mir an exotischen Orten wie Casablanca vor.
Der Mann irritierte mich. Zumindest dem Äußeren nach war er mir vertraut. Verflixt, woher kannte ich ihn? Hatte er damals Tante Ella besucht? Ich konnte mich beim besten Willen nicht erinnern, und das machte mich halb krank. Alles hier machte mich krank.
Vor allem dieser knurrende Hund.
»Tobler!«, wies ihn der Mann zurecht.

»Tobler wie Toblerone?«, fragte Meg interessiert. Sie hatte sich den Ball unter den Arm geklemmt und trat neben mich. Der Blick des Mannes wanderte von mir zu Meggie und richtete sich mit einer plötzlichen Intensität auf meine Tochter. Er kniff die Augen zusammen, der Blick wurde geradezu beleidigend abschätzend, dabei hatte Meg doch nichts gesagt, was darauf schließen ließ, dass sie ein Trollkind war.
»Toblerone?«
Meg rückte näher an mich heran, daran merkte ich, wie unangenehm ihr die intensive Musterung war. Mein Beschützerinstinkt, den ich sonst bewusst klein hielt, um ihr nicht unnötig lästig zu fallen, regte sich.
»Schweizer Schokolade«, fuhr ich rasch dazwischen, »unsere Lieblingsmarke. Ist das ein Höflichkeitsbesuch?«
»Nicht ganz«, sagte der Mann auf einmal grimmig. Jetzt sah er wirklich nicht besonders gut gelaunt aus, es war vorbei mit der Lässigkeit. Seine ganze Haltung sprach von Missbilligung. »Ich möchte Sie nur bitten, Ihre Abfälle nicht in meinen Garten zu werfen.«
»Wie kommen Sie denn darauf?«, blaffte ich zurück.
Taub war der nicht. Warum hatte er also nicht auf uns reagiert, als wir den Ball zurückhaben wollten?
Verdammt, was hatte Meg angestellt, um an den Ball zu kommen? Irgendetwas, was den Mann hergetrieben und aufgebracht hatte. Wahrscheinlich aber munterte ihn eine kleine Auseinandersetzung mit den neuen Nachbarn auf, oder er wollte nur mal ein paar Regeln klarmachen: keine Ballspiele, keine laute Musik, kein Grillen im Garten, kein Kindergeschrei.
Ich schätzte ihn auf siebzig. Vermutlich noch älter.
Er nahm die Leine in die Hand, die bereits den Stock hielt, das dauerte ein Weilchen. Dann zog er bedächtig etwas aus der

Tasche, ohne auch nur eine Sekunde den Blick von Meg abzuwenden.
Tobler wuffte freudig und sperrte verlangend das Maul auf.
»Das hier lag im Garten, das hat Tobler übrig gelassen.«
Es war etwas Helles, und es sah wie Brotrinde aus. Wieso Brotrinde? Wir hatten kein Brot gegessen.
Gleichmütig gab Meg den Blick des Mannes zurück. Man musste sie schon sehr gut kennen, um zu sehen, dass selbst für jemanden wie sie der Gesichtsausdruck zu starr war. Sie wusste genau, was das war.
»Meg, was hast du über die Mauer geschmissen?«
Sie reagierte nicht.
»Meg, ich hab dich was gefragt«, wiederholte ich in einem Ton, den ich ihr gegenüber selten anschlug.
Sie blinzelte und sah ostentativ an dem Mann vorbei.
»Das Stück Pizza aus dem Kühlschrank«, erklärte sie zur Mauer gewandt.
Ich hätte damit rechnen müssen, dass Meg den Ball nicht einfach abschreiben würde. Hatte ihr einer ihrer Internetfreunde geraten, Salamipizza mit Anchovis als Ablenkungswaffe gegen Tobler einzusetzen?
»Sie hat nur ihren Ball holen wollen. Warum haben Sie uns den Ball nicht zurückgegeben, Herr …?«
»Henry von Beverloe«, sagte er mit knarrender Stimme. »Mein Hund verträgt keine Pizza, er hat sich übergeben müssen.«
Als Wachsfigur in einem Adelsmuseum wäre er sicher ein Hingucker in der Abteilung frühes zwanzigstes oder spätes neunzehntes Jahrhundert.
»Das ist Ihre eigene Schuld«, gab ich kühl zurück. »Wie gesagt, Sie hätten uns bloß den Ball zurückgeben müssen.«
Tobler knurrte, wahrscheinlich missfiel ihm mein Ton.

Ich war versucht, den Herrn zu fragen, ob er einen Waffenschein für seine Kampftöle vorweisen konnte. Ein solches Vieh durfte sich doch nicht jeder halten. Ich sah noch genau vor mir, wie die Missgeburt nach Megs Bein geschielt hatte, und mir wurde sehr warm vor Aufregung. Wie hatte Meg es geschafft, den Ball zu holen, ohne gebissen zu werden?
»So? Ihr Garten ist groß genug für das Kind, es muss nicht an der Mauer spielen und Tobler beunruhigen. Das will ich nur mal klarstellen.« Seine Augen blitzten unter leicht buschigen, schlohweißen Brauen hervor. Er hatte vermutlich mehr Spaß an der Unterhaltung als ich.
Tobler japste zustimmend.
Mir reichte es nun. Der Hund hatte uns, vielmehr mich, mehr als ein Mal zu Tode erschreckt.
»Herr von …«
Ich kam nicht weiter. »Das war alles, was ich Ihnen zu sagen habe«, sagte unser unsympathischer Nachbar, ruckte an der Leine und zog mit seinem Untier ab.
Falls ich ihm schon einmal begegnet wäre, hätte ich ihn doch bestimmt nicht vergessen. So ein Ekel brennt sich ins Gedächtnis ein, oder nicht?
»Meg«, sagte ich mit flacher Stimme, »ich meine, ich hätte den Kerl schon mal gesehen, weiß aber nicht, wo.«
Es war ein Schuss ins Blaue.
Megs Gesicht wurde leer, während sie sich konzentrierte. »Peter O'Toole«, sagte sie schließlich.
Ich seufzte auf. »Stimmt. Er sieht genauso aus wie Peter O'Toole. Hätte ich selbst drauf kommen können.«

4

Edith Epping beäugte wohlwollend die Gurken.
Noch vom Besuch unseres Nachbarn erschüttert, hatte ich nicht gewagt, den Gurkentransport mit dem Auto durchzuführen. Der Weg war mühselig gewesen. Ohne Megs Hilfe hätte ich es gar nicht geschafft. Eigentlich wollte ich sofort zurück, aber davon wollte Frau Epping nichts wissen. Sie lotste uns mit unserer Last durchs Haus nach hinten. Ich keuchte schwer, als ich die Eimer endlich auf der Terrasse absetzen konnte.
Ediths Mann war auch da, er saß in einem weißen Feinrippunterhemd und blauer Jogginghose auf einem Gartenstuhl und las Zeitung.
Graue Drahtwolle quoll ihm oben aus dem Hemd, aber da er keinerlei Verlegenheit erkennen ließ, nahm ich an, dass sein Aufzug dem hiesigen Dresscode zu dieser Jahreszeit entsprach. Und überhaupt! Männer in sauberem Feinripp wirken solide und gemütlich, stellte ich einigermaßen gerührt fest.
Drei Meter weiter flatterte die Kittelschürze frisch gewaschen an einer quer durch den Garten gespannten Leine. Ich brauchte nicht hinzusehen, um zu wissen, wie genau Meg das Muster wiedergegeben hatte.
Auf dem Gartentisch stand appetitlich duftender Apfelkuchen und eine Schüssel mit geschlagener Sahne. Mir lief das Wasser im Mund zusammen.
»Nehmen Sie Platz, ich hol bloß schnell die Teller.« Edith Epping bewies mit ihrer Ansage wahres Feingefühl.
Trotz meines Heißhungers war ich drauf und dran abzulehnen, da mich aus unbestimmten Gründen der Gedanke schreckte, länger vom Haus fernzubleiben, aber Meg setzte

sich bereits. Aufseufzend ließ ich mich neben ihr nieder. Es war ja nicht sehr wahrscheinlich, dass in unserer Abwesenheit jemand anfing, in unserem Garten Löcher zu buddeln.

Herr Epping senkte die Zeitung. »Den Kuchen hat meine Frau gebacken, von unseren Klaräpfeln, die sind jetzt reif. Woll'n Sie welche mitnehmen?«

Ein paar Äpfel würden unsere Vorräte strecken.

»Gern.«

»Justus!«, schrie Herr Epping in den Garten hinaus.

Erst einmal geschah nichts.

Herr Epping schrie noch einmal.

Wieder geschah nichts.

Erst nach dem dritten Ruf zog eine kleine Hand zögernd die Kittelschürze beiseite.

Justus war fast einen Kopf kleiner als Meggie, ein mageres, misstrauisch blickendes Kerlchen. Er kam nicht näher, sondern blieb bei der Wäsche stehen.

»Hol mal Äpfel«, befahl ihm Herr Epping mit Stentorstimme und wies übertrieben deutlich auf einen unserer Eimer, als wäre der Junge schwerhörig oder zumindest begriffsstutzig.

Justus starrte den Eimer an, bevor er mit stumpfer Miene heranschlurfte, ihn ergriff und mit einem undurchdringlichen Blick auf Herrn Epping verschwand.

Frau Epping erschien mit einem Tablett, auf dem außer Tellern und Kuchengabeln auch ein Glas Saft für Meg und eine Tasse wunderbar duftenden Kaffees für mich stand.

»Armer Junge, ist völlig durch den Wind«, murmelte sie, während sie das Tablett abstellte. »Will nicht begreifen, dass die Mutter weg ist. Ist ja auch erst zwei Monate her. Seitdem ist er viel bei uns. Er ist ein bisschen langsam, aber lieb.«

»Ihr Enkel?«, fragte ich und ließ mir ein gewaltiges Stück Kuchen auf den Teller legen.

»Großneffe, das ist Lothars, er hat nur den.«
Ich brauchte einen Moment, um die Mitteilung zu entschlüsseln. Das war also Lothar Eppings Sohn, und seine Mutter war kürzlich abhandengekommen. Mich durchzuckte ein Gedanke. Lothar Epping hatte auffallendes Interesse an meinem Gurkenbeet gezeigt. Sollte er vielleicht seine Frau … Könnte doch sein.
»Da kann er ja jetzt mit Ihrer Kleenen spielen, die hat ja sonst auch niemanden«, warf Herr Epping gedehnt ein. »Is' ja hier man nur 'n Dorf, da gibt's nicht viel Unterhaltung. Haben ja nur zwotausend Einwohner oder so.«
»Zweitausendfünfhundertdreiundachtzig, mit Heek zusammen achttausendvierhundertundzwanzig, davon unter fünfzehn Jahren achthundertdreiundsiebzig männliche und achthundertunddreißig weibliche, das macht zwanzig Prozent der Gesamtbevölkerung von Heek«, murmelte Meg und nahm ihren Teller mit Kuchen entgegen.
»Was?«, fragte Herr Epping.
Meggie hatte mich auf der Fahrt von Berlin mit allen relevanten statistischen Gegebenheiten von Heek und Nienborg, die zusammen eine Gemeinde bildeten, vertraut gemacht, wobei nicht eine einzige von den vielen Zahlen und Größenangaben bei mir hängengeblieben war. Meg hatte sie im Internet recherchiert.
Vielleicht wollte sie sich mit diesen Informationen Eppings gegenüber für den leckeren Kuchen erkenntlich zeigen, obwohl ich sie schon öfter darauf hingewiesen hatte, dass die wenigsten so detailversessen waren wie sie.
»So etwas interessiert sie, daher merkt sie sich das, ich nicht«, sagte ich leichthin und funkelte Meg an.
»Hätte ich mir auch nicht gemerkt. Weiß die noch mehr?«, erkundigte sich Epping.

»Meg, iss deinen Kuchen!«, warnte ich.
Das war falsch.
Sie starrte Epping an. »Was wollen Sie denn wissen?«
Er zuckte die Schultern. »Na alles.«
Solche Momente können einen krank machen, wenn man sich kein dickes Fell zulegt. Meins war durch die jüngsten Ereignisse nicht mehr in Bestform.
Zum Glück mischte sich Edith ein. »Jetzt lass das Kind erst mal essen, du siehst doch, wie blass sie noch von der Grippe ist.« Sie nickte Meggie freundlich zu. »Kannst auch ein zweites Stück haben.«
Meg überlegte, dann nickte sie und aß ohne ein Wort weiter. Ich atmete vor Erleichterung auf. Manchmal verhielt sie sich ja doch vernünftig.
Justus brachte einen Eimer mit Äpfeln, die auf betrübliche Weise ökologisch wertvoll aussahen, denn sie waren nicht nur gelb, sondern überaus schorfig, und stellte ihn am Rand der Terrasse ab, bevor er sich bis zur Kittelschürze zurückzog. Anscheinend hatte er so wenig Interesse daran, mit Meg zu spielen, wie umgekehrt. Aber vielleicht täuschte ich mich. Denn er schaute sie mit auffälliger, geradezu hungriger Intensität an, wenn er meinte, niemand achtete auf ihn. Wahrscheinlich fühlte er sich einsam. Mir tat er leid, aber ich konnte nichts für ihn tun.
Sobald wir unseren Kuchen gegessen hatten, drängte ich zum Aufbruch. Edith Epping führte uns diesmal um das Haus herum, und da entdeckte ich in einem offenen Schuppen ein altes Fahrrad.
»Meinen Sie, Sie könnten uns das Fahrrad für ein paar Tage leihen?«, fragte ich, bevor ich den Gedanken zu Ende geführt hatte. Wenn überhaupt, brauchten wir zwei Fahrräder, ich würde Meg auf keinen Fall allein in Tante Ellas Gruselhaus lassen, während ich mich auf Einkaufstour befand.

In Nienborg gab es an der Hauptstraße einen Bäcker, den hatte ich bei der Herfahrt erspäht. Aber sonst? Ich nahm an – und wie sich herausstellte, zu Recht –, dass wir bis zum nächsten Supermarkt nach Heek radeln mussten.

»Das alte Ding? Ich weiß gar nicht, ob's noch fährt. Ach, daran hab ich gar nicht gedacht«, sagte Frau Epping.

»An was?«, hakte ich nach.

Frau Epping druckste wieder einmal herum, und daraus schloss ich, dass der Polizist vielleicht kein Mitglied der Familie Epping war, aber die Kunde von unserer stillgelegten Karre bereits die Runde gemacht hatte. Womöglich verbreiteten sich Nachrichten in Nienborg ähnlich leicht wie Schimmelpilzsporen. Du nimmst sie kaum wahr, aber sie fliegen überall hin. Außerdem war dieser Ort wirklich übersichtlich. Die Straße, die Burg hieß und an der Tante Ellas Haus lag, zog sich am anderen Ende in einer hübschen Schleife um eine mittelalterlich aussehende Kirche herum, und zwei weitere ähnlich alte Gemäuer wie die kleine Trutzburg neben uns zeugten davon, wie lange die Menschen hier bereits zusammenhausten. Spielregeln wie der brühwarme Austausch von Neuigkeiten gehörten da bestimmt zu den wichtigsten Grundlagen des Gemeinwesens.

Also würde ich es mir drei Mal überlegen müssen, ob ich ins Auto stieg, ohne dass vorher die TÜV-Plakette erneuert worden war.

»Ich will mal sehen, was ich tun kann«, erklärte Frau Epping, und damit mussten wir uns zufriedengeben.

Am Abend kam die Rechtspflegerin vorbei und sah sich nur sehr flüchtig bei uns um, sie hatte es sichtlich eilig und sagte es auch. Daher wollte ich sie nicht länger als nötig aufhalten. Es war ja überaus nett, dass sie sich überhaupt diese Mühe gab. In Berlin liefe so etwas völlig anders, daran merkte ich, wie sehr auf dem Land noch der Dienst am Kunden üblich war. Das hatte Charme. Während sie die Papiere herauskramte, holte ich rasch meinen Personalausweis, nach dem sie gleich gefragt hatte und den sie sorgfältig studierte, bevor sie ihn mir zurückreichte.

Dann unterschrieb ich die Papiere, ohne sie vorher durchzulesen. Unter jedes setzte die Frau, die nicht viel älter als zwanzig sein konnte, ihren eigenen Krakel.

Kaum war das geschafft, sortierte sie die Kopien heraus, steckte die Blätter, die für mich bestimmt waren, zurück in den großen Umschlag und legte diesen auf den Tisch.

»Das war's dann, jetzt gehört alles Ihnen«, sagte sie und lächelte mich zufrieden an. Da kamen mir Bedenken, die ich aber zu überspielen suchte.

»Ich dachte, das wäre längst der Fall«, wandte ich ein.

»Wegen des Testaments? Nein. Sie hätten das Erbe ausschlagen können, aber davon haben Sie uns ja nichts mitgeteilt. Also, ich muss weiter, ich bin noch verabredet.«

Irgendwie hatte ich das Gefühl, reingelegt worden zu sein, konnte es mir aber nicht erklären. Es war doch nichts Schlechtes daran, ein Haus zu erben – oder?

»Muss so eine Unterschrift nicht beglaubigt werden?«

»Das hab ich doch.« Sie wirkte sehr kühl und kompetent.

Dennoch fragte ich: »Dürfen Sie das denn?«

»Natürlich, ich bin die amtlich bestellte Rechtspflegerin.«

Wie gesagt: Das war's dann.

Am nächsten Tag gingen wir zu Fuß zum Bäcker, danach hatten wir für zwei Tage genügend zu essen, denn zur Not kann man sich auch mit Rosinenbrötchen, Kirschkuchen, Muffins und Rumkugeln über Wasser halten. Es gelang mir, einen

Auftrag fertigzustellen – eine Website, für die mir ein originelles Bewegtbild gefehlt hatte. Die Schafe auf der Wiese hinterm Haus erwiesen sich als perfektes Motiv. Ich nahm sie abends auf, bei aufkommendem Nebel mit einem halb verschleierten Mond, der wie Pizza mit Mozzarella pur aussah. Der Auftraggeber produzierte Biofleisch in der Nähe von Oldenburg, da sollte es auch sehr feucht und grün sein, hatte Meg für mich herausgefunden.

Einen großen Teil des Abends verwendete ich darauf, meine Schuhe zu säubern, wobei mich eine vage Furcht bedrückte, in dem zentimeterdick angetrockneten Schlamm auf das eine oder andere menschliche Knöchelchen zu stoßen. Schließlich war ich eine ganze Weile unbedacht in dem Gurkenbeet herumgetrampelt. Bis dahin hatte ich noch nie in der Manier von Berufsarchäologen millimeterweise den Dreck von meinen Schuhen gekratzt, allerdings waren sie auch noch nie so verschlammt gewesen.

Danach untersuchte ich die Wände aufmerksam nach Schimmelflecken als Hinweis auf den Wasserrohrbruch, konnte aber keine entdecken. Nur der Geruch nach Verwesung kam mir in der Essecke deutlicher zu Bewusstsein. Eine gute Maßnahme dagegen war das Aufstellen einer großen Schale mit Äpfeln, die fast so intensiv dufteten wie mein Apfelshampoo.

Doris fragte per Mail an, ob ich ihr das Muster der Kittelschürze schicken könnte, und erzählte von einem Anruf, den zu erwähnen sie bisher vergessen hatte. Sie ging täglich in unsere Wohnung, um unsere drei Gewächse zu gießen: eine kränkliche Bananenstaude und zwei Ficus benjamini. Und als das Telefon schellte, konnte sie nicht widerstehen, den Anruf entgegenzunehmen.

Auf Doris' Neugier konnte ich mich verlassen.

Irgendein George mit komischem Akzent hatte angerufen und behauptet, mich von früher zu kennen. Doris fand die Stimme sexy und verriet ihm, dass ich gerade eine vermögende Tante beerbte. Dann wollte sie wissen, ob dieser George eine Rolle in meinem Leben gespielt hatte.

Ich mailte ihr zurück, dass ich nicht wisse, von wem die Rede sei, und falls es mir mal irgendwann einfiele, sei es garantiert nicht wichtig.

Als ich das schrieb, fiel mir auf, wie sehr ich mich bemühte, die Episode, die mir der Anruf ins Gedächtnis gerufen hatte, sofort wieder zu vergessen. Ich finde es lächerlich, allzu intensiv in der eigenen Vergangenheit herumzukramen. Es gibt so viel Bedeutsameres in der Gegenwart. Zum Beispiel eine Leiche im Garten. Über die Gestaltung des Beets war ich mir noch nicht im Klaren, nur, dass bald etwas geschehen musste. Zum Glück blieb es einigermaßen trocken, so dass keine weiteren Erdrutsche zu befürchten waren. Am nächsten Tag passierte auch nichts Aufregendes, und ich begann, das Gurkenbeet mehr oder weniger aus meinem Kopf zu verdrängen. Im Verdrängen hatte ich ja einige Übung.

Es roch immer noch schlecht im Haus.

Doris hakte noch mal wegen George nach, aber ich schrieb ihr zurück, dieser George sei einer von vielen gewesen, das wüsste ich jetzt wieder, und es gäbe andere, an die ich mich besser erinnerte.

An wen denn?, kam postwendend die Antwort.

Zum Beispiel Ernest und Michael, schrieb ich in der Hoffnung zurück, dass sie endlich Ruhe gab.

Nur war es mit meiner Ruhe nun vorbei.

Ernest und Michael! Ich hatte tatsächlich schon lange nicht mehr an sie gedacht, an George allerdings auch nicht. Wenn man schon dreiunddreißig Jahre alt ist, spielt ein halbes Jahr der eigenen Vergangenheit ja auch keine so große Rolle mehr. Es sei denn …

Ich wollte den Gedanken nicht weiterverfolgen, und tatsächlich gelang mir die Ablenkung. Denn ich trennte vorsichtig den Saum der Vorhänge im Wintergarten auf, schnippelte ein Stückchen ab und tütete es sorgfältig ein. Den Briefumschlag hatte ich Tante Ellas Schreibtisch entnommen. Es war ein dick gefütterter aus einem ganzen Paket. Anscheinend war Ella eine fleißige Briefschreiberin gewesen und hatte nur das beste Material genommen. Diese Umschläge waren teuer, auch das dazugehörige Briefpapier. Jedes der handgeschöpften Blätter wies ein Wasserzeichen auf. In der zweiten Schublade steckte ein Brief, den ich auseinanderfaltete. Der untere Teil war abgerissen, den oberen überflog ich.

»Werte Freundin!«, stand da als Anrede. Es klang so entzückend altmodisch, dass ich trotz der aufkommenden Bedenken, in Tante Ellas Privatleben einzudringen, weiterlas.

»Bitte verzeih mir, dass ich Deinem Wunsch nicht entsprechen kann, so sehr er durch unsere Freundschaft legitimiert ist, was ich Dir ja bereits zu verstehen gegeben habe. Leider habe ich im Moment mit einigen Schwierigkeiten zu kämpfen. Ich weiß natürlich, was das für Dich bedeutet, oder ahne es zumindest, aber es handelt sich – das schwöre ich Dir – nur um einen kleinen Aufschub …«

Mitten im Wort begann der Abriss.

Merkwürdiger Brief, er klang ein wenig ängstlich.

Wider Willen neugierig geworden, kramte ich in der nächsten Schublade herum, um zu sehen, ob der Rest des Briefs dort auftauchte, aber leider vergebens. Dieser halbe Brief hatte zwischen zwei weiteren von den teuren Umschlägen gesteckt, vielleicht war er versehentlich dort statt im Papierkorb gelandet. Ganz hinten fand ich einen Rosenkranz aus Bernsteinperlen, an dem ein unproportioniert großes und dickes Silberkreuz hing, das einem Kardinal oder Erzbischof gut zu Gesicht gestanden hätte.

War Tante Ella denn katholisch gewesen?

Meine Eltern und damit auch ich waren – zumindest dem Taufschein nach – protestantisch.

Ich fingerte an dem Kreuz herum, und auf einmal ließ es sich wie ein Medaillon öffnen. Ein grüngraues, beinahe pulverisiertes Zeugs aus Pflanzenresten rieselte heraus, das ich in einer Reflexbewegung von der Schreibtischplatte fegte, wobei es sich so auf dem Fußboden verteilte, dass es praktisch verschwand. Erst später fiel mir ein, dass ich den Geruch, den es immer noch verströmte, instinktiv erkannt hatte.

In der folgenden Nacht schreckte ich aus dem Schlaf auf, der ohnehin etwas unruhig verlaufen war. Nachdem Meg ins Bett gegangen war, hatte ich mir trotz bester Vorsätze wieder ein Glas mit Nervennahrung gegönnt, diesmal war meine Wahl auf einen gut abgelagerten französischen Cognac gefallen, der wie Sirup im Glas kreiste. Während ich Schluck für Schluck meine Seele stärkte, erklang aus Tante Ellas mittelalterlicher Stereoanlage eine Puccini-Arie. Es war »Nessun dorma«, *»Keiner schlafe«*, rückblickend ein recht gut passendes Motto. An sich stand ich nicht so sehr auf Klassik, aber von Whitney Houston und meinem Lieblingssong »I will always love you« hatte meine Tante sicher nie etwas gehört. Ich weiß nicht, warum er mir an diesem Abend eingefallen war.

Vielleicht wegen des halben Briefs, vielleicht wegen George.

Anfangs wusste ich nicht, was mich geweckt hatte, wenn man den Cognac einmal als Übeltäter außer Acht ließ. Nachts war es hier ja so ruhig, wie ich es mir in der Gruft im Berliner

Dom vorstellte – also voll gespenstischer Stille, an die ich mich noch nicht gewöhnt hatte.

Aber so gespenstisch still war es gar nicht – nur gespenstisch, denn von unten drangen Geräusche herauf, ein Schaben oder Scharren, dann ein Poltern und danach nur noch sehr leise Geräusche, aber da es die einzigen waren, fielen sie eben auf.

Meine Tür schwang auf, und ich schoss vom Bett hoch. Mein Herz verwandelte sich in einen Presslufthammer, so dass ich nur noch dröhnend laut die Schläge aus meinem Innern hörte. Ich hatte die Vorhänge offen gelassen, so dass es nicht vollkommen dunkel war. In der Tür zeichnete sich eine Gestalt ab.

Ich sackte zusammen und ließ mich zurück aufs Bett sinken.

»Mom?«, fragte Meg leise und kam herein.

Für neunzig Prozent aller verstörenden Ereignisse gibt es völlig harmlose Erklärungen. Sobald ich Meg erkannte, war mir klar, dass sie unten gewesen war, um sich etwas zu trinken zu holen.

»Warst du gerade unten?«, erkundigte ich mich zur Sicherheit.

»Nein.«

»Versteh ich nicht. Du warst nicht unten?« Entsetzt dämpfte ich die Stimme.

Ich langte nach dem Lichtschalter, ließ dann aber langsam die Hand sinken, während ich mich innerlich gegen die Antwort wappnete.

»Nein, ich hab nur was gehört.«

Einen Moment schwiegen wir.

»Ich hör's noch«, murmelte ich verstört und setzte mich wieder auf.

Meg hockte sich auf die Bettkante und schlang die Arme um die angezogenen Beine.

»Komm her.« Ich schlug einladend die Decke zurück. Einen langen Augenblick verharrte meine Tochter auf der Bettkante, aber schließlich schlüpfte sie neben mich. Schulter an Schulter saßen wir am Kopfende des Bettes, die Decke fest um uns geschlungen, und lauschten gemeinsam.
Meggie wirkte viel ruhiger als ich.
»Ich könnte die Polizei rufen«, schlug ich mit bebender Stimme vor, »ich hab mein Handy hier.«
»Wie lange brauchen die bis zu uns?«, fragte Meg sachlich.
Zu lange, befürchtete ich und überlegte, dass im Gurkenbeet noch massenhaft Platz für zwei weitere Leichen war.
Die Geräusche unter uns hatten etwas Verstohlenes an sich. Vielleicht wollte nur jemand nachsehen, ob unter Tante Ellas verstaubtem Kram etwas zu finden war, was zu klauen sich lohnte. Dann fiel mir ein, dass schon einmal alles durchsucht worden war. Zumindest hatte ich den Verdacht gehabt, der jetzt zur Gewissheit wurde. Und damit war es endgültig vorbei mit meiner gespielten Ruhe. Jemand suchte im Haus nach etwas Bestimmtem, das er beim ersten Mal nicht gefunden hatte. Deshalb war er zurückgekommen.
Wer?
Und würde er zu uns heraufkommen?
Was sollten wir tun? Aus dem Fenster klettern?
Meg glitt aus dem Bett.
»Meg, was hast du vor?«
Die Tür stand immer noch offen, Meg huschte absolut geräuschlos nach draußen in den Flur. Zehn Sekunden später hatte ich sie am Arm gepackt und schob sie hinter mich. In einer Hand hielt ich einen Schuh, war aber nicht wirklich davon überzeugt, dass der Highheel von neun Zentimetern Länge die ideale Verteidigungswaffe war. Aber immer noch besser als nichts.

»Mom?« Meg schob nun mich beiseite. »Ich hör nichts mehr. Er ist weg.«
Ich hörte auch nichts mehr, blieb aber angespannt. Es konnte ja sein, dass der Einbrecher uns gehört hatte, sich still verhielt und nur darauf wartete, dass wir dämlich genug waren, zu ihm herunterzukommen.
Wenig später heulte draußen ein Hund, Meg lief zurück ins Zimmer und spähte aus dem Fenster.
»Tobler ist draußen«, erklärte sie.
»Tobler?« Ich trat neben sie, riss das Fenster auf und sah ebenfalls hinaus. »Ich sehe nichts, da ist kein Hund.«
Mein Zimmer lag nach vorn, ihres nach hinten, wir wechselten in ihr Zimmer, während das Heulen abebbte und schließlich völlig verstummte.
»Tobler hat den Einbrecher verjagt«, behauptete Meg.
»Hast du ihn wirklich gesehen? Den Hund, meine ich.«
Meg zog die Schultern hoch und schauderte. Ganz behutsam nahm ich sie in die Arme, und einen kurzen, kostbaren Moment lehnte sie sich an mich.
»Ich bin müde, Mom, ich geh wieder schlafen«, murmelte sie und löste sich von mir. Ich ließ sie ziehen.
Nun hatte ich selbst das Gefühl, dass der Einbrecher das Haus verlassen hatte.
Es wäre immer noch das Allervernünftigste gewesen, umgehend die Polizei zu verständigen, aber ich tat es nicht. Wieder nicht. Obwohl mir die Vorstellung, dass wir einen nächtlichen Besucher gehabt hatten, wie Feuer in den Eingeweiden brannte, unterließ ich es, mir professionelle Hilfe zu holen. Aber ich konnte mich auch nicht wieder ins Bett legen und weiterschlafen.
Stattdessen schlich ich im Dunkeln in die Diele hinunter, den Schuh in der Hand, zittrig bis in die Fingerspitzen. Unten an

der Treppe gab ich einem Impuls nach und schaltete das Licht ein. Falls ich mich doch geirrt hatte, würde ich unseren Einbrecher wenigstens *sehen,* bevor er mich k.o. schlug. Das Licht, eine trübe Funzel, erhellte die Diele nur unzureichend, aber ich sah doch genug.

Da stand er, die Arme hochgerissen, als wollte er mich gleich an sich pressen.

Ich schrie auf und schlug sofort die Hand vor den Mund. Hoffentlich hatte Meg meinen Schrei nicht gehört und blieb oben. Ich kniff die Augen zusammen.

Der Kerl vor mir war überhaupt kein Kerl. Sondern dieses spillerige Ding von Garderobenständer, an dem eine Regenjacke hing und eine Baseballkappe, die Meg manchmal aufsetzte.

»Mom?« Meg stand oben an der Treppe.

»Es ist nichts, geh schlafen«, rief ich hinauf.

»Du hast geschrien!«

»Weil ich auf ein Steinchen getreten bin, das hat weh getan, ich bin barfuß.«

Unschlüssig, ob sie mir glauben sollte, blieb sie stehen.

»Geh schlafen.«

Endlich trollte sie sich.

Wenig später hatte ich mich davon überzeugt, dass wir wirklich allein im Haus waren.

Es war merkwürdig. Wer immer hier gewesen war, hatte keine Spuren hinterlassen, zumindest keine offenkundigen. Nichts fehlte, und was da war, stand wohl an dem Platz, an dem ich es in Erinnerung hatte. Hier wäre Megs fabelhaftes Gedächtnis hilfreich gewesen, aber sie aus dem Bett zu holen und zu bitten, sich gründlich umzusehen, kam nicht in Frage. Das musste bis morgen warten.

Alle Türen und Fenster waren verschlossen, das hieß, fast alle.

Das Fensterchen im Klo auf der Diele hatte ich nach dem Schuheputzen sperrangelweit offen gelassen, aber man musste schon sehr schmal und gelenkig sein, um sich hindurchzuzwängen.

Jetzt schloss ich es sorgfältig.

Bevor ich wieder ins Bett ging, trank ich noch einen Cognac.

Am nächsten Morgen wanderte Meg, ohne von mir dazu aufgefordert zu sein, in Küche, Wohnzimmer und Wintergarten herum und verkündete schließlich mehr oder weniger das, was ich bereits vermutet hatte. »Es fehlt nichts, aber der Schreibtisch ist durchsucht worden.«

»Das war ich, Schatz.«

Meg runzelte die Stirn, warf einen zweiten Blick auf den Schreibtisch und zuckte die Schultern. »Wenn du meinst«, sagte sie nur, und ich wusste nicht, was ich von der Bemerkung halten sollte.

Die Sache blieb undurchsichtig. Und ich überlegte, was das Haschisch, das ich in dem Kreuzmedaillon gefunden hatte, über Tante Ella aussagte. Oder gehörte ihr der Rosenkranz gar nicht? Es war Hasch darin gewesen, den Geruch würde ich nie vergessen. Und dieser halbe Brief?

Wies auch auf etwas nicht ganz Astreines hin.

Wir waren noch beim Frühstück, das wir bei weit geöffneten Fenstern auf dem Sofa im Wintergarten einnahmen, als wir jemanden rufen hörten.

Widerstrebend sahen wir nach.

Draußen stand Justus mit zwei alten, schwarz lackierten Damenfahrrädern. Wir eilten in unseren Nacht-T-Shirts zu ihm hinaus. Nun würden wir die Pizzadiät beenden können, und ich sah uns schon meine Lieblingssorte Cheeseburger als ideale Ergänzung zu den Bioäpfeln in einen Einkaufswagen packen.

Der Junge hob kaum den Kopf, als er uns heranstürmen sah, sondern blickte zur Seite. Wie sein Vater ließ er nicht viel Gemütsbewegung erkennen.
Meg blieb abwartend ein paar Meter vor ihm stehen.
»Eins müsst ihr jeden Tag aufpumpen, der Hinterreifen taugt nichts mehr«, murmelte Justus, »wir hatten keinen neuen.«
Die Räder sahen aus, als wären sie geputzt worden. Eine Welle der Dankbarkeit schwappte in mir hoch. Das mit dem Reifen würden wir schon hinkriegen – irgendwie.
»Magst du mit uns frühstücken, Justus? Wir haben noch Muffins übrig.«
Während ich sprach, wandte mir Justus endlich das Gesicht zu.
»Muffins?«, wiederholte er zweifelnd.
»Und Rumkugeln«, ergänzte Meg überraschend, »aber ohne Rum, die schmecken nur danach.«
»Was?«, sagte Justus ratlos.
»Wir wollen dich zum Frühstück einladen, aber wir haben nur Muffins, Rosinenbrötchen und …«
Justus' Miene verklärte sich.
»Na, komm schon! Meg, nimm ihm ein Rad ab, er muss nicht beide schieben.«
Ich finde es schön, wenn jemand reinhaut. Justus hielt in der einen Hand einen Schokomuffin, in der anderen ein Rosinenbrötchen und biss abwechselnd ab. Ich dachte, vielleicht war er ja Ediths Apfelkuchen längst leid und freute sich über die Abwechslung.
»Magst du Kaffee dazu?«, erkundigte ich mich.
»Ist das richtiger?«
Mir fiel auf, dass er nur mit Verzögerung antwortete. Wie Edith schon sagte, er war ein bisschen langsam.
»Kaffee ist Kaffee«, mischte sich Meg ein.

Bedächtig schüttelte Justus den Kopf. »Richtigen Kaffee darf ich nicht.«
»Er ist noch zu klein für Kaffee«, murmelte Meg mit einem für sie ungewohnten Spott.
Das würde wohl nichts mit dem gemeinsamen Spielen, ich hatte es ja geahnt. Schade war's trotzdem.
Im Lauf der nächsten halben Stunde bekamen wir heraus, dass eins der Fahrräder Lothar gehörte, er hatte es extra für uns instand gesetzt, aber erst, nachdem Edith ihm Dampf gemacht hatte. Die Rücktrittsbremse war nicht in Ordnung gewesen. Deshalb hatten wir so lange auf die Räder warten müssen. Hauptsächlich Meg wollte die Einzelheiten wissen und führte daher eine Art Kreuzverhör mit Justus durch, dem sie jede Antwort aus der Nase ziehen musste. Er war wohl von Natur aus ein schweigsamer Typ.
Ich ging mich duschen und anziehen und ließ die beiden allein. Als ich fast fertig war, rief meine Mutter an.
Ich hasste diese frühen Anrufe von ihr. Sie wusste genau, dass mein Gehirn immer erst spät auf Touren kam, während ihres ab sieben Uhr morgens hellwach und zu jeder Hinterhältigkeit bereit war.
»Wie weit bist du?«, fragte sie ohne Umschweife.
»Uns geht's gut«, antwortete ich beleidigt, um sie in die Defensive zu drängen. Manchmal hatte der Appell an die guten Sitten Erfolg.
»Das habe ich angenommen«, gab sie ungerührt zurück. »Du achtest aber diesmal hoffentlich darauf, dass Meggie zeitig zu Bett geht, ordentlich schläft und was Richtiges isst. Nicht immer nur Pizza und Schokolade. Ich weiß noch, wie lange es das letzte Mal dauerte, bis sie wieder auf den Beinen war.«
Mühelos hatte sie den Spieß umgedreht. Merkwürdig, dass ich mit dreiunddreißig Jahren immer noch nicht fähig war, in

einem Schlagabtausch mit meiner Mutter so zu punkten, wie ich es mir wünschte.

»Wir haben einen ganzen Eimer voll Bioäpfel von einer Nachbarin.«

»Von Eppings? Pass auf, dass Meggie keinen Durchfall von den Äpfeln bekommt, frisches Obst ist sie doch gar nicht gewöhnt.«

Ich wollte zu einer scharfen Entgegnung über unsere Ernährungsgewohnheiten ansetzen, aber meine Mutter ließ mich nicht zu Wort kommen.

»Also, wie weit bist du denn jetzt? Hast du Ellas Sachen durchgesehen, war der Makler da, und hat er eine Schätzung des Hauses vorgenommen, und wie lange dauert es noch, bis das Haus auf dem Markt angeboten wird? Du kannst das auch selbst in die Hand nehmen, über eines der Internetportale, das muss ich dir ja eigentlich nicht erläutern. Und lass dich ja nicht auf einen Exklusivvertrag mit dem Makler ein.«

Es klang sachlich und ungeduldig zugleich, und beides regte mich zuverlässig auf. Als ich noch klein war, hing ich den üblichen Phantasien nach, ein adoptiertes Kind zu sein oder zumindest ein vertauschtes, und stellte mir vor, dass ich in Wirklichkeit in eine Familie mit noch zwei Kindern gehörte, mit einer Mutter, die nichts lieber tat, als uns nach Strich und Faden zu verhätscheln. Meine Mutter hatte keine Ahnung, wie so etwas ging. Sie war Lehrerin in einer Grundschule, und spätestens ab der zweiten Klasse hatten die Kinder ein bisschen Angst vor ihr. Ihr Redeschwall hatte mich nervös gemacht, außerdem hatte sie ganz zu Anfang etwas gesagt, das mir seltsam vorgekommen war. Aber was, zum Henker, war es gewesen?

»Carlotta, sprichst du nicht mehr mit mir? Oder darf ich annehmen, dass du noch gar nichts von dem unternommen hast,

weswegen du Meggie, obwohl sie noch schonungsbedürftig ist, nach Nienborg geschleppt hast?«
Meg wieder ins Spiel zu bringen war unfair. Meine Mutter hatte mir dringend davon abgeraten, sie mitzunehmen, aber eigentlich hatte sie gewollt, dass *ich* keinen Fuß mehr in dieses Kaff setzte. Das war mir schon klar. Sie meinte sicher, ich würde hier bloß die Zeit vertrödeln und die ganze Angelegenheit mit dem Hausverkauf nur schleppend vorantreiben, sobald ich erst einmal die Nase in Ellas Trödelkram gesteckt hatte. Effizientes Handeln hatte sie mir noch nie zugetraut.
»Ich habe mir gestern den Schreibtisch vorgenommen«, sagte ich, »und außerdem einige Papiere unterzeichnet, die im Amtsgericht für mich bereitlagen.«
Woher kannte meine Mutter die Eppings?, fragte ich mich auf einmal. Die Erwähnung der Eppings hatte mich gestört, jetzt wusste ich es.
»Den Schreibtisch?«, fragte meine Mutter mit unerwartet belegter Stimme nach. »Und?«
»Was und?«
Woher kannte sie Eppings so genau, dass sie wegen der Äpfel sofort auf sie getippt hatte? Soweit ich wusste, hatte sie seit damals, als sie mich halbtot vor Fieber, Schüttelfrost und Halsschmerzen hiergelassen hatte, kaum noch Kontakt mit Tante Ella gehabt, und wenn, dann höchstens telefonisch.
»Carlotta, reiß dich *bitte* zusammen. Es kann für dich nicht so schwer sein, morgens um zehn eine einfache Frage zu beantworten.«
Doch, und du weißt das genau, dachte ich wütend. Sollte ich ihr von dem Brieffragment erzählen? Warum denn? Alles, was Tante Ella besessen hatte, gehörte nun mir und ging meine Mutter überhaupt nichts an. Das sollte ich vielleicht mal klarstellen.

»Was hast du noch mal gefragt?« Auch ich konnte stur sein. Meine Mutter seufzte hörbar durchs Telefon. »Gut zu wissen, dass du wenigstens schon beim Amtsgericht warst. Was sind das für Papiere?«
Keine Ahnung, hätte ich antworten können, ich hab sie ja nicht gelesen.
»War ich ja gar nicht, die Rechtspflegerin ist vorbeigekommen und hat mich die Papiere hier unterzeichnen lassen.«
»Wieso das denn?«
»Tobler!«, hörte ich Meg rufen.
»Wir sind im Augenblick nicht so mobil, und Nienborg lag sowieso auf ihrem Weg. War doch nett, oder? Jetzt gehört der ganze Kram mir, hat sie gesagt«, schwafelte ich weiter, weil mir bewusst wurde, dass ich etwas Falsches gesagt hatte.
»Ist auch ein Grundbuchauszug bei den Papieren? Hast du dir den genau angesehen?«, erkundigte sich meine Mutter, und ich war nur froh, dass sie nicht auf meine Bemerkung zur Mobilität einging.
Wo war der Hund? Ich hörte ihn nicht bellen, und irgendwie erschien mir das noch verdächtiger als der Krach, den er sonst machte.
»Entschuldige, aber ich muss nach Meg sehen«, gab ich sehr bestimmt zurück. »Wir reden später weiter.« Wenn ich wacher bin, nach drei oder vier weiteren Tassen Kaffee, hätte ich hinzufügen können, oder auch gar nicht.
»Und was ist mit deinem Auto?«, hörte ich noch, dann unterbrach ich die Verbindung.

5

Tobler buddelte hingebungsvoll im Gurkenbeet herum. Meg und Justus schauten zu. Der Junge eindeutig ängstlich.
»Der ist bissig wie ’ne Klapperschlange«, murmelte er. Die beiden drückten sich an das Geländer der Veranda und sahen Tobler fasziniert bei seinem unheilvollen Tun zu.
Der Vergleich war nicht ganz passend, traf aber meine Grundeinstellung zu dem Hund. Meg mit ihrem Hang zur Genauigkeit nahm dagegen Anstoß.
»Das ist eine Bulldogge, der hat nichts mit Klapperschlangen zu tun«, stellte sie richtig. »Bulldoggen heißen auch Bullenbeißer, weil sie früher im Kampf gegen Bullen eingesetzt wurden. Sie haben diese kurzen Nasen, damit sie sich besser in den Bullen verbeißen können. Sie lassen nämlich nicht mehr los, wenn sie erst einmal …«, leierte sie herunter.
»Meg«, unterbrach ich, »das ist jetzt nicht wichtig.«
Justus machte große Augen. Ich fand es überflüssig, ihn darauf hinzuweisen, dass Meggie ihr Wissen gelegentlich aus dem Internetlexikon Wikipedia bezog. Und noch überflüssiger, dass sie alles Gelesene auswendig zitieren konnte und das wegen ihres manischen Hangs zur Genauigkeit unweigerlich tat, wenn ich sie nicht daran hinderte.
»Ich möchte nicht, dass er sich in mein Bein verbeißt und nicht mehr loslässt«, gab Justus überraschend zu bedenken.
Tobler schaute kurz auf. Die breite Schnauze war völlig verdreckt, aber die Zähne, die er nun bleckte, wirkten dafür umso weißer und gefährlicher.
Solange er buddelte, würde er uns nicht anfallen, aber das Buddeln lag auch nicht in meinem Interesse. Ganz und gar nicht.

»Tobler«, schrie ich, »bei Fuß!«
In Berlin gibt es genügend Köter, und man kann gar nicht anders, als den einen oder anderen Befehl aufzuschnappen, mit dem sie in Schach gehalten werden.
Tobler sah uns tückisch an, wuffte einmal drohend und senkte die Schnauze wieder ins Beet. Wahrscheinlich hätte ich froh sein müssen, dass er lieber buddelte, als uns anzufallen. Bullenbeißer! Vor meinem inneren Auge sah ich ihn, wie er die Zähne schnappmesserartig in einen Bullenkopf hieb und das Blut in einem Schwall herausspritzte.
Eine widerlichere Kreatur als diesen Hund konnte ich mir kaum vorstellen.
Wie war er bloß in den Garten gelangt?
Ich sah mich um und entdeckte den Spaten. Als ich ihn mit beiden Händen packte und mich auf den Weg ins Beet machte, kam Meg hinter mir her und griff nach meinem Arm.
»Nein, Mom, lass das. Er spielt doch nur.«
Er spielt nicht, er gräbt eine Leiche aus, war die bittere Wahrheit, die ich aber nicht zur Sprache bringen durfte. Jeden Moment konnte Tobler darauf stoßen, schließlich grub er an der richtigen Stelle.
Jetzt stutzte er, hob die Schnauze wieder aus dem Dreck und sah uns triumphierend an. Kein Zweifel, er hatte etwas gefunden! Der Mistköter vergewisserte sich nur noch, dass ihm keiner in die Quere kam und ihm den Fund streitig machte. Doch genau das hatte ich vor.
Ich riss mich von Meg los und drehte mich dabei mit hoch erhobenem Spaten halb herum.
Am Ende der Veranda stand mein adeliger Nachbar auf seinen Stock gestützt und blickte mit vornehmer Herablassung auf unser Treiben.
»Sie wollen doch wohl nicht meinen Hund erschlagen?«

»Nein«, gab ich gereizt zurück, war aber heilfroh, dass er aufgetaucht war. »Ich will ihn nur aus *meinem* Garten vertreiben, bevor er einen von uns beißt.«
Herr von Biebers oder wie er hieß zog die Augenbrauen hoch.
»Ich bin nicht mal gegen Tetanus geimpft«, fuhr ich fort. »Und Meg auch nicht.«
»Doch«, widersprach meine Tochter. »Wir haben uns vor zwei Jahren am achten August um elf Uhr impfen lassen. In der Charité.«
Diese blöde Rechthaberei war ihr einfach nicht auszutreiben. Dafür hätte man schon ihr Hirn umarbeiten müssen.
Tobler wuffte erneut.
Mir gefror das Mark in den Knochen, während ich mich umwandte, um zu sehen, ob er wirklich einen Teil der Leiche freigelegt hatte und das mit dem Wuff anzeigen wollte. Der Hund stand ungeheuer breit- und krummbeinig da und glotzte aus kleinen verkniffenen Augen sein Herrchen betont aufsässig an. Aus seiner Schnauze troff Spucke. Neben ihm gähnte ein nicht unbeträchtliches Loch im Boden. Nach meiner Berechnung *musste* da etwas zu finden sein. Klar, dass der Köter sich ungern stören ließ.
»Wie kommt Ihr Hund hier herein?«, keifte ich und stellte mich so, dass ich die Sicht in das Loch versperrte.
»Durch das Tor, das Sie leichtsinnigerweise geöffnet haben«, entgegnete Henry von Dingsbums.
»Was für ein Tor? Ich bin nicht mal in der Nähe Ihres Hauses gewesen.«
»Das Tor in der Mauer.«
»Nein, das habe ich nicht«, entgegnete ich, ohne zu begreifen, von welchem Tor er sprach. »Und jetzt rufen Sie Ihren Hund zu sich, und legen Sie ihn an die Leine. Worauf warten Sie noch?«

Er hatte keine Leine bei sich. Und ich argwöhnte, dass die Töle etwa so folgsam wie Meg war. Nämlich mehr oder weniger gar nicht.
»Das Tor ist sonst immer geschlossen, darauf achte ich«, gab mein Nachbar uns pedantisch zu wissen.
»Sie glauben gar nicht, wie egal mir das im Augenblick ist. Ich möchte nur, dass Sie und Ihr Hund aus meinem Garten verschwinden!«, rief ich aufgebracht.
In diesem Augenblick kam Napoleon um die Ecke der Veranda und mauzte einmal kurz.
»Tobler!«, mahnte Herr von B., aber es war zu spät. Tobler schoss aus dem Beet, raste an uns vorbei und verschwand mit Napoleon aus unserem Sichtfeld.
»Jetzt frisst er die Katze«, gab ich zu bedenken.
Wie zur Bestätigung hörten wir Napoleon mordsmäßig kreischen.
Herr von B. ignorierte meinen Einwand, zog etwas aus der Tasche seinen Blazers – es war wieder der knittrige, sandfarbene, den wir bereits kannten – und setzte es an die Lippen. Es sah aus wie eine silberne Zigarette, war aber wohl eine Hundepfeife. Mir fiel ein, dass Meg eine Pfeife erwähnt hatte. Das Erstaunliche war, dass diese keinen hörbaren Ton erzeugte. Der musste im Ultraschallbereich liegen. Auf diese Weise hatte er den Hund schon einmal zurückgepfiffen.
Wenige Augenblicke später trabte Tobler um die Ecke, und ich prüfte sofort mit einem Blick, ob ihm Blut an der Schnauze klebte. Aber es war nichts davon zu sehen. Napoleon musste noch einmal mit dem Leben davongekommen sein. Tobler stellte sich vor seinen Herrn, schaute zu ihm auf und wedelte sacht mit dem Ringelschwänzchen: die personifizierte Unschuld. Herr von B. beugte sich arthritisch nach vorn und tätschelte ihm das schmutzige Haupt.

»Na also«, sagte er leise, »da bist du ja, mein Guter.« Es klang überraschend zärtlich, beeindruckte mich aber nicht. Es gab auch in Berlin genügend Leute, die Hunde mochten, aber Kinder hassten.

Ich überlegte, ob ich rasch mal einen Blick in das Loch werfen könnte, bevor es jemand anders tat – Meg zum Beispiel oder Justus. Aber erst einmal musste ich Herrn von B. samt Tobler loswerden.

»Ich wäre Ihnen sehr verbunden«, wandte ich mich höflich, aber in deutlich ätzendem Tonfall an den Herrn, »wenn Sie in Zukunft Ihren Hund einsperrten. Ich lege nicht den geringsten Wert darauf, dass er hier wieder auftaucht und meine Tochter oder mich anfällt. Der Hund ist gefährlich, das sieht man doch auf einen Blick.«

»Sind Sie mal gebissen worden?«, fragte Herr von B.

Seine Frage löste bei mir einen heftigen Flashback aus.

Ich musste an mich halten, um nicht aufzuschreien.

Ja, ich war einmal gebissen worden, da war ich zwölf Jahre alt, und die Narben trug ich immer noch am Arm, am Bein und im Gehirn. So ein Erlebnis prägt sich nachhaltig ein, die Angst, das Entsetzen, das furchtbare Ausgeliefertsein. Es war unten an der Rheinpromenade passiert, als ich mit einer Freundin spazieren ging. Passanten retteten mich, nachdem sie endlich vom Zuschauen genug hatten. Der Hund war nicht einmal ein Streuner gewesen, hatte auch keine Tollwut, das war die gute Nachricht bei allem.

Aber die Bisswunden mussten genäht werden, und ich lag drei Tage im Krankenhaus.

Den Hundebesitzer hat mein Vater auf Schadenersatz verklagt, von dem Geld bekam ich ein schickes Fahrrad, mit dem ich nie gefahren bin.

»Würden Sie jetzt bitte gehen, Herr von … von …?«

»Beverloe. So schwer ist der Name gar nicht zu merken«, gab er mild ironisch zurück. »Henry von Beverloe«, wiederholte er nachdrücklich, als wäre ich eine schwach begabte Grundschülerin in einer Klasse meiner Mutter.

»Wow«, sagte Justus, als Herr von B. samt Tobler endlich fort waren. »Der alte Baron, so nah hab ich den nie gesehen.« Es klang, als wäre die Begegnung ein großes Erlebnis für ihn. Überhaupt hatte ich den Eindruck, als gefiele es Justus außerordentlich gut bei uns. Von mir aus hätte er noch bleiben können.

»Du musst jetzt nach Hause«, sagte Meg bestimmt und löschte damit jene idiotische kleine Hoffnung aus, die ich mir gerade noch geleistet hatte.

Ich ließ die beiden allein und ging mit dem Spaten ins Gurkenbeet. Wahrscheinlich war es falsch, nicht nachzusehen, aber ich war es so leid, diese Totenklaue zu erblicken, dass ich blindlings Erde in das Loch schaufelte und sie danach noch festtrat. Es wurde wirklich Zeit, etwas Schweres, Großes über die Stelle zu wälzen.

Nur hatte ich hier auf meinem Grundstück nichts entdeckt, wenn ich mich nicht an den Steinen der Burgmauer vergreifen wollte. Ich überlegte, dass sich die Gurkenranken zur provisorischen Tarnung eigneten, ich brauchte sie bloß geschickt umzuarrangieren. An einigen saßen gelbe Blüten und an den meisten neue Gürkchen in verschiedenen Entwicklungsstadien. Bienen taumelten über dem Beet, bereit, das Ihre zur nächsten Gurkenschwemme beizusteuern.

Wusste Edith Epping von dieser Fortpflanzungsorgie im Gurkenbeet? Wahrscheinlich.

Mit einer unguten Vorahnung verließ ich das Beet.

Mir war aufgefallen, dass Herr von B. wie bei unserer ersten Begegnung Meg unauffällig, aber sehr intensiv gemustert hatte. Es sah nach einem Interesse aus, das über das eines Menschen an neuen Nachbarn deutlich hinausging, und das machte ihn mir verdächtig. Schlimmer noch. Es hatte so etwas wie ein Wiedererkennen in seinem Blick gelegen. Nur war das ja wohl ausgeschlossen. Wahrscheinlich interpretierte ich das in diese geheime Musterung hinein, weil mir der ganze Kerl nicht sonderlich sympathisch war.

Dennoch – ich sollte ein Foto von ihm machen. Solche Typen waren in der Werbung gefragt, und mit ein paar unauffälligen Änderungen war das Foto nicht zu identifizieren. Lockiges Haar und vielleicht ein Trachtenjanker in Graugrün? Sogar die Töle ließ sich als Motiv verwenden.

Als ich zu meinem kalten Kaffee in den Wintergarten zurückkehrte, erblickte ich Napoleon im Esszimmer, der sich für ein Stück Fußleiste interessierte und mit einer Pfote daran herumkratzte. Meg und Justus waren auch da, und Meg versuchte immer noch, den Jungen loszuwerden.

»Nein, ich spiel nicht mit dir Ball«, erklärte sie abweisend. »Das ist mir zu langweilig.«

»Dann gehen wir auf die Wiese zu den Schafen. Magst du Schafe?«

»Nein, die stinken«, wandte Meg ein. »Es gibt wirklich nichts, was wir zusammen tun könnten.«

Wieder tat mir Justus leid. Er stand mit hochgezogenen Schultern da, ein unglückliches Kind, das Anschluss suchte und wahrscheinlich schon oft zurückgewiesen worden war. Das sah ich an dem unsteten Blick und der gedrückten Haltung. In Körperhaltungen kannte ich mich einigermaßen aus, das lernt man, wenn man viel mit Werbung zu tun hat. Justus zeigte die des geborenen Underdogs. Dabei sah er eigentlich recht nett aus. Er war schmächtig, aber gut gewachsen, hatte ein rundes Gesicht, eine noch niedliche kleine Schafsnase, blassblaue Augen und helles weiches Haar. Es war nichts Be-

sonderes an ihm, aber auch nichts Abstoßendes. Warum war er in dieser elenden Verfassung? Auch der Tod seiner Mutter konnte dafür kein ausreichender Grund sein. Trauer sah meiner Ansicht nach anders aus.
Hatte er etwas Schreckliches beobachtet? Möglicherweise einen Streit zwischen seinen Eltern, der gewaltsam endete? Ich dachte an mein Gurkenbeet und merkte, wie sich meine Überlegungen wieder in eine bestimmte Richtung bewegten.
»Kannst du auf einem Grashalm blasen?«, fragte Justus in einem letzten, verzweifelten Versuch, Megs Interesse zu wecken. »Ich kann's.«
»Okay«, sagte Meg nach kurzem Nachdenken, »Mom, wir gehen wieder nach draußen, Justus will mir was zeigen.«
»Und wohin geht ihr?«, fragte ich misstrauisch.
»Nur auf die Wiese, Grashalme holen. Das dürfen wir doch, oder?« Aus Justus' Stimme klang unüberhörbar ein Flehen. Wie konnte ich da nein sagen?
»In Ordnung. Aber lasst keine Schafe in den Garten.«
Auf Napoleon hatte ich nicht mehr geachtet. Inzwischen hatte er es geschafft, die Fußbodenleiste so weit zu lockern, dass er in dem Spalt dahinter herumangeln konnte.
»Nehmt den Kater mit, ich möchte ihn nicht im Haus haben«, fügte ich hinzu. Mir fiel auf, um wie viel stärker es auf einmal im Haus stank.
»Das mach ich«, murmelte Justus. Aber statt sich den Kater zu greifen, blieb er vor ihm stehen und beugte sich zu ihm hinunter. »Er hat da bestimmt was gefunden«, fuhr er fort.
Der Gedanke an Leichen hatte sich bei mir so festgesetzt, dass ich gar nicht anders konnte, als mit einem neuen unappetitlichen Fund zu rechnen.
»Das ist mir egal, bring ihn raus, Justus. Sofort!«, sagte ich mit aller Strenge.

Justus ließ sich zu meiner Überraschung nicht davon beeindrucken. Im Gegenteil. Er nahm eine Kuchengabel vom Frühstückstisch und stocherte hinter der Fußleiste herum, während Napoleon in ärgerliches Fauchen ausbrach. Es gab einen Kampf zwischen den beiden, den der Kater gewann. Blitzschnell streckte er die Pfote aus, und gleich darauf hatte er etwas Graues, irgendwie Scheußliches im Maul. Was konnte das bloß sein? Eindeutig roch es sehr, sehr schlecht. Der Verwesungsgestank überwältigte mich geradezu.

»Igitt«, schrie Meg, »ist das eklig! Napoleon, gib das her.«

Ich war sehr dafür, dass der Kater das nicht machte.

Für mich sah das Ding wie ein Stück zusammengedrehte Haut mit fusseligen Haaren aus, und mich überfiel der Gedanke, dass hier ein Mörder am Werk gewesen war, der einen Toten aus Rachsucht skalpiert hatte. Es war eindeutig pervers, jemanden zu skalpieren, und …

Justus hatte nun ein weiteres Teil gefunden und auf die Gabel gespießt. So konnte das nicht weitergehen, ich musste eingreifen. Mir war so, als hätte ich einen Staubsauger in einem Küchenschrank gesehen.

»Ich saug das alles weg und auch hinter der Fußleiste, falls da noch mehr ist«, sagte ich so neutral im Ton wie möglich.

Justus schaute mich an, als wäre ich übergeschnappt.

»Ne, ich bring die lieber mit der Gabel raus«, wandte er ein.

»Was bringst du raus?«, erkundigte sich Meg.

»Die Spitzmaus«, antwortete Justus. »Die ist alle.«

Ich ließ mich auf einen Stuhl sinken, plötzlich konnte ich mich nicht mehr auf den Beinen halten. An dem Fusselding hatte ich nichts Spitzes bemerkt. Nur eine tote Maus? Unmöglich. So gut konnte es das Schicksal nicht mit uns meinen. Wie sollte denn so eine Maus reingekommen sein? Und warum überhaupt?

»Woher weißt du, dass das eine Spitzmaus ist?«, fragte Meg, und ich sah ihr an, wie ihr Interesse aufglühte. »Für mich sieht das nicht nach einer toten Maus aus.« Sie trat dichter an Justus heran, der die Gabel ein Stück von sich fernhielt. Das konnte ich verstehen. Es war, als atmete man Verwesung und jede Menge Fäulnis ein.

Ich stemmte mich vom Stuhl hoch.

»Meg, ich will nicht, dass du dir das Ding näher ansiehst. Am Ende kriegst du noch was davon in die Lungen.«

Napoleon schlich mit seinem Fusselding im Maul um Justus herum nach draußen. Sollte er doch. Um seine Lungen machte ich mir keine Sorgen.

»Spitzmäuse stinken, dass weiß doch jeder«, sagte Justus geradezu mitleidig über so viel Unwissenheit. »Und tote stinken noch mehr. Schlimmer als tote Igel. Wir hatten auch schon welche im Haus.«

»Tote Igel oder tote Mäuse?«, fragte Meg unnötigerweise.

Ich konnte nicht verhindern, dass sie ebenfalls eine Gabel nahm und zusammen mit Justus auf dem Fußboden eine Untersuchung des Fundstücks vornahm, die damit endete, dass auch ich der Spitzmaustheorie im Ergebnis eine gewisse Wahrscheinlichkeit einräumte. Eigentlich konnte ich zufrieden sein, dass für die Kinder die Sache feststand und dass ich außerdem das Ding am Ende loswurde, denn die beiden trugen es auf die Gabel gespießt zur Mülltonne.

Ich nutzte ihre Abwesenheit, um hinter die Fußleiste zu spähen, wo ich faustgroße Löcher in der Wand und eine Menge Mäuseköttel vorfand. Nachdem ich die weggesaugt hatte, sorgte ich für gewaltigen Durchzug.

Nur langsam sickerte in mein Bewusstsein, was der Fund hinter der Fußleiste zu bedeuten hatte. Nämlich ungeheuer viel. Je länger ich darüber nachdachte, desto stärker wurde die

Überzeugung, einem Alptraum entronnen zu sein. Mit den toten Spitzmäusen erledigte sich schon mal der Wasserrohrbruch, und ich nahm mir vor, bei Gelegenheit Dieter den Spaten an den Kopf zu hauen – nicht wirklich, sondern nur verbal, sozusagen als gewaltige metaphorische Ohrfeige. Wie hatte der Kerl doch versucht, mich zu linken! Der Verwesungsgeruch bekam nun eine viel, viel harmlosere Note, ich war hier halt auf dem Land, da stank es mal nach Mist, Schafen oder toten Spitzmäusen, das gehörte zum ländlichen Charme dazu. Die ganze Atmosphäre im Haus hatte sich unversehens aufgehellt. Das Morbide war weg. Damit war ich auch viel eher bereit, mich mit Tante Ellas Hinterlassenschaften zu befassen, eine Aufgabe, um die ich mich bisher herumgedrückt hatte – wie ich mir nun eingestand.

Und überhaupt, die anderen Sachen, die mir Kopfschmerzen bereitet hatten: Ich vermutete nun, dass Napoleon der nächtliche Einbrecher gewesen war. Es war ein Klacks für ihn, durch das Klofenster ins Haus zu gelangen. Klinken herunterzudrücken war für clevere Katzen auch kein unlösbares Problem. Die Katze eines Freundes von mir bekam sogar den Kühlschrank auf.

Ich hätte nun erst recht einen Hass auf Eppings Kater haben müssen, weil er uns in der Nacht so ungeheuer erschreckt hatte, aber seltsamerweise dachte ich nur noch an ihn wie an eine große, nicht allzu bedrohliche Schmeißfliege.

Ich wurde immer fröhlicher, mich überschwemmte eine Welle der guten Laune.

Blieb nur das Gurkenbeet.

Wahrscheinlich gab es auch für den Fund im Gurkenbeet eine harmlose Erklärung, ich war nur noch nicht darauf gekommen. Allerdings erhob sich in diesem Moment eine andere Stimme in meinem Kopf. Leichenfunde zu verharmlosen fiel

in eine völlig andere Kategorie, mahnte die Stimme, die entfernt wie die meiner Mutter klang.
Meg kam wieder herein – allein.
»Wo ist Justus?«
»Weg.«
Ich fragte nicht nach. Meg Freunde aufzuzwingen hatte keinen Sinn – das macht bei keinem Kind Sinn.
»Dann radeln wir jetzt mal nach Heek zum Einkaufen.«
»Mom?«
»Du kommst mit.«
»Darum geht's nicht. Das Törchen war zu, das weiß ich.«
»Welches Törchen?« Als ich die Frage aussprach, fiel mir die Antwort ein. Wortlos ging ich voraus, ich wollte selbst sehen, was es damit auf sich hatte. Das Törchen war nicht etwa aus Schmiedeeisen, sondern aus Holz und hatte nicht mal ein Guckloch. Es saß in der dicken Mauer zu Henry von Beverloes Anwesen und sah so verwittert aus wie die Mauer selbst und ganz so, als hätte man es seit Jahren nicht mehr geöffnet. Man konnte es leicht übersehen, so schmal und unscheinbar war es. Nun schaute ich es mir genauer an. Zwischen dem unteren Rand und dem unebenen Erdboden klaffte ein Spalt, durch den sich Napoleon an einer Stelle eventuell hindurchquetschen konnte, Tobler dagegen nicht. Das Schloss war natürlich eins, zu dem wie bei unserer sogenannten Haustür ein altertümlicher Schlüssel mit Bart gehörte.
Ich rüttelte am Törchen, es klapperte, und die Sperrzunge des Schlosses kam mir schon sehr lädiert vor. Eventuell funktionierte der Schließmechanismus nicht mehr richtig.
»Du hast nicht versucht, das Tor zu öffnen?«, fragte ich Meg.
Sie schüttelte den Kopf, und ich glaubte ihr.
»Das war abgeschlossen. Wie jetzt. Ich bin über die Mauer geklettert, um den Ball zu holen.«

Mich überfiel wieder die Vision dieser Kampftöle, wie sie nach Megs Bein schnappte, und nun fügte ich ein anderes Bild von Tobler hinzu, wie er sich gegen das Törchen warf, bis es aufging.
War das denkbar?
Nein, nicht mal der blutgierigste und stärkste Hund konnte das Tor auf diese Art, das hieß *gegen die Bewegungsrichtung* aufbrechen.
Aufklinken? Mit einer Pfote?
»Mom, ich glaube, Henry hat das Törchen geöffnet«, sagte Meg.
Das war natürlich absurd, vollkommen absurd, merkwürdig war nur die schwache Ölspur an den Angeln, die ich bei einer letzten kritischen Musterung dieses mittelalterlichen Zugangs zum Nachbaranwesen entdeckte.
Das Törchen hatte vermutlich nicht geknirscht oder gequietscht, als es das letzte Mal aufschwang.

Unterwegs nach Heek erläuterte Meg mir, was sie über das Blasen auf Grashalmen herausgefunden hatte, und verbreitete sich über Luftströme, Schwingungszahlen und ihre Bedeutung für Tonhöhen. Sie unterbrach ihren Vortrag nur, weil wir einmal absteigen mussten, um den beinahe platten Reifen hinten an ihrem Rad aufzupumpen.
»Und?«, fragte ich. »Kannst du nun auf einem Grashalm blasen?«
»Nein«, sagte sie verdrossen.
Der Rückweg gestaltete sich schwieriger als der Hinweg. Ich fuhr Schlangenlinien auf der Straße, weil ich mit den vollen Plastiktüten, die mir rechts und links vom Lenker baumelten, kaum die Richtung halten konnte. Schlimmer noch war, dass ich mich nicht richtig aufs Fahren zu konzentrieren vermoch-

te. Denn vor dem Einkaufen waren wir in der Sparkasse gewesen, um Tante Ellas Konto aufzulösen.
Vor der Sparkasse wummerte ein Presslufthammer. Das Geratter verfolgte uns bis in die kleine Schalterhalle und weckte eine vage Erinnerung, die ich aber nicht weiterverfolgte.
Die Kontoauflösung wäre gar kein großes Problem, sagte mir der Bankangestellte, nachdem ich ihm meinen Ausweis und den amtlichen Erbschein vorgelegt hatte. Ich brauchte nur für die laufenden Zahlungen ein anderes Konto anzugeben. Im ersten Moment war ich tatsächlich so blöd, anzunehmen, dass auf Tante Ellas Konto noch regelmäßig Zahlungen eingingen. Dann wurde ich aufgeklärt. Außer den üblichen Abbuchungen für Strom, Gas und den noch aktiven Telefonanschluss handelte es sich vor allem um die Zahlung der Hypothekenzinsen. Als er den Betrag nannte, fiel ich fast in Ohnmacht.
»Was für Hypothekenzinsen?«, stotterte ich.
Die Kontoauszüge, die mir nach Berlin geschickt worden waren, hatten keine Abbuchung von Hypothekenzinsen ausgewiesen, allerdings umfassten sie auch nur die letzten zwei Monate der Kontobewegungen. Nach älteren Auszügen hatte ich nicht geforscht.
Meg saß auf einem Sesselchen in der Wartezone und blätterte alle Schriften durch, die dort auslagen. Dafür würde sie nicht sehr lange brauchen. Ich musste mich also mit der Abwicklung meiner Bankgeschäfte beeilen.
Die Hypothekenzinsen fielen vierteljährlich an und waren in einer Woche wieder fällig. Dafür reiche der Betrag nicht, der auf dem Konto verblieben sei, hatte der nette Bankmensch erklärt und sich ein bisschen an meinem Unbehagen geweidet.

Hinter mir hupte jemand. Gleich darauf überfuhr mich beinahe ein großer silbergrauer Mercedes, weil ich vor Schreck zu weit auf die Fahrbahn geraten war.
»Arschloch!«, schrie ich hinter ihm her und zeigte den Stinkefinger. So ungehobelt benahm ich mich normalerweise nicht. Dabei schaffte ich es noch so gerade, nicht in den Graben neben der Straße abzudriften.
Etwa hundert Meter vor uns hielt der Wagen an, und ich machte mich auf eine Auseinandersetzung mit einem jungen Schnösel im feinen Anzug gefasst.
Die Hypothek, die auf meinem ererbten Haus lastete, war etwa so hoch, wie die ganze Hütte im Augenblick wert sein musste, wenn man einberechnete, dass die Immobilienpreise in den letzten sechs Monaten um etliche Prozente nachgegeben hatten. Es wäre ein äußerst ungünstiger Zeitpunkt zum Hausverkauf, hatte mir der Bankmensch erläutert. Er riet mir abzuwarten, bis sich die Preise erholt hatten. Natürlich war ich sauer auf mich selbst, weil ich nicht längst den Grundbuchauszug studiert hatte, der irgendwo bei den Papieren zum Haus dabei sein musste.
Ich war geradezu blind vor Wut, als vor uns jemand aus dem Wagen stieg. Es war eine lange, hagere Gestalt, die etwas vage Bekanntes hatte, und dann trat in voller Größe und Ausstrahlung Peter O'Toole auf uns zu. Einen Augenblick war ich überwältigt von seinem Anblick, während meine Wut praktisch in der Luft hängen blieb.
Erst mit einer gewissen Verspätung erkannte ich Herrn von B. Er schüttelte den Kopf und zwang mich, anzuhalten und abzusteigen, indem er mir in den Weg trat. Hinter mir knirschte die Bremse an Megs Fahrrad.
»Sind Sie verrückt?«, schrie ich ihn an, »wir hätten Sie beinahe über den Haufen gefahren!«

»Und ich hatte den Eindruck, es wäre genau umgekehrt«, gab er ruhig zurück. Irgendwie nahm er mir den Wind aus den Segeln.
»Das kann auch sein«, gab ich mit einem matten Seufzer zu.
»Sie hätten besser den Radweg genommen, er begleitet eine der Nebenstraßen, die auch nach Heek führen«, sagte Herr von Beverloe, und sein Blick wurde besorgt. »Geht es Ihnen nicht gut?«
Ich hatte nicht bemerkt, dass sich meine Augen auf einmal mit Tränen füllten. Auf der Stelle hätte ich mich hinsetzen und heulen können, ich fühlte mich elend und verraten. Falls mir ein Ziegelstein auf den Kopf gefallen wäre, wäre die Wirkung kaum eine andere gewesen als die Eröffnung dieser Hypothekenlast, mit der ich in der Sparkasse konfrontiert worden war. Die Hypothekenzinsen waren höher als unsere Miete in Berlin. Hatte Tante Ella mich gehasst? Man muss jemanden hassen, wenn man ihm einen Sack voll Schulden hinterlässt, einen anderen Grund für ihr hinterhältiges Testament konnte ich mir nicht vorstellen.
Hätte Henry von B. nicht meinen Lenker ergriffen, wäre ich samt Fahrrad umgefallen.
»Es ist ja nichts passiert«, sagte er begütigend.
Meg schob ihr Fahrrad neben mich.
»Mom ist nicht so gut im Fahrradfahren«, sagte sie sachlich, »wir hätten erst üben müssen.«
Als ob sie weniger gewackelt hätte! In Berlin ließ ich sie nur selten Fahrrad fahren, allein schon gar nicht. Motorisch war Meg nicht sonderlich begabt, aus ihr würde nie eine Spitzensportlerin.
»Das scheint mir auch so«, sagte unser Nachbar. »Es wundert mich nur, dass Sie sich ausgerechnet eine Einkaufstour zum Üben ausgesucht haben und so schwer bepackt hier herumradeln. Sie haben doch ein eigenes Auto?«

Unsere Rostlaube musste ihm doch aufgefallen sein, als er uns besucht hatte. Warum fragte er dann?
»Schon«, antwortete Meg, und ich staunte, dass sie nach diesem einen Wort den Mund hielt.
Peter O'Toole sah nachsichtig von ihr zu mir, und ein kaum wahrnehmbares Lächeln huschte über seine so gut bekannten Züge und setzte sich in seinen blauen Augen fest. Solange ich Herrn von B. mit dem bekannten Schauspieler gleichsetzte, erlag ich unweigerlich seinem Charme. Hilflos lächelte ich zurück.
»Es ist wohl besser, wenn ich den Weitertransport Ihrer Einkäufe übernehme, wenn Sie es mir gestatten.« Seine Stimme hob sich fragend, Meg machte eilig die kleine Tüte von ihrem Lenker los, die ich ihr anvertraut hatte. Ich dagegen rührte mich nicht.
Stattdessen sah ich zum Auto und erwartete halb und halb, Tobler zähnefletschend vom Rücksitz aus durch die Scheibe spähen zu sehen. Zum Glück hatte Herr von B. die Tür geschlossen.
»Ihren Hund haben Sie nicht dabei?«, erkundigte ich mich dennoch.
»Nein, er ist daheimgeblieben.«
»Und bewacht das Haus?«
Peter O'Toole lächelte Meg an.
»Sozusagen.«
Es war eigenartig. Obwohl der Hund ja offenkundig nicht da war, hatte ich den Eindruck, dass sich Meg und Herr von B. über ihn verständigten. Etwas ging zwischen ihnen vor, bei dem ich ausgeschlossen war. Das verwirrte mich. Es war gar nicht Megs Art, mehr als nur flüchtig von anderen Notiz zu nehmen.
»Geben Sie mir nur ruhig die Tüten, ich stelle sie Ihnen vor

die Tür«, brachte mich Herr von B. wieder auf das Näherliegende zurück.
Ich sträubte mich nicht länger gegen sein Angebot, wunderte mich nur darüber. Als er eine Bemerkung über zu viel Pizza und Hamburger machte, unterließ ich es sogar, ihn darauf hinzuweisen, dass der Transport unserer Einkäufe ihn nicht zur Kritik daran berechtigte. Außerdem hatte ich auch Cornflakes, Sahnejoghurt, Kaffee, Kakao, Käse, einen Rettich und Milch eingekauft – wenn auch nur H-Milch. Ich wollte nicht in zwei Tagen schon wieder nach Heek radeln und erneut einen Sturz in den Straßengraben riskieren.
Als wir zu Hause eintrafen, sah ich sofort, dass er Wort gehalten hatte. Er selbst war verschwunden, nur die Tüten standen säuberlich aufgereiht vor der Tür. Tobler bellte wie verrückt jenseits der Mauer, und nicht weit von unseren Einkäufen entfernt lungerte ein Fremder herum.
Überrascht starrte er zu uns herüber, aber dann nickte er uns beiläufig zu und fuhr in unverschämter Seelenruhe fort, scheinbar ziellos herumzuwandern und das Haus und die Umgebung zu betrachten, als sei er auf einer Sightseeingtour. Das Gebell beeindruckte ihn nicht.
Sein Blick schweifte am Gartenzaun entlang und hinüber zur Burgmauer, als schätzte er die Entfernung. Der Mann hatte sichtlich ein professionelles Interesse an unserer Bleibe.
Unser Haus duckte sich praktisch zwischen zwei ausgedehnte Anwesen: Auf der einen Seite lag Herrn von B.s malerische Burg und auf der anderen Seite ein modernes Gebäude, Teil eines Ensembles, welches auch einen der beiden anderen alten Herrensitze Nienborgs einschloss. Edith Epping hatte mich darüber aufgeklärt, dass neben uns eine Musikschule residierte, die wegen der Sommerferien zwei Wochen leer stand, bevor die Ferienkurse begannen. Von dort war also im Augen-

blick keinerlei Geräuschbelästigung zu befürchten. Ich war sehr dankbar dafür, dass wir von Geigengekratze, Trommelsolos und dem Jaulen in den höchsten Tönen, die menschliche Kehlen hergaben, verschont wurden, vor allem, als ich begriff, wer uns gerade aufsuchte.
Fünf Minuten später führte ich den Fremden bereitwillig sowohl ums Haus herum als auch durchs Haus und sogar in den Keller. Mir war klar, dass es sich um den Makler beziehungsweise um einen Angestellten des Maklerbüros handelte. Wer sonst sollte so auffällig hier herumstreifen? Ich hatte schon von Berlin aus Kontakt mit einem größeren Büro in Ahaus aufgenommen, aber keinen konkreten Termin ausgemacht, da ich ja nicht hatte ahnen können, was mich hier erwartete. Die Sekretärin hatte mir gesagt, dass eventuell jemand, der gerade in der Gegend zu tun hatte, auch ohne Termin kommen und zumindest das Haus schon mal von außen besichtigen und ein paar Fotos machen würde.
Der Mann war schätzungsweise Mitte dreißig. Er machte tatsächlich Fotos, auch von der Umgebung, das hieß aus verschiedenen Blickwinkeln, und stellte ein paar Fragen. Mir fiel auf, dass er einen leichten Akzent hatte, den ich nicht einordnen konnte. Meg betrachtete ihn mit unverhohlenem Misstrauen. Ganz entgegen ihren Gewohnheiten verkroch sie sich nicht irgendwo, sondern blieb uns auf den Fersen.
Tobler hörte auf zu bellen, sobald wir ins Haus gingen.
In Begleitung des Maklers sah ich das Haus sozusagen mit fremden Augen. Wieder fiel mir auf, dass sich einiges in sehr schlechtem Zustand befand. Anderes hingegen – wie die Vorhänge und der riesige Wintergarten – verriet, dass Tante Ella viel Geld investiert hatte, nur an den falschen Stellen, wie mir schien. Das Klo in der großen Eingangsdiele leckte. Das kleine Waschbecken sah richtig unappetitlich aus mit seinen

bräunlichen Kalkrändern rund um den Kran, der auch nicht mehr dicht war. Mit seinen alten blassblauen und teilweise angeschlagenen Fliesen machte das ganze Kämmerchen einen sehr renovierungsbedürftigen Eindruck.

Im Keller fiel der Putz in großen Placken von den Wänden und offenbarte uraltes Mauerwerk. Es war mein erster Besuch im Keller, gab ich reuig vor mir selbst zu. Hier standen eine Menge Regale voll mächtig angestaubter Flaschen. Auf einer entdeckte ich im Vorübergehen Fingerabdrücke. Wer die wohl hinterlassen hatte? Ella? Das würde sich nicht mehr aufklären lassen.

Der Makler klopfte die Wände mit der Hand ab, das fand ich merkwürdig.

»Das Haus fällt schon nicht zusammen«, wies ich ihn zurecht.

»Nein«, entgegnete er trocken, »das glaube ich auch nicht. Das Mauerwerk erinnert ein bisschen an die Burgmauer. Wer wohnt denn nebenan?«

»Ein alter Baron.«

Warum sagte ich das überhaupt? Es spielte doch gar keine Rolle, wer oder was mein Nachbar war. Andererseits sollte es ja Leute geben, denen eine adelige Nachbarschaft viel bedeutete: Neureichen, die gern das *Goldene Blatt* lasen. Ich hatte potenziellen Käufern zwar ein leckendes Klo, aber zum Ausgleich einen waschechten Baron als Nachbarn zu bieten. Wenn ich das Haus im Internet anbot, musste ich unbedingt darauf hinweisen.

»Henry von Beverloe«, warf Meg hilfsbereit ein. Sie begleitete uns immer noch.

Der Makler zwinkerte. »Und? Wie ist er denn so?«

Meg schlenderte im Keller umher und sah in alle Ecken.

Sollte ich Herrn von B. werbewirksam anpreisen? Meg gegenüber hatte ich ihn als »Pfeife« bezeichnet, das hatte sie si-

cher nicht vergessen. Wenn ich ihn nun zu sehr lobte, konnte es sein, dass sie sich bemüßigt fühlte, das Bild von ihm zu korrigieren. »Vornehm«, antwortete ich ausweichend und dachte daran, wie Herr von B. unsere Einkäufe transportiert hatte. »Und hilfsbereit, wenn's mal drauf ankommt.« Reichte das? »Als Nachbar durchaus akzeptabel«, fügte ich noch hinzu. Nicht dass das meiner Meinung entsprach, aber es klang wunderbar seriös und glaubwürdig.
Meg gab keinen Kommentar ab, sie studierte die freiliegenden Mauerwerkspartien.
Ich fühlte mich irgendwie beschämt durch die leckende Toilette und die Unordnung in meinem Schlafzimmer, denn ich lebte aus dem Koffer und hatte überall meine Sachen verstreut, weil ich es nicht fertiggebracht hatte, Tante Ellas Schrank auszuräumen. Das stand mir immer noch bevor. Ich hatte ihn nur aufgemacht und die Wolke abgestandenen Parfüms eingeatmet, die wie aus einem anderen Jahrhundert zu mir herüberzuwehen schien. Hinter den ersten Türen hingen praktische lange Hosen in Beige und Braun und schlichte Blusen – die meisten aus Baumwolle, und in zwei Schubladen lagen akkurat gefaltete dünne Pullover und Wolljacken zum Überziehen in sehr neutralen Farben. Diese Garderobe kam mir bekannt vor. Ja, darin hatte ich Tante Ella gesehen, und sie erschien mir immer nüchtern und unaufgeregt: Ella, nicht die Garderobe, damals hatte ich diese wahrscheinlich kaum bewusst wahrgenommen. Die Sachen spiegelten wohl ihr inneres Wesen, begriff ich.
Ich machte die nächsten beiden Türen auf.
Dahinter hing ein schimmernder Pelzmantel neben Seidenkleidern in überraschend schillernden, bunten Farben, die Doris vor Freude hätten aufschreien lassen. Zwei atemberaubend ausladende Hüte mit viel Klimbim, richtige Designer-

stücke, lagen neben altmodischen Schachteln auf einer Hutablage. Das haute mich um. Aber gehörten diese Sachen überhaupt Ella? Sie passten so wenig zu ihr – zu der Frau, die ich in Erinnerung hatte.

Behutsam schloss ich die Schranktüren wieder.

Ich war verwirrt und fühlte mich nicht gut.

Beinahe erwartete ich, dass Tante Ella im nächsten Moment hereintrat und mich fragte, wieso ich in ihren Kleiderschrank guckte. Damals, mit dreizehn, hätte ich nie gewagt, ihn aufzumachen, ich hatte nicht einmal geahnt, was sich hinter den schlichten weißen Türen verbarg.

Der Makler stand noch mit uns auf dem Vorplatz, als Justus auf einem Fahrrad in unsere Einfahrt einbog. Hinten auf dem Gepäckträger hatte er ein Körbchen, das er herunternahm und mir hinhielt.

»Käse«, sagte er nur.

Ich wandte mich an den Makler. »Wenn Sie noch Fragen haben, können Sie ja anrufen, meine Handynummer hat das Büro bereits, aber ich kann sie Ihnen noch mal geben.«

»Muss nicht sein.« Er sah auf seine Armbanduhr, eins dieser protzigen Dinger, die viele Männer mögen. »Ist spät geworden, ich muss los.«

Es war sicher bereits vier Uhr durch, Meg und ich hatten nicht zu Mittag gegessen und mir knurrte der Magen. Daher wollte ich den Mann nicht aufhalten.

Ich hatte nicht mal nach seinem Namen gefragt, aber der war ja auch egal. Hauptsache, das Haus würde endlich zum Verkauf angeboten.

»Und Sie wissen ja«, fasste ich die Absprache zusammen, »kein Exklusivvertrag, ich biete das Haus auch selbst im Internet an. Sagen Sie das Ihrem Chef, wenn er den Vertrag auf-

setzt. Und für länger als sechs Monate unterschreibe ich nicht.«
Der Mann nickte unbeeindruckt. »Geht klar.«
Justus sah ihm nach. »Der ist Holländer.«
»Woher weißt du das?«
»Die sprechen alle so, wenn sie Deutsch reden.«
Das Maklerbüro lag in Ahaus, das war, soweit ich wusste, nicht sehr weit von den Niederlanden entfernt. Gut möglich, dass der Makler Holländer beschäftigte und auch jenseits der Grenze tätig war.
»Na wenn schon«, sagte ich.
»Der Käse ist von unseren Schafen«, wechselte Justus das Thema.
Er blieb zum Abendessen, Meg war damit einverstanden, weil Justus ihr eine weitere Übungsstunde im Grashalmblasen anbot. Ich hörte das misstönige Tröten aus dem Garten dringen. Hoffentlich war er clever genug, Meg auch weiterhin scheitern zu lassen.
Meine Mutter rief an und wollte von mir wieder wissen, was mit dem Auto los war, also sagte ich ihr, dass der Auspuff erneuert werden müsse, weil er einen höllischen Krach machte, aber das habe Zeit. Erst einmal wolle ich mich um das Haus kümmern, anschließend erzählte ich ihr ausführlich vom Besuch des Maklers. Beim Erzählen ging mir durch den Kopf, dass er keine Angabe über den Wert des Hauses gemacht hatte, aber vielleicht wollte er das seinem Chef überlassen.
»Was ist das Haus wert?«, fragte meine Mutter prompt.
»Das erfahre ich morgen über das Maklerbüro. Der Mann heute war nur für eine erste Besichtigung zuständig.«
»Du hast hoffentlich keinen Exklusivvertrag unterschrieben?«
»Nein, hab ich nicht.«

Ich hörte die Stimme meines Vaters.
»Papa will mit dir sprechen«, sagte meine Mutter.
Dann meldete er sich.
»Brauchst du Geld? Deine Mutter sagt, dein Auto hätte den Geist aufgegeben. Das wundert mich nicht. Schrottkarrenfahren ist zwar aufregend, weil ja man nie weiß, was demnächst klappert oder abfällt, aber jede Karre hat irgendwann mal ausgedient. Deine muss jetzt weit über das Verfallsdatum hinaus sein. Also, lässt du deinen alten Vater ein paar Mäuse spenden, damit die nächste Karre auch eine Klimaanlage hat?«
Es wäre so einfach gewesen, ja zu sagen, aber das wollte ich unter keinen Umständen.
»Ich hab in letzter Zeit genug Goldkronen eingebaut. Wegen der Finanzkrise tragen die Leute ihr Vermögen gerne im Mund«, legte mein Vater nach.
Fast wäre ich schwach geworden.
»Nein, ich brauche dein Geld nicht.«
»Dann hast du den Schmuck der alten Ella gefunden?« Es klang ein bisschen, als wollte er mich aufziehen.
An Schmuck hatte ich noch gar nicht gedacht. Selbst der flüchtige Blick auf Ellas Garderobe hätte mir verraten müssen, dass zu den Seidenkleidern Schmuck gehörte. Tante Ella war eine Frau mit Geschmack. Zu den schönen Farben passte am ehesten etwas gänzlich Farbneutrales wie beispielsweise – ich dachte nach – lupenreine weiße Diamanten. Ein ausgesucht schönes Brillantcollier wäre genau das Richtige, erwärmte ich mich mehr und mehr. Der Gedanke an Schmuck, der sich auf die Schnelle versetzen ließ, war wirklich nicht übel. Sofort besserte sich meine Stimmung. Auf Schmuck als Problemlöser meiner Finanzkrise, schloss ich die Überlegung ab, hätte ich längst kommen müssen!
Ich plauderte noch ein Weilchen mit meinem Vater und er-

zählte ihm von meinen ersten Eindrücken und den Nachbarn, die ich kennengelernt hatte. Wie immer unterließ er es, mir gute Ratschläge zu erteilen oder zu fragen, was ich alles bereits erledigt hatte, weil er genau wusste, dass meine Mutter das für ihn mitbesorgte. Er lachte über die Gurkenschwemme und teilte mir vergnügt mit, dass er überhaupt keine Gurken mochte. Schon gar keine sauren, die für ihn nach Mundfäule rochen, und dass überhaupt rohes Obst und alles Saure neben Zucker den Zähnen die größten Schäden und ihm sein gutes Einkommen bescherte. Abschließend witzelten wir gemeinsam über die bescheuerte Ökowelle.

Beschwingt beendete ich das Gespräch. So gut hatte ich mich lange nicht mehr gefühlt. Ich hatte schon immer ein viel entspannteres Verhältnis zu meinem Vater als zu meiner Mutter mit ihren ehernen Grundsätzen von Rechtschaffenheit, Ordnung und Moral. Vielleicht lag das daran, dass er sich für meine Erziehung nicht zuständig fühlte oder zumindest längst nicht im gleichen Umfang wie sie. Nicht ganz unwichtig war außerdem sein latenter Hang zu einer gewissen Schlitzohrigkeit. Zu schade, dass nicht die geringste Chance bestand, die von ihm geerbt zu haben.

Seltsamerweise ging ich nicht sofort auf die Suche nach Ellas Preziosen, sondern beschloss, erst einmal Dieter anzurufen. Ich stellte mir vor, wie freudig er reagierte, wenn ich mich bei ihm meldete, und ich erinnerte mich daran, dass ich ihm ja noch das eine oder andere mitzuteilen hatte.

In Erwartung eines baldigen Geldsegens würde ich schon mal das Klo in Ordnung bringen lassen. Ein undichtes Klo machte auf potenzielle Käufer einen zu schlechten Eindruck, das konnte nicht so bleiben.

Dieter freute sich tatsächlich über meinen Anruf. Erst einmal rieb ich ihm süffisant unter die Nase, dass sich der Wasserrohrbruch als Ansammlung von Stinkmäusen entpuppt hatte. Er geriet richtig ins Stottern vor Staunen, aber bevor er noch seine Erklärung für die Fehleinschätzung beendet hatte, kam ich auf das Klo zu sprechen. Ich kann, wenn es darauf ankommt, einen sehr geschäftsmäßigen Ton anschlagen. Ich wollte eine rasche Lösung des Problems und ersuchte ihn mit kühler Stimme, sich so bald wie möglich bei mir blicken zu lassen, falls er an dem Auftrag interessiert sei.

Er versprach, noch am Abend vorbeizuschauen, doch es könne spät werden.

Es wurde spät, aber er ließ mich nicht im Stich.

Zur Anerkennung seines Diensteifers holte ich eine Flasche Wein aus dem Keller. Natürlich achtete ich darauf, dass es keine allzu gute war, nur deutscher Riesling, der aber ganz anständig schmeckte. Sehr anständig sogar, mit jedem Glas entschieden mehr.

Meg schlief längst, als ich eng umschlungen mit Dieter auf das Sofa im Wintergarten sank. Ich wusste gar nicht recht, wie es dazu gekommen war, aber mein Immunsystem freute sich mächtig, denn wir beließen es nicht bei einer halben Sache. Ansonsten konnte ich zu meiner inneren Rechtfertigung nur anführen, dass gutaussehende, wohlproportionierte und gesund wirkende Männer eine fatale Wirkung auf mich haben, das ist evolutionär bei allen Frauen so angelegt.

Während wir unaufhaltsam auf den ersten Höhepunkt zusteuerten und mein Herz gegen die Rippen wummerte, fiel mir plötzlich das Pressluftgehämmer vor der Sparkasse ein und wann ich das bereits einmal gehört hatte. Dieters extrem aufregende Gegenwart half meinem Gedächtnis auf die Sprünge: Das Pressluftgehämmer hatte das Hintergrundgeräusch beim Telefonat mit ihm gebildet, als er mir den Was-

serrohrbruch weismachen wollte. Dann wurde das Denken unzusammenhängend beziehungsweise verflüchtigte sich völlig.
Natürlich hatte ich wegen Meg während der ganzen Immunsystemaufhübschungskur ein schlechtes Gewissen und wand mich innerlich bei der Vorstellung, dass meine Tochter unerwartet bei uns aufkreuzte. Wahrscheinlich habe ich mich vor schlechtem Gewissen auch äußerlich ganz schön gewunden, was Dieter dazu veranlasste, laut zu stöhnen. Ich war drauf und dran, ihn deswegen anzuraunzen, dann stöhnte ich selbst ganz hemmungslos.
Trotz der gelungenen spontanen Annäherung war ich im Hinblick auf Meg damit einverstanden, dass wir es bei einer Doppelrunde beließen. Ich erhob also keinen Einspruch, als Dieter nach seiner Hose griff und stammelte, er müsse jetzt gehen, würde morgen aber sofort jemanden wegen des Klos vorbeischicken.
Über einen Kostenvoranschlag für die Klosanierung hatten wir noch gar nicht gesprochen. Daher hielt ich ihn am Gürtel fest, als er sich für einen Abschiedskuss über mich beugte.
»Moment, hau nicht gleich ab«, hauchte ich.
Er warf den Kopf zurück und stöhnte wieder. »Ich muss aber.«
»Nur noch eine Minute.« Ihn beiseiteschiebend, glitt ich vom Sofa. Ich zog mir mein T-Shirt über, das mir aber nur bis kurz über die Taille reichte. Sofort grapschte Dieter nach mir und ich wich zurück, immer weiter zurück, stolperte rückwärts am Esstisch vorbei und war nur froh, dass ich nirgendwo anstieß und hinfiel. Aber Dieter folgte mir, und als er mich gegen den Küchentresen drückte, blieb ich endlich stehen.
»Ich brauche einen Kostenvoranschlag, bevor du anfängst.«
Dieter grunzte nur, ich merkte, wie er wieder in Fahrt kam.

Ich musste den Kopf zur Seite wenden, als er mich küssen wollte, obwohl mir das innerlich mächtig widerstrebte.
»Den Kostenvoranschlag, hörst du? Ohne ihn fängst du bei mir nichts an.«
Seine Hand wanderte über meinen Bauch abwärts, während er auf der Suche nach meinem Mund ebenfalls den Kopf drehte.
Abrupt zog er seine Hand zurück.
»Verdammt!«, murmelte er.
Vielleicht war ich ihm mit dem Kostenvoranschlag zu sehr auf die Nerven gegangen.
Es brannte kein Licht, nicht mal in der Küche. Durch die dem Garten zugewandten Glasscheiben des Wintergartens flutete volles Mondlicht herein, und auch durch die Küchenfenster fiel Licht, es war ein so intensives, dass ganz schwach Farben zu erkennen waren. Dieters Blick hing am Kühlschrank. Vorsichtig streckte er eine Hand aus und strich über das Blatt, das immer noch mit zwei Magneten daran befestigt war.
Die Farben wirkten alptraumhafter als bei Tag.
»Jetzt weiß ich's. Das sieht wie ein Stück von Ediths dämlicher Kittelschürze aus.«
»Lenk nicht ab, ja? Was ist nun mit dem Kostenvoranschlag?«, sagte ich scharf. Das Papier am Kühlschrank hatte mich zur Besinnung gebracht.
»Ich hab Durst«, murmelte Dieter und schielte noch mal zu dem Musterpapier. Ich wartete, bis er aus der hohlen Hand etwas Wasser getrunken hatte, und wollte ihn dann an den Kostenvoranschlag erinnern.
»Das ist bloß Papier, kein Stoff, was?«, sagte er und stockte. »Ich könnt schwören, so sieht das Muster auf Ediths Kittelschürze aus. Ich hab's doch gestern noch gesehen. Wieso hängst du so was hier auf? Und woher hast du das überhaupt?«

Irgendwie kamen wir nicht voran. Ich behielt für mich, was es mit diesem Blatt Papier auf sich hatte, und Dieter schwieg sich konstant über den Kostenvoranschlag aus. Er machte nicht einmal eine Andeutung, was ich für die Klosanierung berappen musste. Er sagte nur, kurz bevor er endlich verschwand: »Du willst doch nicht, dass das Stinkeklo so bleibt, oder? Da geht doch jeder rückwärts wieder raus.«
Ganz so schlimm war's nun auch nicht, aber ich widersprach ihm nicht. Leider.

Irgendwie war ich zu aufgekratzt, um ins Bett zu gehen, also setzte ich mich an meinen Laptop und schickte Doris eine E-Mail, in der ich ihr von meiner Hoffnung auf Tante Ellas Brillantcollier und ausführlicher von Dieter und dem Aufhübschen meines Immunsystems berichtete. Ich wusste, Doris würde gutheißen, was ich getan hatte, und mir dazu raten, damit weiterzumachen, bevor sich die Wirkung verflüchtigte. In Sachen Sex als Droge hielt Doris sehr viel von Nachhaltigkeit, wobei sich diese nicht unbedingt an einer bestimmten Person festmachen musste. Gewissenhafte Gesundheitsvorsorge konnte aus dieser Perspektive nicht nur guttun, sondern durfte obendrein auch Spaß machen.
Witzigerweise kreuzte sich meine Mail mit einer von ihr.
Wie geht's dem Trollkind?, mailte sie. *Grüß die Süße von mir und sag ihr, ich kann's gar nicht erwarten, sie wiederzusehen. Und ja, bevor ich's vergesse, dein George hat wieder angerufen. Mann, hat der eine tolle Stimme! Geht einem runter wie Honig. Und in der Werbung ist er auch! Hat eine eigene Firma und gar keine so kleine Klitsche, ganz im Gegenteil, ich hab sie sofort gegoogelt, sie hat eine Niederlassung in Toronto und eine in Edinburgh und natürlich die Zentrale in London. So was von very british. Warum hast du mir von George nie*

was erzählt? Lord George! Engländer und Lord! Weißt du, dass ich dich jetzt hasse, weil du ihn nie erwähnst hast?
George hatte also wieder angerufen.
Die Nachricht verursachte mir ein seltsames Kribbeln im Nacken. Doris hatte mir zwar nicht mitgeteilt, woher George angerufen hatte, noch, warum überhaupt, aber ich nahm natürlich an, dass der Anruf aus England kam. Eine Werbefirma mit Hauptsitz in London. Allerdings – ich hatte seit mehr als elf Jahren keinen Kontakt mehr mit ihm gehabt und mit den anderen beiden auch nicht. Irgendwie konnte ich George gar nicht von Ernest und Michael isolieren, die drei gehörten für mich zusammen – das war ja das Fatale. Vermutlich wäre einiges in meinem Leben anders gelaufen, wenn ich die drei nicht so sehr als Trio gesehen – und erlebt hätte.

6

Am nächsten Morgen aßen Meg und ich Schafskäse zu unseren Croissants. Er schmeckte sagenhaft gut, zusammen mit der englischen Orangenmarmelade, die ich als Sonderangebot im Supermarkt entdeckt hatte. Die Marmelade weckte wieder Erinnerungen an England und das eine Semester, das ich dort studiert hatte. Und natürlich an die drei, die mir gleich zu Anfang über den Weg gelaufen waren.
Dieter, ging mir auf, gehörte rein äußerlich zum gleichen Typ wie zwei meiner englischen Ex-Freunde, nämlich George und Michael. Zog mich das so sehr an ihm an? Doris vertrat die These, dass jeder von uns auf einen bestimmten Typ programmiert ist, der viel mit dem eigenen Immunsystem zu tun hat. Da war ich schon wieder bei meiner Gesundheitsvorsorge angelangt, aber um nicht allzu rasch in die gleiche Falle zu tappen, aß ich einen von Ediths stippigen gelben Äpfeln, der geschmacklich wie säuerliches Sägemehl daherkam. Im Kuchen machten sich die Äpfel besser.
»Doris lässt dich grüßen«, murmelte ich und legte den Rest des Apfels unauffällig beiseite. »Sie freut sich schon darauf, dich in Berlin wiederzusehen.«
Meg verdrehte die Augen. »*Er,* Mama, und ich freu mich nicht, *ihn* wiederzusehen. Danilo kann mich mal.«
Als wir hier angekommen waren, hatte Meg noch dunkle Ränder unter den Augen gehabt, die waren nun fast vollständig verschwunden, und ihre Haut zeigte einen Anflug von wunderschöner Sonnenbräune. Kein Zweifel: Megs Erholung war erstaunlicherweise in vollem Gang. Ediths Voraussage, dass ihr der Aufenthalt in Nienborg bestens bekommen wür-

de, erwies sich als richtig. Mir bekam Nienborg weniger. Ein Blick in den Spiegel vor dem Frühstück hatte mir gezeigt, dass ich nun die Augenränder hatte, und sie standen mir überhaupt nicht. Außerdem hatte ich wenigstens zwei Kilo abgenommen, aber das fand ich nicht so schlimm.

»Sie mag dich nun einmal«, sagte ich nachsichtig. Doris ist Ungar und der Einzige unter meinen Freunden, der gern mal in Kleidern herumläuft. Doris/Danilo findet es lächerlich und einfallslos, sich auf ein Geschlecht festzulegen.

»Er«, stieß Meg erbittert hervor. »Danilo ist ein Mann, auch wenn du Doris zu ihm sagst.«

Meg besteht auf geschlechtlicher Eindeutigkeit, und das Argument, dass sie auch hin und wieder ihre Jeans gegen Kleider und Röcke tauscht, zieht bei ihr nicht.

Nach dem Frühstück rief ich die Maklerfirma an.

»Gestern war jemand hier und hat Fotos gemacht. Ich gehe davon aus, dass Sie Bescheid wissen. Ein netter Holländer, ich bin sehr gut mit ihm zurechtgekommen«, begann ich locker das Gespräch mit der Sekretärin.

»Ja, das ist Herr van Ovezande. Er war sich nicht sicher, ob er es noch schafft, er ist noch nicht im Büro.«

Hatte ich nicht insgeheim befürchtet, dass der Kerl, den ich am Tag zuvor durchs Haus geführt hatte, gar nicht von der Firma gekommen war? Sicher, ich erwartete jemanden von den Maklern, aber was hieß das schon? Hatte er sich ausgewiesen? Nein. Hatte ich nach einem Ausweis oder einer Legitimation gefragt, wie es jeder Mensch tut, der noch alle seine Tassen im Schrank hat? Auch nein. Jetzt wusste ich aber, dass ich instinktiv richtig gehandelt hatte, und war beruhigt. Allerdings gab es da ja immer noch diese Leiche im Gurkenbeet, die mich in ständiger latenter Alarmbereitschaft hielt. Man konnte nicht auf einer Leiche sitzen und allen Ernstes erwar-

ten, dass sich das nicht irgendwie bemerkbar machte. Durch verdächtige Besucher zum Beispiel.
Herr van Ovezande war aber nicht verdächtig.
»Dann warte ich nun darauf, wieder von Ihnen zu hören.«
Im Hintergrund klingelte ein zweites Telefon.
»Ja, natürlich. Wir haben ja Ihre E-Mail-Adresse. Wir schicken Ihnen erst einmal den Vertrag zu, den lesen Sie in Ruhe durch, unterschreiben ihn und schicken ihn zurück. Einverstanden? Ich muss jetzt leider auflegen.«
Und ob ich mir den Vertrag in Ruhe durchlesen würde! Jede Zeile. Aber bis der Vertrag da war, würde ich selbst ein paar hübsche Fotos machen und das Haus zum Verkauf ins Internet stellen. Das Problem war, dass ich keine Ahnung hatte, zu welchem Preis ich es anbieten sollte. Was das betraf, war ich auf die Angaben der Maklerfirma angewiesen. Auf alle Fälle musste der Preis die Hypothek so weit übersteigen, dass unterm Strich noch etwas für Meg und mich übrig blieb. Ich dachte an das marode Klo, und mir war aufgefallen, dass das Fenster in Megs Zimmer noch ein ganz altes war, ohne Isolierglas. Überhaupt musste die Hütte im Winter saukalt sein, da fehlte überall Isolierung.
Wie isolierte man fachmännisch ein Fachwerkhaus? Und was kostete das? Mehr, als das Haus im gegenwärtigen Zustand wert war? Ich erinnerte mich an die Papiere, die mir die Angestellte des Amtsgerichts dagelassen hatte, und sah sie mir nun endlich an. Ein Grundbuchauszug war tatsächlich dabei. Es waren insgesamt drei Hypotheken eingetragen, die Tante Ella im Lauf von zehn Jahren bei der Sparkasse aufgenommen hatte. Als ich mir die Gesamtsumme vergegenwärtigte – die mir ja der Bankbeamte bereits genannt hatte –, war meine gute Laune so restlos verflogen, als hätte ich sie nie gehabt. Schlimmer als das: Ich fühlte mich so bedrückt und hilflos

wie damals bei meiner Flucht aus London. Ach, noch viel, viel schlimmer.
Ich hätte das Erbe ausschlagen müssen, das wäre das einzig Vernünftige gewesen. Irgendwo hatte ich mal gelesen, dass sich der Charakter bis zum zwanzigsten Lebensjahr ausprägt und danach kaum noch verändert. Ich hielt mich für vernünftig, schon weil ich nach sehr vernünftigen Grundsätzen erzogen worden war. Es war damals meiner Ansicht nach überaus vernünftig gewesen, meinen Kram zusammenzupacken und aus England abzuhauen.
Erstaunlich, dass mich George nun gefunden hatte.
Aber das hatte er ja gar nicht. Ganz dringend musste ich Doris davor warnen, ihm mitzuteilen, wo ich augenblicklich steckte.
Um gegen die miese Stimmung anzugehen, machte ich mich auf die Suche nach Ellas Schmuck.
Diesmal hielten mich keinerlei Bedenken davon ab, den Inhalt ihres Schranks zu inspizieren. Ich musste nur an das Testament denken und die Hypotheken, und schon überkam mich eine Woge grimmiger Entschlossenheit.
Tante Ella liebte Chanel No. 5, ich fand eine große, angebrochene Flasche unter ihren Sachen. Ich würde sie Doris mitbringen. Erst einmal betupfte ich mir damit großzügig den Hals, das Dekolleté und noch ein paar geeignete Stellen, um den Geist meiner Großtante zu bannen, bevor ich daranging, in einer Wolke von Chanel No. 5 tiefer in die Geheimnisse ihres Schranks vorzudringen. Vielleicht dachte ich auch, dass die Magie dieses Luxusparfüms das Auffinden des Schmucks erleichterte. Tante Ellas geräumiger Schrank stammte nicht aus einem Möbelhaus, das sah man sofort. Er war passgenau in eine Wandnische eingebaut, die in das Dach des tiefer gelegenen Trakts einschnitt, der die Küchen-, Ess- und Wohnzimmereinheit umfasste. Die mit dem komischen Knick, die

wahrscheinlich hundert Jahre später an den Haupttrakt angebaut worden war.
Die Seidenkleider fasste ich nur sehr behutsam an. Während ich sie auf der Kleiderstange herumschob, dachte ich darüber nach, wo ich sie in Berlin zu Geld machen könnte. Ich studierte die Etiketten. Sie stammten von den großen Modemarken der letzten vierzig Jahre, und mir wurde klar, dass einige dieser Roben Maßanfertigungen waren. Vor meinem inneren Auge tanzten Preisschilder mit vierstelligen Zahlen vorbei. Meine Güte. Wo gab es einen Markt für solche Kleider?
Ellas Unterwäsche passte in zwei schmale Schubladen, und nach einem kurzen Blick schob ich diese wieder zu. Die würde ich mir zuletzt vornehmen, und vorher genehmigte ich mir am besten einen doppelten Cognac. Sich mit der Unterwäsche einer Verstorbenen zu befassen hieß, ungefragt ganz tief in ihre nackte Seele einzudringen.
Was war ich doch für ein naives Schaf, kann ich heute nur dazu sagen.
Die schönen Hutschachteln enthielten Schals aus reiner Kaschmirwolle und Seide, aber nicht das, worauf ich gehofft hatte. Alles, was die Untersuchung des Schranks am Ende zutage förderte, war eine Perlenkette, die zwischen den Schals steckte und sich bereits wegen der Größe der Perlen als unecht erwies. Zweifelsfrei Mallorcaperlen, dafür sprach auch der schlichte Silberverschluss. Massiv, aber eben bloß Silber und kein Weißgold. Die Kette war hübsch, aber leider, leider wenig wert. An einem ihrer Kleider, einem mauvefarbenen, auf Taille geschnittenen feinen Wollkleid, steckte eine altmodische Brosche aus Rotgold, besetzt mit Saatperlen und einem kleinen roten Stein in der Mitte, also auch nichts Wertvolles. Wenn ich Glück hatte, reichte der Erlös aus dem Verkauf für eine neue Auspuffanlage, aber nicht für die Erneuerung des

halben, durchgerosteten Unterbodens und all das andere, was an meinem Auto in Ordnung gebracht werden musste, damit es die überfällige TÜV-Untersuchung bestand. Also brauchte ich meine Rostlaube erst gar nicht in eine Werkstatt schaffen. Vorerst nicht. Meg und ich würden weiter Fahrrad fahren.
Als echte Wertgegenstände, bilanzierte ich später, hatte ich auf meiner Liste nur den Flügel, den Biedermeierschreibtisch aus Kirschholz mit passendem Stuhl, die Vorhänge, den Perserteppich, den Kristalllüster – das war's dann. Und was die Kleider betraf, die brachten ebenfalls Geld, aber nur einen Bruchteil dessen, was sie mal gekostet hatten, und erst einmal musste ich sie wie auch den anderen Kram auf den Markt bringen. Das hieß, so bald, wie ich es brauchte, war kein Geld in Sicht. Ich sah nach meinem Kontostand bei der Direktbank. Keine Eingänge, nur die Abbuchung für Gas, Strom und Telefon, und damit näherte ich mich gefährlich dem absoluten Limit für meinen Überziehungskredit.
Sollte ich doch meinen Vater anpumpen?
Natürlich würde er mir sofort Geld überweisen, aber was für ihn ein Liebesbeweis war, war für mich das Eingeständnis, dass ich mein Leben immer noch nicht im Griff hatte, seit ich England verlassen hatte.
Wieso dachte ich schon wieder an die Zeit in England?
George gehörte ebenso wie Michael und Ernest der Vergangenheit an. Je gründlicher ich die Erinnerung an sie ruhen ließ, desto besser für mich – und Meg.
Draußen hupte ein Auto so nachdrücklich, dass ich nachschauen ging. Ein Bulli hielt auf unserer Einfahrt. Zwei kräftige Männer entstiegen ihm, sobald ich auf der Bildfläche erschienen war.
»Wir kommen wegen dem Klo«, schrie der eine, während der andere etwas Unförmiges aus dem Auto wuchtete.

»Und wo ist Dieter? Äh – Ihr Chef?«, schrie ich zurück.
»Kommt später, ist noch auf einer anderen Baustelle, wir sollen schon mal anfangen, sind sowieso spät dran.«
»Moment!« Ich stellte mich den beiden in den Weg. Der eine hatte sich einen dicken schwarzen Schlauch um die Schulter gewickelt, der von mir bis zu Edith Eppings Haus reichen musste, der andere kam mit einem Gerät näher, das zu identifizieren mir schwergefallen wäre. Aber das brauchte ich ja auch gar nicht.
»Sie fangen nicht an, bevor Herr Epping da ist«, beschied ich die beiden knapp. »So lange können Sie Kaffee trinken gehen oder Däumchen drehen.«
Mit Handwerkern, hatte ich zu Hause gelernt, sollte man eine klare Sprache sprechen.
»Dann werden wir heute nicht mehr fertig. Wir müssen ja erst mal mit der Spirale den Abfluss frei machen und durchspülen.« Der mit dem Schlauch wankte an mir vorbei.
»Durchspülen?« Mein Abwehrpanzer erhielt einen Knacks.
»Klar, das Klo ist wenigstens zehn Jahre nicht durchgespült worden, wenn überhaupt mal. Da setzt sich ziemlich viel fest, das gibt jedes Mal beim Spülen einen Rücklauf. Bis oben hin verstopft, sagt Dieter, der ganze Mist muss raus«, beschied mich der Mann.
Gewisse Zusammenhänge leuchteten sogar mir ein. Daher also diese stinkende Pfütze rund ums Klo. Wenn es sich nur um eine Verstopfung handelte, würden sich alle weiteren Maßnahmen, die Dieter erwähnt hatte, wahrscheinlich erübrigen. Er wollte die Kloschüssel austauschen, gleich mit dem alten Spülkasten. Und weil er schon mal dabei war, würde er auch ein hübsches neues Waschbecken anbringen und das alte, zugekalkte abmontieren. Und …
»Na gut«, sagte ich, »dann legen Sie mal los.«

Ich lotste die beiden bis zum Klo und ließ sie für einen Moment allein. Ich rief meine Mails ab und sah, dass der Maklervertrag inzwischen eingetroffen war.

Als ich ihn durchlas, kam mir die Galle hoch. Ein Exklusivvertrag für ein Jahr? Was dachte sich denn dieser van Dingsbums? Hatte er mir nicht zugehört?

Umgehend rief ich das Büro an. Es meldete sich wieder die Sekretärin.

»Ich hab Ihnen den Vertrag gemailt«, eröffnete sie mir.

»Und ich hab ihn gelesen«, sagte ich scharf. »Und er entspricht überhaupt nicht dem, was ich mit Herrn ..., Ihrem Mitarbeiter abgesprochen habe.«

»Das verstehe ich nicht. Herr van Ovezande ist jetzt hier. Sie können selbst mit ihm sprechen.«

Das tat ich auch. Er hatte natürlich immer noch diesen niederländischen Akzent, der jedes Wort wie mit einer dicken Käsescheibe umhüllte. Womöglich wirkte der Akzent durchs Telefon noch stärker. Ovezande leugnete glatt jede Absprache, und als ich meine Bedingungen wiederholte, lachte er mich unverfroren aus. Wenn ich wirklich die Absicht hätte, selbst das Haus im Internet anzubieten, würde die Maklerfirma passen. Dann könne ich den Vertrag vergessen.

Das, brüllte ich, täte ich garantiert, und beendete abrupt das Gespräch.

Niederländer hatte ich mir netter und kooperativer vorgestellt, schon wegen dieses gemütlichen Akzents, der am Anfang unserer Unterhaltung an Maigouda und am Ende an sehr alten Amsterdamer erinnert hatte – scharf und durchsetzt mit an den Zähnen knirschenden Salzkristallen.

Merkwürdige Geräusche drangen zu mir, die mir die Klosanierung wieder ins Bewusstsein riefen. Ich ging nachsehen. Es war nicht nur überall dreckig und stank gewaltig, sondern

Schlamm bedeckte den Boden. Das alte Klo war weggerissen und stand wie ein Relikt aus der grauen Vorzeit moderner Hygieneeinrichtungen angeschlagen in der Ecke. Eklig. Gerade hebelte einer der beiden Männer das Waschbecken aus der Verankerung. Die Maschine, die der andere reingeschleppt hatte, ratterte so, dass ich brüllen musste, um mir Gehör zu verschaffen. Aber das tat ich aus vollem Hals.
»Aufhören!«
Erst beachteten die Männer mich nicht, dann zuckte der eine die Achseln und stellte die Maschine ab. Sofort gluckerte es bedrohlich aus dem Kloloch, und ein Schwall üblen Zeugs quoll heraus und überschwemmte mir die Füße. Hastig sprang ich zurück und wedelte entsetzt mit den Händen, als könnte ich die Suppe damit aufhalten. Bevor dieser Dreck hochkam, hatte ich noch gesehen, wie groß das Loch im Boden war. Viel größer als das Endstück des Klos, das ja mal draufgepasst haben musste.
Mir krampfte sich der Magen zusammen. »Was haben Sie getan?«
»Nur, was nötig ist, jetzt beruhigen Sie sich mal. Können wir weitermachen, oder sollen wir warten, bis der Mist das ganze Haus flutet?«
»Ja, ja, stellen Sie bloß diese Maschine wieder an.«
Er nickte, ich wankte hinaus und zog eine lange Dreckspur hinter mir her. Als ich in der Eingangsdiele wieder trockenen Boden unter den Füßen hatte, schlüpfte ich aus den Schuhen und rannte zu meinem Telefon. Während ich mit zitternden Fingern Dieters Nummer eintippte, kam Meg mit Justus durch den Wintergarten herein.
»Wir wollten durch die Diele, aber da ist alles dreckig, deshalb sind wir hintenrum«, informierte mich Meg. »Mom?«
Ich lauschte angestrengt dem Klingeln im Telefon.

»Die haben das Klo kaputt gemacht«, sagte Meg.
»Das macht Dieter immer so«, ergänzte Justus bedächtig.
»Damit die Leute bei ihm ein neues bestellen«, murmelte Meg.
Erstaunt musterte ich die beiden. Sie gaben sich die Stichworte wie ein altes Ehepaar.
»Dem ist nicht zu trauen, sagt Papa«, krähte Justus, und als Meg bestätigend nickte, fuhr er beflügelt fort: »Der ist ein Schlitzohr, der dir das Schwarze unter den Fingernägeln klaut, ohne dass du das merkst.«
»Was meinst du damit?«, fragte Meg unwirsch.
Ich überließ die beiden ihrer Diskussion über die Feinheiten der deutschen Sprache und ging in die Essecke hinüber.
Bei Dieter meldete sich nur die Mailbox, während einer der Männer an die Verbindungstür zur Küche klopfte. Er machte sie einen Spaltbreit auf, kam aber auf einen Wink von mir nicht herein, sondern stieß nur die Tür weiter auf. Ein Blick auf seine Schuhe erklärte mir seine Zurückhaltung. Ebenso der Gestank, der von ihnen ausging.
»Nu machen Sie sich mal keine Sorgen«, wiegelte Dieters Mitarbeiter das Desaster ab. »Anfangs ist immer alles ganz furchtbar und sieht auch so aus. Aber da muss mal richtig Grund rein. Sobald wir die Scheiße raus haben, geht alles leichter.«
»Warum haben Sie das Klo weggerissen und ein Loch in den Boden gemacht?«, fragte ich in anklagendem Ton.
»Ging nicht anders«, erklärte er im Brustton der Überzeugung. »Das Klo ist hinüber, das hat einen Sprung hinten, den haben Sie sicher nicht gesehen.«
Doch, hatte ich. Der Sprung war mir nicht weiter schlimm erschienen, aber nun, das hatte ich ebenfalls bemerkt, fehlte ein Stück vom Klofuß, das war glatt herausgebrochen. Die erste

Regel im Umgang mit Handwerkern lautete, immer erst den Kostenvoranschlag einfordern, die zweite, die Leute nie aus den Augen lassen. Das hatte ich von meinem Vater gelernt. Ich hatte beide Regeln missachtet und keine Entschuldigung dafür.

Zehn Minuten später war Dieter da. Einen Kostenvoranschlag hatte er nicht mitgebracht. Meg war mit Justus zum Grashalmblasen abgezogen, Dieter küsste mich feurig auf den Nacken. Das brachte mich nicht in Wallung, wenigstens nicht sehr. Bin ich gerade schlecht drauf, erinnern mich Küsse auf den Nacken an die Cover von Liebesromanen, die man am Bahnhofskiosk kaufen kann, und genauso billig schätzte ich Dieters Annäherungsversuch nun ein.

»Lass das, ja?«, fuhr ich ihn an. »Deine Leute haben das Klo kaputt gemacht. Was sagst du dazu? Wenn du glaubst, du kannst mich über den Tisch ziehen …«

»Ich mach's lieber auf dem Sofa«, murmelte Dieter an meinem Hals und streichelte eine erotisch empfindlich Stelle an meiner Hüfte, die prompt zu prickeln begann.

»Du Arsch«, murmelte ich, entwaffnet von seinem Charme und seiner manuellen Geschicklichkeit.

Mein Handy klingelte, ich wurde wieder nüchtern.

»Du schaffst den Kostenvoranschlag herbei, und bis dahin stoppst du die Sauerei draußen und sorgst dafür, dass ich keine Überschwemmung in der Diele habe«, sagte ich ohne Atempause und stieß ihn zurück. Ich blickte mich auch nicht nach ihm um, während ich davonging, um das Handy zu suchen. »Oder ich verklag ich«, schloss ich drohend.

Mein Handy fand ich auf dem Schreibtisch, aber es klingelte gar nicht. Es war Ellas altes Telefon daneben.

»Frau Nollander?«, meldete sich die Sekretärin des Maklers.

»Hören Sie, Ihren Vertrag unterschreibe ich nicht, egal, was

Sie mir jetzt noch zu sagen haben«, kam ich sofort zur Sache. »Und ich finde es ausgesprochen link, dass meine Absprachen mit … mit … Herrn van Ovezande nicht berücksichtigt worden sind. Ich dachte, das hätte ich Ihrem Herrn … van Ovezande bereits erklärt.« Ich sprach den ungewohnten Namen so präzise wie möglich aus, damit er sich wie eine Warnung vor Gefahren aller Art bei mir einprägte.

»Das ist es ja gerade«, entgegnete die Sekretärin. »Er hat mich gebeten, mit Ihnen zu sprechen, weil er glaubt, es gäbe ein Missverständnis – vielleicht wegen seines Akzents. Den versteht hier zwar jeder, aber Sie kommen ja nicht von hier, wenn ich Sie richtig verstanden habe. Wieso behaupten Sie, dass er mit Ihnen etwas abgesprochen hat? Er sagt, das sei noch gar nicht geschehen.«

Natürlich war ich verblüfft. Meinte sie, nur weil ich aus Berlin kam, hatte ich einen Dachschaden?

»Was? Er behauptet, er hätte nichts mit mir abgesprochen? Wie kommt er dazu? Meine Tochter war dabei, sie kann das Gespräch bezeugen.« Wort für Wort hätte ich hinzufügen können.

»Ich rufe Sie noch mal an«, entgegnete die Sekretärin knapp, und damit war das Gespräch beendet.

Ich traute mich nicht, nochmals nachzusehen, was die Klosanierung machte. Jedes Geräusch, das von dort herüberdrang, verursachte mir Beklemmung. Da es mittlerweile fast zwei Uhr war, ging ich lust- und appetitlos daran, etwas zum Mittagessen zuzubereiten. Ich schob ein paar Hamburger in die Mikrowelle und wusch nach kurzem Nachdenken zwei Äpfel ab. Ich hatte nicht nur meiner Mutter, sondern auch mir selbst hoch und heilig versprochen, auf Megs Ernährung zu achten. Dann machte ich mich auf die Suche nach meiner Tochter.

Justus war noch da, das wunderte mich. Hatten die beiden

sich tatsächlich die ganze Zeit mit Grashalmblasen beschäftigt? Hoffentlich wuchs sich das nicht zu einer neuen Leidenschaft bei Meg aus. Nervtötendes gab es hier bereits genug.
»Meg, das Essen ist fertig.«
Sie nahm einen langen Grashalm aus dem Mund, auf dem sie offensichtlich gekaut hatte. Das war auch neu. Es hatte etwas ungewohnt Lässiges. Meine Freude darüber war aber nur von kurzer Dauer.
»Gibt's Gurkensalat?«
Ich spürte einen Stich in der Magengrube und konnte nicht verhindern, dass ich einmal heftig Atem holte.
»Nein, kein Gurkensalat heute.«
Die beiden schauten mich abwartend an, als sei ich ihnen eine Erklärung schuldig.
Bloß keinen hysterischen Anfall, weil jemand Gurken erwähnt hat, ermahnte ich mich. Ich presste die Kiefer aufeinander, bis sie schmerzten.
»Es sind aber jede Menge Gurken dran«, meldete sich Justus und erregte damit meinen Unmut.
»Ihr seid doch hoffentlich nicht im Beet herumgetrampelt oder? Und überhaupt, musst du nicht längst zu Hause sein, Justus?«, blaffte ich.
Ich hatte ihn nicht anfahren wollen, aber das Kerlchen zeigte sich erstaunlich resistent gegen meinen scharfen Ton. Er zog nur unbehaglich die Schultern ein Stückchen hoch.
»Tante Edith denkt, ich bin bei Papa, und Papa denkt, ich bin …«
»… bei Tante Edith, verstehe«, unterbrach ich ihn, dann fasste ich ihn genauer ins Visier. Mich überkam Mitleid. Es war dieser Ausdruck von unbestimmter Verlorenheit, der sich auf seinem Gesicht breitmachte und der mich unweigerlich anrührte.

»Wir haben nur Hamburger«, sagte ich unbedacht.

Schlagartig änderte sich seine Stimmung. »Hamburger gibt's bei uns nie zum Mittagessen«, sagte er, und ein kleines, sehnsüchtiges Lächeln erhellte seine Miene.

»Aber ohne Gurkensalat, nur mit einem Apfel als Beilage. Keiner meckert, verstanden?«

Wir veranstalteten eine Art Picknick unter den großen alten Bäumen nahe der Burgmauer, denn im Haus war es bei dem Lärm nicht auszuhalten. Meg hatte nichts dagegen, dass sich Justus neben sie in die Hängematte setzte, gemeinsam schaukelten sie sacht, während ihnen die Sauce aus den Hamburgern auf die T-Shirts kleckerte. Ich hatte mir einen Stuhl mitgebracht und außerdem das Handy, das zu piepen begann, bevor ich meine Mahlzeit beendet hatte.

Die Stimme, die sich meldete, war mir nicht vertraut. Dass sie Englisch sprach, wunderte mich nicht sehr, ich erhielt gelegentlich Aufträge aus England. Gerade bearbeitete ich einen, mit dem ich noch nicht ganz fertig war. Mir fehlten noch ein paar Details.

Ich schielte zu den Kindern hinüber und ging, auf dem letzten Bissen kauend, mit dem Handy am Ohr ein Stück beiseite.

»Wer ist da?«, fragte ich auf Englisch. »Ich hab's nicht verstanden.«

Die Stimme wiederholte die Ansage.

Ich schluckte.

»Wie?« Ich war in Richtung Haus gegangen und hörte nun wieder das Geratter aus dem Klo. Wurden die denn gar nicht fertig? Es musste doch nicht die gesamte Kanalisation von Nienborg durchgespült werden. »Sagten Sie Guinness? Die Brauerei?« Meine Stimme kiekste.

Ich hatte ganz bestimmt Guinness verstanden.

Bier konnte ich nicht ausstehen, vor allem englisches, ich

dachte an die labbrige Brühe, die ich mal getrunken hatte. Schmeckte wie Sumpfwasser. Aber nun?
Mich durchfuhr ein schwindelerregendes Glücksgefühl. Ein Auftrag von Guinness? Das wäre ... na ja, das, wovon jeder selbständige, sich von Auftrag zu Auftrag hangelnde Werbegrafiker träumt. Werbespots im Internet, eine Serie von Anzeigen oder ... mir fiel immer mehr ein, was ich für die altehrwürdige britische Firma tun könnte. Tradition hatte immer noch ihren Wert, und ich war ja geradezu auf Tradition gepolt, das lag mir im Blut. Wie erklärte man das am besten auf Englisch?
»Woher haben Sie überhaupt meine Telefonnummer?«
Im Handy war es einen Moment still, dann dachte ich intensiv an einen Witzbold, ich kannte genügend in Berlin.
»Also noch mal von vorn«, sagte ich resolut, diesmal auf Deutsch, »wer ist dran?«
Der Mann seufzte vernehmlich. »O shit«, sagte er, »Cally, tut mir leid, ich hatte nicht gedacht, dass du nichts mehr von uns wissen willst.« Die Stimme hatte auf Deutsch geantwortet, mit einem leichten britischen Akzent.
Doris würde ich etwas gegen den Kopf hauen, so dass er noch nach Tagen dröhnte.
»George?«
»Michael.«
Ich sagte nichts.
»Cally?«
Michael hatte mich als Erster Cally genannt, von ihm hatten es die anderen beiden übernommen. Natürlich, Michaels Nachname war Guinness, aber er war weder mit Alec noch mit der Brauereifamilie verwandt, das hatten wir geklärt. Eigentlich schade, hatte ich schon damals gefunden und von lukrativen Aufträgen geträumt. Michael war der ruhigste der drei, er hielt sich mehr im Hintergrund. War aber da, wenn

man ihn brauchte, er war derjenige, der nach einer Party morgens um drei noch Auto fahren konnte, ohne der Polizei aufzufallen, der selten kiffte, nie ins Klo kotzte, sondern den Abwasch übernahm. Der Leidenschaftslose. Na ja, mehr oder weniger. Seltsam, dass er anrief. Nostalgie lag doch gar nicht auf seiner Linie. Oder doch? Michael aß seit der Kindheit die gleiche traditionelle Sorte Cornflakes zum Frühstück, ohne dass sie ihm zum Hals heraushing.

»Das ist ja ’n Ding!«, sagte ich locker, war aber auf der Hut. Michael war auch derjenige, der eher als die anderen beiden begriff, was lief. Weil er nicht nur an sich selbst interessiert war. »Und wieso rufst du mich nach zehn Jahren an?«

»Elf, es sind mehr als elf Jahre, fast zwölf«, erwiderte er pedantisch.

»Wen kümmert’s?«, antwortete ich scheinbar sorglos. »Und was machst du so?«

»Lehre englische und deutsche Literatur in Cambridge. Langweiliger Job.«

»Du machst keine Kunst mehr?« Als ich ihn kennenlernte, hatte er noch Kunst studiert.

»Nur privat, nicht beruflich. Und du, was …«

Ich ließ ihn nicht ausreden, getreu der Formel für erfolgreiche Kriegstaktik: Wer fragt, führt. »Bist du verheiratet? Hast du Kinder?«

Blöd, saublöd, das war ein Schuss ins eigene Knie.

»Einen Sohn, sechs Jahre. Du hast eine Tochter, hab ich gehört, die muss älter als mein Finn sein.«

In Gedanken trat ich Danilo/Doris mit aller Kraft in den Hintern.

»Aber nicht sehr viel«, sagte ich fest. »Michael, ich hab Handwerker im Haus, es passt mir gerade nicht, mit dir zu telefonieren. Tut mir leid, wir müssen Schluss machen.«

Ich schielte auf die Nummer in meinem Display, rannte hinüber zu den Kindern und hielt Meg das Handy so vor die Augen, dass sie die Nummer sehen musste. Sie warf einen Blick darauf und nickte. Später würde sie die Nummer für mich aufschreiben, wir hatten das schon öfter so gehandhabt. Falls Michael noch einmal anrief, würde ich das Gespräch erst gar nicht annehmen, streng nach dem Prinzip, bloß ja keine schlafenden Hunde zu wecken.

Ich hielt das Handy wieder ans Ohr. »Also, mach's gut, ja! Und grüß George, den dummen Kerl, von mir und sag ihm, er soll meine Freunde nicht mehr mit Anrufen belästigen.«

»Cally, Cally, Cally.« Michael sagte das ganz langsam und tieftraurig. Ich sank zurück auf den Stuhl. Aus meiner Erinnerung traf mich ein Schwall alten Gefühls, dem ich nichts entgegenzusetzen hatte. Unruhig stand ich wieder auf und ging erneut ein paar Schritte beiseite.

»Ach, Michael«, sagte ich so weich, dass es mich selbst überraschte. An meinen nackten Armen bildete sich Gänsehaut. »Es ist so lange her, es kommt mir vor wie mein halbes Leben. Es hat sich so vieles verändert, weißt du. Ich bin doch gar nicht mehr dieselbe wie früher, glaub mir. Aber irgendwie …«

Was faselte ich da bloß?

Wir sprachen wieder englisch.

»Irgendwie was?«

Ich blickte über den Gartenzaun und über die Wiese mit dem Flüsschen und die grasenden Schafe bis zur Allee, die jenseits der Wiese verlief, spürte die Wärme der von dünnen Wolkenschleiern verhangenen Sonne und dachte an England und einen langen, langen unbeschwerten Sommer mit weniger Schafen als hier, aber immerhin drei rabenschwarzen auf zwei Beinen. Michael, Ernest und George. Wehmut drückte mir das Herz zusammen, ich kam nicht dagegen an.

»Ich hab's vergessen, war anscheinend nichts von Bedeutung. Schön, dass du angerufen hast, und jetzt mach's mal gut.« Entschlossen drückte ich die rote Taste, kappte die Verbindung nach England und zu meinen Erinnerungen und ging zurück zu meiner Picknickparty. »Na, habt ihr aufgegessen?«, wandte ich mich an die beiden Kinder und überspielte mit meinem betont forschen Ton meine Erschütterung.

Sie wirkten ein wenig verdrossen.

Wieso hatte sich Michael bei mir gemeldet und warum nicht George? Ich verstand das nicht. Es war mühsamer, als ich dachte, jetzt nicht an die beiden zu denken, die Gedanken an sie drängten sich mit Macht auf, als hätten sie nur darauf gelauert. Wie bei der Klosanierung wurde da allerhand in mir hochgespült, was ich bisher erfolgreich unter einer Art seelischem Gullydeckel gehalten hatte.

Was für ein Scheiß!, seufzte ich unhörbar auf.

Meg hatte etwas gesagt, und ich hatte nicht zugehört.

»Was hast du gesagt? Entschuldige, ich war abgelenkt«, erklärte ich.

»Wer war das gerade?«

»Jemand, den du nicht kennst.« Es war eine dieser dämlichen Antworten, mit denen Meggie sich nie zufriedengeben mochte. Sie wusste, dass das ein wichtiger Anruf war, sonst hätte ich sie nicht gebeten, sich die Nummer zu merken.

Zum Glück mischte sich Justus ein.

»Ich kann auch Englisch, lern ich in der Schule. My name is Justus.«

Meg verdrehte die Augen.

»Wir wissen, wie du heißt«, sagte sie schroff. »Mom, warum sollte ich mir die Nummer merken?«

Wie laut hatte ich gesprochen? Hatte sie mitbekommen, was ich als Letztes zu Michael gesagt hatte? Wenn ja, wovon ich

wohl ausgehen musste, dann wusste sie, dass der Anrufer kein Kunde gewesen war. Meg verstand perfekt Englisch.
»Falls der Mann noch einmal anruft oder ich ihn anrufen will, hätte ich gern seine Nummer. Und jetzt hör auf mit der Fragerei, das nervt. Was ist? Soll ich noch einen Hamburger warm machen? Justus, für dich noch einen? Oder jetzt Omas Apfel zum Nachtisch?«
Justus beäugte die Äpfel. »Ich bin satt. Gibt's morgen wieder Hamburger bei euch?«
»Justus' Mutter ist seit zwei Monaten verschwunden«, warf Meg ein, »und sein Vater kocht nicht.«
In Justus' Augen kehrte die Leere zurück.
»Ich muss weg.« Er stand auf und schlurfte Richtung Wiese davon, ohne uns noch einmal anzusehen. Ich ließ ihn ziehen.
»Was heißt das, Meg? Wieso verschwunden? Mütter verschwinden nicht einfach. Ist sie nicht tot?« Mittlerweile hatte ich das tatsächlich angenommen.
»Ist sie nicht. Sie ist seit zwei Monaten weg, und keiner sagt Justus, wohin. Ich glaube, er hat irgendwas Blödes angestellt, was er aber nicht zugeben will, und da ist sie abgehauen.«
Wenn seine Mutter gestorben wäre, hätte es eine Beerdigung gegeben und Justus daran teilgenommen. Mit neun Jahren war er weder zu klein dafür noch zu jung, um zu begreifen, dass seine Mutter tot war. Oder wollte er es einfach nicht wahrhaben?
»Hat es eine Vermisstenanzeige gegeben?«
»Das weiß ich nicht.«
Justus kam zurück, blieb aber in einiger Entfernung stehen.
»Im Bach schwimmt jetzt eure ganze Kacke«, rief er voll gehässiger Genugtuung und trollte sich endgültig.
Erst da kam mir der Verdacht, dass sich die Kinder gestritten hatten. Darum wollte ich mich später kümmern, wenn das

überhaupt sinnvoll war. Zunächst einmal musste ich in den Bach schauen.
Das Wasser hatte schon mal klarer ausgesehen.
Meg und ich standen auf dem Brückchen, während Justus quer über die Wiese davonlief. Ich blickte ihm nach, einen Moment abgelenkt. Also musste der Hof seines Vaters irgendwo dahinter liegen.
»Löst sich Kacke im Wasser auf?«, fragte Meg und beugte sich interessiert tiefer. Ich schrak zusammen und streckte eine Hand aus, um sie rechtzeitig hinten am T-Shirt zurückzureißen, falls sie das Gleichgewicht verlieren sollte.
Unter uns wälzten sich dunkelbraune Dreckfluten vorbei, aber es konnte keine Rede von schwimmender Kacke sein, zumindest keiner offensichtlichen, direkt beruhigend war das jedoch nicht. Denn ein paar Fetzen, die nach Klopapier aussahen, trudelten aufreizend gemächlich am Rand entlang. Und das Ende eines dicken, schwarzen Schlauchs, der mir vertraut vorkam, hing fast bis ins Wasser und tröpfelte vor sich hin. Noch als wir hinsahen, flutschte etwas aus ihm heraus und ging mit einem unappetitlich schmatzenden Laut unter.
»Mom?«, hakte Meg nach.
»Nein, ja, ach was!« Ich schnappte nach Luft. »Komm mit.« Möglicherweise kam sie auf die Idee, wissenschaftliche Studien in diesem Bach zu betreiben, sobald ich sie allein ließ. Auf ihre Ekelgefühle wollte ich mich lieber nicht verlassen. Die hatten schon bei den toten Spitzmäusen jämmerlich versagt.
Wir mussten nur das andere Ende des Schlauchs suchen, um ganz genau zu wissen, woher der ganze Schmutz stammte. Wie befürchtet, schlängelte sich der Schlauch vom Bach quer über die Beete bis zum Klofenster. Somit war nicht mehr zu bezweifeln, dass Dieters Männer den Mist hineinleiteten, der die alte Kanalisation von Ellas Heim verstopfte.

Ich rannte ins Haus.
Es war nur noch einer der Installateure da.
»Sind Sie wahnsinnig geworden? Oder warum leiten Sie den Dreck aus der Kanalisation in den Bach?«
Der Mann, der an die Küchentür geklopft hatte und nicht hereingekommen war, um bloß nicht den Fußboden zu verschmutzen, ein untersetzter mindestens Fünfzigjähriger mit kurzem struppigem Vollbart und Halbglatze, musterte mich mit verbitterter Miene.
»Jetzt sind Sie aber ganz schön giftig, was? Und wissen alles, nicht wahr?« Er zog an dem Schlauchende, das bis in das Kloloch reichte. »Wir haben nur ein bisschen Wasser aus dem Bach durchgepumpt. Das spart Wasser aus der Leitung. Ist doch Verschwendung, Trinkwasser zu nehmen, oder? Und spart Kosten.«
Wie gesagt, von Installation hatte ich keine Ahnung. Aus dem Schlauch tropfte schwärzliches Wasser, das machte auf mich keinen guten Eindruck.
»Und der Dreck im Bach?«, blaffte ich.
»Kam vom Grund hoch, deshalb machen wir ja auch nicht weiter. Jetzt muss der Schlauch doch an die Wasserleitung, aber wir sind fast fertig damit, mit dem Durchspülen, mein ich. Ihre Kanalisation funktioniert wieder eins a.«
Ich verstand nur, sie funktionierte wieder, ansonsten glaubte ich ihm kein Wort. Natürlich hatten sie den Dreck in den Bach eingeleitet. Da war doch etwas aus dem Schlauch in den Bach geflutscht, oder nicht? Aber vielleicht sollte ich mich jetzt nicht mit pingeligen Bedenken quälen. Wichtig war doch, wann wir das Klo wieder benutzen konnten und was mich der Spaß kosten würde. Eine von den hellblauen Kacheln, nein – ich sah mich erschreckt um –, wenigstens drei fehlten, und rund um die Stelle, an der das alte Waschbecken

gehangen hatte, prangten einige deutliche Sprünge, die vorher nicht da gewesen waren.
»Was ist mit den Kacheln passiert?«, fragte ich. In einer Ecke, vom Schlamm bis zur Unkenntlichkeit getarnt, lagen Scherben, die wahrscheinlich in sauberem Zustand eine hellblaue Glasur zierte.
»Die müssen alle runter. Schauen Sie mal. Der Putz ist ganz feucht und schimmelig.« Mit einer schmutzigen Hand fuhr er über eine Fehlstelle, die nun feucht und schmutzig, aber keineswegs schimmelig aussah.
»Ich sehe keinen Schimmel«, sagte ich störrisch.
»Aber klar.« Ruhig nahm er einen Hammer und schlug mit einem gezielten Schlag unterhalb des Fensters eine der Kacheln von der Wand. Mit einem sanften Plopp landete sie in seiner Hand, ohne zu zerbrechen. Geradezu behutsam legte er sie auf den nassen, schmutzigen Boden. Fragte sich nur, warum die anderen zerbrochen waren. Hatte er gerade extra für mich eine Show abgezogen? Aber das war nun nicht das Entscheidende.
Unterhalb des Fensters saß Schimmel auf der nackten, kachellosen Wand.
»Ach, machen Sie doch, was Sie wollen«, stieß ich kraftlos hervor und taumelte aus dem Klo.
Meg war nicht mitgekommen. Sie stand im Gurkenbeet und sammelte Gurken ein.
»Was machst du da?«, fragte ich überflüssigerweise.
»Die Gurken aufsammeln, die der Schlauch abgerissen hat. Die können wir doch essen.«
Ich wollte sie unbedingt von dort weglocken, das war wie eine Manie von mir. Oder eine ausgewachsene Phobie, die mich fest im Griff hatte. Eine Gurkenphobie – oder etwas Ähnliches, wenn man bedachte, dass es eigentlich um etwas anderes ging.

»Lass sie für die Vögel liegen. Wir haben Äpfel, die sind gesünder.« Meg sah mich an, als hätte ich mich in eine Schwachsinnige verwandelt, also musste ich ein anderes Geschütz auffahren.
»Worüber hast du dich mit Justus gestritten?«
Abrupt wandte sie sich ab, daran merkte ich, dass ich ins Schwarze getroffen hatte. Sie pfefferte die Gurken mit großem Schwung so weit fort, dass sie mit einem Plumps im Bach landeten, was mir sehr recht war. Sollten sie sich doch zu dem Mist gesellen, der aus dem Klo hochgespült worden war.
»Warum kannst du es dir nicht ein Mal *nicht* mit einem anderen Kind verderben?«, legte ich nach. Damit überschritt ich die Grenze des Vertretbaren, ging mir auf. Wie kam ich dazu, Meg ihre grundsätzlichen Schwierigkeiten im Umgang mit anderen Menschen vorzuwerfen, nur um sie von meinen eigenen Problemen abzulenken? Wie konnte ich das vor mir selbst verantworten? Was war ich bloß für eine unfähige Mutter!
Aber wieder einmal überraschte mich meine schwer durchschaubare und noch schwerer erziehbare Tochter.
»Er wollte nicht glauben, dass ich von einem fremden Planeten stamme, er dachte, ich verarsche ihn«, gab sie mit flacher Stimme Auskunft.
Das Überraschende war, dass sie überhaupt noch mit mir sprach. Danach war ich in der Lage, mir den Rest zusammenzureimen, und fragte nicht weiter nach. Aber Meggie war noch nicht fertig. »Und er wollte wissen, wer mein Vater ist.« Justus war es offenbar gelungen, im Umgang mit ihr einige Tretminen hochgehen zu lassen. Da konnte ich nichts machen. »Und deshalb hab ich ihn nach seiner Mutter ausgequetscht«, schloss Meg, »das fand er gar nicht lustig. Sie ist abgehauen, seinetwegen, das weiß er genau.«

Unwahrscheinlich, dachte ich, sehr unwahrscheinlich. Ich sah sinnend auf die Gurkenranken. Vielleicht sollte ich Dieter mal über die Familienverhältnisse bei den jüngeren Eppings aushorchen. Es konnte bestimmt nicht schaden nachzufragen, wie die Ehe zwischen der Schafsnase Lothar und seiner Frau so gelaufen war. Ich würde ihn anrufen, schon wegen des immer noch ausstehenden Kostenvoranschlags, der in meiner Phantasie jetzt bereits wie eine zentnerschwere Drohung an ein paar dünnen Fäden über meinem Haupt hing. Ein Ruck, und statt Reichtum bescherte mir Tante Ellas Erbe eine Insolvenz, die gnadenlos auf mich herunterkrachte.
Meg schüttelte nun rhythmisch die Hände, ein sicheres Zeichen, dass sie sich über die Wiedergabe ihres Gesprächs mit Justus schrecklich aufregte. Zeit für eine Beruhigung.
»Was hältst du von Milchkaffee und Toblerone unter den Bäumen, und dann vergessen wir Justus und den ganzen Scheiß?«
Sie nickte dankbar.

7

Das Kaffeetrinken erwies sich als rettender Einfall. Wir aßen köstliche Toblerone, und langsam kam eine friedliche Stimmung auf. Meg sammelte eine Handvoll Erdbeeren, winzige Dinger, die rund um den Baum wuchsen, der dem Zaun und der Mauer am nächsten stand. Erstaunlich, wie intensiv die Winzlinge dufteten und schmeckten. Ich vergaß das stinkende, abbruchreife Klo, unseren gefährlichen Kontostand und genoss den Frieden, der noch intensiver wurde, als Meg einen langen Grashalm holte und darauf herumzutröten begann. Nur schade, dass Justus das nicht hören konnte.

Als ich fand, es reichte, hörte Meg von allein auf.

»Er hat es mir völlig falsch erklärt«, sagte sie. »Justus ist ein Idiot.«

Ich lachte. »Nein, er ist gerissen. Er hat gedacht, solange er dir das Grashalmtröten falsch erklärt und du es nicht lernst, gibst du dich mit ihm ab.«

»Wirklich?« Sie dachte nach. »Dann ist er gemein.«

»Also ich mag ihn. Ich mag gerissene kleine Jungs, die dir zeigen, was eine Harke ist.«

»Ich weiß, was eine Harke ist«, gab Meg entrüstet zurück, aber ich lachte sie aus, und sehr, sehr langsam begann sie zu grinsen. »Das ist nicht wörtlich gemeint, nicht wahr?«

Ich nickte. Meg war gerade dabei, wörtlich Gemeintes und nicht wörtlich Gemeintes zu sortieren und Letzteres zu interpretieren, aber eigentlich widerstrebte ihr das. Was gesagt wurde, musste ihrer Ansicht nach auch gemeint sein, alles andere war Unfug.

»Aber ich versteh's nicht. Was hat er gemeint, Mom?«

Ich hätte es ihr ja erklärt, aber ich kam nicht dazu.
Hinter der Mauer wuffte Tobler leise, und im nächsten Moment schwang zu unserer Verblüffung das Tor in der Mauer auf. Aber nur einen Spaltbreit, dann bewegte es sich hin und her. Wie brachte Tobler das fertig?
Neugierig standen Meg und ich auf. Ich war sogleich in Alarmbereitschaft.
Aber es war nicht der Hund, sondern Henry von Beverloe, der sich am Tor zu schaffen machte. Hätte ich mir denken können. Als er uns sah, runzelte er die Stirn.
»Ich wollte sehen, ob es von allein aufgegangen sein kann«, teilte er uns mit. Er hatte seinen Stock dabei, auf den stützte er sich nun und sah wieder sinnend das Tor an, als könnte es ihm die Antwort auf seine Frage geben.
»Nachdem es so schön geölt worden ist?«, erkundigte ich mich.
Henry ließ sich nicht von mir verunsichern. »Geölt?«, wiederholte er gedehnt.
»Erst kürzlich, würde ich sagen«, erklärte ich fest und deutete auf die Scharniere, die so dunkel schimmerten, wie Scharniere eben schimmern, wenn sie frisch geölt worden sind.
»Das glaube ich nicht«, widersetzte sich Herr von B. meiner Darlegung. Vielleicht wollte sich Tobler seiner Meinung anschließen, denn er kam auf unsere Seite getrottet, schnüffelte kurz herum und sah uns ebenfalls mit gerunzelter Stirn an, nur dass sich seine von Natur aus nicht mehr glätten ließ. Er zog eine Lefze hoch, die andere blieb stecken, weil in diesem Moment auf leisen Sohlen ein schwarzer Schatten direkt vor seiner Nase von der Mauer herunterglitt. Es war natürlich Edith Eppings Hexenkater. Napoleon tauchte genau zur rechten Zeit auf, um für zusätzlichen Stress zu sorgen, und zwar bewusst, wie mir schien.

Aufreizend hochmütig schaute er sich nach Tobler um, und schon rasten die beiden hintereinander durch meinen Garten, Napoleon kreischte und Tobler begann wie verrückt zu bellen.
Ich spürte, wie mir die Galle hochkam.
»Nett, dass Sie uns mit Ihrem Hund besuchen kommen«, blaffte ich Herrn von B. an. »Möchten Sie Kaffee? Wir haben noch welchen. Ich lade Sie gern dazu ein, ich hoffe nur, der Krach stört Sie nicht.«
»Sehr freundlich von Ihnen«, antwortete unser Nachbar mit erhobener Stimme und stakste leicht hinkend mit Hilfe seines Stocks auf unsere provisorische Kaffeetafel zu.
Hatte er nicht verstanden, was ich sagen wollte? Fehlte ihm die Antenne für Ironie? Das hielt ich für äußerst unwahrscheinlich. Er stellte sich bloß stur, war ich mir instinktiv sicher, denn Sich-stur-Stellen kannte ich in allen Spielarten vom Verhalten meiner Tochter.
Stur sein konnte ich auch, eine weitere Folge des Umgangs mit Meggie. Ich suchte noch nach einer passenden Formulierung, die ihm die Armseligkeit seines Ausweichmanövers vor Augen führte, ohne mich komplett im Ton zu vergreifen, als er vorsichtig auf meinem Stuhl Platz nahm und sich den Stock quer auf die Knie legte.
Napoleon sauste leichtfüßig vorbei. Es sah überraschend elegant aus, fast schon tänzerisch, als bremste er die Geschwindigkeit, damit der schwergewichtigere und langsamere Tobler auch ja nicht den Anschluss verlor. Der Kater musste verrückt sein, so verrückt wie Apnoetaucher im Marianengraben, Skiläufer in Schussfahrt vom Matterhorn oder Bungeespringer, die sich von der Freiheitsstatue fallen ließen. Dass solche Unsitten nun bereits bis ins Tierreich vorgedrungen waren, schien mir ein Hinweis auf eine fatale Fehlentwicklung in der

Evolution, hervorgerufen von zu viel Testosteron in Nahrungsmitteln.
Toblers Augen wirkten blutunterlaufen, und er hechelte sich im Vorgriff auf das Festmahl, das er im Sinn hatte, die Spucke aus dem Maul. Beinahe wünschte ich ihm den Jagderfolg, damit das Spektakel endlich vorbei war. Mit dem Kater in der Schnauze würde er Ruhe geben. Nichts macht Hunde so friedlich wie ein anständiges Fresschen.
Aber mit einem Satz landete Napoleon oben auf der Mauer und stolzierte mit hoch erhobenem Schwanz davon, ein Musterbild von Triumph und Überlegenheit. Schade, zu schade, dass ich meine Kamera nicht dabeihatte. Tobler sah verblüfft zu ihm auf, und falls ich seine Miene richtig deutete, malte sich Bedauern darin, ja, sogar so etwas wie Traurigkeit über eine Verlassenheit, die mich irgendwie an Justus erinnerte. Japsend ließ er sich zu Füßen seines Herrn nieder, und es klang, als würde er die Nase hochziehen, um nicht in Tränen auszubrechen. Immerhin war der Krach nun vorbei.
Henry von B. lächelte unmerklich, als hätte er den Ausgang der Jagd kommen sehen und nur nichts gesagt, um uns nicht die Spannung zu verderben.
»Meg«, sagte ich mit schwacher Stimme, »hol doch bitte eine Kaffeetasse für unseren Gast.«
Meggie verschwand im Durchgang zwischen den Sträuchern, Tobler erhob sich stöhnend und folgte ihr.
»Rufen Sie Ihren Hund zurück«, sagte ich ärgerlich.
»Lassen Sie nur, die beiden kommen schon zurecht«, winkte Henry ab.
»Und wenn er jetzt Meggie statt des Katers beißt?«
»Das wird er nicht, da bin ich mir sicher.« Er nickte nachdenklich und fügte beruhigend hinzu: »Er hat schon lange niemanden mehr gebissen.«

Ich wollte wieder auffahren, schaffte es aber nicht, und als ich Herrn von B. stattdessen bitterböse anstarrte, zuckten seine Mundwinkel, als freute er sich über einen gelungenen Witz.
»Und wann war das letzte Mal?«
Herr von B. sah ausdruckslos auf die Lücke in den Sträuchern. »Das war, glaube ich, als Ihre Tante noch lebte.«
Es klang, als läge Toblers letzte Beißattacke lange zurück, aber das Wichtige war das Eingeständnis, dass er überhaupt ein Beißer war und keineswegs das friedfertige Hundchen, als das Henry ihn mir eben noch verkaufen wollte. Ich hatte es doch geahnt.
Ich stutzte. »Meine Tante ist vor fünf Wochen gestorben. Hat Tobler etwa Tante Ella ...?«
Ich lauschte, ob ich Meg schreien hörte, und überlegte, ob ich ihr nachrennen und sie vor der hinterhältigen Töle warnen sollte. Stattdessen blieb ich in der Hängematte sitzen. Um genau zu sein, nagelte mich das Gefühl fest, nicht ganz zu verstehen, was los war.
»Nein, hat er nicht«, winkte Herr von B. energisch ab, »das hätte er niemals getan. Er hat sie verehrt.«
Wenn ich nicht so angespannt auf Geräusche aus der Gartenhälfte hinter den Sträuchern gelauscht hätte, wäre der Groschen früher bei mir gefallen. So wartete ich schweigend und leicht verwirrt darauf, dass Meg wieder auftauchte, und atmete auf, als sie tatsächlich erschien – und zwar dem Anschein nach unverletzt. Den Hund, der ihr folgte, beachtete sie gar nicht.
»Wenn du mir jetzt noch den Kaffee eingießen würdest, wäre das wunderbar«, sagte Henry von B. zu Meg, »und bitte zwei Stück Zucker dazu, wenn das möglich wäre.«
Wir hatten ersichtlich keinen Zucker dabei. Auf dem Tablett, auf das Meg die Tasse neben meine stellte, befand sich außer

der Kaffeekanne lediglich ein Tetrapak mit H-Milch. Ich hatte mir nicht die Mühe gemacht, die Milch in ein Kännchen umzufüllen. Ich hatte ja nicht ahnen können, dass uns vornehmer Besuch bevorstand.

Henry wirkte tatsächlich vornehm, wenn auch leicht angestaubt in seiner zerknitterten Leinenjacke. Es war die, die wir bereits hinreichend kannten. Im Gegensatz zu der Knitteroptik des Jacketts wies seine Hose messerscharfe Bügelfalten auf, er hatte die Hosenbeine sorgfältig beim Hinsetzen ein wenig hochgezogen, um die Falten nicht zu verderben. So könnte er gut und gerne an Deck eines Nilkreuzschiffs sitzen oder in der Lounge der Titanic. Ich hatte den Eindruck, einen Gast aus einer längst versunkenen Zeit da zu haben, der ausgesuchte Höflichkeit, feine Sitten und diesen ganzen umständlichen Kram selbst dann noch beibehielt, wenn ihm das eisige Wasser das Nordatlantiks bereits über die Knöchel schwappte.

Ich mochte das, wie mir in diesem Moment klarwurde. Sogar der Köter mit der gequetschten Schnauze passte dazu. Fehlte nur der Diener im Frack mit ein paar scharfen Bloody Marys auf einem Silbertablett.

Meg sah kurz zu mir und schenkte Henry Kaffee ein, sobald ich genickt hatte. Ich beobachtete unseren Nachbarn, der seinerseits Meg beobachtete, und zwar jede Bewegung von ihr, bis sie ihm die Kaffeetasse reichte, die er mit einem charmanten Lächeln entgegennahm.

»Danke, mein Kind, das ist sehr aufmerksam von dir.«

»Zucker haben wir keinen.«

»Dann verzichte ich darauf. Und herzlichen Dank nochmals. Du bist wirklich ein reizendes Kind. Das ist mir sofort aufgefallen.«

Dieser Henry von B. hatte doch wohl kein ungesundes Interesse an kleinen Mädchen? Wenn ja, war er bei Meg an der falschen Adresse. Bei ihr verfing sein Charme nicht im Geringsten. Und das Höflichkeitsgeplänkel, das für gewöhnlich schon die Fünfjährigen beherrschen, war ihr völlig unverständlich. Vor allem sah sie keinerlei Sinn darin. Nach getaner Arbeit ließ sie Henry einfach reden und wandte sich an mich, sobald er endlich den Mund hielt. »Mom, ich geh rein. Ich will noch was tun.«

»Was?«

Meg zog unbehaglich eine Schulter hoch.

Die meisten anderen Kinder wären sicher bei uns geblieben, schon aus Neugier, aber Henry hatte mit seiner Charmeoffensive höchstens Megs Unwillen erregt.

»Ich hab Jim was geschickt. Er soll's sich mal ansehen, ich will wissen, was er davon hält«, sagte sie leise.

Ich fragte nicht nach, was das war, um unseren Gast nicht auf Megs besondere Leidenschaft aufmerksam zu machen. So etwas behielt man besser für sich. Noch wollte ich jetzt Näheres über Jim wissen. Der Name war schon einmal gefallen. Jim konnte also nicht völlig neu in Megs Community der Trolle sein.

Das hieß, sie setzte sich an ihren Laptop und korrespondierte mit jemandem in Australien, Amerika oder Südafrika über irgendein spezielles Thema der fraktalen Geometrie, die sie vor einem halben Jahr für sich entdeckt hatte. Aber möglicherweise hatte die Sache nur mit Grashalmblasen zu tun, oder mit Blumenmustern auf Kittelschürzen, allerdings auf einer rechnerischen Ebene, auf die ich Meg schon längst nicht mehr zu folgen vermochte. Vor zwei Monaten hatte sich mir am Telefon jemand als Harvardprofessor vorgestellt. Ich musste ihm erklären, dass ich meiner Tochter auf keinen Fall erlauben würde, vor ihrem sechzehnten Lebensjahr ein Studium zu beginnen, schon gar nicht in Amerika.

Natürlich hatte ich angenommen, Meg sei in irgendeinem Internetforum auf einen Spinner gestoßen, der sie nach Amerika locken wollte, um sie an einen Mädchenhändlerring zu verscherbeln. Aber ein paar Recherchen, bei denen mir Doris und einer ihrer Freunde geholfen hatten, ergaben, dass der Mann tatsächlich ein renommierter Professor an der amerikanischen Eliteuniversität war, der es bitterernst meinte. Bei seinem zweiten Anruf bot er ein Stipendium an, das sich wie ein Kaufpreis für das Hirn meiner Tochter anhörte. Da holten mich wieder meine Ängste ein, und ich teilte dem Mann ungeschminkt meine Haltung in Sachen Schutz von Minderjährigen mit, bis er schließlich entnervt auflegte. Später versuchte er noch einmal per E-Mail mit mir Kontakt aufzunehmen, und danach hatte ich Meg unter Androhung von Internetentzug verboten, weiter mit ihm in Verbindung zu bleiben. Ich hatte keine Ahnung, ob sie mein Verbot wenigstens ansatzweise ernst nahm. Leider änderte sie jeden Tag das Passwort für ihren Rechner, so dass ich in ihr Programm nicht hineinkam, sie in meins dagegen schon. Nur aus Langeweile knackte sie regelmäßig meinen Code. Daher löschte ich sofort jede verfängliche E-Mail, die ich bekam oder selbst schrieb, und konnte nur hoffen, dass sich Meg nicht die Mühe machte, die Mails wiederherzustellen, um sie heimlich zu lesen.
»Und womit beschäftigst du dich?«, fragte Henry.
Meg lugte zu mir hin und antwortete ohne Umschweife, obwohl ich ihr das Signal übermittelt hatte, bloß ja nicht die Wahrheit zu sagen.
»Fraktale.«
Dann ging sie einfach.
Henry sah ihr nach, den Kopf leicht zur Seite geneigt, und ich hoffte, dass Meggies Antwort keine nennenswerte Irritation bei ihm ausgelöst hatte.

»Schade, dass man die Kinder heute schon in der Schule mit Fraktalen quält«, sagte er leichthin.
»Ich musste mich mit Stochastik plagen, das war auch kein reines Vergnügen«, sagte ich in ähnlichem Ton und wusste nicht, ob ich damit das Minenfeld ausgeräumt hatte.
»Sie erinnert mich an jemanden.« Er balancierte den Kaffee auf den Knien, ohne ihn zu trinken. Der Stock lehnte unterdessen am Stuhl.
»Wer?«, fragte ich und schielte zu Tobler, der unauffällig näher gerückt war. Nur noch eine Fußbreite trennte mich von ihm, und sacht begann mein inneres Alarmsystem zu schrillen. Ich wollte aber nicht, dass Henry mich für hysterisch hielt, nur weil ich dem friedlichen Charakter seiner Kampftöle misstraute.
»Ihre Tochter natürlich.«
»Das ist mir bereits aufgefallen.«
»Was?«
»Dass Sie sie unentwegt anstarren. Weder Meg noch ich schätzen das besonders. Und mir ist es egal, an wen Meg Sie erinnert. Oder meinen Sie meine Tante?«
Henrys Hand zitterte ein wenig, als er sich seitlich über die Stuhllehne neigte und vorsichtig die volle Tasse ins Gras stellte. Warum hatte er die Einladung akzeptiert, wenn er überhaupt keinen Kaffee trank?
»Nein, nicht Ihre Tante. Ihr sieht sie nicht ähnlich. Nicht sehr jedenfalls.«
Tobler robbte auf dem Bauch zu mir, nun wurde ich es gewahr. Er war sehr geschickt darin, und noch ehe ich Zeit hatte, mich vor ihm in Sicherheit zu bringen, hatte er meinen Fuß erreicht und legte aufseufzend seinen Kopf darauf. Ich dachte sofort an den Biss von Klapperschlangen, oder was hatte Justus erwähnt? Jedenfalls etwas Giftiges. Ich saß in der Falle,

von Kopf bis zum großen Zeh angespannt. Mein Zeh juckte, während ich überlegte, wie ich die Konversation ohne allzu viel Emotionen weitertreiben konnte. Ich sah richtig vor mir, wie Tobler vor Erregung in meinen Fuß biss, wenn ich ihm zu laut wurde.

»Kannten Sie meine Tante überhaupt?«, fragte ich.

Henrys Blick wanderte über Tobler hinweg, als wäre er nur eine Fußmatte, dann schweifte er nachdenklich über die Wiese und die Schafe.

»Oh ja. Gelegentlich waren wir ja beide gleichzeitig in Nienborg.«

Es klang, als wäre das selten der Fall gewesen, was ich gut verstand. Wenn mich nicht alles täuschte, war Nienborg kein Ort, an dem man sich eine im Ruhestand lebende Opernsängerin vorstellen konnte. Was das städtische Nachtleben betraf, war ich seit Megs Geburt nicht mehr so anspruchsvoll wie vorher, aber hier zu wohnen hieß doch, sich lebendig einsargen zu lassen, das hatte ich begriffen. Es musste ja nicht überall wie auf der Schönhauser Allee zugehen, wo man an jeder Ecke zu jeder Zeit Freaks aller Art antraf, wo jede Woche ein neuer Laden aufmachte, oder ein Theater oder ein Friseur, der seine Oberlippe dreifach gepierct hatte, so dass er kaum sprechen konnte, dich aber auf Lady Gaga frisierte, bevor du bis drei gezählt hast.

In der *Burg* genannten Straße von Nienborg konnte man vor Stille Depressionen kriegen. Das Aufregendste waren die Schafe auf der Wiese. Und der Sex mit Dieter. Sex mit Dieter erschien mir auf einmal wie ein Nachweis, noch am Leben zu sein.

»Das ist für mich keine Antwort auf meine Frage.«

»Und wie war noch einmal die Frage?«

Henry hielt den Kopf weiterhin abgewandt, und daran merkte ich, dass ihn etwas rührte – so sehr, dass er es verbergen wollte. Konnte es sein, dass er meine Tante vermisste? Unwahrscheinlich. Dunkel hörte ich Lothar eine Bemerkung über den Baron und meine Tante machen. Es hatte nicht so geklungen, als ob die beiden etwas anderes getan hätten, als jeder für sich in seiner Burg zu sitzen und jeden unnötigen nachbarschaftlichen Kontakt zu vermeiden. In Berlin kannte ich jeden in unserem Wohnhaus, ein paar meiner Nachbarn gehörten zu meinen engeren Freunden. Die Isolation, die ich hier witterte, wäre nichts für mich gewesen.

»Kannten Sie meine Tante näher?«, wiederholte ich hartnäckig.

»Warum wollen Sie das wissen? Kannten Sie sie denn näher?«

»Ich war einmal hier, mit dreizehn. Da lag ich drei Wochen mit Grippe im Bett, und Tante Ella hat mich gepflegt. An Sie kann ich mich nicht erinnern. Ich habe überhaupt wenig Erinnerungen an diese drei Wochen.«

Henry legte sich die Fingerspitzen an den Mund und schwieg einen Moment. »Also ich glaube«, sagte er schließlich, »da war ich gerade in Amerika. Schade, ich hätte Sie gern als Dreizehnjährige kennengelernt. Sie waren damals etwa so alt wie Ihre Tochter jetzt, nicht wahr?«

Tobler hob den Kopf von meinem Fuß und wuffte leise, wahrscheinlich um uns zu sagen, dass er noch lebte und beachtet werden wollte.

Zufällig sah ich in Richtung Haus, genauer gesagt zu dem Weg, der ums Haus herumführte, und erblickte Edith Epping. Sie stand wie angewurzelt da, einen großen Plastikeimer in der Hand, und starrte zu uns herüber, als hätte sie den Schlossgeist von Canterville vor Augen.

»Noch mehr Besuch«, murmelte ich verstört.

Henry warf einen kurzen Blick zum Weg und erhob sich umständlich. »Dann werde ich mich zurückziehen. Hat mich sehr gefreut, mit Ihnen zu plaudern. Wenn Sie mögen, können wir das gelegentlich wiederholen.«

»Nur wenn Sie mir etwas über meine Tante zu erzählen haben«, entgegnete ich nicht sonderlich höflich. »Haben Sie das?«

Henrys Mundwinkel zuckten, dann wurde er ernst. »Nun, das eine oder andere sicherlich. Schließlich waren wir zwanzig Jahre lang Nachbarn, und ein wenig habe ich ihre Karriere verfolgt. Sie war *die* Königin der Nacht.«

Was sollte das nun heißen? »Königin der Nacht« klang für mich nach exklusivem Escortservice. Gab es so ein Geschäftsmodell bereits zu Tante Ellas Zeiten? Erwartete Henry, dass ich nachfragte?

Er blickte auf den Hund. »Komm, Tobler, es wird Zeit für uns. Du hast Carlotta nun lange genug belästigt.«

Erst als sich die Tür in der Mauer hinter Henry und Tobler geschlossen hatte, fragte ich mich, woher Henry meinen Vornamen kannte. Meg nannte mich nie Carlotta, von ihr konnte er ihn nicht gehört haben, falls er jenseits der Mauer unsere Unterhaltungen belauscht hatte. Aber war das wichtig?

Kaum.

Edith Epping hatte an Ort und Stelle ausgeharrt, nun kam sie betont unbefangen näher und schwenkte den Eimer.

»Sie haben doch bestimmt wieder Gurken übrig.«

Ich sammelte die Tassen ein und gab vor, sie nicht gehört zu haben, um noch schnell darüber nachzudenken, ob ich es wagen konnte, sie in den anderen Teil des Gartens zu den Gurken zu lassen.

»Also den Baron hätte ich nicht bei Ihnen erwartet«, fügte sie hinzu.

»Ich auch nicht«, gab ich knapp zurück. »Er kam uneingela-

den«, setzte ich als versteckte Kritik an ihrem eigenen Erscheinen hinzu. Falls sie diesen Wink verstanden hatte, ließ sie sich das jedenfalls nicht anmerken.
»Nun ja, er und Ihre Tante kannten sich, das weiß man natürlich, obwohl man nicht viel darüber gesprochen hat. Die beiden waren ja sehr zurückhaltend, und das haben alle respektiert. Aber man kriegt ja einiges mit, wenn man so nah beieinander wohnt.«
Und wenn man einfach so um die Häuser herumspaziert und nach Gurken fragt, dachte ich. Dann kriegt man garantiert noch mehr mit.
»Sie meinen, die waren richtig befreundet?«, hakte ich nach.
Edith trug diesmal keine Kittelschürze, sondern eine dreiviertellange, blassblaue Jeans und ein gelb gestreiftes T-Shirt, das an die Biene Maja gemahnte, aber damit sah sie enttäuschend durchschnittlich aus. Nur wie eine neugierige Nachbarin.
»Also, ich habe ihnen nicht hinterherspioniert. Hier kann jeder leben, wie er mag, das ist nicht anders als in Berlin. Wir leben hier nicht hinterm Mond. Was immer die beiden miteinander hatten, ging nur sie etwas an.«
Das war eine jener Auskünfte, die alles oder nichts bedeuteten. Zumindest erwies sich Edith Epping damit als ausgeschlafener und weniger provinziell, als ich erwartet hatte. Wir gingen wie selbstverständlich hinüber in den anderen Teil des Gartens, ich hatte das Tablett mitgenommen, war aber darauf gefasst, es in dem Moment fallen zu lassen, in dem ich etwas Ungewöhnliches oder Verdächtiges in meinem Gurkenbeet ausmachen würde. Zu meiner Erleichterung schien es völlig unberührt, wenn man von der Schleifspur absah, die der Schlauch der Installateure hinterlassen hatte. Tobler hatte nicht die Zeit gefunden, nach der Totenhand zu graben, das hatte ich Napoleon zu verdanken, der ihn auf Trab gehalten

hatte. Andererseits war es der Kater gewesen, der ihn zu einer Schnitzeljagd durch meinen Garten animiert hatte.

»Vorhin war Ihr Napoleon da. Haut er öfter ab?«, fragte ich. »Haben Sie keine Angst, dass ihn jemand vergiftet, wenn er durch fremde Gärten stromert?«

Entsetzt schaute mich Edith Epping an. »Das würden Sie tun?«

»Ich doch nicht«, gab ich unbehaglich zurück, weil ich mich durchschaut fühlte. Katzen zu hassen, ist eine Sache, vor anderen als Katzenhasserin dazustehen, eine ganz andere, das erfordert Rückgrat.

Edith presste den Eimer an ihren Busen. »Jetzt haben Sie mich aber wirklich erschreckt. Wenn Ihnen der Kater so lästig ist, versuche ich, ihn mehr im Haus zu halten, aber das ist schwierig. Hier sperrt niemand eine Katze ein.« Ihre Stimme war kühl geworden, ich spürte förmlich, wie sie innerlich auf Abstand ging. Eigentlich hätte ich zufrieden sein können. Wenn sie mich nicht mehr mochte, würde sie nicht wieder ungefragt herkommen. Aber dann fielen mir der Apfelkuchen, Justus und die Fahrräder ein, und ich schämte mich. Wenn ich ihr doch nur hätte sagen können, was mich dazu trieb, mich als so furchtbare Zicke aufzuführen. Wir hatten mein Problem ja fast vor der Nase, nur von einer Spatentiefe lehmiger Erde bedeckt.

»Ach was, Ihr Napoleon hat die toten Spitzmäuse hinter der Fußbodenleiste gefunden, die die Luft bei uns verpestet haben. Dafür bin ich ihm ewig dankbar. Vergessen Sie, was ich über das Katzenvergiften gesagt habe. Dieter hat gemeint, es wäre ein Wasserrohrbruch, aber es waren nur Spitzmäuse, die so gestunken haben.«

»Dieter ist also da gewesen«, sagte Edith.

Dann sammelten wir gemeinsam Gurken in den Eimer, während wir über verstopfte Abflüsse sprachen und Edith Dieter über den grünen Klee lobte, was seine Fähigkeiten als Installateur betraf. Ich hätte zu der Lobeshymne beitragen können, indem ich seine Fähigkeiten als Liebhaber rühmte, aber dafür waren Edith und ich uns nicht vertraut genug. Außerdem wusste ich nicht, ob ihr das Thema Sex ebenso am Herzen lag wie mir. Auf Lothar kamen wir ebenfalls kurz zu sprechen, aber da erlegte sich Edith mehr Zurückhaltung auf. Ich hatte den Eindruck, Dieter war ihr der liebere von ihren Neffen. Am Ende verabschiedete sie sich eilig von mir, in der Absicht, die Gurken vor dem Abendessen noch rasch süßsauer einzumachen.

»Eigentlich sollten wir nun einen Kaffee zusammen trinken, aber Sie haben ja keine Zeit«, sagte ich artig und hoffte, sie würde das Angebot nicht doch noch annehmen.

Sie schüttelte den Kopf. »Wie Sie das so sagen! Sie klingen wirklich wie Ihre Tante. Merkwürdig. Ihre Mutter ist ganz anders.«

»Wann haben Sie die zuletzt gesehen?«

Meine Mutter hatte Edith Epping erst kürzlich erwähnt, bis dahin hatte ich von einer Bekanntschaft nichts geahnt.

»Na, auf der Beerdigung, aber sie hat die Nachbarn danach nicht zu Kaffee und Kuchen eingeladen, wie es bei uns üblich ist«, antwortete sie mit jenem Maß an Entrüstung, das sie sich einer fast noch Fremden gegenüber zu erlauben traute.

Ich glaubte, nicht recht gehört zu haben.

»Sagen Sie das doch noch mal.«

»Wir waren nicht zum Kaffee eingeladen, niemand von uns.«

»Das meine ich nicht. Meine Mutter ist auf der Beerdigung gewesen? Sind Sie sicher?«

»Natürlich bin ich das, ich kenne sie doch«, sagte sie mit verkniffenem Gesichtsausdruck, raffte den Eimer auf, stapfte davon und ließ mich verwirrt zurück.

Vielleicht waren Beerdigungen in diesem Dorf ein gesellschaftliches Ereignis wie anderswo ein Staatsempfang. Wehe, das Protokoll wurde nicht eingehalten.
Falls es stimmte, fragte sich nun, ob die Trauerfeier auch sonst aus dem Rahmen gefallen war. Wer außer meiner Mutter und einigen Nachbarn hatte noch daran teilgenommen?
Es wäre schön gewesen, hätte ich meine Mutter direkt anrufen und zur Rede stellen können, aber ich sollte so bald nicht dazu kommen. Erst einmal ging ich rasch zurück zu den Gurken und arrangierte die Ranken wieder so, dass genügend von ihnen die kritische Stelle bedeckten, um sie unkenntlich zu machen. Dabei sah ich, dass jede Menge neuer Blüten dabei waren, sich in Früchte zu verwandeln. Wann hörte das endlich auf? Beinahe packte mich der Zorn. Aber die Gurken konnten nichts für das, was unter ihnen in der Erde vor sich hin moderte und diese gruselige Fruchtbarkeit verursachte.
Warum hatte meine Mutter glatt geleugnet, auf der Beerdigung gewesen zu sein? Aber hatte sie das? Ich versuchte mich zu erinnern. Mein Vater hatte die Kosten beglichen, dass wusste ich genau, weil er es mir gesagt hatte. Auch das war seltsam, ging mir auf. Vielleicht erwartete er, dass ich ihm die Summe aus dem Erbe erstattete. Das musste ich unbedingt noch klären. Natürlich würde ich als Erbin für die Bestattung aufkommen, das verstand sich von selbst. Nur, von welchem Geld? Ich hatte bloß Schulden, die das taten, was Schulden am liebsten tun: Ihre Vermehrungsrate übertraf sogar die der Gurken.
»Entweder es gibt gar keine oder jede Menge.«
Ich sah auf. Lothar stand am Gartentörchen.
»Was?«
»Gurken. Habe ich Sie erschreckt?« Er hielt eine Plastiktüte hoch. »Ich bring Ihnen frischen Käse. Justus hat gesagt, Sie mögen unseren Käse.«

Die Schatten kündeten vom baldigen Abend.
Merkwürdig, es war noch nicht lange her, da hatte ich wehmütig an mein lebhaftes soziales Umfeld in Berlin gedacht und damit gehadert, dass ich hier ohne Freunde oder wenigstens nette und kommunikationsfreudige Bekannte in einer emotionalen Wüste gestrandet war. Nun liefen mir alle möglichen Leute die Bude ein, und *es ging mir auf den Geist.*
Wenn ich es recht bedachte, lag es an diesen vielen Eppings, dass ich nicht dazu kam, mich ernsthaft um die Sichtung und Verwertung von Tante Ellas Erbe zu kümmern. Hätte mir meine Mutter gesagt, dass sie zur Beerdigung fahren würde, hätten wir vorher einiges nicht ganz Unwichtiges klären können. Dann wäre der Grundbuchauszug eventuell nicht die große Überraschung gewesen.
»Justus sagt, für den Dreck im Graben ist Dieter verantwortlich.«
Mühsam stellte ich mich auf Lothar ein.
»Stimmt«, entgegnete ich grämlich. »Dieter und nicht ich. Das wollte ich nur klarstellen, falls Ihnen der Dreck wegen der Schafe gegen den Strich geht und Sie deshalb mit mir reden wollen. Der Dreck stammt zwar aus meiner Kanalisation, aber ich hab ihn nicht in den Graben geleitet.« Vermutlich war ich dennoch dafür verantwortlich, nach dem Verursacherprinzip oder wie immer die rechtliche Formel dafür lautete. Es war mein Dreck und basta.
Ich war zum Zaun gekommen, um Lothar gleich am Tor abzuwimmeln. Von Besuchern hatte ich für diesen einen Tag wirklich genug.
Zu meiner Verblüffung überzog sein Gesicht eine unübersehbare Röte. Er pustete vor Verlegenheit.
»Aber ich mach doch nicht Sie dafür verantwortlich, wirklich nicht. Nur Dieter, diesen Arsch. Den kauf ich mir.«

Er hielt wieder die Tüte hoch. Es sah aus, als wollte er mit dem Käse Abbitte leisten für den Verdruss, den er mir unabsichtlich bereitet hatte. Der Mann war ein Musterbild der Feinfühligkeit, denn worin bestand denn schon der Verdruss? Darin, dass er mich dazu gebracht hatte, mich für Dieters Untat verantwortlich zu fühlen.
»Wir haben noch Käse. So viel, wie Justus mitgebracht hat, können wir so schnell gar nicht essen«, winkte ich dennoch ab.
Jetzt breitete sich Enttäuschung auf Lothars unattraktivem Gesicht aus, und eine Ähnlichkeit mit Justus leuchtete auf. Das stimmte mich milder, als mir lieb sein konnte.
»Aber er schmeckt phantastisch. Machen Sie ihn selbst?«, fuhr ich fort.
Er schüttelte den Kopf. »Dazu hab ich nicht die Zeit. Ich liefere die Milch an eine Molkerei. Die Schafe sind nur ein Hobby von mir«, erklärte er verlegen.
»Das heißt, Sie hegen und pflegen sie als lebendige landschaftliche Bereicherung, und sie landen nicht als Kotelett auf dem Teller?«
»Die jungen Böcke schon.«
Ein zart hingetuschtes Abendrot leuchtete am Himmel, durchsetzt mit rosa und blau verschatteten Wolkenstreifen. In den Berliner Straßenschluchten bekam ich so etwas selten zu sehen, ehrlich gesagt, gar nicht. Es hatte etwas von Weite und Ruhe an sich, von Grandiosität bei aller Einfachheit, nur die zotteligen Schafe gaben der Szenerie die Erdung, die sie dringend brauchte, um nicht ganz und gar kitschig zu wirken, vor allem die Schafsnase Lothar.
Inzwischen fingerte ich an der Fallklinke herum. Ich weiß nicht, wie es kam, aber ich ließ das Tor aufschwingen.
»Ich frage mich gerade, ob der Käse zu französischem Cognac passt«, murmelte ich nachdenklich.

»Wenn er alt genug ist, bestimmt.«

Ich überlegte noch, ob Lothar den Käse oder den Cognac meinte, da kam er bereits herein. Das tat mir nun doch leid, aber es war zu spät, um jetzt noch gegenzusteuern. Nur im Haus wollte ich ihn nicht haben. Daher ließ ich mich nicht weit vom Tor auf einer kleinen Bank nieder, die aus nicht mehr als einer dicken, alten Eisenbahnschwelle auf zwei fußhohen Sandsteinquadern bestand. Ich klopfte neben mich, und Lothar setzte sich fügsam. Gemeinsam schauten wir den Schafen zu, die sich eins nach dem anderen über das Brückchen trauten, sich am Zaun zusammendrängten und nicht sehr appetitliche Düfte zu uns herübersandten. Aber der Graben stank schließlich auch.

Da würde Cognacduft schon eine hilfreiche Gegenmaßnahme darstellen.

»Ich geh mal eben rein und hol uns einen Teller, den Cognac und Gläser. Und Sie halten Ihre Schafe in Schach.«

Verwundert sah Lothar zu mir auf, bevor ich mit allerhand widerstrebenden Gefühlen zum Haus lief.

Gerade als ich in der Küche nach den Gläsern fahndete, klopfte es an die Tür. Dieter stand draußen und winkte. Ich machte die Tür nur einen Spaltbreit auf, aber er drängte mich beiseite und schwenkte ein Blatt Papier.

»Der Kostenvorschlag, wie versprochen. Wir können ihn uns gleich gemeinsam ansehen, und dann denkst du hoffentlich nicht mehr, dass ich dich übers Ohr hauen will.«

Ich konnte nicht behaupten, dass ich mich mit Lothar hinten im Garten und Dieter in der Küche in der Zwickmühle fühlte, so weit war ich noch nicht. Aber mir war klar, dass ich die beiden getrennt halten musste, damit beim Zusammenprall die Fetzen woanders flogen. »Mir wär's lieber, wenn …« Mir blieb der Rest des Satzes im Hals stecken, und ich erlebte ei-

nen dieser Momente, die wie vorherbestimmt wirken. Die Macht des Schicksals meldete sich, untermalt vom Abendlicht, das in einem langen, zauberhaften Streifen durch den Wintergarten bis in meine Küche leuchtete.
Mein Blick war auf das weinrote Sweatshirt gefallen, das Dieter unter einem hellgrauen Sakko trug. Kragenlos und mit Knopfleiste. Ich starrte die Knopfleiste an, und die Vision einer Hemdhose überflutete mein Hirn. Eine Hemdhose macht aus einem Mann einen kuscheligen Teddybären. Etwas zum Anfassen. Eine Hemdhose macht aus einem schönen Männerkörper etwas überaus Verheißungsvolles. Eine *rote* Hemdhose wirkt wie eine sinnliche Versuchung der Extraklasse mit einem beinahe perversen Hauch von Unschuld.
Es kribbelt dir in den Fingern. Langsam knöpfst du das Hemd auf und merkst, wie dich ein erotischer Schauder nach dem anderen überläuft.
»Setz dich in den Wintergarten, ich hab draußen noch was zu tun. Aber rühr dich nicht von der Stelle«, sagte ich mit belegter Stimme.
Vermutlich sprach mein Blick Bände, denn Dieters Blick wurde unmissverständlich zudringlich.
»Aufs Sofa?«, fragte er mit kehligem Unterton.
»Ja, bitte.«
Wenn ich doch jetzt Lothar aus meinem Bewusstsein streichen könnte! Hoffentlich kühlte sich Dieter nicht ab, während ich eilig einen Cognac mit seinem Vetter kippte. Das wäre jammerschade.
Ich huschte hinüber in den Teil des Wohnzimmers, der vom Wintergarten her nicht einsehbar war, holte die Flasche aus dem Schrank und war gleich darauf, den Cognac und zwei Gläser an mich gepresst, unterwegs zu Lothar, der verloren auf die Wiese hinausstarrte.

»Wenn ich ungelegen komme, gehe ich wieder«, empfing er mich mit verhangenem Blick. »Eigentlich wollte ich Ihnen nur sagen, wie dankbar ich bin, dass Sie sich um Justus gekümmert haben. Er ist gern bei Ihnen, und er mag Ihre Tochter.« Er lächelte schüchtern.

Mit einem unterdrückten Seufzer hockte ich mich neben ihn. Mein Geist blieb mit den Knöpfen von Dieters Hemdhose beschäftigt, während ich die Flasche öffnete.

»Die beiden haben sich allerdings gestritten, Meg und Justus«, sagte ich beiläufig und schenkte ein.

»Ach, Kinder! Die streiten heute und sind morgen wieder dicke Freunde.«

Ich mochte Lothar nicht die tröstliche Illusion nehmen, zumindest nicht gleich.

Nach dem ersten Schluck stieß er nämlich einen tiefen Seufzer aus, in dem so viel unbestimmte Sehnsucht aufklang, dass ich wider Willen angerührt war. Wahrscheinlich fühlte er sich einsam, so ohne Frau.

Was war mit seiner Frau?

»Ihre Frau ist ... ach was, wir können uns auch duzen.« Wenn ich mich schon mit dem einen Vetter duzte, dann konnte ich das mit dem anderen ebenso. Das machte die Kommunikation leichter. War man erst einmal auf einer freundschaftlichen Ebene angelangt, durfte man jemanden rausschmeißen, ohne dass das unhöflich wirkte. Ich überlegte, wie viel Zeit ich Lothar noch zugestehen musste und wie lange sich Dieter wohl ruhig verhielt. Kam ganz darauf an, wie scharf er auf mich war.

»Ja«, sagte Lothar trübsinnig. »Ist jetzt zwei Monate her.«

»Was?«

Ach ja, wir waren beim Thema Ehefrau.

Meg hatte erklärt, seine Frau sei weggelaufen, und ich dachte immer noch, dass sie tot sein könnte. Oder nicht? Was wusste Justus denn schon. Ich allerdings wollte es auf einmal genau wissen, schon wegen des Gurkenbeets. Ich wusste nicht, ob der Gedanke, dass Lothar seine Frau unter den Gurken begraben haben könnte, eine Hilfe oder eher ein Problemkomplex für mich darstellte, dessen Verästelungen noch nicht zu überschauen waren. Zu dem Komplex gehörte auch der nächtliche Besucher. Es war ja albern, Napoleon als Einbrecher zu verdächtigen, der Kater hätte niemals das Haus durchsucht. Hastig schluckte ich den Cognac herunter und schenkte nach.

»Meg hat mir von Justus' Ängsten erzählt. Er glaubt, er sei schuld daran, dass seine Mutter weggelaufen ist«, wagte ich mich vor.

Lothar zuckte schmerzhaft zusammen, sagte aber nichts.

»Wie kann Justus so etwas annehmen?«, legte ich nach. »Er ist kreuzunglücklich deswegen. So etwas darf man Kindern nicht antun. Es geht nicht, dass sie sich die Schuld für die Querelen der Erwachsenen geben.« Das war mein voller Ernst. »Hast du überhaupt nichts dazu zu sagen?« Es regte mich langsam auf, neben einem Stoffel zu sitzen, der sich nicht mal die Mühe machte, über die seelische Verfassung seines Sohnes nachzudenken, wenn man ihn direkt darauf hinwies.

Mit einer hilflosen Geste wischte sich Lothar übers Gesicht.

»Sie ist durchgebrannt«, begann er stockend.

Was sollte das denn heißen?

»Ach ja? Sagt man das hier noch?«, murmelte ich.

»Durchgebrannt mit dem Kerl, bei dem ich die Versicherungspolicen für den Hof abgeschlossen hab. Außerdem Lebensversicherung, Krankenversicherung, private Rente, ich bin ja selbständig«, fuhr Lothar unbeirrt fort. »Alles supergünstig, kann ich nicht anders sagen. Der kam regelmäßig, zuletzt immer dann, wenn ich nicht da war.«

Merkwürdig, wie manche Männer in die Details gehen. Da ist ihm die Frau mit einem anderen abgehauen, und er erzählt mir etwas über seine Versicherungen. Ich kann so was nicht leiden.

Erwartete er, dass ich ihn bemitleidete? Ich wusste ja nicht einmal, ob ich ihm überhaupt glauben konnte.

Neben mir raschelte es.

Nachdem er mir sein Herz ausgeschüttet hatte, ging es Lothar anscheinend besser. Er packte den Käse aus, an den ich überhaupt nicht mehr gedacht hatte. Der sah gut aus, der Käse, wie er da cremig weiß auf dem Papier schimmerte, den Teller hatte ich ja vergessen. Ich nahm etwas von der krümeligen Masse mit den Fingern. Im nächsten Moment schloss ich die Augen, um mich stärker auf den Genuss zu konzentrieren. Ich hatte mich nicht getäuscht. Ja, das war's! Ja und nochmals ja! Cognac und dieser Käse passten himmlisch zusammen. Der Käse war mild, aber wunderbar aromatisch, er schmeichelte dem Gaumen und verband sich hervorragend mit dem schärferen, nachhallenden Cognacaroma. Das eine hob das andere auf die nächsthöhere Genussebene. Mein Ärger auf Lothar hatte sich verflüchtigt. Einen Menschen, der solchen Käse mitbrachte, durfte man nicht in einseitiger Sicht auf seine Defizite reduzieren. Der hatte doch besondere Qualitäten, das schmeckte ich deutlich heraus.

»Verkaufst du den Käse?«

»Geht nur an ausgesuchte Kunden und in die Familie.«

Hätte er nicht von Familie gesprochen, wäre ich sitzen geblieben. So aber fiel mir siedend heiß Dieter ein.

»Ich muss mal eben ins Haus«, nuschelte ich und sprang auf.

»Schenk dir ruhig nach, ich hab noch genug Flaschen, wenn diese leer ist.«

Vermutlich hielt er mich nun für eine Säuferin, aber das war mir egal. Hoffentlich hatte Dieter das Warten nicht längst aufgegeben, obwohl das wahrscheinlich die bessere Lösung gewesen wäre. Hatte er nicht. Er saß noch auf dem Sofa und trank Wein.

»Meg ist hier gewesen«, empfing er mich.

Hatte Meg von sich aus Dieter den Wein angeboten, oder hatte er darum gebeten, und sie war so bereitwillig seiner Bitte nachgekommen, wie sie die Tasse für Henry geholt hatte? Entwickelte sie in dieser schlichten, ländlichen und völlig reizarmen Gegend auf einmal gesellschaftliche Fähigkeiten?

»Ich hab ihr gesagt, ich hätte was mit dir zu bereden, da ist sie gleich wieder abgehauen«, fuhr Dieter fort, und irgendwie beruhigte mich das. Wunder sind selten so ein großes Glück, wie alle meinen.

Wie konnte ich nur in Gedanken Dieter das Hemd aufknöpfen, ohne zu bedenken, dass Meg längst noch nicht schlief? Auf einmal fühlte ich mich beschämt und müde. Dieters Hemd stand offen, und seine Schuhe standen akkurat nebeneinander vor dem Sofa.

Der hatte sich doch wohl nicht bereits ausgezogen gehabt, als Meg hereinschneite?

»Bist du jetzt wieder angezogen oder noch nicht ganz ausgezogen?«, fragte ich stirnrunzelnd.

»Ich kann ja später wiederkommen«, sagte er beleidigt und stand auf.

»Ja, das wäre das Beste«, gab ich zu und strich ihm zärtlich über die Knopfleiste. »Und? Warst du schon ausgezogen?«

»Frag doch deine Tochter«, gab er vergrätzt zurück. »Soll ich den Kostenvoranschlag hierlassen?«

Mein Blick fiel auf die Flasche, die auf einem niedrigen Tisch beim Sofa stand. Das Etikett war staubbedeckt.

Ich griff nach Dieters Glas, trank einen Schluck und kann zu meiner Verteidigung nur sagen, dass der Wein mich umhaute. Er zog mir das Hirn aus dem Schädel und ließ es in tiefere Regionen sacken. Ich schlürfte das ganze Glas aus, mir schwindelte förmlich, und ich sank überwältigt aufs Sofa. Dieter verstand das als Aufforderung und sank auf mich hernieder. Ich hatte nichts dagegen, denn der Wein, der heiß und leidenschaftlich mein Blut durchbrauste, legte meinen Verstand lahm. Ich spürte, wie er um eine bestimmte intime Stelle kreiste, zusammen mit Dieters Hand.

»Meg«, stöhnte ich, »denk an Meg.«

»Ja«, hauchte er, »und ich war *nicht* ausgezogen, als sie reinkam, aber ich weiß nicht, wie lange ich die Klamotten jetzt noch anbehalte.«

Im Wintergarten wurde es dunkel. Wenn jetzt jemand von draußen hereinschaute, dann sah er uns nicht. Oder doch? Ich hob den Kopf und sah einen großen Schatten vor den Fenstertüren herumgeistern. Ahnungsvoll schoss ich vom Sofa hoch.

»Bin gleich zurück, aber zieh dich ja nicht aus! Meg schläft noch lange nicht, da müssen wir uns was anderes überlegen. Hast du nicht mal was von einem Angelausflug gesagt? Ist es weit bis in deine Angelgründe?« Ich würde eine Decke mitnehmen. »Also, bis gleich.«

Dieter versuchte mich festzuhalten, aber ich riss mich los. Je eher ich Lothar nach Hause schickte, desto früher konnten wir zum Angeln aufbrechen. Ich war geradezu besessen von der frohen Vorstellung, mich draußen im Grünen mit Dieter zu beschäftigen, während neben uns ein Bächlein plätscherte und die Fische übermütig aus dem Wasser sprangen. Ich war schon immer fürs Spontane.

Lothar promenierte auf den schmuddeligen schmalen Kieswegen zwischen den Beeten, den Kopf gesenkt. Offenbar hat-

te er mich doch nicht mit Dieter im Wintergarten gesehen. Und falls doch? Musste mir das was ausmachen?
Es machte mir etwas aus.
»Tut mir leid, dass ich dich hab warten lassen, aber ich hatte da was zu regeln«, sagte ich lahm, kam jedoch nicht weiter.
»Es tut mir leid, dass ich dich aufhalte.« Lothar sah wieder unglücklich drein, das konnte ich trotz der Dämmerung erkennen. »Du musst dich um deine Tochter kümmern, und ich sollte jetzt bei Justus sein.« Er holte tief Atem. »Kann er wieder herkommen? Er würde es so gern. Deine Tochter fasziniert ihn. Sie hat ihm weismachen wollen, sie stamme von einem anderen Planeten. Ich glaube, darüber war er aufgebracht, aber ich bin froh darüber. Es lenkt ihn ab.«
In diesem Moment hörten wir ein Klopfen und drehten uns gleichzeitig um. Jemand klopfte von innen an eine der Fenstertüren des Wintergartens, und noch während wir zum Haus sahen, ging sie auf und Dieter trat heraus.
»Das ist ja Dieter«, sagte Lothar langsam und mit eindeutig drohendem Unterton.
»Er schneite bei mir mit dem Kostenvoranschlag für die Klosanierung rein. Das war ja nicht in zwei Minuten besprochen. Ich verstehe so wenig davon, allein schon diese seltsamen Ausdrücke der Sanitärbranche überfordern mich.« Ich verstummte. Hatte ja doch keinen Zweck, weiterzureden. Die Knöpfe an Dieters Hemd standen alle weit offen, und sein Haar war verstrubbelt. Lothar musste blind sein, um das nicht zu bemerken.
Er achtete nicht auf mich, sondern strebte auf seinen Vetter zu, als wüsste er genau, was nun zu tun sei.
Ich kam rasch hinter ihm her. »Tja, dann«, sagte ich diplomatisch. »Ihr beide habt ja auch noch was zu bereden, stimmt's? Die Diskussion über meinen Kostenvoranschlag kann war-

ten. Ich lass euch besser mal allein. Trinkt den Cognac aus, wenn ihr mögt. Du weißt ja, wo die Flasche steht.«
Ich schlüpfte an Dieter vorbei ins Haus und schloss nachdrücklich die Fenstertür. Was die beiden zu bereden hatten, konnte ich mir denken, aber vielleicht ging es nicht nur um den Dreck im Graben. In Lothars Blick hatte blanke Mordlust gelegen. Die entwickelt man nicht, weil die Grundversorgung von ein paar Schafen mit frischem Wasser vorübergehend gestört ist.
Als der Streit zwischen den beiden lautstark einem ersten Höhepunkt zustrebte, kam Meg herein.
»Mom, da ist wer in unserem Garten.«
»Ich weiß, achte gar nicht drauf. Das sind Lothar und Dieter Epping, die sich über die Sauerei im Graben unterhalten. Geht uns nichts an. Komm mit in die Küche, wir machen uns Butterbrote und essen sie oben bei mir im Zimmer.«
Aus dem Angelausflug wurde ja wohl nichts mehr. Jammerschade.

8

Der nächste Tag war ein Sonntag. Noch beim Abendessen auf meinem Bett hatte Meg mich überredet, mit ihr zum Gottesdienst in die Kirche am Ende unserer Straße zu gehen. Justus hatte ihr gesagt, wann der Gottesdienst stattfand, er würde auch daran teilnehmen. Ich sagte zu, um von den Stimmen abzulenken, die von draußen hereindrangen. Jemand schrie, ob es Lothar oder Dieter war, konnte ich nicht erkennen, dann brüllte der andere, und wir bemühten uns, darüber hinwegzuhören, was Meg besser als mir gelang. Nach dem Essen setzte sie sich Kopfhörer auf und hörte Musik, das fand ich sehr vernünftig, ich dagegen rief meine Mutter an, um ihr ein paar Fragen zu stellen.

Später trank ich den Wein aus und stellte die staubige Flasche in den Abfalleimer. Dieter musste sie eigenmächtig aus dem Keller geholt haben, denn Meggie hatte es nicht getan, wie sie mir versichert hatte. Die Flasche hatte bestimmt zwanzig Euro gekostet. Mein Vater war der Ansicht, dass es sich nicht lohnte, mehr als zwanzig Euro für eine Flasche Wein hinzublättern. Jeder Euro darüber hinaus würde nur auf Geltungssucht und Dummheit hinweisen, denn das Geschmacksempfinden hätte spätestens bei zwanzig Euro für den Dreiviertelliter Wein sein Limit erreicht.

Mein finanzielles Limit lag bei zehn Euro die Flasche, und dieser Wein, das schmeckte ich ganz deutlich, lag darüber. Ich würde meinem Vater eine von diesen Flaschen mitbringen, ich musste nur suchen, dass ich die gleiche Abfüllung erwischte. Deshalb holte ich die leere Flasche wieder aus dem Abfall heraus und stellte sie in den Schrank unter der Spüle.

Das Etikett würde ich später abwischen, um nachzusehen, was draufstand.

Es war vielleicht keine so gute Idee gewesen, in die Kirche zu gehen, dachte ich, sobald der Chor zu singen begann. Mit einer gesungenen Messe hatte ich nicht gerechnet, genauer gesagt, hatte ich noch nie eine gehört. Doch dann wurde es längst nicht so anstrengend, wie ich befürchtet hatte. Vielleicht lag es an der Akustik. Wir waren ziemlich früh gekommen, deshalb saßen wir in einer der vordersten Bänke. Eingetaucht in den Klang der eindringlichen Stimmen, zog Lothars Kostenvoranschlag, der etwa eintausend Euro über meiner schlimmsten Erwartung lag, wie eine Nebelbank durch meinen Geist. Es war nun etwa eine Dreiviertelstunde her, dass ich einen Blick darauf geworfen hatte, und den Schock untermalten nun prächtig die himmlischen Klänge. Fast wie im Kino.

Irgendwann beim Miserere oder wie die Stelle hieß dachte ich an das Telefongespräch mit meiner Mutter, das nicht so gelaufen war, wie ich es geplant hatte, wobei ich gar keine klare Vorstellung gehabt hatte. Danach war ich jedenfalls ziemlich unzufrieden und verwirrt gewesen, als hätte ich etwas Entscheidendes nicht begriffen. Unzufrieden war ich mit mir *und* mit meiner Mutter. Sie hatte es wieder einmal verstanden, mich dumm dastehen zu lassen, während ich doch vorgehabt hatte, sie einer dicken, dreisten Lüge zu überführen.

»Einer von uns musste doch an der Beerdigung teilnehmen, was hätten die Leute sonst von uns gedacht?«, konterte sie meine Frage in einem Vorwurfston, der signalisierte, dass ich mich grundsätzlich in einem Irrtum befand. In dem Irrtum, dass sie mich bewusst getäuscht hatte.

»Du hast gesagt, du fährst nicht hin«, gab ich patzig zurück.

»Das weiß ich genau. Du hast gesagt, du fährst nicht. Das kannst du nicht leugnen.«
»Warum sollte ich? Da bin ich ja noch davon ausgegangen, dass du fährst, schließlich hättest du dir ja nicht freinehmen müssen wie ich. Zu der Zeit waren gerade zwei Kolleginnen ausgefallen. Sommergrippe. Da nimmt man sich nicht einfach mal so frei.«
»Ich hätte mir nur von Meg freinehmen müssen, die mit neununddreißig Grad Fieber im Bett lag und sich vor Schmerzen wand. Ich hab es dir gesagt, du hast doch gewusst, dass ich nicht wegkann«, schrie ich nun.
»Ich weiß wirklich nicht, warum du so laut wirst. Ich war da, damit war dem Anstand Genüge getan. Warum regst du dich darüber auf?«
Auf einmal verstand ich es selbst nicht mehr. Meine Mutter war zur Beerdigung gefahren, das war doch in Ordnung. Warum hatte ich dennoch dieses ungute Gefühl, als steckte hinter der Sache mehr?
»Warum hast du mir dann nie gesagt, dass du doch zur Beerdigung fährst?«, hakte ich nach. »Wir haben seitdem x-mal telefoniert, aber du hast es nicht für nötig befunden, das richtigzustellen.«
»Also noch einmal von vorn: Es war die Frage, wer an der Beerdigung teilnimmt. Dein Vater fiel aus, denn der konnte natürlich nicht die Praxis schließen, und blutsverwandt ist er ja sowieso nicht. Dann war natürlich zu bedenken, warum du überhaupt fahren solltest. Du hast Tante Ella nur ein Mal in deinem Leben gesehen und warst ihr gegenüber zu nichts verpflichtet. Wenn ich auch nur geahnt hätte, dass dir das Ganze so wichtig ist, hätte ich natürlich erwähnt, dass ich gefahren bin. Ich war nur sehr kurz da und hab gleich nach der Beerdigung die Heimfahrt angetreten.«

»Ich weiß. Frau Epping sagt, du hast die Nachbarn nicht mal zum Beerdigungskaffee eingeladen. Das hat sie schwer übelgenommen.«
»Kann ich mir denken. Edith Epping ist eine notorische Klatschbase, der man besser aus dem Weg geht. Das war schon immer so. Am besten meidest du den Kontakt. Und halt bloß das Kind von ihr fern!«
Meine Mutter hatte nie auch nur ein Wort über Megs Besonderheit verloren, sie tat immer so, als existierte diese gar nicht und Meg wäre ein Kind wie alle anderen. Ich war noch nicht dahintergekommen, ob ich das gut oder schlecht fand. Gut hieße, sie akzeptierte Meg voll und ganz, wie sie war, schlecht, sie schämte sich ihrer Enkeltochter. Wollte sie nicht, dass Edith Epping erkannte, mit wem sie es bei Meg zu tun hatte, und es überall herumerzählte?
»Deine Warnung kommt zu spät, Mama. Meg hat sich mit dem Großneffen von Edith angefreundet. Justus lungert nun ständig bei uns rum.«
»Das hast du so gesteuert, nicht wahr? Hab ich dir jemals Freunde aufgedrängt, die dir nicht das Wasser reichen konnten? Das ist doch absurd und sehr unpädagogisch. Gesteuerte Kinderfreundschaften sind immer zum Scheitern verurteilt. Justus ist doch viel zu jung für sie.«
»Du kennst ihn?«
»Ich denke, er war der Junge auf der Beerdigung«, sagte meine Mutter knapp. »Und wenn das Verhör nun beendet ist, würde ich gern weiter Hefte korrigieren. Die Kinder erwarten sie morgen zurück.«
Ich überlegte, ob ich Justus nach der Beerdigung fragen sollte. War er dabei gewesen? Und was machte das aus? Ich wusste nicht mehr, wie häufig ich mir diese Frage in verschiedenen Zusammenhängen bereits gestellt hatte, seit ich in Nienborg

angekommen war. Ich hatte zunehmend das Gefühl, dass mir wichtige Zusammenhänge fehlten.
Auf dem Weg zur Kirche war mir das nette kleine Café gegenüber aufgefallen, da wollte ich nach der Messe mit Meggie ein paar Sahneschnittchen verdrücken, falls so etwas zum Angebot gehörte. Quarkstrudel oder Obsttörtchen würden auch reichen. Damit ersparten wir uns die Kocherei fürs Mittagessen. Im Vorbeigehen hatte ich gemeint, Herrn van Ovezande an einem der Tische sitzen zu sehen, aber ich konnte mich getäuscht haben. So viel Ehrgeiz und Eifer an einem Sonntag traute ich ihm nach der gründlichen Besichtigung meines Hauses zwar zu, konnte mir aber kaum vorstellen, dass in dieser kurzen Straße noch eine weitere Immobilie zum Verkauf stand. Und meine war ja nun für ihn aus dem Rennen. Kurz juckte es mich, reinzustürmen, um ihn wegen der nicht im Vertrag festgehaltenen Absprachen zur Rede zu stellen, aber ich nahm schnell davon Abstand. Warum sollte ich mich noch mit vergangenem Ärger quälen?
Erst beim Hinausgehen ging mir auf, dass die Kirche nicht mal zur Hälfte gefüllt gewesen war – trotz der Gesangseinlagen – und dass ich einige der Kirchgänger kannte. Edith Epping stand mit ihrem Mann bereits draußen, und gerade, als wir durch die Tür traten, gesellte sich Dieter zu ihnen, ein kleines Mädchen von drei oder vier Jahren an der Hand. Das war eine große Überraschung, eine kleinere hingegen sein blau geschlagenes, halb zugeschwollenes Auge, das sich blinzelnd mir zuwandte, bevor er den Kopf wegdrehte. War mir auch recht. Fehlte noch die Ehefrau; die kniete vielleicht mit den anderen Kindern in der Kirche und sprach ein letztes Bittgebet. Vielleicht betete sie darum, dass ihr Mann nicht mehr fremdging.
Mit Dieter war ich fertig.

Lothar stand abseits, Justus neben sich, dessen Miene sich deutlich aufhellte, sobald er uns erblickte. Da ich auch diesen beiden aus dem Weg gehen wollte, ergriff ich die Gelegenheit, die sich bot, als nach uns eine junge Frau aus der Kirche strebte. Ich erkannte in ihr die Chorleiterin.

Ich sprach sie an. »Es war wundervoll. Diese Mozartmesse war ein Traum«, sagte ich flott.

»Mozart hatten wir vor einem Monat. Heute gab's die Schubert-Messe, aber das macht nichts. Wahrscheinlich haben Sie an Mozart gedacht, weil hier bestimmt noch ein oder zwei von den alten Plakaten herumhängen.«

Ich drehte mich um. Ein Mann schloss gerade die Doppelflügeltür der Kirche, und nun sah ich auf jeder Hälfte ein Plakat kleben. Links wurde Mozart angekündigt, rechts Schubert. Allerdings hatte die Schuberthälfte offen gestanden, als wir gekommen waren, und so war mir die Ankündigung entgangen.

»Tja, da hab ich mich wohl blamiert. Ich geb's zu, ich hab von klassischer Musik keine Ahnung. Dabei wohne ich zurzeit direkt neben der Musikschule.«

»Landesmusikakademie. Was die Bezeichnung betrifft, sind wir ein bisschen pingelig. Ich unterrichte nämlich da.« Sie lachte. Sie lachte mich an, nicht aus, das gefiel mir. Ihr Blick fiel auf Meggie.

»Ihre Tochter? Will sie bei uns mitsingen?«

Ich schüttelte den Kopf. »Auf keinen Fall. Sie hat eine Stimme wie eine Blechtrompete. Das wird nichts.«

Sie beäugte Meg eindringlicher. »Das würde ich nicht sagen. Für mich klingt das nach einer kräftigen, aber ungeschulten Stimme. Vermutlich Alt.«

Nein, sie ist erst elf, lag mir auf der Zunge, aber das war mir denn doch zu blöd. Mit Alt war die Stimmlage gemeint, und selbst ich mochte nicht so tun, als wüsste ich das nicht.

»Sie kann nur mit Mühe Noten lesen.«
Sie gab nicht auf. »Also, wenn es nur darum geht, das lernt sie schnell. Wir haben eine große Bibliothek, eine wunderschöne Bibliothek, Sie sollten sie mal besuchen. Jede Menge Noten und anderes.«
Meg hatte zugehört, aber so, dass man annehmen musste, das Gespräch interessiere sie nicht. Sie war ja auch nicht direkt angesprochen worden, das nahm ich der Chorleiterin eigentlich übel.
»Wann ist die Bibliothek offen? Kann ich auch allein kommen?«, fragte Meg. »Ist sie in dem Haus neben unserem?«
Da war sie nicht.
Als Meggie dann aber endlich selbst gefragt wurde, ob sie nicht einmal vorsingen wolle, lehnte sie kategorisch ab und ging davon, bevor die Chorleiterin einen Überredungsversuch bei ihr direkt starten konnte. Manchmal hatte das kompromisslose und alle Höflichkeitsregeln in den Wind schlagende Verhalten, das Meg gern an den Tag legte, auch Vorteile.
Meg hatte Henry erspäht. Er sah zu uns herüber und schien auf uns zu warten. Bevor ich ihn erreichen konnte, trat mir Edith Epping in den Weg.
Sie wirkte nervös.
»Dieter hat's mir erzählt«, flüsterte sie mir zu.
»Was hat er erzählt? Woher sein blaues Auge stammt?«, erkundigte ich mich.
»Was müssen Sie sich nur gedacht haben, als sich die beiden geprügelt haben. Lothar und Dieter. In Ihrem Garten!«
Anderswo wäre es mir auch lieber gewesen.
»Ich weiß nicht, was ich mir gedacht haben soll. Außer, dass es nicht in Ordnung ist, dass Ihr Neffe Dieter den Dreck aus meiner Kanalisation in den Bach hinter meinem Grundstück geleitet hat«, warf ich ein.

»Ach das«, wiegelte Edith ab. »Es ging ja eher um Elina, Lothars Frau. Die stammte aus Litauen.«
Hörte ich da Ausländerfeindlichkeit heraus? Auf einmal hatte ich Edith Epping nicht mehr so gern.
»Na und? Warum sollte sie nicht aus Litauen stammen? Was spricht dagegen?«, sagte ich abweisend.
»Darum geht es doch nicht. Das war ja eine ganz Nette, die Elina. Dieter hat ihr manchmal geholfen, wegen der Sprache, aber die lernte wirklich schnell. Wenn bloß nicht Lothars Eifersucht gewesen wäre.«
Die sicher nicht ganz unberechtigt war, so wie ich Dieters sexuelles Engagement einschätzte. Wie kam hier der Versicherungsfritze ins Spiel? Hatte Elina neben Dieter ein zweites außereheliches Verhältnis, das ihr dann aussichtsreicher als das erste erschien?
»Hat sie sich mal gemeldet? Sie hat schließlich nicht nur einen Ehemann, sondern auch einen Sohn verlassen«, fragte ich nach.
Ediths Miene verschattete sich. »Nein, sie hat nichts mehr von sich hören lassen, ich hab Lothar gefragt. Nichts, ist das nicht unverzeihlich? So einfach abzuhauen und alles hinter sich zu lassen?«
Das sah mir doch sehr nach einem Drama mit schrecklichem Ende aus. Bevor ich Dieters blaues Auge gesehen hatte, hätte ich nicht gedacht, dass Lothar, dieser eher misanthropisch und langsam wirkende Mann, zur Gewalttätigkeit neigte, aber man täuscht sich ja oft in seinen Mitmenschen. Falls Elina nun unter meinen Gurken ruhte, wurde Lothars auffallendes Bemühen um Kontakt zu uns noch viel plausibler, eröffnete mir allerdings auch einige neue Sorgen oder reaktivierte alte. Was war von einem Mörder zu erwarten, wenn er fürchtete, entdeckt zu werden?
Ich würde Lothar keinen Cognac mehr anbieten und schon

gar nicht im Halbdunkeln mit ihm auf der Gartenbank sitzen. Wenn ich es so betrachtete, war Dieter mit seinem Hang zu außerehelichen Spielereien doch noch der moralisch einwandfreiere. Ich sah ihn nun wieder in einem milderen Licht. Lothar war der Unhold, Dieter nur ein Mann mit Neigung zu Seitensprüngen, von denen ich den einen sehr genossen hatte.
»Ich versteh's nicht. Einen Ehemann zu verlassen ist doch etwas anderes als ein Kind. Was ist denn mit Dieters Ehefrau? Die ist hoffentlich nicht auch abgehauen?«
Hatte ich wider jede Wahrscheinlichkeit gehofft, dass Dieter sich als geschiedener, verwitweter oder verlassener Single entpuppte?
Ja, hatte ich.
»Neunter Monat, es kann jeden Moment losgehen. Dieters Schwester ist seit zehn Tagen da, so lange liegt Nadine schon in der Klinik in Ahaus. Sie hatte Blutungen.«
Ach du Scheiße, dachte ich nur und verabschiedete mich rasch. Dieter sollte mir noch mal nahekommen, dann würde ich ihm eine Bratpfanne …
Henry sprach inzwischen mit Meg, ich schlug mir jeden Gedanken an die Epping-Neffen aus dem Kopf. Über sie nachzudenken lohnte sich nicht, nicht mal über Dieters Liebhaberfertigkeiten.
»Henry lädt uns zum Abendessen ein«, erklärte Meg, sobald ich die beiden erreicht hatte.
»Henry?« Ich zog indigniert die Augenbrauen hoch, in Gedanken hing ich noch Dieters Fertigkeiten nach. Wir hatten einfach zu gut auf dem Sofa harmoniert, so ohne langatmiges Liebesgefasel.
»Ich hab ihr erlaubt, mich Henry zu nennen, das ist nicht so umständlich wie Herr von Beverloe.« Herr von B. lächelte Meg charmant an.

»Sie ist alt genug, um sich an Umständlichkeiten im Umgang mit anderen Menschen zu gewöhnen«, sagte ich abweisend.
»Mom«, widersprach Meg, »das ist meine Sache.«
Henry hatte den Kopf gesenkt, als ich ihn abgekanzelt hatte, nun hob er ihn wieder. »Es tut mir leid, wenn ich Sie verärgert habe«, begann er leise. »Darf ich dennoch hoffen, dass Sie meine Einladung annehmen?«
Henrys Haus von innen zu sehen und dabei möglicherweise ein paar Fotos machen zu können, hatte einen gewissen Reiz. Vor allem wollte ich Henry als Schlossherrn vor dem Schlossportal fotografieren, gern auch mit dem Gruselmonster Tobler zu Füßen. Solche Fotos ließen sich gut bei einem Auftrag verwenden, bei dem es um altenglische Herrenseife ging. Daher war es nicht schlecht, mich Henry gegenüber gnädig zu geben. Ich verzog den Mund zu einem Haifischlächeln.
»Danke für die Einladung, wir kommen sehr gern. Vor allem, wenn Sie den Hund vorher wegsperren.«
Aber wollte ich Tobler nicht mitfotografieren?
Sein Blick flackerte kurz, dann gab er sich ungerührt. »Um sieben? Wäre Ihnen das recht? Oder ist das zu spät für Meg?«
»Eher zu früh. Aber sieben ist in Ordnung, Herr von Beverloe, wir sind pünktlich bei Ihnen.«
Er verbeugte sich gerade so leicht, dass man es als ironische Geste verstehen konnte, und hinkte nonchalant an seinem Stock davon. Selbst von hinten sah er aus wie Peter O'Toole auf Abwegen.
Leider hatte ich vergessen, den Fotoapparat zu erwähnen. Ihn einfach so mitzubringen und draufloszufotografieren, würde ich nicht wagen, aber ich tröstete mich mit dem Gedanken, dass ich die Kamera ja später am Abend noch holen könnte.
Als wir glaubten, endlich gehen zu können, hielt uns der Pfar-

rer auf. Er mochte um die fünfzig sein und sah ein bisschen abgehetzt aus. Daraus schloss ich, dass er noch ein oder zwei andere Gemeinden zu betreuen hatte. So ein paar Nienborger Gläubige füllten seinen Arbeitsalltag sicher nicht aus.
»Ich habe gerade erfahren, wer Sie sind. Da wollte ich die Gelegenheit nutzen, Ihnen mein Beileid zum Tod Ihrer Tante auszudrücken«, eröffnete er das Gespräch und drückte mir mit der in solchen Fällen angemessenen seelsorglichen Anteilnahme die Hand – das hieß, er nahm sie betulich in beide Hände.
»Ja, danke«, sagte ich und dachte, damit hätte es sich, aber er hielt meine Hand fest und schüttelte sie sacht.
»Wir haben sie sehr geschätzt, auch wenn sie keine sehr eifrige Kirchgängerin war. Aber wie mir Ihre Mutter nach der Beerdigung versichert hat, war Ihre Tante in den letzten Lebensjahren ein wenig leidend. Schade, das habe ich nicht gewusst. Sonst hätte ich natürlich öfter bei ihr vorbeigeschaut.«
Von einem Leiden Tante Ellas hörte ich zum ersten Mal.
»Wo haben Sie denn mit meiner Mutter gesprochen? Auf dem Friedhof?«
Er sah mich verwundert an und ließ endlich meine Hand los.
»Wir haben uns im Pfarrhaus getroffen, sie hatte mich darum gebeten. Wir haben hier ja noch ein Pfarrhaus. Gleich da drüben.« Er deutete auf ein nettes älteres Haus mit großen Sprossenfenstern.
Ich begriff, dass mich meine Mutter wieder einmal durch Weglassen von Informationen hinters Licht geführt hatte. Sie hatte also keineswegs zufällig mit diesem Priester über Tante Ella geredet. Nur über ihren Gesundheitszustand oder auch über etwas anderes? Allmählich hatte ich das Gefühl, dass sich äußerst widerwillig, aber dennoch eine Art Eisberg an Geheiminformationen ins Licht der Erkenntnis schob, und

damit erhob sich die dringende Frage, was sich alles noch in der Tiefe verbarg. Meine Mutter, dessen war ich mir ziemlich sicher, würde sich freiwillig nicht dazu hergeben, dem Eisberg in voller Größe heraufzuhelfen, lieber ließ sie Tante Ellas Vergangenheit für immer untergehen.

»Aber Sie hatten Kontakt zu meiner Tante? Regelmäßig?«

»Gelegentlich.« Auf einmal wirkte er distanzierter. »Jetzt entschuldigen Sie mich, ich muss in die nächste Gemeinde zu einer Taufe.« Er warf einen Blick auf seine Armbanduhr. »Da wartet man bereits auf mich.«

»Ich hätte schon noch ein paar Fragen.«

»Ein andermal. Melden Sie sich einfach.«

Es ließ sich nicht aufhalten, winkte zum Abschied den wenigen zu, die auf dem Kirchplatz herumstanden, und lief zu einem Audi in Kardinalspurpur, der vor dem Pfarrhaus geparkt war. Zu den wenigen, die noch herumstanden, gehörten Justus und Lothar. Unverkennbar warteten sie auf uns.

Meg und ich gingen ins Café und nahmen Justus mit, forderten aber Lothar nicht auf, sich uns anzuschließen. Das hieß, ich forderte ihn nicht dazu auf. »Du hast ja sicher auf deinem Hof zu tun«, beschied ich ihn kühl.

Er nahm es nicht krumm, im Gegenteil. Von Traurigkeit und Unsicherheit durchdrungen, nickte er ergeben. »Tut mir leid wegen gestern. Ich wollte Dieter schon lange an den Kragen, aber nicht in deinem Garten.« Er schaute mich an. »In *Ihrem* Garten …«, stotterte er.

Sah so ein Mörder aus? Wie sah denn überhaupt einer aus? Ich hatte keine Ahnung. Vielleicht hatte er seine Elina nur aus Versehen mit dem Trecker überfahren.

»Jetzt mach mal einen Punkt«, wies ich ihn zurecht. »Wir sind hier nicht im Theater.«

Justus verdrückte eine Käsesahneschnitte und zwei große Mandelhörnchen, und das bekam ihm sichtlich gut. Nach unserem Cafébesuch wäre er gern bei uns geblieben, aber Meg hatte von seiner Gesellschaft offenbar genug.
»Geh nach Hause«, forderte sie ihn auf.
Ich hatte öfter erlebt, dass Kinder Megs unverblümte Äußerungen übelnahmen, ich hatte auch immer mal wieder mit ihr darüber gesprochen und ihr eine diplomatischere Ausdrucksweise nahegelegt – ohne Erfolg. In dieser Hinsicht zeigte sie sich uneinsichtig. Im Gegenteil, sie verteidigte ihren ruppigen Stil, weil sie Klarheit und Deutlichkeit mehr schätzte als verschwiemeltes Drumherumgerede. Sprache sollte ihrer Ansicht nach genauso logisch funktionieren wie mathematische Gleichungen.
Es gab Situationen, da bewunderte ich sie für ihre Einstellung, aber manchmal eben nicht. Ich äugte zu Justus und erwartete, ihn in die Trauerkloßpose fallen zu sehen: Schultern nach vorn und Mundwinkel nach unten gezogen.
»Na gut, dann geh ich eben allein zum Wehr«, meinte er, zuckte leichtherzig die Schultern und sah ostentativ an Meg vorbei.
Meg reagierte nicht wie erwartet. »Dann mach das«, ermunterte sie ihn kühl.
Ich hätte eingreifen und nach dem Wehr fragen können, um das Interesse dafür anzuheizen, aber ich unterließ es wohlweislich.
»Da ist auch eine Stromschnelle«, erläuterte Justus.
Man muss Kindern Chancen auf Entfaltung geben, wo immer es sich anbietet.
»Diskutiert das unter euch. Ich geh schon mal«, ließ ich mich vernehmen. »Bis bald, Justus, und fall nicht in die Stromschnelle. Solche Wasserstrudel können ganz schön gefährlich sein.«

Ich machte mir keine Sorgen um Meg, auch als sie nach einer Stunde noch nicht auftauchte, sondern nahm an, dass es Justus gelungen war, ihr den Reiz des Wehrs und der Stromschnelle zu vermitteln. Wo immer diese sich befanden. Aber es war ja nicht zu aufwendig, eben mal aus dem Internet einen Plan von Nienborg herunterzuladen und festzustellen, dass es gar nicht weit von unserem Haus eine Mühle gab. Zehn Minuten später wusste ich, dass es eine alte Mühle war. Na also: alte Mühle plus Wehr plus Stromschnelle. In Berlin hätte sie eine Stunde mit U- oder S-Bahn zu so einem pittoresken Plätzchen fahren müssen, hier ging es sechshundert Meter die Burg- und die Hauptstraße entlang. Das schaffte sie locker zu Fuß.

Meg und ich mussten uns noch darüber unterhalten, was wir Geschmackvolles zu der Abendeinladung in der Burg anziehen sollten. Bei einem leibhaftigen Baron sollten wir nicht in Jeans und T-Shirts auftauchen. Der Gedanke ermunterte mich, Tante Ellas Kleiderschrank nach Brauchbarem zu durchsuchen. Mit diesem Ziel vor Augen fiel mir das leichter, ich wollte mir ja nur etwas ausleihen und glaubte nicht, dass Ella etwas dagegen hätte.

Während ich die Kleider auf der Stange hin- und herschob, versuchte ich mir vorzustellen, wie sie sich für entsprechende Gelegenheiten zurechtgemacht hatte und für wen. Teure Seidenkleider zog man nicht nur zur Selbstbespiegelung an, sondern man trug sie in einer bestimmten Umgebung und in bestimmter Gesellschaft. Und so, wie die Kleider geschnitten waren, nicht im Kreis wohltätiger Damen oder bei der Jahreshauptversammlung des Heimatvereins. Diese Kleider waren auf Figur genäht, etliche so ausgeschnitten, dass sie für Flachbrüstige ausschieden. Mit einer hübsch üppigen Oberweite konnte ich dienen, aber die Taillen saßen wenigstens fünf

Zentimeter zu tief und die Säume hingen mir unattraktiv um die dickste Stelle der Waden. Tante Ella und Peter O'Toole mussten hinsichtlich Größe und Eleganz ein tolles Paar abgegeben haben.

War dieser Halbbrief, den ich gefunden hatte, etwa von Henry? Aber warum sollte er ihr schreiben, wenn er nebenan wohnte? Und warum hatten sie ihre Bekanntschaft so gut wie geheim gehalten? Ich war gespannt, ob Henry etwas darüber verraten würde.

Unten im Schrank standen Ellas Schuhe, teure natürlich, aber eindeutig die einer alten Dame, das heißt, mit orthopädischem Einschlag. Die würde ich ohne Reue in einen Altkleider-Container der Caritas oder des Roten Kreuzes werfen. Schick war nur ein Paar Sandaletten von Manolo Blahnik, natürlich mit Highheels, natürlich handgefertigt aus weichem, schimmerndem, lachsfarbenem Leder, dem einzigen Rotton, der sich nicht mit dem meiner Haare biss. Solche Schuhe hatte ich mir schon immer gewünscht. Sie sahen ungetragen aus.

Zwei Stunden später hatte ich wieder einen kleinen Auftrag fertiggestellt, die Website für eine Krimiautorin, die gern mild pornografische Szenen in ihre Texte einbaute. Der Clou ergab sich aus einer Fotomontage, auf der ich die Schuhe mit der Sektflasche aus dem Kühlschrank kombinierte. Das notwendige nackte Fleisch lieferte mein rechtes Bein dazu.

Die Schuhe passten mir hervorragend, ich behielt sie gleich an.

Erst als ich fertig war, fiel mir auf, dass es wieder nicht gut bei uns roch. Irgendwie süßlich und faulig. Ich brauchte nicht lange, um die Obstschale mit den Äpfeln als Übeltäter auszumachen. Die Äpfel waren fast alle angefault, ich warf sie in den Mülleimer, ging dann aber in die Diele hinaus, wo der Eimer mit den restlichen Äpfeln stand. Auch der Eimer stank.

Damit war unsere Bioernährung gefährdet, aber ich nahm's leicht. Eigentlich war ich froh, die vielen Äpfel guten Gewissens entsorgen zu können, und mit ihnen die Mahnung, täglich Obst zu essen. Als ich hinten im Garten das kleine Geviert erreicht hatte, wo sich ein Komposthaufen im fortgeschrittenen Stadium der Verrottung befand, blickte ich argwöhnisch über den Zaun. Es konnte doch sein, dass Lothar sich von Sehnsucht nach Gesellschaft getrieben bei den Schafen aufhielt.
Ich entdeckte nur Meg und Justus, die beide auf dem Bauch lagen und in den Bach starrten.
»Was macht ihr da?«, rief ich, obwohl es mich nicht sonderlich interessierte. Das Schaf, das sich hinter Meg befand und den Kopf auf ihren Fuß gesenkt hatte, schon eher. Hatte das Tier Hörner?
»Justus, ist das ein Bock?«
Justus drehte sich um.
Ich wartete nicht auf die Antwort, sondern kippte die Äpfel ab, warf den Eimer beiseite und lief zum Zaun, wobei ich mich darüber ärgerte, Ellas kostbare Schuhe nicht längst ausgezogen zu haben. Hoffentlich ruinierte ich nicht die Absätze. Die Manolo Blahniks hatten locker sechshundert Euro gekostet.
Abgelenkt von dem Schuhproblem, hatte ich Justus' Antwort nicht gehört. Ich zog mir die Sandaletten von den Füßen und spähte wieder über den Zaun.
Das war bestimmt ein Bock, so tief, wie der röhrte. Das Gras stand zu hoch, um genau sehen zu können, was sich tat. Ich nahm nur wahr, dass Meg ihre Turnschuhe ausgezogen hatte, denn sie lagen gut sichtbar am Ufer, und als einer ihrer Unterschenkel hochfuhr, bemerkte ich, dass sie die Hosenbeine hochgekrempelt hatte. Wollte sie in den Bach steigen?

»Meg, der frisst dich«, rief ich.
Meg drehte sich träge um und begann zu lachen.
»Das kitzelt, Mom!«, schrie sie und begann sich im Gras zu wälzen.
»Das machen sie immer so. Sie lecken einen ab.« Justus schaute wieder in den Bach. Im nächsten Moment rutschte Meg der Brühe entgegen, die Arme ausgestreckt, aber es war zu spät. Triefend kam sie wieder hoch, und ich musste an meinen Vater denken, der mich seit früher Kindheit vor den Bakterien im Mund gewarnt hatte. Solche Mundbakterien waren seine persönlichen Feinde, aber da hätte er mal in diesen Bach schauen müssen! Darin dümpelten viel grässlichere, die alle aus unserem Klo stammten. Ich warf die Schuhe von mir, klinkte das Tor auf und rannte über die Brücke. Als Erstes jagte ich das dämliche Schaf davon, dann wandte ich mich zu Meg um, die im Gras saß und ihre Haare auswrang.
»Bist du auch nass?«, fragte ich Justus.
»Nö«, antwortete er.
»Dann marsch nach Hause mit dir. Meg, du gehst unter die Dusche. Sofort.«
Meg stand auf und schüttelte sich.
»Ich versteh nicht, wieso ihr ausgerechnet in diesem dreckigen Bach herumfischen müsst.« Ich hatte zwei gegabelte Stöcke entdeckt, die im Gras lagen.
»Haben wir ja gar nicht«, gab Meg mürrisch zurück, »du bist zu früh gekommen.«
Im Bach quirlten die Dreckpartikel frisch aufgewühlt durcheinander. Wonach hatten die beiden bloß gestochert?
Später, nach der Dusche, erklärte sie mir, dass sie etwas Glitzerndes im Bach entdeckt, aber nicht hatte feststellen können, was es war, und dass Justus behauptete, noch nie etwas Glitzerndes dort gesehen zu haben. Das stimmte sicherlich. Wor-

um auch immer es sich handelte, es stammte aus einer unsäglich unsauberen Quelle, erklärte ich Meg geduldig, und sie sollte es einfach vergessen und nicht mal daran denken, es herauszuholen.

Sie föhnte sich die Haare, ich saß wieder an der Arbeit, da klopfte Justus an die Scheibe, und diesmal packte mich der Zorn. Ich hasste es, bei der Arbeit gestört zu werden, vor allem, wenn sie so schleppend voranging wie diese. Der Auftrag, den ich zu bearbeiten hatte, war eine harte Nuss. Außerdem hatte ich gerade eine neue Mahnung an den Kunden geschickt, der mich immer noch hängenließ, und mir war klar, wie dringend, wie äußerst dringend ich das Geld brauchte. Mit einem Schreiben vom Anwalt zu drohen war auch keine Lösung, ein Anwalt kostete zuerst einmal Geld, das ich weiß Gott nicht hatte. Heute noch weniger als gestern. Von meinem Konto war gerade die Miete abgebucht worden.

»Justus, was willst du jetzt schon wieder?« Ich hatte eine der Fenstertüren des Wintergartens geöffnet und bemühte mich, über den kleinen Kerl nicht den ganzen angestauten Frust wie einen Kübel Dreckwasser auszukippen. Justus duckte sich dennoch, wich aber nicht zurück. Im Gegenteil, er kam näher und hielt mir die geballte Faust hin. Nur ganz langsam öffnete er sie.

Genauso zögerlich streckte ich die Hand aus und nahm das Glitzerding an mich, das er mir auf seiner feuchten, schmutzigen Handfläche präsentierte, einen leichten Modergeruch verbreitend.

»Geh in die Küche und wasch dir gründlich die Hände, Justus, mit Seife!«, sagte ich mit flacher Stimme, und er schlich an mir vorbei.

Es war ein Ohrhänger, mit Diamantrosen besetzt und einem gar nicht mal so kleinen, hinreißend geschliffenen Smaragd in der Mitte. Nicht mal der Dreck im Bach hatte seinem Feuer etwas anhaben können, nur an der Fassung klebte etwas. Ich starrte auf das märchenhafte Fundstück, und in meinem Hirn breitete sich eine seltsame Leere aus. Da hatte ich doch vergeblich Ellas Schrank nach Brillantschmuck durchsucht und mich wie ein Leichenfledderer gefühlt, und der Schmuck tauchte nun aus einer Kloake auf. Wenigstens ein Stück davon.

Ich merkte kaum, wie Justus davonschlich, durch die Fenstertür nach draußen und weiter durch den Garten. Als ich kurz aufblickte, hatte er bereits das Gartentor erreicht und sah sich auch nicht mehr um.

Ich war wie benebelt.

Warum nur hatte Ella diesen Ohrhänger ins Klo geworfen? Gefiel ihr der Smaragd nicht? War eine ungute Erinnerung damit verbunden? Ich prüfte den Verschluss. Er war in Ordnung. Wie im Traum ging ich hinauf ins Badezimmer, hielt das Schmuckstück erst einmal unter den Kran am Waschbecken, ließ lange und geduldig frisches Wasser darüberlaufen, es war ein Reinigungsritual, das auch mir guttat. Schließlich befestigte ich den Hänger noch nass am Ohr. Rubine stehen Rothaarigen überhaupt nicht, Smaragde dagegen hervorragend. Grün und Rot sind die schönsten Komplementärfarben, weil sie sich gegenseitig ordentlich Glanz und Feuer verleihen.

Doris würde von der Geschichte begeistert sein. Langsam erholte ich mich von meiner Überraschung.

9

Henry öffnete uns die Tür.
»Wo ist Tobler?«, fragte Meg sofort. Dafür hätte ich sie gern gelobt. Statt sich umständlich in Begrüßungsfloskeln zu ergehen, sprach sie unumwunden das an, was mich brennend interessierte. Mein Wohlgefühl an diesem Abend hing davon ab, dass der Köter irgendwo fernab von uns eingesperrt war, wo er von mir aus ein Stuhlbein annagen konnte.
Henry musterte uns und zwinkerte verdächtig, als wäre ihm etwas ins Auge geflogen. Er hatte doch wohl nicht gedacht, wir kämen nicht? Es war zwanzig nach sieben, in Berlin würde das als superpünktlich gelten. Oder hatte er die Einladung vergessen? Er neigte den Kopf zur Seite, und ich hatte das Gefühl, er überlegte gerade, wo er uns schon einmal gesehen hatte, kam aber nicht sofort darauf.
Wir hatten uns ungewöhnlich nett zurechtgemacht. Das Auffälligste waren natürlich die Hüte: Hüte aus allerfeinstem Stroh mit hübsch geschwungener breiter Krempe aus Ellas Schrank. Stroh, das wie Seide glänzte und sich auch so anfühlte, wenn man behutsam darüberstrich. Meg war auf die Idee gekommen, die Hüte aufzusetzen, und hatte auch die richtigen für uns herausgesucht. Sie war extra auf einen Stuhl gestiegen, was ich bisher versäumt hatte. Von diesem höheren Standpunkt aus hatte sie entdeckt, dass tief im Schrank verborgen auf dem obersten Bord noch eine Menge Kram hinter den Hüten lag, darunter ein Fotoalbum und ein Bündel mit Briefen. Und sie hatte mich inzwischen nachdrücklich daran erinnert, dass sie es gewesen war, die den Ohrhänger im Bach hatte glitzern sehen. Meine Entgegnung, dass Justus ihn her-

ausgeholt habe und ihm deshalb ein Finderlohn zustehe, ließ sie nicht gelten. Natürlich hätte sie selbst das Ding aus dem Bach gefischt, später, da könne ich ganz sicher sein, Justus war ihr nur zuvorgekommen. Mir erschienen diese Erklärungen seltsam kleinlich. So eine Argumentation war ich nicht von ihr gewöhnt. Erst als sie nach dem Wert des Schmuckstücks fragte und es auch noch auf den Euro genau wissen wollte, beschlich mich die Vermutung, dass sie immer noch an Schottland dachte, und daran, dass wir ja auf der Suche nach Geld waren, viel Geld, um ihren Unterricht in *lucky* Hogworse zu finanzieren.

Den Ohrhänger trug ich immer noch und außer engen, schwarzen Jeans eine schlicht beigefarbene, kragenlose Leinenbluse, die sich ebenfalls unter Ellas Sachen befunden hatte. Sie passte mir einigermaßen. Die Sandaletten, mit denen ich zehn Zentimeter größer war, rundeten mein elegantes Outfit ab.

»Bitte, die Damen, treten Sie nur herein«, begrüßte uns Henry, und an einem leichten Krausziehen seiner Nase merkte ich, dass er Chanel No. 5 einatmete, mit dem ich mich großzügig eingesprüht hatte.

»Eigentlich hatte ich Ihren Butler an der Tür erwartet, Herr von Beverloe«, konnte ich mir nicht verkneifen zu behaupten. Er versteckte eine Hand hinter dem Rücken, das erinnerte mich an die Haltung von Butlern, wie ich sie aus gediegenen altenglischen Filmen kannte.

»Henry, sagen Sie doch Henry zu mir«, entgegnete er.

»Wie wär's mit *Lord* Henry?« Einfach nur Henry war einerseits irritierend dicht an *Butler Henry,* und ich wollte doch immer hübsch korrekt sein, wie ich es gelernt hatte. Und andererseits mochte ich mir die Entwicklung unserer Bekanntschaft durch vorschnelle Vertraulichkeit nicht aus der Hand nehmen lassen. Manchmal war Förmlichkeit, zu der ich gewöhnlich gar nicht neige, von Vorteil.

»Das passt ausgezeichnet.« Henry lächelte fein, dann glitt sein Blick zum Ohrhänger und verweilte etwas zu lange darauf. Wieder zwinkerte er.

War das Ding doch nicht echt? Wie kam ich überhaupt darauf, dass ein echter Smaragdohrhänger aus der Kanalisation meines Hauses direkt im Bach hinter dem Grundstück gelandet sei? Das war doch blöd, oder nicht? Wunschdenken. Wahrscheinlich hatte eine Touristin, die zu den Schafen auf die Wiese gestakst war, den Schmuck verloren. Modeschmuck, nicht wertvoll genug, um sich dafür im Bach nasse Füße zu holen.

Ich kam mir dämlich vor, weil ich mir das Ding ins Ohr gehängt und vorher so viel Zeit mit der Säuberung verbracht hatte. Nun musste ich dazu stehen, einem echten Baron mit Talmi behängt gegenüberzutreten. Sonst trug ich höchstens mal Holzperlen, und auch die wurden mir meist schnell lästig. Als Gastgeschenk hatte ich eine Flasche aus dem Keller mitgebracht und etwas nachlässig den Staub abgewischt, aber dafür eine dekorative Efeuranke um den Hals gewickelt.

Lord Henry nahm das Geschenk entgegen und warf mit undurchsichtiger Miene einen Blick darauf. Ich hatte das Gefühl, dass der Wein nicht so gut bei ihm ankam. Das war zwar nur ein instinktiver Eindruck, er verdarb mir aber ein bisschen die Stimmung. Ich hatte einfach zu viel Zeit mit meinem Aufhübschen verbracht und zu wenig mit der Flasche. Nicht mal das Etikett hatte ich genau studiert. Französischer Wein, irgendein Chateau Dingsbums, beim Dingsbums saßen dicke Stockflecken auf dem Papierchen.

»Ich weiß nicht, ob er was taugt, er stammt aus Tante Ellas Keller«, gab ich verspannt zu. Wenn Lord Henry auch nur

etwas vertraut mit Tante Ella gewesen war, musste er von selbst darauf kommen, woher der Wein stammte. Da war es geschickter, es zuzugeben, bevor er danach fragte.
»Das nehme ich an«, gab er ernst zurück, und nun kam die andere Hand hinterm Rücken hervor, mit einer zusammengeknüllten Schürze. In diese wickelte er erstaunlich behutsam die Weinflasche ein, und das gab mir noch mehr zu denken. Natürlich weiß ich, dass es teure Weine gibt, Weine, die mehr als hundert Euro kosten, aber wieso sollte sich Ella solche Schätze in den Keller gelegt haben? Ich konnte mir einfach nicht vorstellen, dass es in meiner Familie ein Mitglied gab, das es darauf anlegte, das Geld regelrecht zu versaufen.
Also, was mochte diese eine Flasche gekostet haben? Wusste Henry das? Oder konnte er das einschätzen? Das hätte mich nun schon interessiert. Vielleicht wäre es gar nicht so verkehrt, diese vielen Weinflaschen mal aufzulisten und herauszufinden, was die im Handel kosteten. Im Geist sah ich mich mit dem Laptop im Keller herumschleichen und Weinflaschen entstauben, die Etiketten entziffern und … Das würde Tage dauern. Vielleicht hatte ich ja die einzige Flasche erwischt, die tatsächlich ein bisschen teuer gewesen war. So, wie die Flaschen im Keller gestapelt waren, konnte ich mir nicht vorstellen, dass dieser ganze Weinvorrat einen größeren Wert darstellte.
»Wenn Sie mögen, machen wir sie auf«, schlug ich vor. Wer weiß, was er als Getränk für das Abendessen vorgesehen hatte. Westfälisches Bier? Die Schürze hatte einen gewissen Verdacht aufkeimen lassen.
Henry betätigte sich doch wohl nicht als Hobbykoch?
Wir standen noch in der Eingangshalle, die genau wie meine eigene Diele mit großen unregelmäßigen Steinplatten belegt war, aber da endete die Ähnlichkeit. Die Decke war sehr

hoch, sie bestand aus Holz und war wunderschön bemalt. Eine hochherrschaftliche Steintreppe führte ins obere Geschoss. Das Abendlicht flutete von der gegenüberliegenden Seite in einer breiten, goldenen Bahn durch hohe Sprossenfenster herein. Ich war bezaubert von dem alten Gemäuer und ja, auch irgendwie von Henry, der in seinem vorgerückten Alter mit all den Verwitterungsspuren in seinem immer noch attraktiven Gesicht so gut hierher passte.

Er lächelte unbestimmt. »Nicht heute. Wir bringen die erst einmal in die Küche.« Er trug die Flasche vorsichtig in beiden Händen, während er uns voranging.

Die Küche sah nicht nach Schlossküche aus, sondern nach umgebauter Besenkammer – Schlossbesenkammer natürlich –, denn sie war höchstens zwölf Quadratmeter groß, aber dafür äußerst funktional eingerichtet, um nicht zu sagen, hier war jemand am Werk gewesen, der sich aufs Kücheneinrichten verstand. Diese Einrichtung hatte ganz eindeutig etwas Profihaftes.

Es war augenscheinlich, dass hier noch vor kurzem richtig gekocht worden war. Das hieß, hier hatte jemand Gemüse geschnippelt, Fleisch zart geklopft und Salatsauce angerührt, die Indizien waren unverkennbar. Etwas schmurgelte in Kupfertöpfen vor sich hin, und der Backofen war eingeschaltet.

Und es roch himmlisch. Ich bedauerte, so verschwenderisch mit Chanel No. 5 umgegangen zu sein. Das vertrug sich gar nicht gut mit den satten Düften nach italienischen Gewürzen, den Röstaromen brutzelnden Fleisches und frisch gebackenem krossen Brot.

»Wo ist denn Ihr Koch abgeblieben?«, fragte ich.

Henry wedelte nur vielsagend mit der Schürze, nachdem er die Flasche ausgewickelt und in eine Ecke gestellt hatte. Damit erhärtete sich mein Verdacht.

»Ich führe Sie erst einmal ins Esszimmer. Es liegt gleich auf der anderen Seite des Flurs.«
Brennende Kerzen tauchten das Silber, die Gläser und das Geschirr in sanftes, goldenes Licht. Von den Wänden blickte uns das in Öl gemalte Ahnvolk beiderlei Geschlechts wohlwollend auf die blau-weißen Teller, auf denen kunstvoll gefaltete Servietten für uns bereitlagen.

»Wann haben Sie Tante Ella kennengelernt?«
Zum Auftakt hatte es Antipasti misti gegeben, und Henry hatte zugegeben, das meiste davon *nicht* aus der Tiefkühltruhe gefischt zu haben. Wann hatte er sich entschlossen, uns zum Abendessen einzuladen? Schon am Samstag, als er noch Zeit zum Einkaufen gehabt hatte? Und wie weit hatte er für diese Scampi fahren müssen?
»Das ist lange her.«
»Wie lange?«, hakte Meg nach. Das hätte ich auch gern gewusst, aber mich nicht so direkt nachzufragen getraut.
Henry runzelte die Stirn. »Mehr als fünfzig Jahre, ich war damals noch sehr jung.«
Meg runzelte ebenfalls die Stirn, sie hätte es gern noch genauer gewusst. Wäre mir auch recht gewesen.
Ich hatte mit Meg zusammen flüchtig das Fotoalbum durchgeblättert, und dabei hatte mich die Neugier auf Tante Ella in ganz ungeahntem Umfang gepackt. Meine Hemmungen, in ihre Vergangenheit einzudringen, waren weitgehend geschwunden.
Henry machte eine Pause. »Ihre Tante stand damals ganz am Anfang ihrer Karriere. Sie hatte eine Naturstimme. Eine Naturstimme im Koloraturfach ist sehr, sehr, sehr selten.« Er sprach das dreimalige *sehr,* als würde er Tante Ellas Stimme mit Buddha, dem Mount Everest oder dem Hope-Diamanten

vergleichen, um uns zu verdeutlichen, was er mit »selten« meinte. Ich sog das begierig auf.

»Hat sie die Königin der Nacht gesungen?«, fragte ich und war stolz darauf, ein bisschen Wissen raushängen zu lassen. Königin der Nacht = Mozart = berühmte Koloraturarie. *Die* Koloraturarie der Operngeschichte. Dank einer kleinen Internetrecherche wusste ich nun Bescheid. Von wegen Escortservice.

»So weit war sie damals noch nicht. Sie sang den Cherubino, gleichfalls Mozart, nur anders. Eine Hosenrolle, eine der schönsten, die ich kenne.« Es klang, als würde er diese Rolle so sehr schätzen, weil Ella sie gesungen hatte, damals …

»Hosenrolle?«, fragte Meg verwirrt, und diesmal wäre es mir lieber gewesen, sie hätte den Mund gehalten. Henry war sichtlich in die Vergangenheit eingetaucht, und dabei sollte nichts ihn stören.

»Sie schlüpfte in die Rolle eines Mannes. Auf der Bühne stellte sie einen Diener dar, der sich unsterblich verliebt und das in einer Arie zum Ausdruck bringt. Eine Arie, die von der ersten Liebe eines sehr jungen Mannes handelt, der überwältigt ist von dieser für ihn noch so fremden Empfindung. Und da habe ich mich verliebt …«

»… in Ella«, soufflierte ich zuvorkommend.

Ella sah auf den Fotos, die sie als junge Frau zeigten, hinreißend aus. So hatte ich sie natürlich nicht in Erinnerung. In meiner Erinnerung sah ich sie in den langen Hosen und den praktischen dünnen Pullovern oder den schlichten Blusen, die ich in dem einen Teil des Schranks gefunden hatte. So kleidete sich auch meine Mutter, damals wie heute, wahrscheinlich hatte ich daher nicht weiter auf Tante Ellas Outfit geachtet. Es kam mir einfach normal und vertraut vor.

Aber schon vor fünfzig Jahren hatte sie anscheinend elegante

Kleider und schöne Hüte geliebt, die geheimnisvolle Schatten auf ihr reizvolles Gesicht warfen. Einige Fotos zeigten sie in Bühnenkostümen. Eins in der Rolle eines jungen Mannes mit gepuderter Perücke. Trotz des Anzugs und des Pudermopps auf ihrem Kopf war auf den ersten Blick klar, dass man es mit einer verführerischen jungen Frau zu tun hatte. Ja, das Foto knisterte nur so vor Erotik, das machte Ellas Ausstrahlung, die die Fotos erstaunlich gut eingefangen hatten. Wer war der Fotograf?

Etwa Henry?

Henry lächelte fein, schwieg aber.

»… oder in die Stimme?«, wiegelte ich ein bisschen ab.

»Ich war mit Anfang zwanzig ein Opernnarr«, wich er gekonnt aus. »Und jetzt entschuldigen Sie mich bitte, ich muss nach der Suppe sehen.«

»Dann haben Sie also tatsächlich selbst gekocht?«, fragte ich, um ganz sicherzugehen.

»Das ist die andere Leidenschaft von mir.« Er lächelte wieder hintersinnig.

Ich musste an seine Kritik an unseren Einkäufen denken, die mir nun verständlicher wurde. Wer solche Antipasti zustande bekam – Perlhuhnpastetchen, geröstete Weißbrotscheiben mit einer himmlischen Olivenpaste und Scampi in Knoblauchsauce –, hielt Fertigpizza nicht nur für seinen Hund grundsätzlich für *unzumutbar.* Bestimmt wurde Tobler mit eigenhändig zubereitetem Hack-Tartar gefüttert.

»Ich möchte immer noch wissen, wo Tobler ist«, warf Meg ein.

Henry war bereits auf dem Weg zu Tür. »Entschuldige, dass ich deine Frage noch nicht beantwortet habe. Er ist in der Bibliothek eingesperrt, er würde sich sicher freuen, wenn du ihn dort besuchst. Er ist es nämlich nicht gewöhnt, im Haus an freier Bewegung gehindert zu sein.«

Letzteres ging natürlich als mehr oder weniger versteckter Vorwurf an mich. Das war mir gleichgültig. Ich hatte mich von den Antipasti, so zubereitet, dass sie die Bemühungen jedes beruflich kochenden Italieners in den Schatten stellten, und einem sehr anschmiegsamen Weißwein aus der Gegend um Neapel – nach Auskunft von Henry auf Vulkanasche kultiviert – in eine so lockere Stimmung versetzen lassen, dass ich jegliche Wachsamkeit verloren hatte.
»Nach dem Essen, Schätzchen«, warf ich zumindest ein.
»Sie kann sich gerne umschauen, es dauert noch ein wenig«, sagte Henry und verschwand mit Meg im Schlepptau durch die Tür.
Ich schenkte mir von dem goldenen Gaumenkitzler nach. Henry hatte die Flasche zwar in einen Kühler gestellt, aber ich wäre untröstlich gewesen, wenn der Wein die ideale Temperatur nur um ein halbes Grad überschritten hätte. So rasch passte ich mich mit meinen Ansprüchen dem Stil von Henrys privatem Gourmettempel an.
Durch die Fenster erblickte man den hinteren Teil des zur Mauer hin abfallenden Gartens, der mit blühenden Rabatten, einer von Rosen umrankten Laube, einem gepflasterten Platz mit eleganten Sitzmöbeln und einer Ligne-Roset-Liege gepflegter wirkte als der vordere. Über die Mauer hinweg konnte man auch noch die Schafswiese überblicken, aber einen anderen Teil davon. Die Sicht war hier wesentlich weiter, sie reichte über die im Abendlicht glitzernde Dinkel bis hin zur Straße und verlor sich schließlich in von der Dämmerung umfangenen Buschgruppen. Im Esszimmer roch es außer nach Antipasti noch nach Bienenwachspolitur, mit der wahrscheinlich die antiken Möbel behandelt worden waren. Auf der Kommode, die als Kredenz für zusätzliche Teller diente, lag kein Staub. Wer hielt den Kasten sauber? Henry

konnte seine Burg doch nicht ohne alle Hilfe in Schuss halten.

Er und die Suppe ließen auf sich warten, und auch Meg kam nicht zurück. Nachdem ich das Glas geleert hatte, überlegte ich, wie sich ein weiteres auf mein Geschmacksempfinden auswirken würde, und beschloss dann unvermittelt, auch mal in diesem Gespensterschloss auf Erkundung zu gehen. Hier im Esszimmer plätscherte zwar in leisen Tönen klassische Musik dahin, aber dahinter lauerte Grabesstille. Die herrschte auf dem Flur eindeutig vor, zusammen mit tiefen Schatten. Draußen dämmerte es inzwischen, aber hier brannte kein Licht. Der Flur war mit wuchtigen, alten Eichenschränken vollgestellt. Ich musste aufpassen, dass ich nicht dagegenstieß. Das Gebäude konnte keinen allzu komplizierten Grundriss haben, denn es bildete einen einfachen rechteckigen Kasten ohne Türmchen, Erker und solches Zeug. In Gedanken nannte ich es wegen der massiven Umfriedungsmauer zwar Burg, aber es hatte eigentlich keine Ähnlichkeit mit einer solchen Anlage. Eher mit einem Landhaus, wenn auch mit einem ehrwürdig alten.

Das Esszimmer lag im Erdgeschoss, aber es war ja nicht gesagt, dass sich die Bibliothek, in der ich Meg vermutete, ebenfalls auf dieser Etage befand.

Ich ging zuerst in die Küche. Auf dem Herd simmerte die Suppe, daneben stand eine geöffnete Flasche Sherry, an der ich kurz schnupperte. Lecker. Von Henry keine Spur. Wer so kochte wie er, konnte kein völlig verdorbener Mensch sein, beruhigte ich mich.

Ich drehte das Gas ab und trat wieder auf den Flur hinaus.

Wahllos Türen zu öffnen widerstrebte mir. Als ich dennoch entschlossen die Hand auf eine der nächsten Klinken legte,

hörte ich ein schwaches Geräusch. War das ein Schrei gewesen?
Woher?
Schon wieder umgab mich diese abgründige Stille, in der es einem in den Ohren rauscht, bis man die Seelen von Toten meint jammern zu hören.
»Meg?«, rief ich.
Keine Antwort.
Konnte Henry eine Art Ritter Blaubart sein? Warum hatte ich ihm vertraut? Wie konnte ich so dumm sein, auf sein gediegenes Äußeres und die altmodischen Manieren hereinzufallen? Was machte er gerade mit meiner Tochter?
Ich rannte den Flur hinunter.
»Meg?«, schrie ich.
Diese Stille, diese alptraumhafte Stille!
Hinter mir hörte ich auf einmal Gemurmel, ich kehrte um und ging angespannt auf eine Tür zu, die ich eben erst passiert hatte. Sie war nur angelehnt, das hatte ich übersehen. Ich stieß sie weiter auf und hielt den Atem an. Mein Herz pochte wie nach einem Hundertmeterlauf.
Meg und Henry standen an einer Seitenwand vor einem Gemälde; es war eingerahmt von mit hübschen Schnitzereien verzierten Bücherregalen, die fast bis zur Decke reichten. Meg hatte ihren Hut wieder aufgesetzt, den sie aus der Eingangshalle geholt haben musste.
Sie und Henry beachteten mich nicht, daher hatte ich Zeit, ein wenig zu mir zu kommen und mich meiner sinnlosen Aufregung wegen blöd zu fühlen. Ich beäugte nun auch das Bild. Die Dame darauf trug ebenfalls einen Hut, das fiel mir als Erstes auf, als Zweites, dass er dem von Meg ähnelte. Misstrauisch trat ich näher heran. Henry, den ich ganz gut von der Seite im Blick hatte, setzte eine ausdruckslose Miene auf, das

heizte meine Verdächtigungen gegen ihn von neuem an. Der hatte doch was zu verbergen?
Allerdings trug er die Küchenschürze, das besänftigte mich ein wenig. Und Meg erschien nicht im Geringsten verstört. Ich strich den Blaubart von der Liste meiner momentanen Ängste.
»Wie gefällt Ihnen das Bild?«, fragte Henry mit sonorer Stimme. Hinter mir hörte ich wieder den Laut, der mir hatte die Haare zu Berge stehen lassen. Ich fuhr herum. Tobler lag auf einem Läufer vor dem rustikalen Sandsteinkamin und sah mich mitleidheischend aus blutunterlaufenen Augen an, um im nächsten Moment noch einmal diesen Laut auszustoßen, der wie ein hoher Schluchzer klang.
Verdammter Hund.
Auf einmal hatte ich Lust, Meg zu packen und mit ihr abzuhauen. Was machten wir bloß hier? Ich war nicht so hungrig, dass ich unbedingt das Mahl beenden musste, ganz gleich, ob uns noch Scaloppini in Marsala erwarteten oder etwas anderes aus der gehobenen Gourmetküche, die unsere an Pizza geschulten Geschmacksnerven ohnehin nicht ausreichend würdigen konnten.
»Das Bild?«, entgegnete ich verdrossen. »Ich weiß nicht.«
Jetzt erst schaute ich richtig hin. Mich traf fast der Schlag. In England hatte ich einige Bilder dieser Art gesehen, das Viktoria-und-Albert-Museum hing voll davon, und auch aus Abbildungen in Kunstbüchern waren mir sowohl die dargestellte Dame als auch der Maler bekannt. Aber das war nicht das Entscheidende.
Mein Blick flog von der Dame zu Meggie und zurück. Teufel auch! Warum hatte ich das früher nie bemerkt? Hatte ich alles, was ich in England je erlebt hatte und mir dort vor Augen gekommen war, dermaßen verdrängt?

Die Dargestellte war Lady Emma Hamilton, eine Skandalnudel des späten achtzehnten und frühen neunzehnten Jahrhunderts, die zur Freude aller Klatschmäuler der besseren Gesellschaft unverhohlen mit zwei Männern zusammenlebte: mit dem Nationalhelden Lord Nelson und mit ihrem alten Ehemann, Lord Hamilton, der sich stoisch in die Rolle des Betrogenen fügte. Wenn es nicht dieser berühmte Admiral gewesen wäre, der England vor Napoleon gerettet hatte, wäre sie natürlich nie so in die Klatschpresse gelangt, die damals auch schon einiges draufhatte.

»Haben Sie Meggie etwa von Lady Hamilton erzählt?«

Ich war wirklich aufgebracht. Nicht wegen Lady Emmas Skandalleben, aber Henry musste das so auffassen. Er neigte den Kopf zur Seite und musterte mich prüfend.

»Also fällt es Ihnen auch auf?«, fragte er gelassen.

»Was, mein Gott?«, wurde ich grob.

»Er hat gesagt, sie sieht mir ähnlich, Mom«, sagte Meg unsicher, »deshalb wollte er, dass ich den Hut wieder aufsetze. Es ist fast der gleiche.«

Und ob sie ihr ähnlich sah! Das war ja der Skandal. Es sprang einem so ins Auge, dass es weh tat. *Mir* weh tat. Das Gemälde gab genau wieder, wie Meg in etwa zehn Jahren aussehen musste, und ich fühlte, wie sich ein dicker, harter Klumpen in meinem Bauch bildete. Da waren das üppige, rotbraune, leicht gelockte Haar, das herzförmige Gesicht, die großen grauen Augen, der geschwungene, sinnliche Mund, bei Meg allerdings noch nicht so ausgeprägt. Aber das würde sich noch entwickeln.

Meg als Wiedergeburt Lady Emmas.

Warum ging mir diese frappierende Ähnlichkeit so nah?

Die Lady war hauptsächlich an ihrem ungezügelten Temperament und ihrer Missachtung aller geltenden Konventionen gescheitert. George hatte mich ausführlich im Viktoria-und-Albert-Museum über sie belehrt, Ernest und Michael hatten gelangweilt danebengestanden. Sie teilten Georges heißes, sehr persönliches Interesse an der Femme fatale nicht, oder vielleicht auch an der Malerei George Romneys, der Emma immer wieder gemalt hatte. Er war besessen von ihr und ihrer Schönheit gewesen, hatte nicht genug von ihr bekommen können. Aber … da stimmte etwas nicht!

»Es ist gar kein Romney«, sagte ich mit flacher Stimme.

Henry grinste von einem Ohr zum andern. »Sie meinen George Romney, den berühmten englischen Porträtisten? Sie kennen sich ja wirklich aus, das ist selten. Nein, dieses Porträt stammt von Sir Thomas Lawrence, gemalt 1791, da war Emma sechsundzwanzig.«

»Lawrence ist auch nicht schlecht.«

»Um genau zu sein: teurer als ein Romney«, korrigierte mich Henry in leutseligem Ton. »Das Bild ist natürlich echt, falls Sie gerade darüber nachgrübeln. Ich würde hier nie eine Kopie aufhängen.« Er legte eine kurze Pause ein. »Erstaunlich, diese Ähnlichkeit, nicht wahr?«

Ich wollte nicht darüber reden. Aus verschiedenen Gründen nicht.

»Wie kommen Sie an das Bild?«

Henry schmunzelte.

»Ein Erbstück. Sie müssen wissen, meine Familie ist seit Generationen ein wenig anglophil. Aber sind Sie das nicht auch? Anglophil?«

Etwas stupste an mein Bein. Als ich den Blick auf meine Füße senkte, hatte mich Tobler gerade erreicht und hechelte mich nun dezent an. Er flehte geradezu mit seinen Glubschaugen, ihn endlich, endlich zur Kenntnis zu nehmen. Warum er sich so an mich hängte, war mir schleierhaft.

»Tobler!«, wies ihn Henry zurecht. »Werd nicht lästig. Wissen Sie, Carlo, es ist das Parfüm, ich hab's natürlich auch gerochen: Chanel No. 5. Es ist unverkennbar.«
Über seine Augen legte sich ein feuchter Schimmer.
»Tante Ellas Parfüm«, sagte Meg überflüssigerweise. »Man müsste es verdünnen und wieder verdünnen und dann ausprobieren, ab welcher Verdünnungspotenz er nichts mehr riecht. Und ich würde gern die Molekülformel für das Parfüm herausfinden.«
»Redest du von meinem oder von Toblers Geruchssinn?«, erkundigte sich Henry.
Meg schüttelte angewidert den Kopf. »Menschen können nicht so gut riechen wie Hunde, das weiß doch jeder.«
Aber so unbedeutend war der menschliche Geruchssinn auch wieder nicht. Er setzte sehr schön die Erinnerungen frei, dachte ich und beobachtete weiter Henry.
»Entschuldige. Mit der Molekülformel könntest du ein Vermögen verdienen, wenn du sie wirklich herauskriegst. Ich dachte, du interessierst dich nur für Fraktale«, sagte er heiter.
Ich überlegte scharf und mit leichter Panik, wie viel Zeit die beiden bereits miteinander verbracht hatten, und wieder überkam mich ein ungutes Gefühl. Aber noch schien Henry nicht nennenswert von Meggie irritiert, im Gegensatz zu den meisten Menschen, die sich einmal etwas länger mit ihr unterhalten hatten.
»Wie weit soll die Suppe noch einkochen?«, warf ich ein.

Den Rückweg zur Küche legten wir beinahe im Galopp zurück. Tobler wuffte freudig und war nicht davon abzuhalten, sich uns anzuschließen. Das hieß, Henry vergaß einfach, ihn wieder einzusperren, und so kam er mit in die Küche. Erst als wir sie erreicht hatten, stellte ich fest, dass Meg nicht bei uns

war. Ich nahm an, dass die Bibliothek mehr Reize für sie bot als ein Teller Suppe.
Henry schaltete den Herd wieder ein und sagte nichts dazu, dass ich ihn unter Vorspiegelung falscher Tatsachen von Emmas Gemälde fortgelockt und von einer Unterhaltung abgebracht hatte, die mir zu persönlich wurde.
Was meinte er damit, dass ich anglophil sei?
Hatte er von Meggie erfahren, dass ich in England studiert hatte? Und wenn ja, warum interessierte ihn das? Sicher war ich mir inzwischen, dass er uns nur wegen dieses Porträts und Megs Ähnlichkeit mit Lady Emma hergelockt hatte. Das hatte er klug eingefädelt. Auch wie er Meg dazu ermuntert hatte, sich umzusehen, und sich dann zufällig zu ihr gesellte. Das alles war feinste Intrige. Aber worauf lief sie hinaus? Da tappte ich im Dunkeln.
»Ich wundere mich, dass Sie hier so allein herumwirtschaften. Haben Sie nicht …«
»Oh, es kommt einmal in der Woche jemand aus Ahaus zum Putzen und Aufräumen. Eine sehr zuverlässige Person«, fiel mir Henry ins Wort. »Und ich lasse den Garten von einem Gartenbaubetrieb in Schuss halten.«
»Das beruhigt mich«, gab ich zurück. »Ich fände es schwer erträglich, mir vorstellen zu müssen, wie Sie auf den Knien herumrutschen und das Parkett im Esszimmer wienern.«
Henry schüttelte glucksend den Kopf.
»Möchten Sie einen Sherry?« Er hielt die Flasche hoch, und ehe ich mich versah, nippte ich an einem Glas sehr trockenem englischen Sherry. Tobler drückte sich an mein Bein, und allmählich fand ich ihn nicht mehr gar so garstig. Nach dem Wein und mit dem Sherry im Magen wäre es mir wohl auch egal gewesen, wenn sich mir ein Python ums Bein gewunden hätte.

»Was ich Sie eigentlich fragen wollte, ist, was Sie beruflich gemacht haben und ob Sie verheiratet waren – oder sind«, fasste ich die zwei Fragen, die mir besonders wichtig erschienen, in einem Konversationsbeitrag zusammen.
»Und ich wüsste gern, wann bei Meg das Asperger-Syndrom diagnostiziert worden ist. Und übrigens ist die Suppe fertig. Ich trag sie hinüber.«
Er ließ mich stehen und schritt mit der Suppenterrine voran. Ich folgte ihm mit Tobler und schnaubte innerlich vor Wut. Wie hinterhältig! Meg würde von sich aus nie, nie über das Asperger-Syndrom reden. Wie war es ihm gelungen, ihr diese Information zu entlocken?
»Moment mal! Haben Sie Meg gefragt?« Ich hielt ihm die Esszimmertür auf.
»Was gefragt?«
»Ob sie das Asperger-Syndrom hat.« Ich zwang mich, ruhig zu bleiben, ich rechnete damit, dass Meg jeden Augenblick zu uns stieß. Das Letzte, was ich wollte, war, in ihrer Gegenwart ein Gewese aus ihrer Besonderheit zu machen.
»Danach musste ich sie doch nicht fragen, ich bitte Sie.«
War es so deutlich? Das bezweifelte ich. Nicht so deutlich, dass man Megs Abweichung vom Normalen gleich mit dem Namen eines *Syndroms* klassifizieren würde.
»Sie haben sie nicht danach gefragt und nicht darüber mit ihr geredet?«
»Jetzt fragen Sie das schon das zweite Mal. Mich interessiert, wie gut sie in Mathematik ist.«
Nicht auch noch Henry. Es reichte mir, dass Internatsleiter in Schottland und Harvardprofessoren Megs mathematische Fähigkeiten ausloten wollten.
Unter den Asperger-Autisten gab es einige wenige Savants, Menschen mit außergewöhnlichen Begabungen, aber es stand

noch längst nicht fest, dass Meg zu ihnen gehörte. Ein wenig Überfliegermathematik reichte nicht aus, um in dieser Liga mitzuspielen.

»Mathe hab ich auch immer gemocht«, fuhr Henry fort. »Lieber als Deutsch, das war nicht so mein Fall.«

Meg kam hereingeschlendert. Sie sah mich an. »Ich hab Henry gesagt, dass ich von einem anderen Planeten stamme. Aber er wusste es schon.«

Vielleicht hatte sie auch gelauscht.

»Ich weiß gar nicht, wann diese Bezeichnung aufgekommen ist: Lost-Planet-Syndrom für Asperger-Autismus. Klingt aber doch interessant, oder nicht?«, meinte Henry im Plauderton und löffelte mit einer großen Silberkelle die Suppe in die Teller. Das Essen brachte uns vom Thema ab, und das war gut so, denn ich hatte nicht die geringste Lust, mich mit einem zufälligen Bekannten wie Henry über Megs intellektuelle Sonderausstattung zu unterhalten. Mitten in die Stille, die nur von Löffelgeklapper und Toblers Schnaufen unterbrochen wurde, summte mein Handy, und aus lauter Ärger über Henry sah ich nach. Dieter hatte mir eine SMS geschickt: Er wollte sich mit mir aussprechen, möglichst noch heute, es dürfe auch spät werden, Hauptsache, ich ließe ihn herein.

Dieser Scheißkerl. Spätabends hieß, er wollte wieder mit mir aufs Sofa. Von wegen reden. Ich schaltete das Handy aus.

Der Hauptgang war sicherlich köstlich, hätte aber auch aus gedämpftem Tofu bestehen können, das hätte keinen großen Unterschied gemacht. Irgendwie brachte ich das Stracotto al Barolo – zarte dünne Rindfleischscheiben, geschmort in Barolo – ohne echten Genuss in meinen Magen. Mein Bewusstsein war nicht bei der Sache, nicht sehr jedenfalls. Immerhin gelang es mir, Henry noch mal nach seinen Familienverhältnissen zu fragen, aber wer antwortete, war Meg.

»Seine Frau ist vor acht Jahren gestorben, und Henry hat keine Kinder. Und ich bin jetzt satt, ich geh rüber.«
Er sah ein wenig betreten drein, während Meg diese Einzelheiten in ihrer knappen Art ohne erkennbare innere Anteilnahme weitergab.
Auf einmal sah Meggie erschöpft aus. Wortlos reichte ich ihr unseren Hausschlüssel, und sie ging davon, ohne sich zu verabschieden. Mir war es recht so. Nur zu gern würde ich die Unterhaltung ohne sie fortführen. Henry goss Wein nach, diesmal Barolo, es musste das fünfte oder sechste Glas sein. Wahrscheinlich würde ich es nicht mal hören, falls Dieter noch kam und ans Fenster klopfte. Geschah ihm nur recht, wenn er mit aufgeheizter Libido draußen stehen bleiben musste.
»Dann kannte auch Ihre Frau Tante Ella?«, erkundigte ich mich.
Henry stützte einen Ellbogen auf und schmiegte den Kopf nachdenklich in die Handfläche, als ringe er um eine Antwort.
»Ich wüsste gern, wie es weiterging mit Tante Ella und Ihnen, als Sie Ihr Faible für ihre Stimme entdeckt hatten«, legte ich nach.
»Wir haben uns recht bald aus den Augen verloren. Ich war ja damals schon verlobt, ich fuhr also zurück nach Hause und hab geheiratet, so machte man das damals. Man nahm sein Wort nicht zurück.«
Ich wollte jetzt nicht lockerlassen. Fast jede andere hätte nach dieser erhebenden Erklärung das Thema gewechselt. Aber für mich hätte er besser nicht den Tugendbold herausgekehrt, das zog bei mir nicht. Beinahe hätte ich laut aufgelacht. Was hatte er da gerade gesagt? Im Klartext: Nach einem kurzen, leidenschaftlichen Techtelmechtel mit dem süßen Opernhäschen

war er zu der vornehmen Jungfrau mit dem Verlobungsring an der linken Hand heimgefahren. Wie bekannt mir das vorkam.

Dieser selbstzufriedene Heuchler!

»Und auf einmal tauchte Tante Ella wie aus dem Nichts hier auf und quartierte sich nebenan ein?«

War mir meine Wut anzumerken?

Henry schnaufte, und ich begriff, dass er sich insgeheim amüsierte. »Wir sind uns immer mal wieder über den Weg gelaufen. Sie haben nach meinem Beruf gefragt: Unternehmensberater. Ich hatte viel bei großen Firmen im Ausland zu tun.«

»Und da gingen Sie abends ab und zu in die Oper, und zu Ihrer Überraschung sang Ella die Titelpartie«, mutmaßte ich.

Henry stand auf. »Richtig. Wenn man wie ich beruflich auf einer bestimmten Ebene durch die Welt reist, trifft man immer die gleichen Leute.«

Na prächtig!

Hatten die drei – Henry, seine Frau und Ella – ein Dreiecksverhältnis unterhalten wie Lady Emma mit Ehemann und Liebhaber? Gut möglich, sehr gut möglich. Das hatte ja Tradition *in jenen vornehmen Kreisen.* Diese Option würde ich im Auge behalten, wenn ich mich weiter mit Tante Ellas Leben befasste. Und das würde ich. Die letzten verbliebenen Hemmungen, die schmutzigen Geheimnisse der Toten auszugraben, verflogen.

Henry stützte im Stehen die Hände auf die Tischplatte und starrte mich unverhohlen an. »Warum sind Sie nie wieder hergekommen? Ella hätte sich sehr darüber gefreut.«

Die Frage wirkte wie ein Guss kaltes Wasser mitten ins Gesicht, das hieß, sie belebte mich richtig. Mein gerade im Alkoholnebel einschlafendes Hirn kam wieder auf Touren.

Die einfachste Antwort lautete natürlich: Hat sich nie ergeben. Aber stimmte das? Inzwischen hatten sich Zweifel gemeldet.

Ich erinnerte mich an ein Telefongespräch mit Tante Ella, in das meine Mutter hereingeplatzt war. Es war vielleicht ein halbes Jahr nach meinem Besuch gewesen. Meine Mutter nahm mir den Hörer aus der Hand und wechselte ein paar Sätze mit Ella, dann legte sie auf. Später wollte sie wissen, ob Ella wieder einmal gefragt habe, wann ich sie besuchen käme, und dazu sollte ich mich absolut nicht genötigt sehen. Ich sei ihr nämlich nichts schuldig. Und sie würde mit ihr reden, falls sie mir mit ihrem Gejammer lästig fiele. Als Gejammer hatte ich Tante Ellas Frage nach meinem nächsten Besuch nicht verstanden. Wohl aber, dass ihr einiges daran lag, obwohl sie es herunterspielte.

Erst jetzt ging mir auf, wie merkwürdig dieses Gespräch gewesen war. Und auch die nächsten mit meiner Mutter zum gleichen Thema. Sobald Nienborg zur Sprache kam, fiel meine Mutter in einen bedauernden Ton, als läge der kleine Ort auf dem Breitengrad der absoluten Langeweile. Nur Scheintote wie die arme Tante Ella zogen sich aufs flache Land zurück, wo Kühe, Schafe und Nieselregen die Hauptattraktion der Gegend bildeten. Irgendwann hatte ich dann keine Lust mehr auf eine Reise dorthin.

Faszinierend war das alles ja schon, sinnierte ich über dem üppigen, vollmundigen Barolo, den mir Henry eingeschenkt hatte. Der Wein enthielt eine überdurchschnittliche Portion Alkohol, der meine Synapsen attackierte. Meine Mutter hatte mir also mit aller Hinterlist meinen Wunsch, Tante Ella nochmals zu besuchen, madiggemacht. Im Nachhinein erfüllte mich die Guerillataktik, mit der sie mir weismachte, dass Tante Ella ein armes, altes, uninteressantes Luder war, das sich verzweifelt nach Gesellschaft sehnte, sowohl mit Entsetzen

als auch mit Bewunderung. Wenn ich daran dachte, dass dieselbe alte, angeblich einsame Dame munter kiffte und sich ihren Vorräten nach zu schließen literweise Wein, Cognac und Whisky in den Hals kippte, war das Hintertreiben vielleicht nicht ganz unangebracht gewesen.
Und ich fragte mich, wie der liebe Henry in das ganze Szenario gehörte, denn dass auch er seine geheimen Absichten hatte, lag auf der Hand. Wann er wohl damit herausrückte?
Es gab kein Eis zum Nachtisch, zumindest nichts, was ich unter Eis verstand: etwas aus einer bunten Packung aus dem Tiefkühlfach.
Henry hatte das Zitronensorbet selbst gemacht, und es schmolz nicht nur auf der Zunge, sondern es löste einen furchtbaren Hunger nach Zärtlichkeit aus, so angenehm und spritzig, wie es die Kehle hinunterrutschte. Und Henry war damit noch nicht am Ende. Das Beste hatte er sich für den Schluss aufgehoben. Dafür bat er mich in die Bibliothek, was ich hinterlistig und perfide fand, aber ich konnte nicht anders, als zu gehorchen. Er ließ mich gleich wieder allein und braute einen Espresso in der Küche, in dem der Löffel stand. Mein Herz galoppierte in Achterbahnen, als ich mich in meinem Sessel zurücklehnte, Tobler zu Füßen, den Espresso schlürfend, und zu Lady Emma hinaufschaute.
Voller Hinterlist lächelte sie mir zu wie einem lang vermissten Familienmitglied.
Nach dem Espresso redeten wir über alles Mögliche, vielleicht auch über Unmögliches, das ich besser für mich behalten hätte, das weiß ich nicht mehr genau. Über meine Kindheit, meine spärlichen Erinnerungen an Tante Ella, das Verhältnis zu meiner Mutter und ganz sicher über England. Auch Henry ging etwas mehr aus sich heraus und bekannte freimütig, wie sehr er sich gefreut hatte, Tante Ella als Nachbarin zu

haben. Sie sei eine großartige Frau gewesen und so eigenwillig und undurchschaubar wie keine andere. Es war bereits zwei Uhr durch, als ich fand, dass es für Henry Zeit fürs Bett wurde. Er sah unendlich müde aus, wahrscheinlich blieb er nicht oft so lange auf. Ich hatte schlichtweg vergessen, wie alt er war, mir persönlich machte langes Aufbleiben nichts aus. Ich arbeitete oft bis weit in die Nacht hinein. Ich war noch putzmunter und topfit.

Als ich Anstalten machte aufzustehen, plumpste ich sofort zurück in den Sessel. Ein Blick auf meine Füße zeigte mir, dass Tobler auf dem rechten selig eingeschlafen war. Aber vorher hatte er eins der Riemchen durchgekaut, die meine Manolo Blahniks zusammenhielten. Er musste so behutsam vorgegangen sein, dass ich nichts gemerkt hatte. Vor Entsetzen schossen mir die Tränen in die Augen, dennoch widerstand ich der Versuchung, ihm in die Seite zu treten.

Auch Henry schaute mit spürbarem Bedauern auf den ruinierten Schuh.

»Schade«, sagte er mit schwerer Zunge, »die haben mir so gefallen. Aber ich hab vielleicht einen Trost für dich.«

Trost ist ja etwas durch und durch Subjektives. Was gab es Tröstliches, wenn man gerade entdeckt hatte, dass ein Paar Schuhe für stattliche sechshundert Euro praktisch nur noch für die Altkleidersammlung taugten, und auch das nur bedingt? Ich blöde Kuh hätte die Blahniks nie anziehen dürfen, sondern umgehend verkaufen müssen. Vielleicht konnte ein Schuster ja das Riemchen flicken. Nur kannte ich keinen, der sich noch mit Reparaturen beschäftigte, die über das Ankleben neuer Absätze hinausgingen.

Henry griff in die Jackentasche, und ich erwartete, dass er ein Stück Toblerone herauskramte. Ich hatte eine angebrochene Packung in der Küche herumliegen sehen.

Tatsächlich zog er etwas hervor. Aber nur langsam öffnete er die geballte Faust. Ich sah genau den Unterschied: Justus' Hand war noch klein und kindlich weich und hatte Stummelfingerchen, Henrys dagegen war von Furchen durchzogen und hatte lange, schmale Finger, aber etwas war genau gleich: der Ohrhänger mitten auf der Handfläche, besetzt mit Diamanten und einem sprühenden Smaragd in der Mitte.

»Grün steht dir, das hab ich immer gesagt«, nuschelte Henry und schaute versonnen, geradezu andächtig auf das Schmuckstück. Ich hielt den Atem an. Die Sekunden oder auch Minuten zogen sich endlos hin, während er auf seine Hand starrte. War er in die Vergangenheit abgetaucht? Tante Ella hatte als junge Frau rotbraune Haare gehabt, wie Meggie, nur einen Tick dunkler. Erst später hatte sie sie hennarot gefärbt. So hatte ich sie in Erinnerung.

Henry schwankte, und da kam mir der Verdacht, dass er eventuell im Stehen eingeschlafen war.

»Henry?«, fragte ich behutsam, um ihn nicht zu abrupt aufzuwecken.

Er schauderte ein wenig, legte mir den Ohrhänger in die Hand und schloss behutsam seine beiden Hände darum. »Das gehört jetzt dir. Aber pass gut darauf auf, versprich mir das«, sagte er mit leiser Stimme. Das machte mich nervös. So ähnlich hatte mein Vater zu mir gesprochen, als er mir meine erste Zahnspange einsetzte, für die er nur das beste und widerstandsfähigste Material verwandt hatte. Zwei Wochen später nahm ich sie für eine Wette heraus. Der Junge, der mit dem Fahrrad darüberfuhr und sie irreparabel plattmachte, gewann zwei Mark, die Hälfte meines Taschengelds.

Vorsichtshalber befestigte ich den zweiten Ohrhänger dort, wohin er gehörte, denn auf meine Ohren passte ich schon noch auf.

Henry begleitete mich zu meinem Haus hinüber. Wir hatten uns untergehakt, um einander zu stützen. Auf dem Weg fragte ich ihn endlich, wie er zu dem Ohrhänger gekommen sei. Er wollte erst einmal wissen, wo ich den anderen gefunden hatte, den Ella so sehr vermisst hatte. Ich erzählte ihm vom Durchspülen der Toilette und zu welchem unerwarteten Ergebnis die Aktion geführt hatte, und er lachte so heftig, dass er beinahe das Gleichgewicht verlor.
Als meine Bleibe in Sicht kam – wir hatten es ja nicht weit: nur durch das schöne schmiedeeiserne Tor seines Anwesens und dann scharf um die Ecke in meine Einfahrt –, huschte jemand ums Haus. Vielleicht hatte ihn Henrys lautes Lachen verscheucht. Erst stutzte ich, dann fiel mir Dieter ein. Ein bisschen verzieh ich ihm, weil er so lange ausgeharrt hatte. Welcher verheiratete Liebhaber benahm sich denn wie ein erstmals verliebter Junge? Es war kalt geworden und böig. Der Wind trieb Feuchtigkeit vor sich her. Ich musste meinen Hut mit einer Hand festhalten.
»Nanu«, sagte Henry und blieb stehen, »war da jemand?«
»Nein, bestimmt nicht«, antwortete ich mit Nachdruck und löste mich von ihm, »von hier aus schaffe ich den Rest auch ohne dich.«
Wie sich herausstellte, kam Henry aber nicht ohne Unterstützung zurück. Er schwankte so sehr, dass ich ihn wieder unterhaken musste. Den nächsten Versuch unternahmen wir mit Stock, und ich überlegte, wie viele Flaschen Wein wir wohl gemeinsam geleert hatten, und machte mir Sorgen um Henry. Beim dritten Versuch heftete sich Tobler an unsere Fersen. Ich war im Hinken mit einem lädierten Schuh inzwischen geschickter geworden, und der scharfe Wind hatte die Nebel aus meinem Hirn wenigstens ansatzweise weggeblasen. Daher schlug ich vor, uns am Tor zu trennen. Henry nickte erleich-

tert, drehte sich um und wankte den Weg zu seiner Haustür zurück. Vorsichtshalber wartete ich, bis er die Tür geöffnet hatte. Auf der Schwelle drehte er sich um: »Nimm Tobler mit, mir wär's lieber, wenn er auf dich aufpasst, da war doch jemand.«

Krachend schlug die Tür zu, und Tobler und ich waren allein miteinander. Treuherzig schaute er zu mir auf. Zumindest nahm ich an, dass er treuherzig schaute, denn sehr viel war nicht zu erkennen. Die nächste Straßenlaterne verstreute nur dezentes Licht, das in meiner Einfahrt kaum noch wahrzunehmen war. Ich will nicht sagen, dass mir Toblers Gegenwart nichts bedeutete. Wenn Dieter die Gestalt war, die beim Haus herumlungerte, wusste ich allerdings nicht, was ich mit dem Hund anfangen sollte, sobald ich mit meinem Klempner auf dem Sofa gelandet war.

Aber wäre Dieter zu Fuß gekommen? Er wohnte in Heek, das hatte er mir gesagt. Sein Auto stand weder in meiner Einfahrt noch an der Straße.

Musste ich mich nun doch fürchten?

Eher fürchtete ich mich vor dem Hund. Tobler fletschte die Zähne und knurrte so, dass ich schauderte. Ich fürchtete mich sogar sehr vor dieser Töle mit dem Hackmesser-Gebiss. Schritt für Schritt tastete ich mich voran, darauf bedacht, nur ja keine hastige oder für Hunde provozierende Bewegung zu machen. Abgesehen davon vertraute ich darauf, dass der restliche Duft von Chanel No. 5 ausreichte, Toblers Aggressionstrieb mir gegenüber in Schach zu halten.

Sobald wir uns dem Haus auf fünf Meter genähert hatten, schob sich Tobler vor mich, senkte sein Gorgonenhaupt und witterte in alle Richtungen. Ich sah, wie sein kleines, rundes Hinterteil vor Anspannung zitterte. Da begriff ich, dass diese Missgeburt von Köter grundlos von mir verachtet worden war. Selbst ich verstand, dass Tobler bereit war, mich bis aufs Blut zu verteidigen.

»Dieter?«, rief ich zaghaft. Es kam keine Antwort, ich rief noch einmal und gab dann auf. Falls Dieter das Hin- und Hergelaufe zwischen der Burg und meinem Zuhause in allen Einzelheiten beobachtet hatte, musste er mich für genügend plemplem halten, um jede Hoffnung auf zufriedenstellenden Sex mit mir aufzugeben. Zumindest für heute Nacht.

10

Die Nacht verlief unruhig. Hauptsächlich, weil ich mich zu sehr im Bett herumwälzte und mich mein eigenes Schnarchen störte. Zudem machte sich immer wieder etwas Schweres auf meinem Bauch breit. Im Halbschlaf räumte ich es mühselig beiseite. Feucht war es auch. Feucht und klebrig. Und es roch schlecht.

Ein Schrei weckte mich schließlich endgültig aus meinem Dämmerzustand. Ich fuhr hoch und sah etwas Schreckliches. Das Scheußlichste, was ich je erblickt hatte. Etwas Unbeschreibliches: Es war blutig und ganz schön groß. Blut tropfte auf meine Bettdecke, die schon überall um mich herum besudelt war.

Ich schrie und merkte, dass mich gar nicht mein eigener Schrei geweckt hatte. Sondern Meggies.

Meg stand im Nachthemd in der Tür. Kalkweiß vor Entsetzen sah sie zu mir herüber und auf dieses blutige Ding, das mir direkt vor den Augen baumelte. Genauer gesagt, hing es Tobler aus der Schnauze. Ich konnte mich nicht rühren, ich wagte es nicht, mich zu rühren.

»Meg, geh weg«, stöhnte ich, »ich werde damit allein fertig.« So gelogen hatte ich lange nicht mehr, aber ich wollte unbedingt vermeiden, dass Meg sich einmischte. Es war schon für mich schlimm genug. Ein Bild dieser Gestalt, die ums Haus herumschlich, sauste mir durchs Hirn, Gedanken an das Gurkenbeet flitzten vorüber und an Lothar und seine abhandengekommene Ehefrau.

Bevor ich Tobler vom Bett schubsen konnte, ließ er das Ding fallen und machte »Wuff«.

Es handelte sich um eine geköpfte tote Ratte. Wer jemals von seinem Hund mit einer toten geköpften Ratte in der Schnauze geweckt worden ist, kann ermessen, wie mies ich mich fühlte. Meg und ich – vor allem aber Meg – gingen die Sache am Ende klinisch neutral und mit beinahe wissenschaftlichem Ernst an. Durch eine Bemerkung Megs lernte ich zu begreifen, dass eine tote Ratte auf der Bettdecke zehnmal besser als eine lebende ist. So weit konnte ich ihr folgen. Ja, der Gedanke gab mir so viel Aufschwung, dass ich vorsichtig die blutbetupfte Bettdecke samt Ratte beiseiteschob und mich ins Bad unter die kalte Dusche schleppte. Das war eine Rosskur, wenn auch eine notwendige. Als ich in ein großes Badelaken eingewickelt, mit hämmernden Kopfschmerzen, aber klarerem Verstand wieder auftauchte, hatte Meg bereits eine Kehrschaufel geholt, um die Ratte wegzuschaffen. Doch Tobler hatte sie wieder zwischen die Zähne geklemmt, war vom Bett gesprungen und wollte sie nicht hergeben.
»Dann muss ich Henry fragen, ob sich Ratten mit Toblers Diätplan vertragen.«
Meg musterte nachdenklich den Hund. »Es ist seine Beute, nicht wahr? Er hat sie sich verdient. Wenn ich er wäre, würde ich sie mir nicht wegnehmen lassen.«
»Nun gut«, bemerkte ich und wandte mich an unseren Gast. »Dann schluck sie runter, Tobler, wir wollen endlich sauber machen.«
Tobler besann sich und spuckte die stark angekaute Ratte direkt auf die Kehrschaufel, das fand ich hochanständig von ihm, denn das ersparte mir das Wischen des Fußbodens. Ich brauchte jetzt nur noch das Bett frisch zu beziehen, während Meg die tote Ratte zur Mülltonne trug. Eigentlich war es noch zu früh zum Aufstehen, aber wir zogen uns an, gingen hinunter und kochten Kaffee. Tobler kam ganz selbstver-

ständlich mit. Dabei ging mir auf, dass die Angst vor etwas am ehesten dann verfliegt, wenn man ständig damit herumhantiert. Man lernt einfach, mit der Gefahr zu leben. Und als Tobler sich gierig über unseren letzten Muffin hermachte, war er endgültig einer von uns. Ich beschloss, bei Gelegenheit mit Henry über seine übertriebenen Vorstellungen von angemessener Hundeernährung zu reden.

Natürlich gingen wir der Frage nach, wie die Ratte ins Haus gelangt war, und kamen zu dem Schluss, dass sie durch das wieder offenstehende Klofenster eingedrungen sein musste. Die Hauswand war außen unregelmäßig genug, um einer gelenkigen Ratte Halt beim Klettern zu gewähren. Ich schloss das Fenster, bekam es aber nicht richtig zu, wahrscheinlich hatte es sich bei den Bauarbeiten im Klo verzogen. Wir brauchten dringend ein neues, und vermutlich musste es extra angefertigt werden.

Und was kostete das? Ich wagte nicht, darüber nachzudenken.

Gegen Mittag rief Henry an. Als Erstes entschuldigte er sich, dass er sich so spät meldete.

»Das macht nichts, Lord Henry«, sagte ich forscher, als ich mich fühlte, »wir sind auch erst seit einer Stunde auf. Wie haben Sie denn geschlafen?«

Die Pause am anderen Ende der Leitung gab mir genügend Zeit, um mich daran zu erinnern, dass Henry und ich zuletzt beim Du angelangt waren. Aber das scherte mich nicht sehr. So etwas passierte auch anderen im Suff. Mit dieser Erinnerung war wieder die an die heimtückische Gegenüberstellung von Meg mit dem Porträt einer Gelegenheitsprostituierten, als die Lady Emma in ganz früher Jugend tätig gewesen sein sollte, aufgeflammt. Nun nahm ich noch mehr Anstoß daran als am Abend zuvor.

»Danke, gut.« Henrys Stimme klang bemitleidenswert rostig. »Ich wollte mich nur vergewissern, dass ... Sie unbeschadet nach Hause gekommen sind und dass Tobler keinen Ärger gemacht hat.«
Seine offenkundige Verlegenheit tat mir gut. Er sollte ruhig merken, dass sein Kalkül mit dem Gourmetessen und dem anschließenden Besäufnis nicht aufgegangen war. Das war was für Männer, Frauen verhielten sich differenzierter. Die kamen am Morgen danach problemlos wieder zu Verstand und Distanz. Meistens jedenfalls.
»Ist das Henry?«, fragte Meg, die genau wusste, wer am anderen Ende der Leitung war. Ohne eine Antwort abzuwarten, nahm sie mir das Telefon aus der Hand. »Soll ich Tobler rüberbringen?«
Eine ganze Weile hörte sie zu, was Henry ihr zu sagen hatte, dann wandte sie sich an mich. »Henry will wissen, ob du die Diamantohrhänger gut aufbewahrt hast.«
Die Ohrhänger!
Ich griff mir an die Ohren, stutzte, während mir das Blut aus den Wangen wich. Was hatte ich mit den Dingern gemacht? Ich wusste es nicht.
»Natürlich«, sagte ich. Ich hatte mich gar nicht richtig für den zweiten bei ihm bedankt. Dafür, dass er ihn für mich aufgehoben hatte. Aber hatte er das? Zwei waren natürlich mehr wert als einer oder zwei einzelne.
Meg sprach weiter mit Henry, nickte und blickte wieder mich an. »Henry sagt, die grünen Steine sind keine Smaragde, wie du dachtest, sondern seltene grüne Diamanten. Sie sind sehr wertvoll.«
Ich setzte mich auf den Sekretär, der prompt in allen Fugen ächzte.
Meg strahlte, wie ich sie selten strahlen sah. »Dann haben wir

das Geld für das Internat in Schottland, Mom. Du brauchst die Ohrhänger nur zu verkaufen.«
»Darüber reden wir später, Meg.«
Sie stutzte. Ich sah, wie ihr Gesicht starr wurde.
»Das kenne ich, das heißt nein.«
»Meg!«
»Sag, dass du sie verkaufst und dass ich nach Schottland darf. Sag es jetzt.« Meg hielt das Telefon ans Ohr gepresst, Henry musste alles mitbekommen.
»Meg, wir reden später über Schottland. Gib mir das Telefon!«
Sie warf es nach mir, es fiel auf den Schreibtisch.
Tobler bellte aufgebracht.
»Diese Ohrhänger bringen niemals so viel Geld ein, dass es für Schottland reicht«, rief ich.
»Das ist nicht wahr, das ist nicht wahr, das ist nicht wahr, du hast mich in dieser neuen Schule in Berlin angemeldet, dieser Kackschule, in die nur Idioten gehen, und nicht mit mir darüber geredet, du …«
Ich schaltete vorübergehend auf Durchzug. Meg hatte also wieder einmal mein Passwort geknackt und meine E-Mails überflogen und war auf die eine gestoßen, die mir die Schule zwei Tage vor unserer Abreise mit einer Liste geschickt hatte. Auf dieser stand, welche Unterrichtsmittel Meg zum Schuljahresbeginn benötigte. Warum hatte ich nicht daran gedacht, die Mail zu löschen? Weil ich sie noch brauchte, ich war ja nicht wie Meg, ich konnte mir nicht mit einem Blick merken, was auf der Liste stand.
Meg schrie sich heiser vor Zorn.
Ich versuchte ihr klarzumachen, dass wir zunächst einmal gegen viel Geld das Auto flottmachen, die Zinsen für die Hypotheken auf dem Haus zahlen und eine gesalzene Rechnung für

die Klosanierung begleichen mussten. Es würde niemals genug übrig bleiben, um ein Jahr in Schottland zu finanzieren. Sie ließ kein Argument gelten, und ich wusste, warum: Mit der heimlichen Anmeldung in der Berliner Schule hatte ich sie verraten.

Als Henry durch eine der offenstehenden Fenstertüren im Wintergarten hereinhumpelte, flippte sie gerade vollends aus.

»Ich will ins Internat nach Schottland, ich will, ich will, ich will.«

Tobler japste, schüttelte nervös den Kopf und begann wild zu bellen.

Ich schrie nun auch: »Du darfst nach Schottland, sobald du alt genug bist und wir das Geld dafür zusammenhaben. Du bist erst elf!«

Meg hörte mich nicht.

Sie fing an, sich die Arme blutig zu kratzen, ich versuchte sie davon abzuhalten, aber sie trat um sich. Mit elf war sie noch nicht stärker als ich, doch was ihr fehlte, lieferte ihr der ungebremste Zorn.

Henry hatte sich gebückt, Tobler beruhigt und an die Leine genommen, danach lehnte er sich an die Wand und sah und hörte merkwürdig gelassen zu. Als einem Erwachsenen war ihm zuzutrauen, dass ihn die Situation nicht übermäßig erschütterte. Doch leider tauchte auch noch Justus auf. Ich machte ihm hektisch ein Zeichen, sofort wieder zu verschwinden, aber er blieb stehen, den Mund vor Staunen offen. Er glotzte Meg an, als sei sie ein seltsames wildes Tier, das sich ins Haus verirrt hatte.

Meg sah ihn, und ihre Wut richtete sich gegen ihn.

»Ich hab alles getan, was du wolltest, Mom, ich hab mich sogar mit diesem Unterbelichteten, diesem Kretin, diesem geistigen Hohlzahn abgegeben, der wie eine Qualle an mir klebt«, sie deutete hasserfüllt auf Justus, der sich auf dem Absatz herumdrehte und davonrannte, »und trotzdem hältst du nicht dein Versprechen. Du hältst nie zu mir, immer nur zu den anderen.«

Meg zitterte am ganzen Körper, ihr Atem ging stoßweise, sie war am Rand eines Zusammenbruchs. Seit einem Jahr hatte ich keinen Ausbruch in dieser Stärke mehr bei ihr erlebt. Vor Überraschung war ich völlig hilflos. Ich begriff, dass sie sich nach wie vor fremd in einer Welt fühlte, in der sie niemand wirklich verstand. Und wie groß ihre Sehnsucht nach dem Kontakt mit ihresgleichen war.

Auf einmal löste sich Henry von der Wand.

»Dieses schottische Internat kenne ich. Schauriger Kasten, hat aber was. Ich glaube, ich habe irgendwo ein Foto davon herumliegen, das muss ich mal heraussuchen«, sagte er langsam und bedächtig. Vielleicht lag es an der Stimme, die viel tiefer und sonorer als meine klang, dass Meg ihm überhaupt Aufmerksamkeit schenkte. Aber sie kratzte sich weiter, das Blut lief ihr in einem dünnen Faden den Arm hinunter. Allein dieser Anblick drehte mir den Magen um.

»Woher … woher kennst du die Schule, Henry?«, stotterte ich, während mir der Schweiß ausbrach.

»Ich hatte einen Bruder mit Asperger-Syndrom, damals nannte man das noch anders. Er ist dort zur Schule gegangen, starb aber bei einem Sportunfall. Ja, Sport treiben sie dort auch. So sympathisch ist mir der alte Kasten nicht«, sagte er in einem vergeblichen Versuch, weiterhin Gelassenheit vorzutäuschen.

»Wie alt war dein Bruder, als er starb?«, fragte ich.

»Siebzehn, er war zwei Jahre älter als ich, und ich habe ihn sehr bewundert. Ich hing an ihm, obwohl ich es natürlich nicht leicht mit ihm hatte. Er konnte alles besser als ich und war oft ungeduldig mit mir. Empathie war nicht seine große

Stärke. Aber ich war stinkwütend, als er nach Schottland ging und mich allein ließ.«

Auf einmal einte uns etwas.

Meg hörte auf, sich zu kratzen.

»Na und? Die Wahrscheinlichkeit, dass ich dort einen Unfall habe, ist nicht sehr hoch«, rief sie mit bebender Stimme.

»Das stimmt«, gab Henry zu.

»Ich hasse Sport«, schrie Meg, aber bereits nicht mehr mit voller Kraft.

Sie warf ihm einen seltsamen Blick zu, dann brach sie in Tränen aus. Sie schleppte sich auf das Sofa im Wintergarten, rollte sich zusammen und überließ sich ihrem Schmerz.

Ich überlegte kurz, ob ich das Desinfektionsspray holen sollte, das ich bei meinen Hygieneutensilien im Badezimmer deponiert hatte, ließ es aber. In ihrem jetzigen Zustand würde Meg auf ein Herumhantieren an den Kratzwunden nur mit neuer Wut reagieren.

Ich ging mit Henry und Tobler, der wieder von der Leine durfte, nach draußen.

»Sie wird sich jetzt beruhigen«, sagte ich beklommen.

»Ja, sicher. Aber wenn du ihr keine ordentliche Perspektive für ihre Ausbildung bietest, wird die Beruhigung nicht lange vorhalten. Woher weiß sie von dem schottischen Internat für Hoch- und Sonderbegabte?«

Ich sah ihn von der Seite an. »Von einem ihrer Internetkumpel, sie tauschen sich über so etwas aus.«

»Und du hast sie tatsächlich ohne ihr Wissen an einer anderen Schule angemeldet? Warum?«

Er wusste nun viel zu viel von uns und gab es auch noch offen zu. Ich war zu aufgewühlt, um ihn darauf hinzuweisen, dass ihn unsere Probleme einen feuchten Kehricht angingen. Dass er ein paar hässliche Details mitbekommen hatte, gab ihm noch längst nicht das Recht, sich einzumischen. Meinen Freunden hatte ich abgewöhnt, mir mit guten Ratschlägen für den Umgang mit einem Kind wie meinem lästig zu fallen. Meine Eltern, das rechnete ich ihnen nun hoch an, hatten es nie versucht.

Ich ging neben Henry über die Kieswege, er stützte sich schwer auf seinen Stock. Es war diese Hinfälligkeit, die mich besänftigte und dazu bewog, einigermaßen ruhig zu antworten.

»Weil sie krank gewesen ist. Ich wollte, dass sie sich erst einmal erholt, bevor ich ihr sagen würde, dass dieses schottische Hogworse nicht in Frage kommt.« Ich hielt inne. »Das stimmt nicht, ich habe sie bereits im Februar in der neuen Schule angemeldet. Also hier ist die ehrliche Antwort: Weil ich zu feige war, mit ihr darüber zu reden«, gab ich zu meiner eigenen Verblüffung zu.

Henry schmunzelte. Überhaupt war ich überrascht, wie ruhig er geblieben war, er hatte etwas von dem berühmten Fels in der Brandung, das war mir nun doch sympathisch. Langsam entspannte ich mich auch.

Wir waren beim Gurkenbeet angekommen, aber das registrierte ich gar nicht richtig. Ich sah zwar die Gurkenranken, doch sie lösten kein Schaudern bei mir aus wie bisher.

»Ich denke, du solltest sie nicht so festhalten. Du bist eine dieser Mütter, die sich zu sehr um das Wohl ihrer Kinder sorgen, die ohne so viel Getue viel besser dran wären.«

Unvermittelt schwappte die Empörung wieder hoch.

»Wieso spielst du dich als Erziehungsexperte auf? Du hast ja nicht mal Kinder. Du kannst überhaupt nicht mitreden.«

Betreten senkte er den Kopf, da tat mir mein Ausbruch beinahe leid, aber auch nur beinahe. Henry begann in den Gurkenranken herumzustochern, und das brachte mich noch mehr gegen ihn auf.

»Was machst du da? Lass das!«
Henry grinste verhalten. »Hübsche Gurken, die tragen ja richtig viel. Erntest du die nicht?«
Vielleicht hätte ich unter anderen Umständen eine Chance gesehen, Henry in das Geheimnis des Beets einzuweihen und auf Verständnis für mein bisheriges Verhalten zu stoßen. Ich meine damit die Missachtung der staatsbürgerlichen Pflicht, das Auffinden eines nicht korrekt bestatteten Leichnams mit unbekannter Todesursache den zuständigen Behörden zu melden. Jetzt aber war ich gegen Henry eingenommen. Wenn er schon an meinen Erziehungspraktiken herumkrittelte, war von ihm wohl nicht viel Beistand in Sachen Leichenfund zu erwarten. Zumindest nicht die Art Beistand, die mir vorschwebte: bar jeden Vorwurfs und darauf bedacht, meinen Fehler geschickt auszubügeln.
»Du kannst dir welche mitnehmen, wenn du möchtest«, blaffte ich. »Ich pflück sie sogar für dich und trag sie dir hinüber.«
»Ich mache mir nichts aus Gurken«, sagte er und hörte endlich auf zu stochern. Es juckte mir in den Fingern, die Ranken wieder zurechtzurücken, weil Henry mit seinem Stock treffsicher die eine Stelle freigelegt hatte, die mir Sorgen bereitete. »Ich muss nach Meg sehen und mich endlich um ihre Kratzwunden kümmern. Ich will nicht, dass sie sich entzünden.«
Wir gingen gemeinsam.
Meg lag draußen in der Hängematte und schlief, Napoleon ruhte auf ihrem Bauch, und Tobler hatte sich auf dem Boden langgemacht. Das Blut auf ihren nackten Armen war getrocknet. Daher nahm ich Abstand davon, die überbesorgte Mutter zu geben. Henrys Vorwurf hatte mich mehr getroffen, als ich mir eingestehen mochte. Kleinlaut begleitete ich ihn bis zur Einfahrt, Tobler schleppte sich lustlos hinter uns her, wandte

sich aber immer wieder verlangend um. Schließlich machte er kehrt, wir ließen ihn ziehen.

Meg verschlief das Mittagessen. Ich aß ein Butterbrot im Stehen, obwohl ich keinen rechten Hunger hatte. Inzwischen hatte ich die Ohrhänger gesucht und nicht gefunden. Natürlich hatte ich zuerst das ganze Bett durchwühlt, auch daruntergeschielt, aber nur Staubflocken ausgemacht. Die Ohrhänger blieben verschwunden. Was konnte ich damit gemacht haben? Das Dumme war, dass ich mich nicht erinnerte, sie abgenommen zu haben.

War jemand bei uns eingedrungen und hatte sie mir direkt von den Ohren geklaut? Mit Tobler im Haus eher unwahrscheinlich. Ich schaute durchs Fenster.

Der Hund trieb sich auf dem Vorplatz herum, deshalb ging ich hinaus, damit er nicht auf die Straße lief.

Er stellte sich breitbeinig auf und bellte. Er bellte jedoch nicht mich an, sondern jemanden, der zu Fuß in unsere Einfahrt einbog. Jemand, den ich nicht kannte und der eine Hand hob, als ich Tobler am Halsband packte, um mit ihm zurück zum Haus zu gehen.

»Warten Sie, Mevrouw«, sagte der Mann.

Den komischen Akzent kannte ich.

»Was wollen Sie?«, erkundigte ich mich unfreundlich.

Der Mann war um die fünfzig, schwergewichtig und blond. Er trug eine Aktentasche unter den Arm geklemmt und einen winzigen Hut auf dem Kopf. Vielleicht wollte er ja nur den Gaszähler ablesen. Vielleicht war er auch ein Gerichtsvollzieher, der uns wegen der fälligen Hypothekenzinsen pfänden kam. Schon? Ging das so schnell hier auf dem Land?

»Sie wohnen hier?«, fragte er.

»Geht Sie das was an?«

Er ließ sich nicht beirren.
»Sie sind Carlotta Nollander?«
Das klang wirklich nach Gerichtsvollzieher.
»Bin ich«, gab ich zu.
Tobler knurrte und hielt sich dicht an meiner Seite, als argwöhnte er Gefahr für mich. Der gute Kerl.
»Haben Sie mich schon mal gesehen?«, nuschelte der Besucher tief hinten aus dem Rachen heraus.
Es war hauptsächlich dieser fette, breite niederländische Akzent, der mir zu denken gab.
»Müsste ich das?«
»Oder mit mir gesprochen?«
Allmählich wurde mir das Quiz zu viel. Ich strich den Gerichtsvollzieher und den Mann vom Gaswerk aus meinen Gedanken.
»Habe ich nicht und hab auch jetzt kein Bedürfnis danach, wenn Sie mir nicht verraten, wer Sie sind und was Sie von mir wollen. Ich kenne Sie nicht, reicht Ihnen das?«
Hatte ich nicht längst eine Ahnung, wer er war? Ja, hatte ich, die Antwort überraschte mich daher nicht wirklich.
»Van Ovezande«, sagte Herr van Ovezande, »und ich möchte wissen, warum Sie behaupten, mit mir geredet und eine Absprache über einen Vertrag mit uns getroffen zu haben.« Er reichte mir eine Karte, auf der klar und deutlich sein Name stand und der des Maklers in Ahaus, für den er arbeitete.
»Hab ich ja gar nicht. Das war jemand anders, von dem ich annahm, dass er von Ihrem Büro kommt.«
Herr van Ovezande wurde vor Aufregung und Ärger ganz rot im Gesicht.
»Jemand hat sich als Makler unserer Firma ausgegeben? Wie hieß er?«
Das hätte ich nun auch gern gewusst, mochte das aber keines-

falls zugeben. »Nun, dann kam er eben von einem anderen Makler, oder ich hab da was verwechselt«, sagte ich von oben herab. »Er war ganz angetan von dem Haus.«
Herr van Ovezande spähte an mir vorbei zum Haus und runzelte abschätzend die Stirn. »Ich kann mir schon denken, wer das war, der gibt immer zu viel an, wenn er den Wert schätzt, und dann wird das Haus für die Hälfte verkauft. So schnappt er sich unsere Kunden weg. Hat er sich Ihr Haus denn richtig angesehen?«
»Hat er«, sagte ich nachdrücklich, während mir wie eine giftige Natter ein unguter Verdacht ins Hirn kroch. »Ich hab's ihm gezeigt, vom Keller bis zum Dachboden.«
Ich schaute nun auch das Haus an. Im Keller war ich tatsächlich mit dem vermeintlichen Herrn van Ovezande gewesen, aber den Dachboden hatte ich nur erwähnt, weil es gut klang. Der höhere zweigeschossige Haupttrakt konnte höchstens einen Kriechboden haben, den zu besichtigen sich kaum lohnte. Über dem niedrigeren, eingeschossigen Anbau mit der Wohn-, Esszimmer- und Kücheneinheit musste es dagegen einen geräumigen Dachboden geben. Nur, wie gelangte man dorthin? Über die Dachböden hatte ich noch nicht nachgedacht, schon weil mir nirgendwo ein Zugang dazu aufgefallen war außer der Klappe im oberen Flur, die mittels einer Ausziehleiter wahrscheinlich auf den Kriechboden führte. Da aber der First des Nebentrakts ein ganzes Stück tiefer als der des Haupttrakts lag, konnte es keine Verbindung zwischen den Dachböden geben. Nun fiel mir auch noch ein, dass ich in der Giebelwand des niedrigeren Trakts zur Burgmauer hin ein Fenster gesehen hatte. Also musste sich dahinter ein begehbarer Dachboden befinden. Der Gedanke hatte etwas Verlockendes.
Ich wandte mich sehr viel freundlicher als bisher an Herrn

van Ovezande, schließlich verdankte ich seinem Erscheinen meine Erkenntnisse über die Dachböden.

»Warum sind Sie eigentlich hier? Wollen Sie nun doch auf meine Vorstellungen über einen Vertrag mit Ihrer Firma eingehen?«

Van Ovezande musterte mich finster.

»Nee, Mevrouw. Ich wollte nur klarstellen, dass wir uns weder gesehen noch gesprochen haben. Ich mag es nämlich nicht, wenn man schlecht über mich redet.«

Ich entschuldigte mich in aller Form bei Herrn van Ovezande, weil das das einzige Mittel zu sein schien, ihn loszuwerden. Er ging dann endlich. Ich blieb noch lange stehen, sah mir das Haus an und grübelte darüber nach, wem ich es so vertrauensvoll gezeigt hatte. Was mir Kopfschmerzen verursachte, war der Verdacht, dass es sich nicht um einen Konkurrenten von Herrn van Ovezande gehandelt hatte. Denn hätte der nicht inzwischen wieder von sich hören lassen?

Ich hatte noch mal nach den Ohrhängern gesucht und sogar im Kühlschrank nachgeschaut. Aber da waren sie auch nicht. Dann hatte ich mich in die Lektüre von Ellas alten Briefen versenkt, als Dieter vorbeischaute. Der Tag war bisher so anstrengend verlaufen, dass mir erst jetzt bewusst wurde, dass seine Klempnertruppe nicht erschienen war, um die Arbeiten am Klo fortzuführen. Um ehrlich zu sein, ich hatte sie nicht vermisst.

Ellas Briefe warfen jede Menge Fragen auf, soweit ich den Inhalt überhaupt verstand. Einer kam aus Barcelona, ein anderer aus Marseille, ein weiterer aus Rom, und sie stammten nicht vom gleichen Absender. Was das Lesen nicht ganz einfach machte, war der Umstand, dass sie in drei verschiedenen Sprachen abgefasst waren. Obwohl ich nur Latein und ein wenig Französisch gelernt und das meiste davon vergessen hatte, begriff ich, dass es in allen dreien um zärtliche Stunden ging, die bei den Absendern für bleibende Erinnerungen gesorgt hatten. Tante Ella hatte entschieden kein einsames, entsagungsvolles Leben geführt, und das freute mich noch nachträglich für sie. Ja, es entlastete mich von meinen Gewissensbissen, was die ausgebliebenen Besuche betraf, und entschuldigte meine jetzige Neugier. Nur ein paar Reizwörter machten mir zu schaffen, und sie erinnerten mich an den Brieffetzen, den ich als Erstes gefunden hatte. Wörter wie *regalo, dono, générosité, cadeau* und *conditions de livraison* – das kam mehrmals vor –, und dann noch *contesa, drame, dramatique* und *lettre comminatoire.* Da schwante mir nichts Gutes. Ich hatte diese Wörter gerade nachschlagen wollen, um ganz sicherzugehen. Aber da kam mir Dieter dazwischen, wenn ich auch in Gedanken bei Tante Ella und ihren Liebhabern blieb.

Ich fuhr ihn an, was ihm einfiele, mich mit der Sanierung so hängenzulassen. Dieter gab sich kleinlaut. Mit gesenktem Kopf schleppte er schwer an einem Korb, dessen Inhalt leise schepperte.

Ich war keineswegs gewillt, ihn auf sein unterdurchschnittliches Moralempfinden anzusprechen, ich wollte ihn nur meine Verachtung spüren lassen. Wie die meisten Männer traf ihn das bestimmt mehr als die üblichen Vorhaltungen, und überhaupt: Ich hatte ja gar nicht mehr gewollt als unverbindlichen Sex auf die Schnelle. Da konnte ich mich kaum guten Gewissens beklagen.

»Ich musste meine Leute auf zwei verschiedenen Baustellen einsetzen, dein Klo schieben wir ja nur ein, deshalb mach ich's dir billiger.«

Er stellte den Korb auf der Türschwelle ab und sah mich mit

einem deutlich zärtlichen Lächeln an, in das sich Verlegenheit und Unsicherheit mischten. Es sah ganz so aus, als wollte er mich in den Arm nehmen, aber ich hob abwehrend eine Hand. »Fass mich bloß nicht an, ja? Warum kommst du überhaupt? Wegen des Kostenvoranschlags? Willst du endlich mit mir darüber reden?« Ich hatte ihn auf Ellas Schreibtisch deponiert und hoffte, dass er dort noch lag. »Na schön, komm rein, gehen wir ihn zusammen durch«, sagte ich grimmig und wich seiner Hand aus, die trotz meiner Warnung wieder nach mir greifen wollte. »Was hast du in dem Korb?«

Ich sah nur Papier, in das etwas eingewickelt war.

»Kacheln zur Auswahl.«

Ich hatte ihn zur Küchentür hereingelassen. Er ging schnurstracks mit seinem Korb durch die Küche zur Diele und riss die Tür auf. Bevor er verschwand, drehte er sich um und deutete hinter sich. »Ich leg sie vor dem Klo aus und lass sie dir da, dann kannst du in Ruhe aussuchen, welche du haben willst.«

Hätte ich nur sofort nach dem Kostenvoranschlag gesehen! Denn dann hätte ich früher bemerkt, dass Tobler wieder ein Geschenk für mich hereingebracht und es vor dem Schreibtisch abgelegt hatte. Es war etwas aus dem Gurkenbeet. So stand ich erst noch ahnungslos an der Spüle und wartete auf Dieter. Ich trank einen Schluck Wasser, weil mich der Nachdurst quälte. Als ich müde und zerschlagen von all den bisherigen Aufregungen des Tages den Kopf hob, sah ich, wie Dieter seinen Korb im Auto verstaute. Den Korb hätte er hierlassen können, aber vielleicht musste er ihn ja noch für einen anderen Kunden mit Kacheln füllen. Er war anscheinend direkt von der Diele hinausgegangen – ohne den Umweg durch die Küche. Erstaunlicherweise kam er aber eilig mit dem Korb zurück. Ich öffnete das Fenster und rief ihm zu: »Hast du den Korb nicht im Auto lassen wollen?«

Er stockte erschrocken, schaute zum Auto zurück, dann in den Korb und erst danach zu mir.
»Mann, hast du mich erschreckt! Ich hab noch zwei Kacheln gefunden, die hatte ich vergessen. Ich leg sie zu den anderen.«
Er kam mir ein bisschen konfus vor.
Ich ging ins Wohnzimmer hinüber, um den Kostenvoranschlag zu holen.
Tobler hatte einen Knochen vor den Schreibtisch deponiert. Einen großen Knochen. Ich bemerkte den Hund erst, als er zu knurren begann. Da bückte ich mich und hielt mich mit einer Hand an der Schreibtischkante fest. Es war kein Knochen von irgendeinem Tier, davon war ich erstaunlicherweise sofort überzeugt, obwohl ich mich mit Knochen nicht gut auskannte. Vielleicht ein Oberarmknochen. Dieser zeigte die Spuren von Toblers Zähnen und war blitzsauber abgenagt. Wie hatte Tobler das nur geschafft? Er lugte um die Ecke des Möbels, und ich las eine Morddrohung in seinem Blick.
Was tun? Was, verdammt, sollte ich tun?
Ich hätte wissen müssen, dass sich Tote nicht einfach so abwimmeln lassen, wenn sie erst einmal beschlossen haben, aus der Versenkung aufzutauchen und allgemeine Aufmerksamkeit zu erheischen. Dieser hier machte das anscheinend stückweise, das fand ich besonders hinterhältig. Und so dachte ich wieder an Tante Ellas Briefe. Ganz ohne bewusstes Zutun hatte ich mir eine gewisse Meinung über sie gebildet, zu dieser passte der ausgegrabene Knochen. Ich hatte mich gefragt, warum Ella die Briefe behalten hatte. Vielleicht aus Sentimentalität? Wohl kaum. Sie hatte keinen sentimentalen Eindruck auf mich gemacht. Ganz anders als ich, die ich wie bei einer Dämonenaustreibung die Briefe von George, Michael und Ernest feierlich verbrannt und die Asche in den Wannsee gestreut hatte.

Ella hatte die Briefe aufgehoben, um etwas gegen ihre Liebhaber in der Hand zu haben. Die Schreiben schienen Antworten auf Briefe von ihr zu sein, und ich konnte mir mittlerweile vorstellen, was sie darin geschrieben hatte. Um es kurz zu machen: Es ging um Geld. Um es anders zu umschreiben: Tante Ella hatte höchstwahrscheinlich um eine Zuwendung *(dono)* gebeten und sich nicht gescheut, an die alten Bande anzuknüpfen, von denen die mutmaßlichen Ehefrauen der Männer nichts wussten, und war auch nicht vor Drohungen zurückgeschreckt. *Lettre de comminatoire* hieß Drohbrief.
Ich musste unbedingt Edith Epping fragen, ob Tante Ella hin und wieder Besucher gehabt hatte, von denen einige aus dem Ausland gekommen sein mussten, beispielsweise aus Frankreich. Der Brief aus Marseille war fünf Jahre alt. Schade, dass ich keine Kontoauszüge aus dieser Zeit von Tante Ellas Girokonto hatte. Da müsste man mal überprüfen, welche Summen eingegangen waren und woher.
Ich hörte hinter mir Schritte.
»Hast du einen Hexenschuss oder was?«, fragte Dieter.
Ich zuckte zusammen und richtete mich auf. Hatte er den Knochen gesehen? Ich hob den Fuß.
»Bleib, wo du bist.«
»Was?« Die Stimme kam näher. »Was hast du da?«
Ich wollte den Knochen unter den Schreibtisch kicken, aber Tobler schnellte vor und schnappte ihn sich. Knurrend wich er vor mir zurück.
»Einen Hund, er ist bissig.«
»Etwa die Töle vom Baron?«
Tobler schien einen schaurigen Ruf zu genießen.
Ich drehte mich um. Dieter war endlich stehen geblieben und versuchte, an mir vorbeizuschielen.
»Wie ist er reingekommen?«, fuhr er fort.

»Weiß ich nicht.«
Tobler, das sah ich aus den Augenwinkeln, verkroch sich hinter dem Schreibtisch.
Um Dieter schnellstmöglich loszuwerden, ging ich rasch auf ihn zu und zog ihn am Ärmel mit mir in die Küche zurück. Er leistete keinen Widerstand, griff mir nur an die Seite und probte, ob ich an einer bestimmten Stelle noch empfindlich war.
»Lass das, hörst du? Lass überhaupt die Finger von mir«, knurrte ich ihn an. »Der Kostenvoranschlag hat Zeit, erst muss ich mit dem Hund fertigwerden und nach Meg sehen, es geht ihr heute nicht gut.«
Erstaunlicherweise war er sofort damit einverstanden, später wiederzukommen, und zog bereitwillig ab. Zur Vorsicht geleitete ich ihn vor die Tür. Als ich ins Wohnzimmer zurückkehrte, stellte ich fest, dass Tobler abgehauen war. Mit dem Knochen.
Der Hund war nicht im Garten. Zumindest nicht in meinem Garten, aber die kleine Verbindungstür in der Mauer stand offen, so dass ich davon ausging, er sei zu Henry hinübergelaufen. Meg wachte auf, als ich nachsehen wollte, da schloss ich erst einmal schnell die Tür. Sollte sich doch Henry mit dem Knochen abgeben. Ich musste nun das Loch im Gurkenbeet wieder zuschaufeln.

11

Abends rief Lothar an und fragte, ob Justus bei uns wäre. Ich sagte ihm, dass wir ihn seit dem Vormittag nicht gesehen hätten, und riet ihm, bei Tante Edith nachzufragen. Aber das hatte er bereits, auch bei Dieter, dessen Frau der Junge manchmal besuchte, auch in der Mühle, die einem anderen Vetter gehörte, und damit hatten sich seine Nachfragemöglichkeiten erschöpft.

Es war etwa neun Uhr abends, und ich fragte mich, warum sich Lothar erst jetzt Sorgen um seinen Sohn machte. Aber er hatte ja bereits herumtelefoniert und bestimmt auch schon auf dem Hof nach ihm gesucht. Ich stellte mir die Schuppen und Scheunen vor, die sich als Verstecke für einen kleinen Jungen eigneten.

»Und nun?«, fragte ich bang.

»Ich muss ihn wieder suchen gehen.«

»Wo?«

»Im Wald.«

»Kann ich helfen?«, fragte ich und dachte daran, wie Justus von uns weggelaufen war. Mir schwante, warum er das getan hatte, obwohl ich nicht genau hätte wiedergeben können, was Meg ihm in ihrer Wut an den Kopf geworfen hatte. An »unterbelichtet« erinnerte ich mich aber und dass sie seine Anhänglichkeit als furchtbar lästig empfunden hatte. So etwas hören selbst wesentlich Ältere nicht gern. Wenn es wirklich Megs Beleidigungen gewesen waren, die ihn so nachhaltig vertrieben hatten, musste ich mich natürlich fragen, welche Mitschuld mich traf und ob Henry etwa recht hatte, wenn er mich als dusselige Mutterkuh einschätzte. So hatte ich nie

werden wollen. So obercool wie meine Mutter aber auch nicht.
»Nein.« Lothar schnaufte ins Telefon.
»Hast du die Polizei verständigt?«, fragte ich mit aller Schärfe.
Er schnaufte wieder, als fiele es ihm schwer, sich so weit im Griff zu haben, dass er ohne Stocken reden konnte.
»Noch nicht«, antwortete er dann, »erst mal kommen meine Kumpel von der Freiwilligen Feuerwehr. Justus ist nicht das erste Mal abgehauen.«
Das sagte eventuell einiges über das Verhältnis des Sohnes zu seinem Vater.
»Warum ist er schon mal abgehauen?«
»Das bringt jetzt auch nichts«, flüsterte Lothar, und ich hörte deutlich die unterdrückte Verzweiflung.
»Wenn du ihn findest, bring ihn her. Kommt einfach her, ihr beiden, egal wie spät es ist.« Das hatte ich gesagt, ohne erst über ein so dämliches Angebot nachzudenken. Wollte ich mich als Familientherapeutin aufspielen? Mit meiner Erfahrung als Alleinerziehende, die sich ohne klares Konzept von einem Tag zum anderen durchwurstelte?
Ein erlösender Seufzer drang zu mir. »Mach ich, warte … jetzt kommen sie rein. Meine Kumpel sind da.«
Ich kümmerte mich erst einmal um mein eigenes Kind und machte für uns beide das Abendessen. Meg aß lustlos und war zum Reden nicht aufgelegt. Als ich sie aufforderte, mit mir Dieters Fliesenkollektion zu begutachten, lehnte sie ab. Ich ließ sie in der Küche und ging allein in die Diele hinaus. Da ich nicht wusste, was die verschiedenen Kacheln kosten sollten, schenkte ich mir die Mühe einer genauen Begutachtung und legte nur diejenigen beiseite, die überhaupt nicht in Frage kamen.

Damit war ich schnell fertig. Dann begann ich, die Diele auszufegen. Eigentlich suchte ich nur nach einer Beschäftigung, bei der ich nachdenken konnte. Nicht nur darüber, wie oder wo ich Schusseltrine die Diamantohrhänger verlegt oder verloren hatte. Es passte, dass ich ausgerechnet hier darüber nachdachte, etwa zehn Meter entfernt vom Klo, wo Ella einen davon hinuntergespült hatte. Die Nachteile von Erbfaktoren fielen mir ein. Großtante schusselig, Großnichte ebenfalls. Lag einfach in der Familie, dagegen konnte man nichts tun. Das minimierte die Verantwortung, versuchte ich mir einzureden. Ich wedelte auffällig mit dem Besen herum, als Meg an mir vorbeitrottete und nach oben in ihr Zimmer verschwand. Als ich sicher war, dass sie nur noch Aufmerksamkeit für die Nachrichten aus ihrem Laptop übrighatte, stellte ich den Besen beiseite.

Es wurde Zeit, meine Mutter anzurufen, um mal Tacheles mit ihr zu reden, und dabei wollte ich Meg nicht als Zeugin haben.

Kaum hatte ich die Nummer im Handy aufgerufen, da schrillte Ellas altes Telefon. Es war Henry. Ein Gespräch mit ihm passte mir gerade gar nicht. Schließlich hatte ich mir beim Fegen einige Fragen zurechtgelegt, die ich meiner Mutter stellen wollte, und nun hatte ich Angst, eine wichtige zu vergessen oder sie nicht so rüberzubringen, wie ich wollte. Mit Wut im Bauch.

»Meg geht es wieder einigermaßen gut, Henry«, sagte ich sofort, »du brauchst dir keine Sorgen um sie zu machen.«

»Mache ich mir nicht.« Henry klang verblüfft, und mir ging auf, dass ich den harschen Ton angeschlagen hatte, den ich extra für meine Mutter aufpoliert hatte. Um mit ihr klarzukommen, war es wichtig, mental gleich in die Vollen zu gehen, sonst hatte ich jede Chance auf Oberwasser, falls ich überhaupt eine hatte, verspielt.

»Entschuldige, ich hab dich angeblafft, oder nicht? Das ist wegen Justus. Der Junge ist weggelaufen, sein Vater hat gerade angerufen.«

»Justus?«, hakte Henry bedächtig nach.

»Der Junge, der von hier abgehauen ist, nachdem Meg ihm ein paar unschöne Sachen an den Kopf geworfen hat. Du hast es selbst gehört.«

»Kindergezänk. Aber dass er weggelaufen ist, tut mir leid. Na ja, er wird wieder auftauchen. Hoffentlich bald.« Es klang unsicher und so, als beschäftigte er sich in Gedanken intensiv mit etwas anderem.

»Henry, warum hast du angerufen?«, fragte ich freundlicher nach.

»Nun, einmal wegen der Schuhe. Meine Hundehaftpflicht kommt natürlich für den Schaden auf. Das hätte ich dir gleich sagen müssen. Leider hab ich nicht daran gedacht.«

Hundehaftpflicht? Meine Gedanken drifteten ab, und zwar in eine erfreuliche Richtung. Wenn die Versicherung was taugte, musste sie den vollen Preis für praktisch ungetragene Schuhe zahlen. Vor meinem inneren Auge häuften sich die Euroscheine. Das erschien mir dann doch zu einfach.

»Das sind Manolo Blahniks«, hob ich vorsichtig an. »Die sind sauteuer gewesen.«

»Ich weiß«, entgegnete Henry mit einem tiefen Seufzer. »Deine Tante hat sie unbedingt haben wollen, obwohl sie gar nicht darin laufen konnte. Sie wollte sie nur anschauen, das gab ihr ein gutes Gefühl. Das klingt vielleicht ein wenig verrückt.«

Nicht unbedingt, dachte ich. Ella war eine Frau, die auch mit siebzig allen Verfallserscheinungen mutig trotzte. Manolo Blahniks im Schrank zu haben hieß, nie die Hoffnung auf bessere Zeiten aufzugeben. Wahrscheinlich hatte sie im Schlafzimmer ab und zu die Schuhe übergestreift und sich damit im Spiegel betrachtet, um zu spüren, ob noch etwas vom alten Feuer in ihr brannte. Das war äußerst sympathisch, vorausgesetzt, sie hatte sich die Treter leisten können.

Hatte sie nicht.

Nicht bei den Hypotheken auf dem Haus, die *ich* jetzt am Hals hatte.

»Und wo hat sie die aufgetan?«, fragte ich in vorwurfsvollem Ton.

»In Düsseldorf.«

In einem Laden an der Kö. Natürlich, wo auch sonst. Sie war also mal eben nach Düsseldorf gefahren, um ein Paar hübsche, wenn auch untragbare und sündteure Schuhe zu kaufen. Oder? Mir fiel etwas anderes ein. Manchmal, da hatte Henry völlig recht, brauchte man einen Trost nach anstrengenden Begegnungen. Zum Beispiel mit nicht wohlgesonnenen Verwandten.

Ich schluckte. »Und, warst du dabei?« Es war ein spontaner Einfall.

Henry stutzte. Wahrscheinlich dachte er darüber nach, wie er die ganze Schuhaffäre nun runterspielen konnte.

»Ich hab sie ihr geschenkt, um ehrlich zu sein. Aber nun zu etwas anderem. Du willst die Ohrhänger verkaufen, nicht wahr? Dabei könnte ich dir behilflich sein. Du kannst den Verkauf getrost mir überlassen. Ich kenne mich da ein wenig aus. Ich denke vor allem an einen bestimmten Diamantenhändler in Amsterdam. Der ist mir gern gefällig.«

Ein verführerischer Gedanke, fand ich und war sicher, dass Henry den maximalen Preis für die Dinger herausschlagen würde. Wollte ich das? Den maximalen Preis bestimmt. Aber mit Henrys Hilfe? Nun, erst einmal mussten die teuren Schmuckstücke wieder auftauchen.

»Das ist lieb von dir. Aber das kann ich selbst erledigen. Und glaub mir, ich werde mich nicht übers Ohr hauen lassen.« Ich lachte, um anzudeuten, was für ein Klacks der Verkauf des Schmucks für mich war.

»Entschuldige, ich möchte mich nicht aufdrängen«, sagte Henry steif.

»Du brauchst dich nicht zu entschuldigen. Es ehrt dich sehr, dass du mir helfen willst. Aber jetzt muss ich leider Schluss machen. Ich habe noch einiges zu tun.«

»Etwas noch. Du erwähntest, dass das Haus mit Hypotheken belastet ist.« In seine Stimme schlich sich ein drängender Ton. Nach dem wievielten Glas Barolo war das gewesen? Und hatte ich mich bedrückt, gar verzweifelt gegeben? Hoffentlich nicht.

»Henry«, sagte ich forsch, »das ist nun wirklich nicht deine Angelegenheit.«

War es ja auch nicht. Wie kam Henry dazu, mir all diese Hilfsangebote zu unterbreiten? Das für die Schuhe war noch einigermaßen verständlich, aber der Rest? Wollte er auch noch die Hypotheken übernehmen? Zu welchen Bedingungen? Wahrscheinlich höchst zweifelhaften, ich brauchte ja nur an Meg zu denken, wie er sie gleich bei der ersten Begegnung angestarrt hatte. Und dann dieser Vergleich mit Lady Emma! Meg als Lady Emma im Frühstadium mit Strohhut. Das gruselte mich jetzt. Henry wäre nicht der erste ältere Herr mit ausgezeichneten Manieren, der an einem Lolita-Syndrom litt. Es ist immer ein Fehler, Menschen Nähe zu gestatten, bevor man sie richtig einschätzen kann. Ein Grundsatz, den meine Mutter mir öfter nahegelegt hatte. Wenn man sich mit jemandem zusammen betrinkt, schafft das immer Nähe, aber normalerweise bereitet mir das keine Probleme.

Henry widersprach mir nicht, und so konnte ich das Gespräch beenden. Den Anruf bei meiner Mutter verschob ich auf einen späteren Zeitpunkt, denn erst einmal hatte ich die neuen Informationen zu verarbeiten, die ich Henry verdankte. Meine Mutter hatte mir nichts von einem Besuch Tante Ellas in Düsseldorf erzählt. Hatte Ella sie wirklich besucht? Zusammen mit Henry? Und wann war das gewesen? Es konnte den Schuhen nach kaum länger als ein, zwei Jahre her sein. Mir war inzwischen eingefallen, wie ich meine Mutter und Tante Ella zusammen erlebt hatte, hier in diesem Haus vor zwanzig Jahren. Genauer gesagt hatte ich einen gewaltigen Krach zwischen den beiden mitbekommen.

Mir war wegen der Grippe schrecklich schwindlig gewesen, ich hatte mich matt und sterbenskrank gefühlt, und meine Ohren waren wie mit Watte verstopft gewesen, so dass ich nicht verstand, worum es in diesem Streit überhaupt ging. Mir reichte es schon, dass die beiden überhaupt stritten, und zwar lautstark und heftig, ohne Rücksicht auf die bedauernswerte Kranke, die sich oben an der Treppe ans Geländer klammerte. Der Streit fand unten in der Diele statt – bis plötzlich eine von den beiden zu mir aufschaute. Damit war der Streit vorerst beendet. Als ich am nächsten Morgen wach wurde, war meine Mutter abgereist. Und es war mein Vater gewesen, der mich drei Wochen später abholte.

Ich hatte mich gerade darangesetzt, meinen Kontostand zu überprüfen, als Meg hereingerannt kam.

»Mom? Da draußen sind Leute, jede Menge Leute.«

Auf meinem Konto leuchtete ein Eingang auf. Da hatte jemand gezahlt! Die Summe sagte mir, wer. Endlich hatte dieser Kunde, den ich bereits drei Mal gemahnt hatte …

»Was für Leute, Meg?«

»Von der Feuerwehr.«

Ich schnupperte. Roch es nach Rauch? Nein.

»Was will denn die Feuerwehr bei uns?«
»Weiß ich nicht«, antwortete Meg verstört.
Wir rannten hinüber in die Küche und spähten durchs Fenster. Es sah aus, als spielte sich draußen vor unserem Haus eine Invasion aus dem All ab. Auf unserem Kiesvorplatz parkten mehrere Feuerwehrautos. Männer in düsteren Uniformen mit neongrellen Streifen standen zwischen ihnen herum, und es wurden immer mehr. Gerade bog wieder ein Auto herein. Nur schwach beleuchtet, wirkte die Szenerie unwirklich und bedrohlich.
Meg zappelte neben mir herum, ihre Nervosität übertrug sich auf mich.
»Was bedeutet das, Mom?«, fragte sie mit leiser Stimme. Ich hätte gern etwas Beruhigendes von mir gegeben, nur fiel mir nichts ein.
Aus einer Gruppe löste sich jemand und kam aufs Haus zu. Erst als er bis auf ein paar Meter an unsere Haustür herangekommen war, erkannte ich Lothar an seinem Fusselpullover, den einzigen Mann ohne Uniform. Edith Epping lief ihm nach.
Hatte diese Invasion mit Justus zu tun?
Mir fiel ein, dass Meg noch nicht wusste, was los war.
»Meg?«
»Ich geh nach oben.«
»Meg, Justus ist weggelaufen.«
Sie blieb stehen.
Ich machte die Haustür auf.
»Dann mal herein«, sagte ich ergeben und ließ Lothar, Edith und zwei Feuerwehrmänner, die nachdrängten, eintreten. Einer davon war Dieter, in seiner Uniform hätte ich ihn beinahe nicht erkannt.
Es ging tatsächlich um Justus. Die Suche nach ihm hatte zu

keinem Ergebnis geführt, es gab nicht einen Hinweis auf seinen Verbleib. Lothar wollte genau wissen, wann Justus von uns weggegangen war, was für einen Eindruck er gemacht hatte und ob wir gesehen hatten, wohin er sich gewandt hatte. Notgedrungen erwähnte ich, was sich bei uns abgespielt hatte, bevor er davongerannt war.

Meg begann zu zappeln, sie konnte die Hände nicht mehr stillhalten.

»Er ist nicht meinetwegen weggelaufen, nicht wahr, Mom?«, stieß sie hervor.

Edith betrachtete sie abschätzend. »Glaub ich nicht, nicht ausschließlich«, sagte sie barsch, ging zur Küchenzeile und begann, Kaffee zu kochen. Mir schwante, dass mein Haus gerade zur Kommandozentrale für den Sucheinsatz geworden war. Wahrscheinlich, weil es im mutmaßlichen Mittelpunkt von Justus' Aktionsradius lag, einigermaßen geräumig war und weil keiner es für nötig befand, mich nach meinem Einverständnis zu fragen. Dieter hielt sich aus der Unterredung heraus. Und Lothar sah gekonnt an ihm vorbei. Es herrschte wohl Funkstille zwischen ihnen, um es noch einigermaßen freundlich auszudrücken.

»Du suchst mit?«, fragte ich Dieter erstaunt.

»Aber nicht mehr lange«, mischte sich Edith Epping ein. »Bei Nadine haben die Wehen eingesetzt. Er muss gleich zurück ins Krankenhaus.«

Dieters Augen glänzten fiebrig.

»Deine Frau liegt im Krankenhaus und kriegt euer Kind, und du stehst hier herum?«, fuhr ich ihn an.

»Das dauert noch Stunden, haben die im Krankenhaus gesagt.« Trotz klang aus seiner Stimme auf und große Unsicherheit. Die Unsicherheit von Männern, die wissen, dass eine Geburt in ihrer elementaren Wucht bei aller Hightech-Medi-

zin über ihren Horizont geht beziehungsweise das Miterleben ganz schnell an Grenzen stößt.
Bei Megs Geburt war ihr Vater natürlich nicht dabei gewesen. Wie auch? Er wusste bis zu diesem Tag nicht, dass er eine Tochter hatte. Und es war jetzt kaum der richtige Zeitpunkt, daran zu denken.
»Na und? Du könntest sie unterhalten, sie ablenken, sie …« Warum erzählte ich ihm das? »Mach doch, was du willst.«
Edith hatte überrascht dem kurzen Dialog gelauscht.
»Er fährt ja gleich wieder«, besänftigte sie. »Aber er macht sich halt Sorgen um Justus. So lange ist er noch nie weggeblieben.«
Möglich, dass sich Dieter tatsächlich Sorgen um Justus machte, ich wollte das nicht so einfach abstreiten. Er ging dann tatsächlich, aber erst, nachdem die ganze Truppe bis auf Lothar und Edith abgerückt war. Lothar blieb, damit sie ihn nicht erst irgendwo aufstöbern mussten, wenn sie den Jungen gefunden hatten, und Edith, um frischen Kaffee für die Männer bereitzuhalten, falls sie in einer Suchpause bei uns hereinschneiten. Da ihr unsere Vorräte an Kaffeepulver ungenügend erschienen, lief sie kurz nach Hause, um für Nachschub zu sorgen. Frischen Apfelkuchen wollte sie auch mitbringen.
Ich setzte mich mit Lothar in den Wintergarten, Meg hatte sich wieder nach oben verzogen. Ohne lange zu fragen, holte ich die Cognacflasche und Gläser.
»Jetzt erzähl mir mal, warum Justus weggelaufen ist, und das nicht zum ersten Mal.«
Lothar benötigte zwei kleine Cognacs, damit seine Zunge die Redehemmung überwand.
»Es war immer schwierig mit ihm. Elina hat kein Kind gewollt, und sie konnte nie viel damit anfangen.«
Das gab's. Nicht jeder Frau wird die Liebe zum Nachwuchs

mit dem frisch geborenen Kind in den Schoß gelegt. Manche müssen sich dafür ganz schön abstrampeln, einige versuchen es erst gar nicht.
Justus musste unter einer lieblosen Mutter wie ein Hund gelitten haben. Nun saß sein Vater neben mir und litt auch wie ein Hund. Einerseits, weil er das von neuem erlebte, während er es mir erzählte, und andererseits, weil die Geschichte einer Ehe dahintersteckte, die nie so recht funktioniert hatte. Kennengelernt hatten sie sich an der Ostsee. Lothar hatte mit zwei Freunden von der Feuerwehr dort Urlaub gemacht, Elina hatte im Hotel gekellnert. Da die zwei Freunde bereits verheiratet waren, war er der Glückspilz, von dem sie sich anbaggern ließ. Das Kellnern hing ihr längst zum Hals raus, rekapitulierte Lothar aus der Rückschau. Drei Monate später waren sie verheiratet und Elina schwanger.
Inzwischen hatte sie zweimal angerufen, aber nicht mit Justus reden wollen, schon gar nicht hatte sie davon gesprochen, ihn zu sich zu nehmen, was Lothar ohnehin nicht erlaubt hätte. Da hätte Elina schon vor dem Jugendamt oder dem Gericht das Sorgerecht geltend machen müssen. Aber das wollte sie gar nicht. Und das hatte Justus irgendwie mitbekommen und endgültig erkannt, wie wenig er seiner Mutter bedeutete.
»Du hast mit ihm darüber geredet?«
»Nicht so richtig.«
Langsam wurde ich ungeduldig. »Wie lange ist das letzte Telefongespräch her?«
»Elina rief heute Morgen noch mal an.«
»Und hat er es mitbekommen?«
»Ich glaub, er hat gelauscht, und als ich ihn rief, rannte er weg.«
Vermutlich direkt zu uns. Vielleicht hatte Megs Beschimpfung bei ihm das Fass zum Überlaufen gebracht.

»Warum hast du bloß nicht mit ihm darüber geredet?«, stieß ich seufzend hervor.
»Als Vater bin ich ein Versager, ich kann nicht so gut mit Kindern«, bekannte Lothar selbstkritisch. Es klang überraschend wenig Selbstmitleid aus seiner Stimme, die blieb sogar brutal sachlich im Ton. Lothar stand zu seinen Fehlern, ohne die Beschönigung, die Dieter gleich mitgeliefert hätte. Erstaunt musterte ich sein Profil mit der Schafsnase, die nun etwas Altphilosophisches bekam. So ändert sich manchmal die Wahrnehmung. Nur ein ganz leichtes Schnaufen verriet, wie gefährlich nah Lothar am Rand der Selbstbeherrschung entlangtrudelte.
Also nahm ich den bedauernswerten Kerl in den Arm. Was hätte ich sonst tun sollen? Ich erlebte gleich noch eine Überraschung: Denn sein Outfit im Schlabberlook hatte nicht erkennen lassen, was für stramme Muskeln es verbarg. Der Kerl fühlte sich überraschend gut an, da fiel mir das Trösten gleich noch leichter.
Ich weiß nicht, wie sich mein Liebesdienst weiterentwickelt hätte, wenn es nicht energisch ans Küchenfenster geklopft hätte. Mit Bedauern stand ich auf.
Nicht nur Edith strebte zu uns herein, sondern auch Henry. Mit Stock, aber ohne Tobler.
»Ich hab gesehen, dass noch Licht brennt«, erklärte er und ging sofort auf das Sofa im Wintergarten zu. Er beäugte die Cognacflasche. »Das wäre jetzt auch für mich das Richtige.«
Wir aßen Apfelkuchen zum Cognac, das war keine schlechte Kombination.
Danach folgte ich Edith mit den leeren Tellern in die Küche und sah zu, wie sie das Spülbecken mit heißem Wasser füllte. Über eine Spülmaschine verfügte die Küche nicht.
Wortlos machten wir uns an die Arbeit. Da stutzte sie auf einmal.

»Das ist ja das Muster meiner Kittelschürze!«, staunte sie und blickte verwundert den Kühlschrank an.
Ich hatte Megs Musterblatt immer noch nicht abgehängt, nahm es mir aber jetzt eisern vor. Genauer gesagt hatte ich es dämlicherweise wieder angebracht, nachdem ich es eingescannt und Doris gemailt hatte.
»Ach, tatsächlich?«, gab ich leichthin von mir. »Was ich aber fragen wollte: Hatte meine Tante eigentlich manchmal Besuch?«
»Besuch?« Edith runzelte die Stirn. Sie nahm die Hände aus der fettigen Brühe und stützte sie auf den Rand der Spüle. »Ich versuche mal, mich daran zu erinnern. Doch, hatte sie, aber nicht allzu häufig. Ich lauere ja nicht ständig in der Einfahrt. Ein- oder zweimal stand ein ausländischer Wagen vor der Tür, und einmal hab ich einen Herrn aus dem Haus kommen sehen.«
Allein wie Edith die Betonungen setzte, diese Bedeutungsschwere von »ausländischer Wagen« und »Herrn« ließ an Edelkarossen mit getönten Scheiben und Bodyguards denken und auf alle Fälle an Männer mit viel Geld. Vielleicht Industriebosse oder Mafiapaten.
Na also. Tante Ella hatte Besuch von ihren Erpressungsopfern gehabt.
»Sie haben nicht zufällig gehört, was meine Tante mit …«
Edith lachte laut auf. »Nein, ganz bestimmt nicht. So gute Ohren hab ich nicht. Und falls Sie glauben, wir hier auf dem Land bespitzeln uns tagtäglich, liegen Sie völlig falsch. Es gibt genug in meiner eigenen Familie, was mir zu denken gibt, da brauche ich nicht im Leben anderer rumzustochern.«
Ich ließ es dabei bewenden. Um hinter Tante Ellas Geheimnisse zu kommen, musste ich eher auf Henry als auf andere Nienborger Nachbarn setzen. Zweimal machte einer der

Suchtrupps bei uns Station und tankte Kaffee. Die Männer konnten aber nur berichten, wo sie vergeblich gesucht hatten. Nebenbei erfuhr ich, dass sie direkt von einer nächtlichen Übung noch in voller Montur Lothar zu Hilfe geeilt waren. Lothar hatte nicht an der Übung teilgenommen, weil er bereits auf der Suche nach Justus gewesen war.

Inzwischen war es drei Uhr durch, und Lähmung machte sich breit.

Wir hockten alle zusammen im Wintergarten und brüteten stumm vor uns hin. Ich bot an, eine Flasche Wein aus dem Keller zu holen, aber Henry winkte ab, bevor Lothar oder Edith zu dem Angebot Stellung beziehen konnten. Die Cognacflasche war mittlerweile leer, es war die zweite aus Ellas Schrank und die letzte. Bourbon wollte keiner.

Ich weiß nicht, wer von uns als Erster aufschreckte. Das Haus wackelte, hatte ich den Eindruck, dachte aber, um eine realistische Einschätzung bemüht, dass Cognac ab einem gewissen Quantum zu recht merkwürdigen Halluzinationen führen konnte. Nienborg lag doch bestimmt nicht in einem Erdbebengebiet. Außerdem hatte es gerumpelt, und der Krach musste eine Ursache haben. Die Geräuschquelle befand sich allerdings eher über als unter uns, was der Erdbebentheorie erst recht widersprach.

Lothar stand bedächtig auf, und fast gleichzeitig schoss Meg herein, hellwach und aufgeregt.

»Mom, jemand ist im Haus, ich hab's genau gehört. Bei dir im Zimmer, aber …«

Ich ließ sie gar nicht erst ausreden. Endlich hatte ich vertrauenswürdige, wenn auch nicht mehr ganz nüchterne Zeugen dafür, dass sich ein unbekanntes Subjekt nächtens zu uns ins Haus schlich. Wir sprinteten hinauf, das hieß, Lothar, Meg und ich, die anderen beiden folgten uns sehr viel langsamer, wobei sie sich gegenseitig die schmale Treppe hinaufhalfen. Edith trank wohl auch nicht allzu oft nachts um drei Cognac.

Mein Zimmer war so leer, wie es sein sollte, das hieß, es hielt sich niemand darin auf, niemand Fremdes, der meine oder Ellas Sachen durchwühlte oder Schmuck klaute. Flüchtig schoss mir der Verdacht durchs Hirn, dass mir die Diamantohrhänger im Schlaf gestohlen worden waren. Aber dann fiel mir Tobler ein. Mit Tobler auf dem Bauch wäre der Diebstahl nie so ungestört verlaufen, dass ich nicht aufgewacht wäre.

Es war nicht nur niemand im Zimmer, der nicht dort sein sollte, es herrschte auch absolute Stille.

Wir sahen Meg an, die die Schultern zuckte, daher machten wir uns auf den Rückweg. Henry blieb allerdings in der Tür stehen und legte eine Hand hinters Ohr.

»Mir war so, als hätte ich etwas gehört.«

Wir horchten alle gemeinsam, hörten aber nichts. Absolut nichts. Erst als wir wieder unten im Wintergarten versammelt waren, war mir, als hörte ich doch etwas. Und überhaupt! Woher war das Geräusch wirklich gekommen? Lothar schien ähnliche Gedanken zu hegen.

»Ich geh mal ums Haus herum«, murmelte er.

Wir begleiteten ihn. Einerseits der Neugier wegen, andererseits hatte uns Unruhe gepackt. Überhaupt konnte man ja sonst kaum etwas anderes tun als rumsitzen und dabei erleben, wie mörderisch langsam die Zeit mit Warten, Hoffen, Harren und Bangen verging. Einem neunjährigen Kind, das mitten in der Nacht allein draußen herumgeisterte, konnte alles Mögliche zustoßen.

Freundlicherweise war die Nacht nicht allzu dunkel, den Rest der nötigen Beleuchtung lieferte der Lichtschein aus dem unteren Fenster in der Schmalseite des Hauses, der Seite, die zur

Burgmauer wies. Ich hatte im Wohnzimmer alle Lichter eingeschaltet. So war es nicht schwer, die schwarze Inschrift zu entziffern, die auf unserer Hauswand prangte, akkurat in ein Feld des Fachwerks eingepasst. Eine Inschrift, wie man sie mit ähnlichem Text, wenn auch auf Latein, bereits an römischen Ruinen gesichtet hat und die durch zweitausend Jahre Kulturgeschichte hindurch einen zeitlosen Charme versprüht: »Meg ist doof«, stand da zu lesen.

Die Lackdose lag gleich unten an der Wand, zusammen mit einer Leiter. Eine lange Aluleiter, die eigentlich an die andere Seite des Hauses gehörte. Unter den Anbau. Dort hatte sie jedenfalls noch vor kurzem auf zwei Haken gehangen. Aber nun lag sie hier. Warum wohl?

»Da!« Meg deutete nach oben.

Einer nach dem anderen legte den Kopf in den Nacken, es war wie eine Wellenbewegung. Aus dem offenstehenden Fenster im Dachboden starrte ein schreckensstarres Kindergesicht zu uns herab.

»Bist du das, Justus?«, fragte Edith überflüssigerweise.

»Sieht ganz so aus«, brummte Henry.

Lothar packte in stummer Verzweiflung die Leiter, lehnte sie an die Hauswand und holte Justus – sorgfältig auf dessen Sicherheit achtend – herunter.

Unten stellte er seinen Sohn auf die Füße und holte mit einer Hand aus. Es war ein Reflex – oder nicht? Ausdruck von Sorge, Zermürbung, Scham, eigentlich hielt ich Lothar nicht für einen Schläger. Leider fühlte ich mich wie gelähmt, als ich das sah, unfähig, einzugreifen.

Dieser Idiot!

Warum nahm er Justus nicht in den Arm?

»Wag es nicht, ihn zu hauen«, schrie Meg und schwang zu unser aller Überraschung einen Stock. Es war Henrys.

Lothar fing den Schlag ab.
Justus glotzte Meg aus großen Augen an, aber sie war noch längst nicht fertig. »Wenn ihn einer haut, dann ich«, legte sie nach, warf aber den Stock hinter sich und ballte angriffslustig die Fäuste.
Justus begriff schneller als wir anderen, was das heißen sollte. Wir standen sprachlos da und sahen zu, wie sich die beiden jagten, endlich in der Wolle hatten und ineinander verknäult auf den Boden fielen.
Lothar zerrte die Kampfhähne auseinander und stellte Justus zum zweiten Mal auf die Füße. Sofort ließ dieser den Kopf hängen und bot das gewohnte Bild des Jammers. Dieser kleine Frechdachs! Er hatte uns nicht nur in Angst und Schrecken versetzt, sondern auch noch mein Haus beschmiert. Und jetzt? Litt er sichtlich, ganz minderjähriges Unschuldsopfer.
Edith hob den Stock auf. »Dann geh ich jetzt mal nach Hause, ich bin ja auch hundemüde«, sagte sie, reichte Henry den Stock und ging kopfschüttelnd davon.
Lothar trat beiseite und blies über sein Handy die weitere Suche ab. Er klang ein wenig verlegen, als er irgendeinem seiner Feuerwehrkumpel erklärte, dass sein Sohn wieder aufgetaucht war. Hoffentlich fuhren die Feuerwehrjungs nach Hause, ohne sich bei uns vorher blicken zu lassen.
»He«, fragte ich Justus, »wie hast du es fertiggebracht, dich so lange zu verstecken? Warst du die ganze Zeit auf dem Dachboden?«
Wann hatte ich zuletzt im Lauf des Tages oder Abends diese Seite des Hauses gesehen? Hatte die ganze Zeit die Leiter an der Wand gelehnt, ohne dass es jemand bemerkt hatte?
Justus hob den Kopf, seine Augen begannen zu funkeln. »Das hast du gedacht, was? Nee, war ich nicht. Erst war ich bei

Tante Edith im Schuppen, dann unten an der Mühle, und als die von der Feuerwehr angerückt sind, bin ich wieder zu Tante Edith, und dann bin ich da weg und …«
Wider Willen beeindruckte mich, wie Justus seine halbe Verwandtschaft und die Feuerwehrmänner über Stunden an der Nase herumgeführt hatte, bevor er beschloss, sich bei uns einzunisten. Das war eine Leistung. Leider ging dann etwas schief. Erst hatte er sich an unserer Hauswand verewigt, danach hatte er die Leiter geholt und war hinauf in den Dachboden gestiegen – durch das Fenster, das sich problemlos von außen aufdrücken ließ. Schließlich hatte er versucht, die Leiter zu sich heraufzuziehen, aber sie fiel um. An diesem läppischen Detail war er gescheitert. Eigentlich hatte er geplant, noch den ganzen folgenden Tag auf dem Dachboden auszuharren. Er schoss einen wilden Blick zu seinem Vater hinüber, und wir begriffen, dass er ihn hatte leiden lassen wollen, *sehr* leiden – weil er selbst so litt.
»Geil«, sagte Meg. Sie stupste ihn kameradschaftlich an, und da lächelte er zaghaft. »Aber das wischst du weg.« Sie deutete auf die Schmähschrift.
»Das mach ich«, sagte Lothar mit belegter Stimme.
Vor Ärger verdrehte ich die Augen.
Er kam immer noch nicht auf die Idee, seinen Sohn an sich zu drücken. So ein Stoffel, so ein Blindfisch! Wobei ich keinen Augenblick daran zweifelte, dass Lothar seinen Sohn aufrichtig liebte – nicht aus Pflichtgefühl, sondern von Herzen. Ich konnte ihm ja nun keinen Vortrag halten, wie wichtig es war, Justus zu zeigen, wie besorgt er um ihn gewesen war, indem er ihn herzte, küsste und gar nicht aus den Armen ließ vor Freude, ihn ohne einen Kratzer wiederzuhaben, und ihn dann erst gehörig abzukanzeln, nicht zuletzt wegen der Schmiererei. Dass er selbst den Dreck wegmachen wollte, war nett ge-

meint, aber entsprach nicht meiner Auffassung von Gerechtigkeit.

»Heute nicht mehr«, bestimmte ich. »Justus bleibt für den Rest der Nacht hier, du kannst ihn morgen abholen. Und nun bringen wir Henry nach Hause.« Mir war nicht entgangen, wie erschöpft dieser war. Wir waren alle erschöpft. So trotteten wir die Zufahrt hinunter und bogen im Gänsemarsch um die Ecke, um zu Henrys Tor zu gelangen.

Als wir gerade auf die Straße hinaustreten wollten, brauste ein dunkler Wagen ohne Licht auf uns zu. Es war unklar, woher er kam. Henrys Tor stand offen, der Wagen hätte sowohl von dort als auch von der Straßenbiegung dahinter kommen können. Ein Wagen mit leise schnurrendem Motor, eine Raubkatze von Wagen, der wir Jüngeren aus dem Weg sprangen. Nur Henry fiel mit einem Aufschrei hin. Mir blieb keine Zeit, mir das Auto genauer anzusehen, so rasch beschrieb es einen kleinen Schlenker und schoss davon.

Henry stöhnte jämmerlich.

»Hat er dich erwischt?«, schrie Meg und beugte sich zu ihm hinunter.

»Lasst mich, fasst mich nicht an«, nuschelte er schmerzgeplagt.

»Nun mal ganz ruhig!«, ordnete Lothar an. Und dann handhabte er die Situation mit der Souveränität, die ich mir vorher gewünscht hätte. Er befühlte Henrys Bein, das ein wenig verdreht wirkte, vom Knöchel bis zum Knie und weiter bis zur Hüfte, und rückte es sehr behutsam gerade, ohne dass der Gestürzte laut aufschrie.

»Sieht mir nicht nach einem Bruch aus«, verkündete er. »Zerrung, würde ich sagen, oder heftige Verstauchung und eine Prellung an der Hüfte. Gibt einen schönen blauen Fleck.«

»Danke, Herr Doktor«, sagte ich, »und was raten Sie dem Patienten? Aufstehen und weghumpeln?«

»Papa ist Rotkreuzhelfer, er weiß, was zu tun ist«, meldete sich Justus zu Wort.
»Ist mir egal, ich bin dafür, den Notarzt zu rufen und einen Krankentransport in die nächste Klinik anzufordern.«
»Nicht ins Krankenhaus«, stieß Henry erschrocken hervor und begann, sich aufzurappeln. Lothar half ihm dabei und trug ihn eher, als dass er ihn im Gehen stützte, zur Burg hinüber. Henrys Atem pfiff vor Anstrengung, daran konnte ich ermessen, was für Schmerzen er leiden musste.
Ich nahm Henry den Schlüssel ab und machte die Tür auf. Natürlich trat ich auch als Erste ein und tastete nach dem Lichtschalter, die anderen kamen mir nach. In dem Moment hörte ich ein Geräusch. Eins von denen, die jeden sofort in Panik versetzen. Etwas kam direkt auf mich zu, dann wurde ich von etwas Schwerem angerempelt. Überrascht schrie ich auf, alle riefen durcheinander, und endlich hatte ich den Lichtschalter gefunden.
Es wurde hell.
Tobler riss seine Schnappmesserkiefer auf, direkt vor Lothars Bein.
»Tobler, nein!«, sagte Henry mild.
Tobler wich zurück, knurrte und fletschte die Zähne.
»Böser Hund«, sagte Meg, und das genügte, dass der Hund die Klappe zumachte.

»Warum willst du nicht ins Krankenhaus?«, fragte ich einige Zeit später.
Ich hatte den Schlüssel zur Burg behalten und sah noch einmal nach Henry. Zuvor hatte ich Meg und Justus ins Bett gesteckt – Justus in meins – und Lothar nach Hause geschickt. Er war ganz sicher, dass sich Henry nichts gebrochen hatte. Beruhigt war ich immer noch nicht.

»Das ist in meinem Alter lebensgefährlich«, antwortete Henry mit einem schwachen Grinsen.
»Du spinnst.«
»Ich weiß, was ich sage. Ich kenne zu viele, die im Krankenhaus verreckt sind, weil sie sich dort was eingefangen haben – das ist heute noch schlimmer als früher.«
Na ja, das kam mir doch ein wenig übertrieben vor.
»Du brauchst einen Arzt und anständige Pflege und Versorgung. Lothars Diagnose in allen Ehren – aber wir wissen nicht, wie viel er wirklich davon versteht.«
Lothar hatte Henrys Knöchel nochmals abgetastet und anschließend fachkundig mit kleingehacktem und in ein Handtuch gewickeltem Eis gekühlt, aber es war abzusehen, dass die Kühlung nicht sehr lange vorhalten würde. Henrys Bein brauchte vor allem Ruhe. Am Morgen wollte Lothar Kühlbeutel vorbeibringen, bis dahin sollte das Handtuch immer wieder in kaltem Wasser nass gemacht werden, das war nun meine Aufgabe.
»Bloß gut, dass es mich wieder an meinem Hinkebein erwischt hat«, sagte Henry tapfer.
»Ist das eine alte Verletzung?«, erkundigte ich mich.
»So alt auch wieder nicht. Eine Zerrung, die ich mir vor sechs Wochen zugezogen habe.«
Sechs Wochen? Etwa um die Zeit musste Tante Ella gestorben sein.
Tobler war bei uns. Er wirkte aufgeregt und besonders wachsam. Immer wieder ging er zur Tür, schnüffelte, knurrte leise und kam dann wieder zurück. Es war gleichzeitig beruhigend und besorgniserregend, ihm zuzusehen. Henry beobachtete ihn ebenfalls, kommentierte sein sonderbares Verhalten jedoch nicht.
»Ich versuche, jetzt ein wenig zu schlafen. Das heißt, du soll-

test das auch tun. Geh nach Hause, Carlo. Ich komme allein zurecht.«

Er schloss die Augen.

Nach Hause zu gehen war keine schlechte Idee, ich konnte vor Müdigkeit ja kaum noch klar denken. Ich sah mich um, die Schatten lichteten sich. Es musste gegen sechs Uhr sein. Henrys Schlafzimmer sah so aus, wie ich mir Schlafgemächer in altenglischen Landhäusern vorstellte: mit Mahagonimöbeln, Samtvorhängen und hübschen Stichen an den Wänden ausgestattet, Jagdszenen vor allem und der Darstellung einer hübschen jungen Frau, die verdächtig Lady Emma ähnelte. Das erinnerte mich an das Bild in der Bibliothek.

»Sag mal«, begann ich langsam, mir fiel vor Erschöpfung bereits das Sprechen schwer, »bist du eigentlich gut gegen Diebstahl versichert?«

Henry öffnete blinzelnd die Augen. Trotz meiner die Wahrnehmung beeinträchtigenden Müdigkeit sah ich, wie etwas in seiner Miene aufblitzte, bevor sie nur noch eine leichte Missstimmung angesichts der neuerlichen Störung verriet. Was war das gewesen? Vorsicht?

»Mach dir darüber keine Sorgen.«

»Tu ich aber. Ist mal bei dir eingebrochen worden?« Verdammt. Das war nun wirklich kein guter Zeitpunkt dafür, das anzusprechen. Aber Henry reagierte gelassen.

»Nicht mehr, seit ich Tobler habe.«

»Also ist eingebrochen worden?«, hakte ich nach.

»Nicht richtig, das müssen Deppen gewesen sein. Sie haben die Tür beschädigt, aber nicht öffnen können.« Henry bedachte mich mit einem gewitterschweren Blick. »Halt mich nicht für senil, ja? Das Haus ist gut gesichert, glaub mir das. Den Rest erledigt Tobler, der flößt den Leuten Furcht ein, dafür hab ich gesorgt.« Er starrte mich an.

»Okay«, sagte ich, »das hat er uns bewiesen, als wir dich nach Hause gebracht haben. Aber sooo schlimm war's auch wieder nicht. Er hat keinen von uns angefallen. Er ist ein netter Hund.«

Henry schüttelte den Kopf. »Er gilt als furchtbar bissig, obwohl er tatsächlich nur einmal einen Briefzusteller gebissen hat, der einfach durch die offene … Ach, lassen wir das.«

Ich blickte zu Tobler, der natürlich merkte, dass von ihm die Rede war. Er schnappte einmal mit hörbarem Klacken, um zu demonstrieren, wie gefährlich er in Wirklichkeit war.

»Du lässt also ab und zu deine gut gesicherte Haustür offen stehen. Hältst du das nicht für senil? Und wie steht's mit dem Bild von Lady Emma? Solche Bilder sind begehrt und gesucht, und in Fachkreisen ist bekannt, wo welches Bild hängt.« Ich hatte mich in Fahrt geredet.

Henry stützte sich ein wenig auf und lachte belustigt.

»Seit fast zweihundert Jahren gilt das Bild als verschollen. Glaub mir: Niemand weiß, dass es hier hängt.«

»*Ich* weiß es«, gab ich zu bedenken.

12

Meg und Justus weckten mich mit wunderbar duftendem Kaffee. Kurz nach sechs hatte ich Henry verlassen, mich hinüber in Tante Ellas Haus geschleppt und auf dem Sofa im Wintergarten langgemacht. Vorher hatte ich die Vorhänge zugezogen und im Wegduseln noch die phantastischen frühmorgendlichen Lichtverhältnisse genossen, die der rote Stoff schuf, da glühte etwas von einem wundersamen Orient aus Tausendundeiner Nacht auf und zog mich in schöne Träume. Kann sein, dass ich von Dieter geträumt hatte oder von Lothar, jedenfalls von Sex.

Irgendwo hämmerten Presslufthämmer, wenigstens einer davon in meinem Kopf.

»Erst zwei Aspirin«, murmelte ich, trank dann aber doch einen Schluck Kaffee, um die beiden nicht zu enttäuschen, und schlief einfach noch einmal ein.

Als ich wieder aufwachte, hantierte Edith geräuschvoll in der Küche, brachte mir ungefragt einen mit Zimt und Puderzucker bestreuten Apfelpfannkuchen an mein Lager, und Meg stellte Kaffee dazu. Ich aß und trank und erfuhr, dass Meg zusammen mit drei Eppings – nämlich Lothar, Justus und Edith – die Versorgung von Henry übernommen hatte.

»Und Tobler?«

»Lag unterm Bett und hat geknurrt«, antwortete Justus, »aber er hat keinen gebissen.«

So weit schien mir alles einigermaßen in Ordnung. Draußen in der Diele werkelte der vierte Epping seit einer halben Stunde im Klo, und Justus berichtete, dass das neue Kind seines Onkels wieder *nur* ein Mädchen war. Meg schrie ihn an, und

die beiden verzogen sich, um ungestört zu klären, ob man heute noch von neugeborenen Mädchen so geringschätzig reden durfte. Ich taumelte vom Sofa hoch und schleppte mich unter die Dusche. Irgendwann am Nachmittag ging ich zu Henry hinüber und fand ihn recht guter Dinge vor. Er war aufgestanden, um Tobler zu füttern, daran hatten die anderen nicht gedacht. Ich versprach, am Abend nach den beiden zu sehen, und Henry schien sich darauf zu freuen.
»Dann könnten wir zusammen den Wein trinken«, bot ich an und meinte die Flasche, die ich ihm anlässlich der Einladung zum Abendessen als Gastgeschenk mitgebracht hatte, »wenn du magst.«
Henry sah mich nur an.
»Die aus Ellas Keller«, legte ich nach.
»Nein, auf keinen Fall«, winkte er ab.
Etwas zu heftig, wie ich fand. Aber vielleicht hatte er ja vorerst genug vom Alkohol. Möglicherweise war an dem Sturz nicht nur das heranbrausende Auto, sondern auch der Cognac beteiligt gewesen, der seine Reaktionsfähigkeit herabgesetzt hatte. Nur konnte ich mir nicht vorstellen, dass er über Nacht reuig zum Abstinenzler geworden war. Das wollte ich schon genau wissen.
»Falls er dir nicht zusagt, bringe ich eine andere Flasche mit.«
»Überhaupt keine«, sagte er scharf. »Lass den Wein, wo er ist. Rühr ihn nicht an. Wenn du mit mir Wein trinken willst, ich hab selbst welchen.«
Das war doch interessant, nicht wahr?
»Wie du meinst«, lenkte ich ein.
Auf dem Rückweg dachte ich noch mal über die Angelegenheit nach. Es wurde wirklich Zeit, die Weinflaschen, die mir Ella hinterlassen hatte, einer genauen Prüfung zu unterziehen, allerdings ohne Henry durch entsprechende Nachfragen

in das Projekt einzuweihen. Er schien recht gut zu wissen, von welchem Kaliber Ellas Weinvorräte waren. *Grand Cru* hatte ich auf einem der fleckigen Etiketten gelesen, das weckte doch Hoffnungen. Grand Cru war weit von Liebfrauenmilch entfernt.

Zu Hause traf ich niemanden an. Das war mir recht.
Solange Meg und Justus sich außer Sichtweite hielten, konnte ich ungestört den Abfall in der Mülltonne durchwühlen. Mir war nämlich der Verdacht gekommen, dass in den Resten der Ratte, die Tobler ausgespuckt hatte, möglicherweise meine Diamantohrhänger zu finden waren. In den Turbulenzen der vorletzten Nacht mit Tobler in und auf meinem Bett und dem Herumspielen mit dieser toten Ratte mochte es passiert sein, dass die Dinger in dem blutigen Rattenfell kleben geblieben waren. So bizarr der Gedanke war, ich musste ihm nachgehen.
Es erforderte bereits Überwindung, das Ding überhaupt herauszufischen. Ich holte zwei Gabeln und machte mich an die Arbeit, aber die Gabeln konnte ich praktisch vergessen. In Ermangelung von Gummihandschuhen ging ich mit bloßen Fingern vor. Falls ich jemals eine Strafe verdient hatte, leistete ich sie dabei ab. Und peinigend kam hinzu, dass der Aufenthalt in der Mülltonne dem Rattenkadaver nicht gutgetan hatte. Ich beschaffte mir daher einen Eimer, füllte ihn halb mit Wasser, setzte Spülmittel und wegen der Bakterien einen Schuss Essig hinzu und warf das schmierige Fusselding, das von der Ratte übrig geblieben war, hinein. Mir wurde schlecht, während meine Finger eklig weiche Teile untersuchten. Nach einer halben Stunde gab ich auf. Gefunden hatte ich in der trüben Brühe ohnehin nichts. Nichts, was sich wie die Ohrhänger anfühlte. Blieb nur die Vermutung übrig, dass sich die

Ohrhänger gerade auf dem Weg durch Toblers Verdauungsapparat befanden. Was war da zu tun?
Hundescheiße fand ich schon in Berlin nicht attraktiv. Aber eine Hundewurst, gespickt mit grünen Diamanten? Über den Punkt kam ich nicht hinweg. Ich hätte Tobler längst unter Beobachtung halten müssen. Ihn jetzt noch von Henrys Krankenlager wegzuzerren erschien mir aus verschiedenen Gründen nicht durchführbar.
Da ich die Gelegenheit für günstig hielt, rief ich meine Mutter an, aber sie meldete sich nicht. Es war später Nachmittag. Eigentlich hätte sie beim Kochen sein müssen, denn mein Vater aß abends gern etwas Warmes. Möglicherweise trafen sie sich in der Stadt zum Essen, das taten sie manchmal. Ich würde es später noch einmal probieren.
Als Meg und Justus sich wieder blicken ließen, wirkten sie so mürrisch, als hätten sie gestritten.
»Was soll ich uns zum Abendessen machen? Sollen wir uns Pommes frites holen?«, versuchte ich die Stimmung aufzuhellen. Henry hatte mir angeboten, seinen Wagen zu benutzen, und mir auch gleich die Schlüssel ausgehändigt.
»Nö«, sagte Meg und ging an uns vorbei.
»Oben auf dem Dachboden steht jede Menge Kram«, sagte Justus, »aber Meg wollte nicht, dass wir noch mal durchs Fenster reinsteigen und nachsehen. Schade, hätte ich gern gemacht.«
Er zog einen Flunsch.
Ach ja, der Dachboden. Den hatte ich aus den Augen verloren, fand es aber sehr vernünftig von Meg, Justus davon abzuhalten, sich dort umzutun. Nach allem, was an Sonderbarkeiten über Tante Ella zutage gekommen war, hatte ich etwas dagegen, wenn Außenstehende bei weiteren Entdeckungen dabei waren. Der Sache nachgehen mussten wir natürlich,

später, sobald wir allein waren. Oder noch besser, wenn *ich* allein war. Es musste einen Zugang zum Dachboden geben, der nicht über die Aluleiter und das Fenster führte. Nur wo?
Justus sah die Tür an, durch die Meg verschwunden war.
»Ich hätte gern Pommes«, sagte er sehnsüchtig.
»Ein andermal«, wehrte ich ab.
»Was gibt es denn dann?«
»Ich bin dafür, du gehst nun nach Hause und unterhältst dich mit deinem Vater über dieses und jenes. Schlägt er dich öfter?«
Justus blinzelte überrascht. »Nö.«
»Wirklich, gar nicht?«, hakte ich in Erinnerung an Lothar nach, der weit mit der Hand ausholte. Das würde ich so leicht nicht vergessen.
»Mama hat mich geschlagen«, sagte Justus traurig, »und Papa war deswegen böse mit ihr.«
»Das war völlig richtig von ihm.«
»Nicht, wenn sie deswegen böse auf mich war und abgehauen ist«, gab Justus zu bedenken. Es versetzte mir einen Stich, wie leicht Kinder die Fehler Erwachsener auf sich beziehen.
Ich nahm Justus in den Arm und strubbelte ihm durchs Haar. »Du bist wirklich blöd, weißt du. Dass deine Mutter euch verlassen hat, hat überhaupt nichts mit dir zu tun. Das ist eine Sache zwischen ihr und deinem Vater.«
Getröstet wurde er eventuell mehr durchs Abendessen als durch meine Worte, denn ich machte unsere letzte Pizza heiß, und er aß sie fast allein auf. Meg ließ sich nicht blicken. Noch beim Essen rief ich Lothar an und bat ihn, seinen Sohn abzuholen. Ich wollte sicher sein, dass er heil zu Hause ankam und nicht spontan wieder auf die Flucht ging.
»Wir sprechen uns noch mal«, sagte ich beim Abschied drohend zu Lothar. »Es gibt da einiges, was ich dir sagen will.«

Das Gesicht, das er machte, glich nun sehr dem seines Sohnes, halb traurig, halb schicksalsergeben, aber auch irgendwie befriedigt bei der Erkenntnis, es kümmerte sich jemand um ihn.

»Soll ich später noch mal kommen, wenn Justus schläft?«, fragte er mit gedämpfter Stimme und sah seinem Sohn nach, der bereits zum Auto ging. Hörte ich da etwas mehr heraus als Gesprächsbereitschaft? Die Epping-Jungs waren in einer Hinsicht ganz schön ausgeschlafen. Denn die ließen sich eine günstige Gelegenheit auf ein paar Streicheleinheiten bis hin zum Sofasex nicht so leicht entgehen.

»Nicht heute«, beschied ich ihn.

Nachdem Lothars Auto unseren Vorplatz verlassen hatte, kam Meg zu mir herunter.

»Ist er endlich weg?«, fragte sie.

Ich ging nicht darauf ein. »Du kannst ruhig wieder raufgehen. Ich werde jetzt ein wenig arbeiten.«

Meg lehnte sich mit dem Rücken an den Küchentresen und sah an mir vorbei. »Ich habe über den Dachboden nachgedacht. Der Zugang muss bei dir im Zimmer sein, da bin ich mir sicher. Sollen wir jetzt nachsehen?«

Meg hatte mich kalt erwischt. Ich fieberte geradezu danach, mich auf Entdeckungstour zu begeben – allerdings ohne sie. Aus Erfahrung wusste ich jedoch, dass sie die Suche auf jeden Fall in Angriff nehmen würde. Noch an diesem Abend. Sie hatte mir nur aus lauter Höflichkeit die Chance einräumen wollen, dabei zu sein. Jetzt störte uns niemand mehr, weder Lothar noch Justus.

»Schön, schauen wir halt zusammen nach«, sagte ich ergeben.

Als wir die Diele durchquerten, blieb Meg auf einmal stehen. »Es fehlen achtzehn Flaschen im Keller.«

»Was?« In Gedanken war ich schon auf dem Dachboden und

auf die Geheimnisse konzentriert, die uns dort erwarteten.
»Was soll das denn jetzt?«, legte ich ärgerlich nach. Ich war mir noch nicht im Klaren darüber, wie ich reagieren sollte, wenn wir auf brisante Dinge stießen. Vielleicht kiloweise Hasch? Was dann? Sollte ich Meg weismachen, das sei gepresstes Heu für Kaninchen?
»Ich hab sie gezählt«, ergänzte Meg. »Es fehlen achtzehn Weinflaschen.«
»Das ist nicht wichtig«, brummte ich, hakte aber dann doch nach: »Wann hast du sie gezählt?«
»Als wir mit dem Maklerheini unten waren, und heute Nachmittag noch mal. Ich bin kurz mit Justus im Keller gewesen. Er wollte sehen, ob es einen Gang vom Keller zu Henrys Haus gibt.«
Ich schwieg überrascht. War das möglich?
»Gibt es nicht.«
»Das glaube ich auch nicht.«
Nun, vielleicht war der Gedanke doch nicht so abwegig. Henrys Reaktion auf die Flasche, die ich ihm mitgebracht hatte, war ja etwas sonderbar gewesen.
»Hast du die Flasche mitgezählt, die wir als Gastgeschenk für Henry mitgenommen haben?«
»Klar.«
Aber da waren noch die zwei, die ich mit Dieter geleert hatte. Da blieben immer noch sechzehn übrig, die fehlten. Es stellte sich schon die Frage, wie die verschwinden konnten.
Meg stand abwartend da. Sollten wir zuerst in den Keller gehen? Das eigenartige Gefühl streifte mich, dass sich viel zu viele Dinge um mich herum taten, die ich nicht überblicken konnte, und dass wir in diesem Haus allerhand lauernden Gefahren ausgesetzt waren. Geheime Gänge, Geheimtüren, heimliche Depots von ... Vielleicht war in einigen Flaschen

gar kein Wein, sondern flüssiger Sprengstoff? Angewidert von meiner abwegigen Phantasie schüttelte ich den Kopf.

»Wir kümmern uns später darum. Du zeigst mir, wo die Flaschen fehlen. Oder weißt du es nicht?«

Meg hätte mir aus dem Stand eine Zeichnung der Kellerregale anfertigen können und jede einzelne Flasche einzeichnen, und zwar vor dem Diebstahl und nach dem Diebstahl. Sie sparte sich die Antwort auf meine idiotische Frage und lief die Treppe hoch.

Aber sie hatte keine Etiketten gesehen, da die Flaschen in rautenförmigen, mit Stroh ausgepolsterten Fächern lagen.

»Warte, Meg.« Mir war noch etwas eingefallen. »Erinnerst du dich an den Wagen, der Henry beinahe überfahren hat? Hast du ihn gesehen?«

»So gut wie du, Mom. Er hatte kein Licht an.«

Da war wohl nichts zu erhoffen, was uns bei der Identifizierung weiterhalf.

Meg riss die Tür zu Tante Ellas altem Schlafzimmer auf, das nun meins war. Das Bettzeug lag so durcheinander auf dem Bett, wie Justus es hinterlassen hatte. Ordentlich war der Junge nicht gerade. Aber das konnte man von einem Kind seines Alters kaum erwarten. Hatte ich ernsthaft erwartet, er würde das Bett abziehen und die gebrauchte Wäsche ordentlich zusammenfalten? In einer Ecke lag das T-Shirt, das ich ihm als Nachthemd geliehen hatte. Ich kickte es beiseite und betrachtete den großen Kleiderschrank. Er stand direkt vor der Wand, hinter der sich der Dachboden befinden musste. Hier konnte der Zugang nicht sein. Meg machte die Türen auf und schob die Kleider beiseite, während mir aufging, warum sie das tat. Weil aber der Schrank so gut gefüllt war, warfen wir schließlich Ellas Sachen einfach in einem wirren Haufen aufs Bett. Ich war froh, dass Doris mit ihrem fast manischen Verhältnis zu Kleidern das nicht sah. Sie hätte einen Anfall bekommen.

Gemeinsam betrachteten Meg und ich die Rückwand des Schranks, klopften sie ab und suchten nach verborgenen oder gut getarnten Riegeln. Es gab keine. Die Rückwand bestand aus Feldern mit schmalen Rahmenleisten, aber ohne verdächtige Unregelmäßigkeiten. Ich überlegte, ob uns ein Bohrhammer oder eine Brechstange nützlich wäre. Bestimmt! Allerdings hatten wir weder das eine noch das andere. Dennoch brach ich in Gedanken die Rückwand gewaltsam auf, so sehr nervte es mich, dass wir nicht weiterkamen.

Ich fühlte mich wie ein Skandaljournalist auf einer heißen Fährte und dachte nicht mehr darüber nach, dass ich noch vor einer Woche Bedenken gehabt hatte, Ellas Sachen auch nur *anzuschauen.*

»Hat Justus noch mal erzählt, was er auf dem Dachboden gesehen hat?«, erkundigte ich mich.

Meg ließ sich mitten in den Kleiderhaufen auf das zerwühlte Bett fallen.

»Drei Mal, Mom, als ob ich bescheuert wäre und mir nichts merken könnte.«

Mühselig fasste ich mich in Geduld und formulierte die Frage um. »Und was hat er gesehen?«

»Große Koffer«, sie hielt inne, »er wusste aber nicht, wie viele, es war ja ziemlich dunkel«, setzte sie hinzu, und ich erriet, wie sehr die ungenaue Angabe sie nervte. »Stühle, ein Sessel und …«, sie dachte nach, »… ein Tisch mit Schubladen. Er hat gesagt: *so ein Tisch mit Schubladen.* Was soll das heißen, so ein Tisch mit Schubladen?«

»Ein Schreibtisch?«

Meg verdrehte die Augen. »Warum sagt er es dann nicht?«

Eigentlich genügten die Angaben bereits. Der Tisch konnte

unmöglich durch das kleine Fenster auf den Dachboden gelangt sein. Denn das Fenster war nicht viel größer als das im Klo, da passte Justus hindurch, kein Tisch, ganz gleich, wie zierlich er war.
Geistesabwesend zog Meg einen Seidencardigan in einem seltenen Farbton zwischen Himbeere und Orange unter ihrem Hintern hervor, dabei gab es ein Geräusch, als ob der Stoff reiße.
Kurz überlegte ich, ob es nicht besser wäre, Meg von den Kleidern herunterzuzerren und sie eins nach dem anderen wieder sorgfältig aufzuhängen, schließlich wollte ich sie zu Geld machen. Das ging schlecht mit aufgerissenen Nähten oder anderen Schäden. Aber ich konnte mich nicht dazu durchringen. Die teuren Sachen waren mir im Moment gleichgültig, ich musste auf diesen Dachboden.
Und zwar jetzt. Vielleicht hatte ich morgen nicht mehr den Mut dazu.
Was hatte Ella bewogen, den Dachboden als Geheimdepot einzurichten? Und was hatte sie sich dabei gedacht, keinerlei Hinweise auf einen Zugang zu hinterlassen, als sie das Testament verfasste? Es gab keinen Brief an mich, keinen an meine Mutter, nur dieses Testament mit seinen knappen, nüchternen Angaben, die nicht von Zuneigung sprachen. Ella musste sich von uns sehr alleingelassen gefühlt haben.
Zurückgewiesen, unbeachtet von ihren nächsten Verwandten hatte sie eine Verfügung über ihr Eigentum getroffen und sich damit einer letzten bitteren Pflicht gestellt.
Jetzt plagte mich das schlechte Gewissen.
Sie hatte das Testament genau einen Monat vor ihrem Tod unterzeichnet.
Ich wurde aus all dem nicht schlau. Nicht aus den Briefen, die sie als Erpresserin brandmarkten, nicht aus ihrer Beziehung

zu Henry, obwohl es ja scheinbar leicht war, aus einigen seiner Bemerkungen Schlüsse zu ziehen, und schon gar nicht aus der zu meiner Mutter oder zu mir.
Am Nachmittag war ich noch mal bei Henry gewesen. Er hatte von mir wissen wollen, wann Ella die Hypotheken aufgenommen hatte und die genauen Summen. Zunächst hatte ich eine Auskunft verweigert, weil ich davor scheute, ihn mit meinen Schwierigkeiten zu belasten, und auch um ihn aus meinen Angelegenheiten herauszuhalten – trotz aller Indizien, dass das kaum noch möglich war. Bei unserer kurzen Bekanntschaft war das eigentlich erstaunlich. Allerdings nicht mehr so sehr, wenn man bedachte, dass ich ja bloß den gleichen Fehler begangen hatte, der mich schon früher in Schwierigkeiten gebracht hatte: mich mit jemandem anzufreunden, bevor ich seine charakterlichen Eigenheiten wirklich kannte. Wenn es bisher bloß darum gegangen war, ob mein neuer Bekannter ein Langweiler, eine Klette oder ein Erbsenzähler war, so hatte ich mich in diesem Fall mit ganz anderen Optionen herumzuschlagen: Henry war nett, aber undurchsichtig. Auch mancher Massenmörder oder Kinderschänder soll ja im persönlichen Umgang mit Nachbarn und der eigenen Familie recht nett gewesen sein.
Weil Henry mehrfach auf das Thema Hypotheken zurückkam, hatte ich ihm schließlich voll innerer Vorbehalte Auskunft erteilt.
»Ich frage mich«, hatte ich hilflos geendet, »wieso sie auf einmal so viel Geld gebraucht hat. Nur für diesen Wintergarten? Kann ich mir nicht vorstellen.«
Henry sah versonnen aus dem Fenster. Er lag auf einer altmodischen Chaiselongue vor dem Bett, den Fuß dick bandagiert, aber die Verstauchung schien ihm keine großen Schmerzen mehr zu bereiten. Nur wenn er sich unabsichtlich bewegte, verzog er schmerzhaft das Gesicht.

»Sie hat an der Börse spekuliert, musst du wissen«, erklärte er mir schließlich. »Meist erfolgreich, aber im großen Crash im Jahr 2000, als die *New Economy* baden ging, muss sie eine Menge verloren haben, sie hat mir nie sagen wollen, wie viel. Und ich denke, sie hat Geld verspekuliert, das sie sich nur zu dem Zweck, auf leichte Weise Gewinn zu machen, bei der Bank geliehen hat. Ich hab sie davor gewarnt, den gleichen Fehler wie all die Idioten zu begehen, die noch 1999, kurz vor dem absehbaren Crash, an der Börse reich werden wollten. Aber sie war unbelehrbar.« Letzteres sagte er voller Zorn.

»Und? Hast du auch Geld verloren?«

Es war ein Schuss ins Blaue. Aber anscheinend hatte ich ins Schwarze getroffen, denn Henry bewegte sich unruhig und schrie leise auf. »Dieser verdammte Fuß«, stöhnte er.

»Ich dachte, er macht dir keine Probleme mehr?«, erkundigte ich mich spitz. »War das gelogen?«

Mein Mitleid hielt sich in Grenzen.

Die beiden Alten hatten also munter spekuliert, der eine immerhin mit einer gewissen Vorsicht.

Die Auswirkungen von Ellas Leichtsinn hatte nun ich auszubaden und musste dringend Geld auftreiben, damit man mir das Haus nicht unterm Hintern wegpfändete. Deshalb saß ich hier und starrte den Schrank an in der vergeblichen Hoffnung, dass sich dahinter eine Schatzkammer verbarg.

Meg stand auf und näherte sich erneut dem Schrank. Er war durch Zwischenwände unterteilt und hatte insgesamt fünf Türen, die letzte war eine Doppeltür. Hinter dieser hatten nur Kleider gehangen, daher gab es unten keine Schubladen oder offenen Fächer für Schuhe oder Handtaschen. Diese ganze Nische, in die der Schrank eingepasst war, mutete eigentlich seltsam an. Warum gab es hier überhaupt eine Nische? Ich grübelte noch darüber, da nahm Meg zwei Kleider, die wir hängen gelassen hatten, von der Stange und legte die Seitenwand frei. Wir brauchten weitere zehn Minuten, um herauszufinden, dass die Wand als Schiebetür zum Dachboden funktionierte. Und sie war recht breit, da der Schrank ungewöhnlich tief war. Nachdem wir die Tür aufgeschoben hatten, ging mir auf, was für eine genial einfache Konstruktion das war – man musste nur darauf kommen.

Es gab allerdings kein Licht auf dem Dachboden, und durch das Fenster fiel nur wenig herein. Entschieden zu wenig für eine gründliche Durchsuchung, denn es dämmerte bereits. Also mussten wir erst einmal für Beleuchtung sorgen.

Meg suchte unten im Haus Kerzen zusammen, ich ging hinaus zum Auto und holte die starke Taschenlampe, die ich für Notfälle immer dabeihabe.

Justus hatte sich das Gerümpel auf dem Dachboden recht gut eingeprägt. Meg klebte zwei Kerzen auf den kleinen Tisch mit den Schubladen, der zweifelsfrei ein Schreibtisch war. Danach machte sie in dem schummrigen Licht einen großen alten Koffer nach dem anderen auf, und ich sah ihr dabei seltsam benommen zu.

Nur ein Mal in meinem Leben hatte ich bislang Mottenkugeln gerochen. Das war im Haus meiner Großmutter gewesen, die daran festhielt, damit ihre Wintersachen zu präparieren, obwohl es längst Mittel gab, die nicht das ätzende Aroma von chemischen Waffen verbreiteten. Wenn ich eine Motte gewesen wäre, wäre ich bei dem Gestank bestimmt tot umgefallen. Jetzt roch ich ihn wieder und musste daran denken, dass dieser Geruch symptomatisch für das unselige Verhältnis zu meiner Großmutter, Tante Ellas Schwester, gewesen war: Ich konnte mich anstrengen, wie ich wollte, ich machte immer etwas falsch und fühlte mich bei ihr wie ein lästiges Insekt.

Die Koffer enthielten alte Bühnenkostüme und ausgelatschte

Schuhe. Schon ein flüchtiger Blick verriet mir, dass mit dem Plunder trotz der Einmottung kein Geld zu machen war. Meg breitete ein paar Kostüme auf dem Boden aus, und wir sahen uns die aufgenähten Perlen und Strassklunker an. Nichts Echtes, das war selbst bei der schlechten Beleuchtung zu erkennen. Was die wenigen Möbel betraf, bot sich außer Verbrennen nichts an. Wir standen auf einem Dachboden, der genau zu dem diente, wozu er sich bestens eignete: Gerümpel aufzunehmen, von dem man sich noch nicht trennen konnte, das man aber gern vergaß, um sich auf lange Sicht nicht damit befassen zu müssen.

Wie verzweifelt ich auf einen richtigen Schatz gesetzt hatte, merkte ich an meiner Enttäuschung, die mir wie drei Kilo Blei in den Magen plumpste.

Inzwischen hustete Meg erbärmlich.

»Meg, geh zurück ins Zimmer, die staubige Luft hier ist nichts für dich. Und diesen Plunder brauchen wir uns auch nicht weiter anzusehen. Der ist nichts wert.«

Meg war wohl ebenso enttäuscht wie ich. Sie hockte sich auf einen der Koffer, den sie zugeschlagen hatte, und starrte düster vor sich hin.

»Das ist blöd, was? Und ich dachte, sie hat ihren Schmuck hier versteckt«, sagte sie, und ein Hauch von Verzweiflung klang in ihrer Stimme auf, den ich nicht hören wollte.

Kein Geld hieß: kein Schottland. Das Dumme war, dass mir diese Folgerung irgendwie recht war, obwohl wir nichts so dringend benötigten wie Geld.

»Komm, gehen wir zurück und räumen den Schrank wieder ein.«

Mir war nun klar, dass der Geheimzugang so geheim gar nicht war: Zuerst war da nur eine Tür zum Dachboden gewesen. Die musste natürlich in irgendeiner Form erhalten bleiben, als

Ella den Schrank einbauen ließ. Ich ließ meinen Blick über die jämmerlichen Besitztümer schweifen, die Ella hier deponiert hatte, und fragte mich, ob sie gelegentlich die Bühnenkostüme aus den Koffern geholt hatte, um in Erinnerungen zu schwelgen.
Besonders erinnerungsselig war sie mir allerdings nicht vorgekommen. In den ganzen drei Wochen, die ich als Kind hier verbracht hatte, hatte sie nie von der Vergangenheit gesprochen. Wenn sie mir von ihren Opernauftritten etwas vorgeschwärmt hätte, hätte ich das gewiss nicht vergessen. Auch die Kostüme hatte sie mir nie gezeigt. Warum eigentlich nicht?
Die Kerzen auf dem Schreibtisch flackerten, das hieß, es zog hier durch die Dachpfannen. Falls eine der Kerzen umkippte, konnte das Haus ganz schnell abbrennen. Wie war das noch mal mit den Versicherungspolicen? Hatte Tante Ella eine Brandschutzversicherung? Wahrscheinlich hatte die Bank darauf bestanden, bevor sie die Hypothekenverträge mit ihr abschloss. Ein schönes Feuer, und ich brauchte nicht länger in Ellas Vergangenheit auf Spurensuche zu gehen oder mir Hoffnung auf verborgene Schätze zu machen.
Den Schreibtisch hätte ich nicht im Wohnzimmer haben wollen. Die Platte war zerkratzt und fleckig, und in die drei mickrigen Schubladen passte kaum etwas hinein. Zwei davon waren leer, eine enthielt einen Schnellhefter aus verblichener blauer Pappe. Als ich ihn aufschlug, fiel mein Blick auf ein Schriftstück, das ich erst als offizielles Dokument identifizierte, nachdem ich eine Weile darauf gestarrt hatte.
Es war kein weiteres Testament, nein, das nicht, hatte aber die gleiche Sprengkraft. Es änderte nämlich alles, was ich bisher geglaubt und für selbstverständlich gehalten hatte. Man könnte auch sagen, es zog mir den Boden unter den Füßen weg.

»Was hast du gefunden?«, fragte Meg und trat hustend neben mich.
Ich merkte, wie ich blicklos vor mich hinstarrte, den Schnellhefter aufgeschlagen in der Hand. Es kostete mich eine ungeheure Anstrengung, ihn zu schließen, scheinbar achtlos zurück in die Schublade zu werfen und diese zuzuschieben. Die ganze Zeit stand ich gleichsam neben mir.
»Komm, gehen wir«, sagte ich mit heiserer Stimme, war aber froh, überhaupt etwas Verständliches von mir geben zu können. Ich würde warten, bis Meg eingeschlafen war, und mir dann den Schnellhefter holen.

»Setz dich nie wieder auf Tante Ellas Sachen«, mahnte ich Meggie, während wir den Schrank einräumten und ich so tat, als regte ich mich über die Knitterfalten auf. »Die müssen nun alle aufgebügelt werden.«
»Jetzt?«
Meg wusste, dass ich fürs Bügeln wenig übrighatte, wobei sie an Zeit dachte, nicht an eine emotionale Komponente.
»Nein, nicht jetzt, aber bald.«
Ließ sie sich wirklich täuschen? Als ich sie ins Bett schickte, folgte sie widerspruchslos, und ich war froh, nun Zeit zum Nachdenken zu haben. Dringender als zuvor musste ich mit meiner Mutter sprechen, hatte aber die gleiche Lust dazu, wie mit bloßer Hand ein glühendes Eisen anzufassen.
Was, fragte ich mich, war da nur zwischen uns allen so grundlegend schiefgelaufen? Ließ sich das jemals aufklären? Hoffnungslosigkeit und Verzweiflung überkamen mich.
Dann fiel mir ein, dass ich Henry versprochen hatte, noch mal bei ihm vorbeizuschauen. Wie hatte ich das vergessen können? Ich warf einen Blick auf die Uhr. Schon nach elf. Nach einigem Zaudern rief ich bei ihm an. Er ließ mich gar nicht

ausreden, als ich mit flacher Stimme meine Entschuldigung vorbrachte, und versicherte mir sofort, dass es ihm besser ginge und ich mir keine Sorgen um ihn zu machen brauche. Unsere Verabredung habe er auch gar nicht als so bindend aufgefasst. Das war lieb von ihm, dass er sich solche Mühe gab, mich von meinen Gewissensbissen zu entlasten. Echt englischer *gentleman* eben. Aber was sein Wohlergehen betraf, war ich nur teilweise beruhigt.

»Was ist mit Schmerzen?«

»Sind auszuhalten«, knurrte er gedämpft.

»Soll ich dir Aspirin rüberbringen?«, fragte ich. Aspirintabletten stellten für mich ein Allheilmittel gegen sämtliche Wehwehchen vom morgendlichen Kater bis hin zur depressiven Verstimmung dar. Nur gegen meine jetzige würden sie nichts ausrichten.

»Nein! Gute Nacht.«

Er hatte aufgelegt.

Als Nächstes musste ich bei meinen Eltern anrufen. Dringend sogar. Der Anruf duldete keinen Aufschub, selbst um elf Uhr abends nicht. Ich hatte das Handy auf Ellas Schreibtisch gelegt, neben meinen Laptop, und starrte es unverwandt an, während ich mir das Hirn zermarterte. Wie sollte ich die überfällige Auseinandersetzung mit meiner Mutter beginnen? Verdammt noch mal, ich wusste es nicht.

Ich klappte den Laptop auf und checkte meine Mails. Ein neuer Auftrag und ein großzügiges Angebot für meine Vorhänge waren darunter. Letzteres hätte mich normalerweise vor Freude vom Stuhl gefegt, jetzt weckte es nur eine vage Erleichterung. Daran merkte ich, dass die Ablenkung, die ich gerade suchte, nur zum Teil funktionierte. Doris hatte mir eine ihrer üblichen Mails geschickt, das hieß, sie hatte mir eine Menge eigentlich belanglosen Klatsch berichtet, ihn aber der-

maßen aufgehübscht, dass ich vermutete, sie hatte Gras geraucht, bevor sie das schrieb.
Und sie wollte dringend wissen, was sich in Sachen Schatz – sowohl aus Gold und Silber als auch aus Fleisch und Blut – getan hatte. Sie machte mir heftige Vorwürfe, weil ich mich so zugeknöpft gab, was sonst gar nicht meine Art sei, und zum Schluss drohte sie damit, nach Nienborg zu kommen.
Das musste ich verhindern.
Ich überlegte, ob ich meinen One-Night-Stand mit Dieter in einer meiner meist im Halbschlaf verfassten Mails erwähnt hatte. Saftige Einzelheiten über gelungenen Sex heiterten Doris mehr auf als eine Runde Poker mit drei Assen auf der Hand. Ich begann zu schreiben und machte vom Sex mit Dieter einen Schwenker zu Henry und seiner Burg, zurück zu Dieter und von ihm zu Lothar. Lauter halbgares Zeug in halben Sätzen. Längst flimmerten mir die Zeilen vor den Augen, und in meiner rechten Hand entwickelte sich ein völlig untypischer Krampf. Zum Schluss tat ich dass einzig Richtige: Ich klickte auf Löschen. Aber das ging schief. Um es kurz zu machen: Ich hatte die Mail abgeschickt.
Mir sank das Herz bis weit unter die Gürtellinie.
Es war bereits zwölf Uhr durch, als ich endlich zu Hause anrief. Nach dem fünfundzwanzigsten Klingeln meldete sich jemand und blaffte »Ja?« ins Telefon.
Eigentlich hätte ich jetzt auflegen sollen.
»Papa?«
»Was zum Teufel … Ist was passiert?«
»Bist du's, Papa?«, fragte ich noch mal nach, um sicherzugehen. Seine Stimme klang ungewöhnlich barsch.
»Himmel, Carlo, sag endlich, was passiert ist.«
»Ich wollte Mama sprechen.«
Zwölf Uhr nachts war nicht die richtige Zeit, um meine Mut-

ter anzurufen, deren Hirn ab elf Uhr abends nur noch auf Sparflamme lief. Das wusste ich natürlich nur zu gut und wollte es für mich ausnutzen.
»Warum? Gibt es einen besonderen Grund dafür?«
Viele, sehr viele, dachte ich, aber dir erzähl ich's nicht. Du würdest sie vorwarnen.
»Muss ich einen besonderen Grund dafür haben? Und wenn ja, welchen?«
»Bist du wieder schwanger?«
Mir fiel beinahe das Telefon aus der Hand. Wie kam er denn darauf?
»Nein, mach dir keine Hoffnung. Also, kann ich Mama sprechen? Ich rufe so spät an, weil ich den ganzen Tag so viel zu tun hatte.«
»Helen ist nicht da«, antwortete mein Vater und gähnte so, dass ich seine Kiefergelenke knacken hörte. »Und falls es dich interessiert: Du hast mich geweckt. Ich muss morgen vier Backenzähne mit verdrehten Wurzeln ziehen, das ist eine Feinarbeit, die von den Scheißkrankenkassen nicht mal anständig bezahlt wird. Um die Sache halbwegs hinzukriegen, muss ich ausgeruht sein.«
Ich fühlte mich seltsam bedrückt, mein Vater war, ohne es zu ahnen, sehr weit von mir weggerückt.
»Und? Kommt sie irgendwann wieder?«
Er stutzte und antwortete mir mit einiger Verspätung. »Wir haben keine Ehekrise, falls du das meinst. Deine Mutter ist für drei Tage ins Sauerland gefahren, eine Freundin besuchen. Sie hat seit gestern Ferien. Also, was willst du ihr erzählen, was ich nicht wissen soll?«
Er war mit Recht verärgert. Schließlich hatte ich ihn geweckt, aber ich hatte den Eindruck, dass ihn darüber hinaus etwas aufbrachte. Es war ein merkwürdiges Gespräch.

»Ich hab nur fragen wollen, wann euch Tante Ella das letzte Mal in Düsseldorf besucht hat.«
Diesmal dehnte sich die Pause noch länger aus.
»Was meinst du damit, das letzte Mal?«
»Das frag ich dich. Und war Henry dabei?«
»Schätzchen, worüber sprechen wir hier eigentlich?«, erkundigte er sich vorsichtig. Dass er nicht wie gewohnt geradeheraus redete, ging mir an die Nieren. Ich hatte ihn nie für einen Geheimniskrämer gehalten und immer volles Vertrauen zu ihm gehabt.
»Über meine Großtante Ella, die euch ab und zu in Düsseldorf besucht hat. Ihr habt mir nie etwas davon erzählt. Warum eigentlich nicht? War das ein Geheimnis?«
Früher war Ella nie zu uns nach Düsseldorf gekommen. Zumindest konnte ich mich an keinen Besuch von ihr erinnern. Hatte sich meine Mutter womöglich heimlich mit ihr getroffen?
Meine Großmutter war kurz nach meinem dreizehnten Geburtstag gestorben, meine Mutter fuhr allein zur Beerdigung und nahm mich einige Wochen später zu Tante Ella mit. Ich hatte ja keine Ahnung, dass da die große Geheimniskrämerei längst in vollem Gang war, alle machten sie mit, bloß ich war als die Dumme ausgeschlossen.
Mittlerweile stand ich im Wintergarten und blickte hinaus. Auf der Wiese leuchtete etwas auf. Ein wandernder Lichtpunkt bewegte sich durchs Gras. Da klaute doch wohl keiner eins von Lothars Schafen, um für eine Grillparty frische Steaks zu organisieren?
»Warum fragst du mich das um diese Uhrzeit?«, stöhnte mein Vater auf. »Ja, die alte Ella war irgendwann hier, ich glaube, Anfang März. Mit diesem adligen Herrn aus dem Nachbarhaus, der hat sie hergefahren, wollte aber nicht mit reinkom-

men und ist draußen im Auto sitzen geblieben. Ella war nicht lange da, sie kam ja auch überraschend. Sonst noch was? Kann ich wieder schlafen gehen?«

Er wusste Bescheid, begriff ich nun, wollte mir aber nichts sagen. Nicht die volle Wahrheit, eine Teilwahrheit hatten sie mir ja ein knappes halbes Jahr nach meinem Besuch hier bei Ella verraten, allerdings auch nur, weil die Umstände sie dazu zwangen. Er hielt zu meiner Mutter, und ich fühlte mich noch bedrückter und verratener als vorher, verraten jetzt auch von ihm.

Der Lichtpunkt wanderte immer weiter.

»Ja, geh schlafen«, knurrte ich, »ich muss jetzt sowieso Schluss machen. Da klaut einer gerade ein Schaf.«

Als ich durch eine der Wintergartentüren nach draußen hastete, war der Lichtschein verschwunden. Es herrschte pechfinstere Nacht. Ich stand im Nieselregen und fürchtete mich. Drinnen hörte ich das Telefon klingeln, aber ich ging nicht ran. Später stellte ich fest, dass mein Vater versucht hatte zurückzurufen. Er versuchte es nochmals um eins und ein letztes Mal um zwei.

Hoffentlich versaute er am nächsten Tag nicht die Operation.

13

Zwei Tage später war das Klo fertig. Das hieß, es war wieder benutzbar, allerdings sah der Raum ohne Kacheln an den Wänden so deprimierend wie nach einem Bombeneinschlag aus. Dieter ließ sich am späten Vormittag wieder einmal blicken, lustlos wählte ich unter seinen Augen Fliesen aus. Ich entschied mich für schlicht weiße. Er sagte etwas von Desinfektionsweiß und Krankenhaus, aber davon ließ ich mich nicht beeindrucken, bis mir aufging, dass er übergangslos von seiner Frau sprach. Es ging ihr nicht sehr gut, und das bedrückte ihn. Da er die ganze Zeit nicht versuchte, mir an die Wäsche zu gehen, glaubte ich ihm ausnahmsweise. Also gossen wir in Ermangelung von Cognac als Geschmacksverstärker einen Schuss Rum in unseren Kaffee, und ich erzählte ihm von dem wandernden Licht auf der Wiese. Aber von Meg wusste ich bereits, dass keins von den Schafen fehlte, sie hatte sie mit einem Blick gezählt. Während ich davon berichtete, ging mir auf, wie sehr diese Lichterscheinung mich unterschwellig beschäftigte, wobei ich nicht hätte sagen können, warum. Sie war ein Puzzleteil in einem gruseligen Bild, zu dem die menschlichen Reste im Gurkenbeet gehörten sowie das nächtliche Geschleiche durchs Haus, der dunkle Wagen, der Henry beinahe über den Haufen gefahren hätte, und die seltsamen Briefe von Ellas Liebhabern und weitere Details, die mir gerade nicht einfielen. Jedes Detail war für sich genommen schon verstörend, aber was mich vor allem bedrückte, war die Tatsache, dass sich das Gesamtbild nicht erschloss, durch dieses Dokument vom Dachboden noch weniger als vorher.

Ich saß mit Dieter auf dem Sofa im Wintergarten, ein Kissen

als gar nicht notwendige Barriere zwischen uns, denn wir schauten beide bloß schweigend hinaus, ohne uns zu berühren. Mich überkam eine seltsame innere Ruhe, die sich verdächtig nach der anfühlte, die einem Sturm vorausgeht.
Die Schafe dort draußen schienen die einzige verlässliche Konstante in meinem mir fremd gewordenen Leben zu sein, und es tat mir gut zu wissen, es waren noch alle siebenunddreißig da.
Als Dieter mich verließ, hatten wir immer noch nicht über den Kostenvoranschlag gesprochen, aber das war mir mittlerweile egal. Ich konnte mich für nichts interessieren, fuhr aber mit Henrys Auto zum Großeinkauf. Meg und Justus begleiteten mich. Während ich zerstreut Henrys Einkaufsliste abarbeitete, legten die beiden alles in den Einkaufswagen, worauf sie Appetit hatten, und ich hinderte sie nicht daran. Wenigstens die zwei waren zufriedengestellt, ich war immerhin halbzufrieden, als meine Kreditkarte an der Kasse anstandslos akzeptiert wurde.
Vor unserer Einkaufstour hatten Meg und Justus versucht, sich auf den Dachboden zu stehlen. Zum Glück hörte ich unten im Klo, wie die Schiebetür aufgeschoben wurde, denn sie schleifte ein bisschen. Also raste ich hinauf und verbot den beiden, den Speicher zu betreten.
»Warum?«, wollte Meg wissen.
»Wegen deiner Gesundheit. Hast du vergessen, wie du gehustet hast, als wir Ellas alten Kram durchgesehen haben? Diese Mottenkugeln, die sie überall verteilt hat, sind hochgiftig. Lasst euch hier ja nicht noch mal erwischen.« Später ging mir auf, was ich gesagt hatte. Das hieß nichts anderes, als dass ich die beiden aufforderte, sich geschickter als bisher zu verhalten, wie es sich jeder intelligente Dieb vornimmt, der einmal beim Klauen ertappt worden ist.

Während ich die für Henry getätigten Einkäufe in die Burg trug, kreuzte Edith auf. Sie brachte ihm frischen Apfelkuchen, weil er den letzten so gelobt hatte, und einen Eintopf, der wie Steckrübenmus aussah, aber nach verstopftem Abflussrohr roch. Mit diesem Gestank kannte ich mich ja nun bestens aus. Wir stöberten Henry in der Bibliothek auf, wo er sich mühsam aus einem Sessel hocharbeitete und uns entgegenhinkte.
Über den Kuchen freute er sich. Nach einem Blick in den Topf wies er recht nett darauf hin, dass seine Putzfrau ihn inzwischen bekochte und er daher keine weiteren Gaben aus der Nachbarschaft benötigte. Mir fiel auf, wie eingefallen seine Wangen wirkten. Er sah gänzlich grau im Gesicht aus, und seine Augen waren ein wenig eingesunken. Aber er wollte nichts davon wissen, dass es ihm schlechter ging. Am Stock humpelnd, das Gesicht verzogen, bestand er darauf, uns beim Hereinschaffen der Lebensmittel zu helfen, doch er stand uns nur im Weg.
Leider blieb Edith zum Kaffeetrinken bei uns, dabei hatte ich mit Henry unter vier Augen reden wollen. Wir setzten uns in die Bibliothek, Henry legte den geschundenen Knöchel auf einen Hocker. Wieder verzog er das Gesicht. Als ich anregte, zur Vorsicht endlich einen Arzt zu konsultieren, lehnte er nochmals ab und wurde fast grob dabei.
»Das geht von allein weg. Und wenn nicht, ändert ein Arzt auch nichts daran.«
Ich war nicht seiner Meinung, Edith widersprach ebenfalls, und das endete damit, dass Henry uns mürrisch bat, ihn allein zu lassen. Was konnten wir gegen die Uneinsichtigkeit des halsstarrigen Esels unternehmen? Wir hatten keine Handhabe. Ich brachte das Geschirr zurück in die Küche, ging mit Edith zur Tür und dachte an das Puzzle, mit dem ich nicht fertigwurde.
Vor dem Mittagessen, das diesmal aus vorgebratenen Hähn-

chenteilen, Pommes und scharfer Soße bestanden hatte, hatte ich mich in mein Zimmer zurückgezogen und Ellas Briefe etwas gründlicher durchgesehen. Von dem französischen Briefschreiber, der nur mit C. unterschrieb, gab es noch zwei weitere, die ebenfalls darauf hinwiesen, dass zwischen Ella und ihm etwas Ungutes in Gang gewesen war. In einem Brief ging er offen auf Drohungen von Ella ein, die er sehr ernst zu nehmen schien. Er bat geradezu flehend um einen weiteren Aufschub.

»Diese Besucher«, wandte ich mich jetzt an Edith, »erinnern Sie sich, wie die ausgesehen haben? Oder einer davon?«

Edith sah mich zweifelnd von der Seite an. »Was soll das denn jetzt? Was für Besucher?«

»Die ausländischen Besucher meiner Tante. Haben Sie mitbekommen, wie lange wer da war? Vielleicht auch mal über Nacht?«

Edith schwieg beharrlich.

»Edith«, hob ich wieder an, »darf ich Edith sagen?«

Sobald man sich mit jemandem duzt, fallen einem freimütige Bekenntnisse leichter. Zum Beispiel, dass man neugierig die Nachbarn ausgespäht hat. Von Ediths Vorgarten aus ließ sich meine Einfahrt mühelos überwachen. Und Henrys ebenfalls. Ich konnte mir nicht vorstellen, dass sie weggeguckt haben sollte, wenn sich bei Ella etwas Interessantes tat.

»Passt schon«, sagte sie und nickte bestätigend. »Und was ich noch sagen wollte: Da hängt so ein Bild in der Bibliothek. Hast du das gesehen? Eine Dame mit Hut. Mir ist da etwas aufgefallen, ich bin gar nicht dazu gekommen, es zu erwähnen.« Sie warf mir einen listigen Blick zu.

Ich gab ihr einen giftigen zurück, weil sie eigenmächtig das Thema gewechselt hatte, während ich über die neue Wendung nachdachte.

Edith hatte sich in der Bibliothek offenbar gründlich umgeschaut. Und sie hatte erkannt, dass das Gemälde von Lady Emma etwas Besonderes darstellte. Es stach ja auch heraus aus all den Jagdstichen.

»Ölbild«, sagte ich knapp, »ganz gut gemalt. Können wir …«

»Es sieht dir ähnlich«, sagte Edith.

»Mir?« Ich schrie fast, so sehr hatte sie mich überrumpelt.

»Die Haarfarbe nicht, aber sonst! Du musst dich nur mal im Spiegel betrachten und so einen Hut aufsetzen, dann …«

»Das ist doch Quatsch, also ehrlich«, unterbrach ich sie rüde. »Wenn überhaupt, sieht Meggie der Dame auf dem Bild ähnlich. Das findet Henry übrigens auch. Von mir war nicht die Rede.«

Edith setzte ein wissendes Lächeln auf, als wollte sie mir zu verstehen geben, dass sie längst durchschaut hatte, was Sache war. Das machte mich wütend. In meiner momentanen Stimmung hätte ich ihr gern die Hände um den Hals gelegt und zugedrückt oder versucht, die Wahrheit aus ihr herauszuschütteln. Aber sie konnte nicht wissen, was ich nun wusste. Oder? Der durchschnittliche Verschwörungstheoretiker beginnt in den meisten Fällen ganz klein mit nachvollziehbaren Recherchen und merkt nicht, wie er langsam den Verstand verliert. Ich verlor langsam den Verstand.

»Ach ja, Meggie, was ist eigentlich mit ihr?«, fragte Edith geradeheraus.

Das Duzen konnte ich jetzt kaum zurücknehmen. Schade, eigentlich schade.

»Mit ihr ist alles in Ordnung«, knurrte ich. »Sie kann nur schneller rechnen als die meisten, und das Zwischenmenschliche liegt ihr nicht so. Ich hoffe, ich nerve dich nicht, wenn ich noch mal nach diesen Besuchern von Tante Ella frage. Hast du einen davon gesehen oder mehrere, und wie lange waren sie da?«

Edith ließ sich von meinem aggressiven Ton nicht beeindrucken und schüttelte nur bedauernd den Kopf. »Ich weiß nicht mehr, als ich gesagt hab. Du hast mich schon mal danach gefragt.«

Dabei blieb sie, bis wir in meiner Einfahrt standen. Meg und Justus flitzten auf den Rädern an uns vorbei.

»Wir fahren zur Mühle, Mom«, rief mir meine Tochter zu und bog in die Straße ein.

Edith sah den beiden sinnend nach, den Topf mit dem erkalteten Rübenmus an ihren großen Busen gedrückt.

»Na ja, wenn ich es so bedenke ...«, fing sie an.

Zum Glück hielt ich den Mund, auch noch, als sie eine Pause einlegte, als wüsste sie nicht mehr, was genau sie sagen wollte. Natürlich nahm ich an, es ging ihr um Justus und vielleicht noch darum, wie Meg mit ihm umsprang. Aber sie überraschte mich.

»Ich erinnere mich wieder, wollte ich dir sagen: Also der eine von den Besuchern deiner Tante, der war mindestens zwei Mal da. In einem Auto mit französischem Kennzeichen. Der war auch nicht mehr jung, mindestens so alt wie deine Tante. Ich kam gerade vorbei, als er aus dem Haus trat, und deine Tante hat ihm etwas hinterhergerufen. Ich weiß nicht mehr, was, es klang aufgeregt, als hätten sie ... gestritten würde ich nicht sagen, aber etwas in der Art. Er ist auch viel zu schnell davongefahren. Männer sind so. Übrigens ist er etwas später zurückgekommen. Sein Auto stand wieder da. Da habe ich allerdings nicht gesehen, wann er wegfuhr. Ich hab den Vorgarten gemacht, musste aber rein zum Kochen.«

Sie war bestimmt über Stunden mit der Nagelschere dort tätig gewesen. Im Vorgarten wuchs nämlich bloß ein Streifen Gras, eingerahmt von Kies.

»Ist das alles, woran du dich erinnerst?«

Edith druckste herum. »Ist das denn so wichtig?«
Ich nickte nur.
»Am nächsten Tag hab ich deine Tante auf das Auto angesprochen, wirklich nur auf das Auto! Mein Mann hatte gefragt, was das für eine Marke war, ich hab's nicht gewusst. Ich kenne mich mit Autos nicht so aus. Deine Tante hat gar nicht begriffen, wovon ich geredet habe, und als ich ihr gesagt habe, dass ich ihren Besucher gesehen hatte …« Edith stockte.
»War sie wütend? Erschrocken?«
Edith nickte erleichtert. »Ja, das kann man sagen. Sie ließ mich einfach stehen.«
Falls Ella in der Nacht eine Leiche im Gurkenbeet verbuddelt hatte, war das nur zu verständlich.
»Und wann war das?«
»Im April.«
Das Auto, das Henry beinahe überfahren hatte, konnte ein französisches gewesen sein. Auf alle Fälle war es groß und schwer. Eine Nobelkarosse, so viel stand fest. Was sprach dagegen, dass es sich beide Male um dasselbe Auto und denselben Fahrer gehandelt hatte? Wenn das so war, wer war dann die Leiche? Ich war wieder an dem einen Punkt angelangt, über den ich nicht hinwegkam.

Meg hatte mir einen Zettel in die Küche gelegt. Auf dem stand, dass mein Vater aus der Praxis angerufen, aber gleich wieder aufgelegt hatte, als er erfuhr, dass ich nicht zu Hause war.
Ich rief ihn nicht zurück, sondern ging wieder hinüber zu Henry. Da ich immer noch den Schlüssel zur Haustür hatte, machte ich mir auch diesmal selbst auf. Zuerst ging ich in die Küche, um mich einer Sache zu vergewissern, die mir bereits beim Kaffeekochen aufgefallen war. Diese Putzfrau, die sich

als Köchin betätigte, hatte keine Spuren ihrer Tätigkeit am Herd hinterlassen, und es roch auch nicht so, als wäre heute gekocht worden. Da stand nur das Geschirr vom Kaffeetrinken in der Spüle und eine weitere große Tasse mit etwas Bodensatz. Die war mir schon aufgefallen, als Edith und ich den Kaffee kochten. Kein Teller, kein benutztes Messer.
Henry hatte weder gefrühstückt noch zu Mittag gegessen, dessen war ich mir sicher. Leise ging ich hinüber zur Bibliothek und drückte die Tür auf, die nur angelehnt war.
Henry saß unbeweglich in seinem Sessel. Die ganze Körperhaltung verriet seine Gebrechlichkeit, und eine Aura von Einsamkeit oder Verlassenheit umgab ihn. Eigentlich hatte ich ihn zur Rede stellen wollen, aber angesichts dieser hinfälligen Gestalt verließ mich der Mut.
Als er tief aufseufzte, zog ich mich lautlos zurück.

Anschließend hockte ich geschlagene zwei Stunden im Keller. Ich katalogisierte Weinflaschen und atmete dabei hustend den Staub ein, den ich selbst aufwirbelte, indem ich eine Flasche nach der anderen in die Hand nahm, um die Angaben vom Etikett in die Datei auf meinem Laptop zu übertragen. Ich schrieb mir fast die Finger taub, schaffte es aber nicht einmal, die Hälfte des Bestands aufzunehmen – kaum ein Drittel, schätzte ich. Die Liste, die ich nach den zwei Stunden erstellt hatte, schickte ich mit einem mulmigen Gefühl im Bauch direkt aus dem Keller an einen Freund, der von sich behauptete, sich mit Wein auszukennen. Ich bat ihn um eine erste Einschätzung. Falls sie vielversprechend war, wollte ich selbst im Internet recherchieren. Auf einigen Flaschen hatte ich Fingerabdrücke entdeckt, die eindeutig nicht von mir stammten. Ich hatte so etwas erwartet. Wer sechzehn Flaschen Wein mitgehen ließ und die Wahl hatte, nahm doch nicht die ersten besten. Mir wurde der Mund trocken, wenn ich an die fehlenden Flaschen dachte. Vermutlich Grand Cru oder wie die Edelgewächse hießen. Ich hatte auch eine Idee, wer für den Diebstahl in Frage kam und wie er es geschafft hatte, mich vor meinen Augen zu beklauen. Wenn ich an diese Dreistigkeit dachte, kam mir die Galle hoch.

Schwieriger, als die richtigen Schlüsse aus den Fingerabdrücken zu ziehen, war zu handeln, aber dazu hatte ich jetzt nicht die Nerven.

Mir fiel das kleine Café gegenüber der Kirche ein, denn mir war nach einem Ortswechsel zumute. Mein Weg führte an dem alten Haus vorbei, das zur Musikakademie gehörte, und dort sah ich zu meiner Verblüffung Meg mit der Lehrerin zusammenstehen, die wir vor der Kirche getroffen hatten, der Chorleiterin. Es mochte sein, dass Meg mich auch gesehen hatte, ich ging aber weiter. Ich benötigte eine Denkpause in einer möglichst netten, neutralen Umgebung, in der ich ungestört und ruhig unter anderem über verwirrende Verwandtschaftsverhältnisse nachgrübeln konnte.

Durch die große Glasscheibe in der Front des Cafés sah ich zwei Männer an einem der hinteren Tische sitzen. Mir war das sehr recht, denn ich kann es nicht leiden, der einzige Gast in einem Lokal zu sein.

Von einem Impuls gesteuert, warf ich den Männern einen zweiten Blick zu. Kannte ich sie? Aber ja. Als mir dämmerte, wer sie waren, fiel ich in Schockstarre, die Hand immer noch auf dem Türgriff. Einer von ihnen war nun auf mich aufmerksam geworden, sah mich an und sagte etwas zu seinem Begleiter. Es musste seltsam aussehen, wie ich versteinert vor der Tür stand, die Augen weit aufgerissen. Einer der Männer erhob sich.

Abrupt wandte ich mich um und taumelte den Weg zurück.

Die beiden konnten nicht hier sein, sagte ich mir, solche Zufälle waren unmöglich, ich musste mich geirrt haben.

Wäre Meg mir nicht entgegengelaufen, wäre ich umgekehrt, um mich davon zu überzeugen, dass ich gerade unter einer Halluzination gelitten hatte. Bei psychischer Überlastung soll so etwas selbst bei sonst völlig phantasielosen Menschen vorkommen. Ich war nicht phantasielos, und ich hatte zu lange im Keller gehockt. Das musste die Blutzufuhr zum Gehirn beeinträchtigt haben.

»Mom«, rief Meg etwas außer Atem, »warum bist du nicht stehen geblieben? Du hast mich doch gesehen.«

»Ich wollte nur mal rasch ins Café«, stammelte ich. »Wo ist Justus?«

Meg ging auf die Frage nicht ein.

»Du musst dir ein Foto anschauen. Tante Ella ist drauf, ich bin ganz sicher. Ich wollte es der Lehrerin sagen, aber sie hört mir nicht richtig zu. Sie will mit mir dauernd übers Singen reden, das ist doch blöd. Ich will in keinen Chor. Sag's ihr, damit sie mir glaubt.«

Ich ließ mich von Meg mitziehen, drehte mich aber noch mal um und war erleichtert, dass mich niemand aus dem Café verfolgte. Also doch eine Halluzination.

Vor der Tür der Musikakademie trat mir die Lehrerin entgegen und gab mir die Hand.

»Martha Angerer«, stellte sie sich mit einem Lächeln vor. »Wir sind uns vor der Kirche begegnet, wissen Sie noch? Ich habe den Chor dirigiert. Meggie sagt, in ihrer Schule gebe es keinen Chor, und der Musikunterricht sei meistens ausgefallen.«

»Dafür kann ich nichts«, entgegnete ich mit leiser Ungeduld und schaute nochmals die Straße zum Café hinunter. Es war mir wichtig, nicht allzu lange draußen stehen zu bleiben. »Ich

würde gern mal dieses Foto sehen, auf dem meine Großtante abgebildet ist. Geht das?«
Martha Angerer rührte sich nicht vom Fleck und versperrte uns so den Zutritt ins Haus.
»Großtante? Von Ihnen?«
»Meg hat versucht, es Ihnen zu erklären.«
»Was denn?«
Es waren etwa hundert Meter bis zum Café. Ich sah, dass sich die Tür bewegte.
»Meg hat die Schwester meiner Großmutter, Ella Niederreuther, auf einem Foto bei Ihnen erkannt.«
Belustigt schüttelte die Frau den Kopf. »Also, ich kenne keine Ella Niederreuther.«
»Helene Niederreuther? Ella ist nur die Kurzform.« Ich kam mir blöd vor, der Vorname war ja wohl nicht das Wichtigste.
»Und sie ist Ihre Tante?«, fragte Frau Angerer mit Engelsgeduld. »Wir haben einige Fotos bei uns hängen, das stimmt schon, aber ich habe nicht begriffen, dass Ihre Tochter daran interessiert ist. Um welches Foto geht es?«
Ich überlegte, ob ich sie beiseiteschieben sollte.
»Meg, welches Foto?«, fragte ich meine Tochter.
»Es hängt da drin. In der Eingangshalle.«
Die Lehrerin blickte unentschlossen zur Tür.
»Ich war kurz mit ihr drin«, murmelte Meg an mich gewandt.
Jemand trat aus dem Café, einer der beiden Männer. Er schaute nicht in unsere Richtung, sondern zurück in den Gastraum.
»Können wir das bei den Fotos klären?«, drängte ich.
Martha warf einen nachdenklichen Blick auf Meg. »Na schön, kommen Sie herein.« Sie trat zurück und hielt uns die Tür auf.
Ich überlegte, wie lange wir uns in dem Gebäude verstecken konnten. Vermutlich nur, bis Martha Angerer Meggie wieder

mit Chorsingen zu nerven begann. Meg würde sich das nicht bieten lassen und hinausstürmen.
Die Fotos hingen an der hinteren Wand der Eingangshalle, viele davon waren alt und durch die Vergrößerung grobkörnig.
Meggie deutete auf eine der älteren Aufnahmen.
»Ich kenne alle Personen, die das Foto zeigt, eine Ella Niederreuther ist nicht dabei«, sagte Martha und schüttelte sacht den Kopf.
Natürlich irrte sie sich. Allerdings musste ich erst einmal meine Angst vor Verfolgung überwinden und mich auf Ella konzentrieren und dann noch zwei Mal hingucken, um sie im Kostüm ihrer ersten Paraderolle in Perücke und Kniehosen zu erkennen. Am Ende war ich mir ebenso wie Meg absolut sicher. Ich kannte ja die anderen Fotos, die aus dem Fotoalbum.
Meg schlenderte herum und überließ es mir, mich mit der Lehrerin über das Foto von Tante Ella auseinanderzusetzen.
»Ich könnte Ihnen Fotos zeigen, die beweisen, dass das Ella Niederreuther ist, sogar das Kostüm stimmt. Ich weiß, dass sie oft die Rolle des Cherubino übernommen hat. Sie war Sopranistin. Vielleicht können Sie mir etwas über sie erzählen. Ich weiß nämlich nicht viel über ihre Karriere, über deren Beginn zum Beispiel.« Vom Ende ganz zu schweigen.
»Aber Sie sind sicher, dass es sich um Ihre Großtante handelt?«
»Wir oft sollen wir das denn noch sagen?«, mischte sich Meggie ein.
Martha Angerer seufzte auf und schüttelte den Kopf. »Am besten spiele ich Ihnen erst einmal etwas von der Sängerin auf dem Foto vor. Dann unterhalten wir uns weiter.«
Sie führte uns in einen kleinen, karg eingerichteten Raum im

hinteren Teil des Gebäudes und legte sehr behutsam eine Schallplatte auf einen neuen Hightech-Plattenspieler.
»Es ist die berühmte Arie des Cherubino, die Sie gleich hören. Es handelt sich um eine alte Aufnahme aus London, die gar nicht leicht zu beschaffen war. Einer unserer Professoren hat sie vor einem Jahr von einem Englandaufenthalt mitgebracht. Er hat sie für uns ersteigert. Eine seltene Kostbarkeit«, sagte Martha enthusiastisch. »Es ist eine der besten Interpretationen der Rolle. Ich verwende sie gelegentlich im Unterricht, wenn mir eine Schülerin reif genug erscheint, sie wirklich zu erfassen.«
Von mir aus hätte Martha Angerer ruhig weiterreden können, schade, dass sie den Apparat dann doch einschaltete.
Viele behaupten ja, um klassische Musik richtig genießen zu können, müsse man viel davon verstehen. Ich wusste fast gar nichts darüber und hätte auf der Tonprobe nicht bestanden, aber wenn sie dazu dienlich war, hinterher mehr über Ella zu erfahren, nahm ich mir gern die Zeit dafür. Die Tonqualität dieser Wiedergabe war nicht so berauschend, selbst wenn man berücksichtigte, dass die Aufnahme vermutlich fünfzig Jahre alt war.
Martha hatte den Kopf zur Seite geneigt und lauschte hingerissen.
Selbst mit meinen weitgehend ungeübten Ohren bemerkte ich, diese Stimme klang nicht so, als habe man einer Katze auf den Schwanz getreten, das war die angenehme Seite dieser Sitzung.
Ich hockte auf der Stuhlkante, und auf einmal sprudelten heftige Gefühle in mir hoch. Damit hatte ich nicht gerechnet. Immer verblüffter hörte ich zu. Das System Oper, das ich bislang nicht verstanden hatte, funktionierte prächtig – selbst bei mir. Lange vor Ende der Arie war mir zum Heulen zumute.

In vielen Familien gibt es Eigentümlichkeiten, die sich von einer Generation zur anderen vererben. Feuermale beispielsweise oder krumme Finger. Ella und mich verband unter anderem die Tatsache, dass wir im Abstand von gut vierzig Jahren ungefähr den gleichen Fehler mit dem gleichen Ergebnis begangen hatten. Vielleicht ging die Geschichte, auf die ich mich damals in London eingelassen hatte, ja zu Lasten eines Erbfehlers. Nur war ich völlig anders damit umgegangen.

»Das reicht mir«, sagte ich scharf und nahm ohne lange zu überlegen die Abspielnadel von der Platte. Ich hätte die Stimme keinen Moment länger ausgehalten. Mit einem hässlichen Kratzen erstarb der Ton.

»Sind Sie wahnsinnig? Sie haben die Aufnahme ruiniert!«, fuhr Martha mich an. »Es war unsere einzige.«

»Tut mir leid«, murmelte ich dumpf.

Meg kam zu uns geschlendert, die Schultern hochgezogen.

»Es tut Ihnen leid? Das ist alles? Warum haben Sie das getan?«, legte Martha fassungslos nach.

»Wir mögen keine klassische Musik«, antwortete Meg für mich.

»Sie mögen keine ...?« Ich habe selten jemanden gesehen, der so völlig durch den Wind war wie Martha in diesem Augenblick. Wäre ich nicht selbst so durch den Wind gewesen, hätte ich mehr Zerknirschung an den Tag gelegt. So nickte ich nur.

»Dann weiß ich nicht, was Sie hier wollen.« Martha wirkte so verstört, als hätte sie einen notorischen Brandstifter eingeladen, mit Streichhölzern zu spielen. »Am besten gehen Sie jetzt.«

Stumm kehrten wir in die Eingangshalle zurück, in der Ellas Foto hing.

»Diese Sängerin hat von ihrem ersten großen Auftritt an die Menschen verzaubert«, sagte Martha Angerer zutiefst verbittert und deutete auf Ella. »Die Stimme war so begnadet, dass sie in die Operngeschichte eingegangen ist, deshalb hängt das Foto hier. Das ist mit der Aufnahme ersteigert worden.«

»Und wie hieß Ihre Sängerin?«, forschte ich nach. Ich hatte das Gefühl, dass wir uns Gedanken über zwei völlig verschiedene Personen machten.

Wenn ich Marthas Gesichtsausdruck richtig deutete, überlegte sie, ob ich zurechnungsfähig sei. Bestimmt würde sie es sich dreimal überlegen, bevor sie nochmals Fremden ihre Schätze vorführte.

»Wie meinen Sie das? Handelt es sich bei der Sängerin nun doch nicht um Ihre Tante?«

»Aber ja«, sagte ich ungeduldig. »Sie hieß Ella Niederreuther, aber sie muss unter einem Pseudonym aufgetreten sein.«

Martha wischte sich über das Gesicht, als wollte sie einen schlechten Eindruck loswerden. Das konnte ich gut nachvollziehen, ich musste ständig schlechte Eindrücke verdrängen.

»Ich weiß bloß nicht, unter welchem«, fuhr ich fort. »Es ist alles sehr verwirrend, was ich über sie weiß.«

Martha blickte zu Meg, die sie abwartend betrachtete, und antwortete dann, sichtlich um einen sachlichen Ton bemüht. Dass sie sich überhaupt noch mit uns abgab, musste an Ellas Nachruhm als Sängerin liegen. Warum erfuhr ich davon erst jetzt, und dann noch von einer Fremden? Das war die eigentlich brisante Frage, auf die mir meine Mutter die Antwort schuldete.

Ella war nicht die erste Künstlerin, die sich ein Pseudonym zugelegt hatte, nur hatte sie erfolgreicher als andere ihren echten Namen geheim gehalten. Niederreuther war nun mal einer internationalen Karriere nicht so dienlich wie der melodisch klingende Phantasiename, unter dem sie in der Opernwelt bekannt wurde. Den erfuhr ich nun von Martha und außerdem, dass Tante Ella wie aus dem Nichts auf der Bühne aufgetaucht war. Henry, fiel mir ein, hatte von einer Naturstimme gesprochen, vermutlich hatte Ella keine große Ausbildung genossen. Martha erzählte von ihren großen Rollen und ihren glanzvollen, eigenwilligen Interpretationen, und irgendwann hatte ich den Eindruck, etwas Wesentliches nicht mitbekommen zu haben. Es war dieser Ausdruck von Bedauern. Sicher, Tante Ella war tot, aber es hörte sich an, als wäre sie das seit mindestens dreißig Jahren.

Ja, und dann löste sich für mich dieses Rätsel.

»Es hätte noch so viel aus ihr werden können«, meinte Martha abschließend.

»Das verstehe ich nicht. Ich dachte, es wäre etwas aus ihr geworden.«

Martha Angerer schüttelte den Kopf. »Nicht das, was hätte sein können. Gut ausgebildete Sänger wissen, wie sie auf ihre Stimme achten müssen, und verzichten lieber auf einen Auftritt, als krank auf der Bühne zu stehen. Sie bekam eine schwere Kehlkopfentzündung und hat sie verschleppt. Davon erholte sich ihre Stimme nie mehr richtig, also konnte sie die großen Rollen nicht mehr durchstehen.«

»Wie alt war sie da?«

»Anfang dreißig, soviel ich weiß. Schon nach gut zehn Jahren war es vorbei mit der großen Karriere.«

Und vermutlich auch mit den großen Gagen, da hatte sie umsatteln müssen. Und das war ihr gelungen. Die Briefe von C. bewiesen es. Ich musste das unbedingt positiv sehen. Es war einfach besser gewesen, ein paar lukrative Erpressungen durchzuführen, als am Hungertuch zu nagen oder der Allgemeinheit zur Last zu fallen.

»Sie hat mit Anfang dreißig aufgehört zu singen? Von heute auf morgen?« Vielleicht hatte sie mit den Erpressungen bereits früher begonnen.

»Sie hatte noch kleinere Engagements, aber wer von den großen Bühnen verschwindet, der verschwindet auch aus dem Interesse der Öffentlichkeit. Ehrlich gesagt, ohne diese Aufnahme hätte ich mich auch nicht für sie interessiert.«

»Und woher wissen Sie die vielen Einzelheiten?«

Martha wirkte verlegen. »Von meinem Kollegen. Dem, der die Aufnahme mitgebracht hat, er hat das alles recherchiert. So viel ist es eigentlich nicht. Wir müssen noch …«

Ich seufzte tief. Mir genügte, was ich erfahren hatte. »Herzlichen Dank dafür, dass Sie sich Zeit für uns genommen haben. Aber jetzt wollen wir nicht länger stören.«

Martha ließ uns nicht gehen. Inzwischen zweifelte sie Ellas Identität nicht mehr an und wollte mit uns ihren Direktor aufsuchen, der gerade im Haus war. Wegen der ruinierten Aufnahme wollte ich jetzt lieber nicht mit ihm sprechen.

»Wegen der Platte müssen wir noch mal miteinander reden«, sagte ich unbehaglich. »Ich komme wieder vorbei, wir wohnen ja nebenan in Tante Ellas Haus.«

Martha musterte mich nachdenklich. »Ich habe da eine Idee, wie Sie den Schaden wenigstens ansatzweise wiedergutmachen könnten.«

Die Idee bestand darin, im Gedenken an Tante Ella eine Feier zu veranstalten, mit Solopartien und Choreinlagen aus diversen Opern.

Mir schwante, dass wir ein neues Problem am Hals hatten.

»Wir bräuchten natürlich etwas, was Ihre Tante mit der Sängerin, als die sie in der Opernwelt bekannt war, überzeugend in Verbindung bringt«, schloss Martha ihre Ausführung.

Mir war inzwischen vollkommen gleichgültig, ob sie mir glaubte, dass neben der Musikschule zwanzig Jahre lang eine ehemals berühmte Opernsängerin unerkannt gewohnt hatte. Tante Ella hatte es zweifellos so haben wollen, und ich fühlte mich auf einmal verpflichtet, sie nach ihrem Tod nicht ans Licht der Öffentlichkeit zu zerren.

»So was wie ein Indiz?«, fragte Meg. »Wir haben Fotos. Und ihre Kostüme liegen alle auf unserem Dachboden.«

»Wirklich?« Marthas Augen wurden riesengroß.

Was hatte die Platte wohl gekostet? War sie wirklich teuer gewesen? Das musste ich noch klären, bevor ich mich auf irgendetwas einließ. Vielleicht stammte die Platte aus einer Haushaltsauflösung, die in England gern als Auktion durchgeführt wird. Da konnte man jede Menge alten Plunder für ein paar Pfund erwerben. »Vergessen Sie die Kostüme. Denken Sie nicht mal daran«, wehrte ich ab.

Martha schnappte nach Luft und setzte zu einer Erwiderung an, aber ich kam ihr zuvor.

»Das meine ich ernst. Wir lösen hier den Haushalt meiner Tante auf und …«

»Aber dann wäre es doch sinnvoll, wenn Sie mich mal einen Blick auf die Kostüme werfen ließen. Dann können wir ja weitersehen.« Sie flehte förmlich.

Eigentlich war sie mir sympathisch, sie hatte etwas Weiches, Liebliches an sich mit ihrem glatten hellen Haar und den etwas vorstehenden blauen Augen.

»Nur wenn Sie sie kaufen wollen, aber eins können wir Ihnen ja schenken wegen der Platte«, mischte sich Meg finster ein.

Dieser Einfall war nicht so verkehrt. Nicht dass daran zu denken war, dem Musikinstitut die Kostüme zu verkaufen, aber sicher gab es einen Markt dafür. Es gibt für alles einen Markt. Doch eigentlich widerstrebte es mir nun, Ellas Habseligkeiten Stück für Stück zu Geld zu machen. Es hatte etwas durch und durch Schmieriges und Raffgieriges an sich. Es fühlte sich an wie Leichenfledderei.

Ohne eine konkrete Absprache verließen wir Martha.

Draußen an der Straße hatten sich zwei Gestalten postiert und starrten gespannt zu uns herüber. Es waren die beiden Männer aus dem Café. Sie hätten in England sein sollen, von mir aus auch am Nordpol oder auf den Komoren, bloß nicht in Nienborg.
Ernest war schlanker, als ich ihn in Erinnerung hatte, und Michael etwas kräftiger, aber keineswegs dick, sondern groß und breitschultrig, der vollendete Schwiegermutterschwarm.
Sie schauten so auffällig zu uns her, dass es sogar Meg bemerkte.
»Wer sind die?«, fragte sie voller Ablehnung.
»Wahrscheinlich wollen sie uns nach dem Weg fragen, beachte sie gar nicht. Ich tu es auch nicht. Das sind Spinner.«
»Woher weißt du das?«
Wir standen vor der Tür, und ich überlegte, ob wir noch mal reingehen sollten, selbst auf die Gefahr hin, dass wir uns mit Martha über klassische Musik unterhalten mussten oder ähnlich beängstigende Themen. Wie lange würden die beiden dort ausharren? Oder kämen sie uns am Ende in die Musikschule nach?
»Hast du schon mal einen Mann im fliederfarbenen Seidenanzug gesehen?«
Ernest hatte, was sein Outfit betraf, immer schon zur Exotik geneigt, und diesem Stil war er offenbar treu geblieben, hatte ihn nur veredelt. Im zarten Sonnenschein schimmerte er wie eine Lichtgestalt aus fremden Welten.
»Nein. Sieht aus wie ein Schlafanzug«, sagte Meg langsam.
Dem würde ich zwar nicht voll und ganz zustimmen, war aber sicher, dass Meg einen Mann, der tagsüber in einer Art Schlafanzug auf der Straße herumlief, von vornherein nicht mochte, wie sie alles Regelwidrige und Auffällige verabscheute.
Dennoch: Wir mussten auf dem Weg nach Hause an den bei-

den vorbei. Oder? Auf der Suche nach einem Fluchtweg sah ich über die Schulter.
»Komm hier lang, Meg.« Ich ergriff sie am Ärmel und zerrte sie mit mir. Zwischen dem alten Institutshaus und unserem befand sich eine kleine öffentliche Gartenanlage, die sich bis zum Bach hinabzog. Falls es auch hier einen Steg gab, konnten wir auf die Schafswiese und von dort zu unserem Gartentörchen gelangen.
»He, Cally! Du läufst doch nicht vor uns davon?«, schrie Ernest uns nach.
Da ließ ich die Fluchtidee fallen und wandte mich um.
»Hast du uns denn nicht erwartet?«, fügte Ernest mit einem breiten Grinsen hinzu. Er sprach Englisch, während er auf uns zuschlenderte.
Nie im Leben, hätte ich antworten können, dabei hatte mich, seit ich von Georges erstem Anruf in Berlin wusste, eine innere Unruhe befallen, die latent im Hintergrund meiner ohnehin schon gestörten Psyche rumorte.
Ich blieb bei Deutsch, was beide recht gut verstanden. Das hatte uns damals so rasch zusammengebracht.
»Sollte ich das?«, fragte ich entschieden ruhiger, als ich mich fühlte. »Soweit ich weiß, habe ich mich nicht mit euch verabredet. Und tue es auch jetzt nicht. Keine Chance, *sweetheart.*«
Das Auftauchen der beiden bestätigte das Murphysche Gesetz, dass eine Katastrophe selten allein eintrifft.
Ernest strahlte über das ganze Gesicht. »*Sweetheart!* Sie hat *sweetheart* zu mir gesagt! Wie früher.«
Ich hatte es sarkastisch gemeint, aber Ernest amüsierte das nur. Um ihm die gute Laune zu verderben, hätte ich eine Brechstange gebraucht. Verbal war ich schon in London selten gegen ihn angekommen.
Einen Schritt auf ihn zu, und er würde mich in die Arme

schließen. Und das wollte ich nicht. Möglicherweise würde mein Widerstand dann bröckeln. Vielleicht auch nicht. Ich merkte, wie eine winzig kleine Welle von alter Sympathie in mir hochschwappte und verebbte. Übrig blieb, dass ich mich vom Auftauchen der beiden geradezu bedroht fühlte.
Das Kapitel London war längst abgeschlossen.
Ich wich zur Seite aus, bevor er mich erreichen konnte.
Die beiden sahen männlicher und reifer aus – na wenn schon! Vor allem schienen sie überzeugt davon, dass ich mich über ihr Erscheinen freuen müsste. Wie kamen sie bloß zu so einer grandiosen Fehleinschätzung? Und was ihr Auftauchen betraf, konnten sie mir nichts vormachen. Die kamen weder zufällig noch absichtslos vorbei.
Michael schaute Meg an. »Sieh mal, Ernest, das ist sie: die Tochter.«
Er wechselte einen bedeutungsschweren Blick mit Ernest, eine Frage glomm in ihren Augen auf, die mich unversehens zittern ließ.
Scheiße auch!, dachte ich. Sie wissen es. Doris, dieser Idiot, hatte mich da reingeritten.
»Du bist also Meg«, wandte sich Michael mit einem Lächeln an sie. »Wir sind alte Freunde deiner Mutter. Ich bin Michael. Wir haben in London zusammen studiert.«
»Ich weiß«, sagte Meg hölzern und ließ die beiden einfach stehen. Wir sahen ihr nach, ich erleichtert, die beiden so verblüfft, dass ich beinahe laut gelacht hätte. Was hatten sie erwartet? Dass Meg ihnen brav die Hand schüttelte und sie dabei mit Fragen über unsere romantische Studienzeit in London bedrängte? Meg hatte an meiner Londoner Vergangenheit noch nie Interesse gezeigt, nicht viel jedenfalls, und das sollte so bleiben.
War Meggie erst einmal außer Hörweite, musste ich keine

Rücksichten mehr nehmen und konnte den beiden alles an den Kopf werfen, was sich in Jahren in mir angestaut hatte. Ich wollte ihnen so einheizen, dass sie freiwillig auf weitere Kontakte verzichteten. Die beiden würden mir nicht wieder in mein Leben pfuschen.

»Da geht sie hin«, murmelte Ernest, »was machen wir jetzt?«

»Wie wär's mit Verschwinden?«, fragte ich kühl. »Geht zurück ins Café und macht die Kellnerin an. Ich will nichts von euch wissen, und Meg erst recht nicht.«

Ein paar Meter weiter drehte Meg sich um. »Henry hat angerufen, wir sollen zum Abendessen kommen. Ich hab zugesagt.«

»Wann hat er angerufen?« Langsam setzte ich mich in Bewegung und folgte ihr in der Hoffnung, dass die beiden zurückblieben. Ich hatte es mir anders überlegt. Warum sich mit ihnen noch länger auseinandersetzen? Erstens brachte das nichts, zweitens hielt mich das nur von der Beschäftigung mit wichtigeren Problemen ab.

»Vor einer Stunde.«

Da musste ich im Keller gewesen sein. Meg hatte das Haus wieder verlassen, weil sie das nicht wusste. Vielleicht hatte sie mich gesucht und war dann auf Martha getroffen.

»Wieso ist Justus denn nicht mehr bei dir?«

Ich fragte mich, ob ich auf die britische Höflichkeit vertrauen konnte, die vorschrieb, dass man sich in Gespräche, die einen nichts angingen, nicht einmischte und sich überhaupt zurückhielt, wenn klar war, dass es kein gegenseitiges Interesse am Kontakt gab. Es prickelte mir im Nacken vor Anspannung. Bestimmt starrten sie herüber und überlegten, was sie tun sollten.

Hätte ich noch deutlicher sein sollen? Wie hätten sie auf »Verpisst euch!« reagiert? Wie hieß das noch mal auf Englisch?

»Er ist an der Mühle geblieben. Er wollte schwimmen, ich nicht.«
»Schwimmen, im Mühlteich? Ist das nicht gefährlich?«
Meg zuckte die Achseln. Das mit der Verantwortung für Jüngere hatte sie nicht so drauf. Ich war noch nicht an der Mühle gewesen, stellte mir aber nun ein Wehr vor, das Justus ungebremst hinabrauschte.
Ich begann zu rennen und holte sie ein. »Wir holen die Räder und fahren sofort hin.«
In unserer Einfahrt stand jemand und drehte sich um, als er unsere Schritte hörte.
Es war George, ich erkannte ihn auf den ersten Blick. Wer hätte es auch sonst sein können? Weil ich so rannte, flog ich ihm buchstäblich in die Arme.

14

George hielt mich fest und redete auf mich ein, während ich ihn ohne zu blinzeln anstarrte.

»*Hello Cally!* Cally, Cally, was hab ich dich vermisst, also ehrlich! Du siehst genauso aus wie früher, nur hübscher. Ich hab schon immer gesagt, ich finde dich, egal, wo du dich versteckst, ist ja lange genug, dass wir uns nicht gesehen haben. Ich wusste es, ich finde dich als Erster«, posaunte er heraus.

Ehe ich es verhindern konnte, küsste er mich leidenschaftlich auf den Mund. Ich war so überrascht, dass ich erst einmal stillhielt.

Hinter uns räusperte sich jemand betont auffällig.

»Das ist nicht richtig, Georgie, wir haben sie gefunden, und wir haben unsere kleine Abfuhr gerade schon gekriegt, jetzt bist du dran. Pass bloß auf, dass sie dich nicht beißt. Sie will nicht mit uns reden, sondern schickt uns zum Teufel«, mischte sich Ernest ein.

Ich kämpfte mich frei und trat von ihm zurück. »Klarer hätte ich's nicht ausdrücken können. Also: Verschwindet einfach.«

Hin- und hergerissen zwischen Wut und einer Überrumpelung, die sich nicht ganz schlecht anfühlte, spähte ich zu meinem Haus hinüber, das mir wie eine rettende Insel erschien. Seit ich die beiden im Café entdeckt hatte, brannte etwas in mir, erst auf Sparflamme, nun immer heftiger, und Tante Ellas Liebesarie hatte es noch geschürt. Es war die jahrelange Sehnsucht nach George, den ich aber nicht erst in diesem Moment am liebsten ins Gesicht geschlagen hätte. Vielleicht hätte ich es getan, wenn Meg nicht dabei gewesen wäre. Wie sehr ich damals in George verliebt gewesen war, war mir erst aufgegangen, als das Spiel zwischen uns allen schmutzig geworden und für immer aus war.

Meg war stehen geblieben und hob einen faustgroßen Stein auf.

»Ja, haut ab!«, schrie sie und holte aus. Der Stein flog weit an George vorbei.

»Was hast du ihr bloß von uns erzählt?«, fragte Michael entsetzt.

»Nichts, sie mag bloß keinen Überraschungsbesuch.«

»Darauf wäre ich nicht gekommen«, sagte Ernest konsterniert.

»Da wir das nun geklärt haben, sollte euch nichts mehr aufhalten«, sagte ich. »Wir wissen ja jetzt, dass wir alle noch wohlauf sind. Also, worauf wartet ihr noch? – Meg, hör auf, Steine zu werfen, das ist unhöflich.«

Meg hatte wieder einen Stein in der Hand, machte aber keine Anstalten, damit zu werfen. Sie nahm ihn nur nervös von einer Hand in die andere und musterte meine Ex-Freunde mit finsterer Miene.

Vielleicht wären die drei tatsächlich entmutigt verschwunden, aber in diesem Moment bog Lothar um die Hausecke, gefolgt von Justus, beide mit tropfenden Pinseln in der Hand.

Eilig trat Lothar auf uns zu.

»Kann ich dir helfen, Carlo?«, sagte er fest.

Justus war also nicht im Mühlteich ertrunken, sondern half seinem Vater dabei, die Schmiererei an unserer Hauswand zu beseitigen. Lothar hatte den einfachsten Weg gewählt und weiße Farbe für einen Neuanstrich mitgebracht.

Meg ließ den Stein fallen und verschränkte die Arme vor der Brust. »Das sind alte Freunde von Mom. Keine Ahnung, was die bei uns wollen«, sagte sie an Justus gewandt.

Justus schwenkte gekonnt den Pinsel. »Alle drei?«

Wandfarbe lässt sich aus Seidenanzügen mit üblichen Haushaltsmitteln schon mal gar nicht entfernen. Ich fand es richtig nett, dass außer Ernest auch George einiges abgekommen hatte. Die Spritzer auf meinem T-Shirt machten mir nichts aus, nur Meg rannte wütend ins Haus.
Michael war von der Farbe verschont geblieben. Immerhin hatte Justus' Attacke dazu geführt, dass wir uns in zwei Parteien aufspalteten. Michael, Ernest und George standen auf der einen und wir übrigen drei demonstrativ auf der anderen Seite. Aber dann verdarb Lothar das Ganze.
»Meine Versicherung zahlt das alles.« Mit einem Pinselschwenk war nun auch Michael bekleckert, das war nicht weiter schlimm, aber er schrie auf und hielt sich das Auge zu. Ernest zog ein Taschentuch aus dem Jackett. »Lass mal sehen.«
»Kommt rein«, knurrte ich. »Das Auge muss ausgewaschen werden. Ich will nicht, dass er erblindet und ihr mir die Schuld gebt wegen unterlassener Hilfeleistung.«

Dass ich die drei nun doch als Gäste in meinem Haus hatte, war eine Entwicklung, die ich nicht hatte vorhersehen können, gegen die ich mich aber auch nicht länger sträubte. Um ehrlich zu sein, stand ich schlicht und ergreifend neben mir.
Lothar und Justus verließen uns taktvollerweise, nachdem feststand, dass die drei keine Schuldeneintreiber oder sonstige Unholde waren und tatsächlich nichts anderes im Sinn hatten, als Erinnerungen an selige alte Zeiten heraufzubeschwören. Ernest nannte die alten Zeiten selig, und er beschrieb sie euphorisch mit noch mehr Schönfärberei. Klar, dass sich Lothar überflüssig fühlte. Da hatte er bereits Michael das Auge gerettet und ihm das Hemd dabei so nass gemacht, dass er wie geduscht wirkte.

Mit dem Streichen waren sie vorerst fertig, die Farbe musste trocknen, und damit verband sich die Hoffnung, dass der noch schwach lesbare Schriftzug »Meg ist doof« endlich ganz verschwand. Sonst würde Lothar noch einmal überstreichen. Während er uns das erklärte – wir waren alle zusammen wieder nach draußen gegangen und standen vor der Wand –, musterte er die drei, die mich ringförmig umgaben, mit undurchsichtiger Miene.

»Ich danke dir, Lothar«, sagte ich ernst.

»Dann komm ich morgen wieder«, entgegnete er und zog nach einem letzten prüfenden Blick auf meine Besucher mit Justus samt Farbeimer und Pinseln ab.

Ernest hatte seinen Anzug ebenfalls gründlich nass gemacht. Wie zu erwarten war, sah dieser nachher kaum besser aus. Nach kurzer Beratung gingen Ernest und George zum Umziehen zurück in ihre Unterkunft. Sie hatten Zimmer in der Keppelborg gebucht, dem dritten historischen Gemäuer in unserer Straße, das sich als ein malerisches kleines Gästehaus etabliert hatte.

»Wir wollten uns nicht direkt bei dir einquartieren«, erklärte Ernest augenzwinkernd.

»So rücksichtsvoll seid ihr inzwischen?«

»Na ja, jetzt können wir uns die Miete für die Zimmer leisten«, warf George ein.

Zu unseren Studienzeiten hatten nur Ernest und Michael unter chronischem Geldmangel gelitten. George nicht, daher wunderte ich mich, dass gerade er diese Bemerkung machte.

Michael blieb ungefragt bei mir. Er zog sich das nasse Hemd aus der Hose und behauptete, das trockne von allein. Vielleicht blieb er, um für die anderen die Stellung zu halten, damit ich sie nachher wieder hereinließ. Ich fand mich mit seiner Gegenwart ab. Mit Michael war ich immer gut ausgekommen.

Ich kochte Kaffee, weil er darum bat, und wir saßen gerade im Wintergarten, als Henry noch einmal anrief. Ich sagte ihm, dass ich Gäste habe, aber natürlich würden Meg und ich pünktlich zum Essen erscheinen. Die Erklärung gab ich nur für Michael ab, damit er begriff, dass ich nicht mehr viel Zeit für ihn hatte und er sich genauso gut gleich verabschieden könnte.

Zu meiner Überraschung schloss Henry meine Ex-Freunde in die Einladung mit ein.

»Aber Henry, drei Gäste mehr sind doch eine Zumutung für dich.« Und für mich erst, dachte ich. »In deinem lädierten Zustand«, fügte ich dämlicherweise hinzu.

Ich hatte das Telefon gleich zu Anfang des Gesprächs laut gestellt, also konnte ich jetzt nicht so tun, als hätte es die Einladung nicht gegeben.

»Mir geht es gut, hervorragend sogar«, bellte Henry. »Bring deine Gäste mit, ja? Tu mir den Gefallen!«

»Wir kommen herzlich gern«, rief Michael, und damit war die Sache abgesprochen.

Meg war während des Telefongesprächs zu uns gekommen, erklärte aber nun, sie wolle nicht mit zum Abendessen, und verzog sich in ihr Zimmer. Wir hörten sie die Treppe hinaufpoltern.

»Warum bist du ohne Abschied verschwunden?«, fragte Michael geradeheraus, sobald wir allein waren.

Ich blickte stumm in meinen Kaffeebecher, denn ich hatte keine Lust, mich zu diesem Thema zu äußern. Das würde nur alte Wunden aufreißen – als ob das nicht längst geschehen wäre.

»Damals, in London.«

»Ich weiß, was du meinst.«

Ich kann nur jeder Frau raten, nicht mit drei Männern zu-

gleich eine Nacht zu verbringen und dabei schwanger zu werden. Ansonsten war die Sache schon okay gewesen, wir hatten viel Spaß miteinander. Aber der Tag danach! Da war mir ein Kumpel von George über den Weg gelaufen, der mir etwas erzählte, über das ich auch mehr als elf Jahre später nicht hinweggekommen war.
»Meine Pläne hatten sich kurzfristig geändert.«
»Cally, erzähl mir nicht so einen Mist. Schon wegen deiner Tochter.«
»Die lass mal aus dem Spiel, ja? Es ist *meine* Tochter.«
»Na und? Sie hat auch einen Vater.«
»Ja, hat sie.« Ich goss Kaffee nach und schüttete ihn mir brühwarm in die Kehle. Das tat weh. Daher stürzte ich in die Küche, um kaltes Wasser zu trinken. Das half nicht nur meiner Kehle, sondern auch meinem Kopf.
»Ich bin von London nach Berlin gegangen und hab mich sofort in einen Typen verliebt, und … Nun ja, ich hab schon lange keinen Kontakt mehr mit ihm«, erklärte ich lässig nach meiner Rückkehr aufs Sofa. Die drei sollten mir mal beweisen, dass ich log. »Irgendwie sah er George ähnlich«, fügte ich süffisant hinzu. »Irre, nicht wahr?«
Michael guckte so skeptisch drein wie ein Lehrer, der seinen Lieblingsschüler beim Mogeln erwischt hat und über die beste pädagogische Taktik nachdenkt, um ihn zurück auf den Pfad der Tugend, der Aufrichtigkeit und des gegenseitigen Vertrauens zu locken.
Ja, am Vertrauen haperte es seit damals sehr.
Es war mir gleichgültig, ob Michael mir glaubte.
»Dann hast du dich ja schnell getröstet«, sagte er bedächtig.
»So wie George, der einen Tag später zu seiner Hochzeit nach Wales gefahren ist.«
Ich musste nicht erläutern, was ich mit *einen Tag später* mein-

te. Die Erinnerung an diese spezielle Nacht rumorte in Michael ebenso heftig wie in mir, das spürte ich.
Michael war in mich verliebt gewesen, ich in George und Ernest in alle Hübschen, egal, ob Mann oder Frau. Das hatten wir alle gewusst und waren gut damit klargekommen. Möglicherweise hatte es unserer Freundschaft erst die richtige Würze verliehen. Bis zu dieser besonderen Nacht waren wir allerdings nie alle zusammen im Bett gewesen. Ich schlief nur mit George, das letzte Mal allerdings gut vier Wochen vor dieser bestimmten Nacht, das hatte ich aus gutem Grund nachgerechnet. George war in diesen Wochen auf Verwandtenbesuch gewesen – in Wales. Vermutlich um die letzten Einzelheiten für die Hochzeit zu klären. Mir hatte er nichts davon erzählt.
Verdutzt griff sich Michael an die Stirn. *»Shit«,* sagte er nur.
»Hast du das nicht gewusst? Du musst es gewusst haben.«
Dieser Studiengenosse, mit dem nur George näheren Kontakt pflegte, hatte mir erzählt, dass Georgie anlässlich seines Abschieds vom Junggesellendasein seinen beiden besten Freunden eine besondere Party im kleinen Kreis beschert hatte. Die Freunde ganz unter sich – mit mir. Es war doch klar, dass ich das übelnehmen musste, um es mal mit britischem Understatement auszudrücken?
Soweit ich mich erinnerte, hatten wir vorher Hasch geraucht, ich war das nicht gewöhnt, fand die Wirkung aber bemerkenswert. Die Nacht hatte ich nie bedauert; es wäre dumm gewesen, hier nachträglich moralische Bedenken zu entwickeln. Nur das, was auf Seiten meiner Ex-Freunde hinter der Nacht zu viert gestanden hatte, das war *unmoralisch.*
Hätte ich nicht davon erfahren, wäre ich in London geblieben und hätte die drei von meiner Schwangerschaft unterrichtet, und wir hätten uns gemeinsam Gedanken über die Vaterschaft gemacht. Das hieß, George wäre nicht dabei gewesen, son-

dern auf Hochzeitsreise. Mir hatte er etwas von einer Reise zu Verwandten nach Neuseeland erzählt – und mich nie gefragt, ob ich mitwollte.

Hätten mir die anderen beiden von seiner Hochzeit erzählt?

Es schellte an der Tür, und ich machte Ernest und George auf. Bis der Abend vorbei war, würde ich mit ihnen abgerechnet haben. Meine Wut hatte sich in kalten Zorn verwandelt.

Bei der Frage, was wir Henry mitbringen sollten, kamen wir rasch auf Wein als Verlegenheitslösung, und das endete damit, dass ich mit Michael und George in den Keller hinabstieg. Michael nahm nacheinander ein paar Flaschen in die Hand, nickte manchmal anerkennend, legte sie wieder weg und stieß auf einmal einen Pfiff aus.

»So was hast du hier einfach im Keller rumliegen? Weißt du überhaupt, was das für ein Wein ist?«

»Zeig mal.« George nahm ihm die Flasche ab.

»Deutscher Wein, na und? Ich trinke lieber französischen«, brummte er.

Es war eine Flasche mit einem altmodisch gestalteten Etikett. Aber so alt war der Wein gar nicht. Ein Riesling von 2003, Kiedrich Gräfenberg Trockenbeerenauslese. Goldkapsel, Weingut Robert Weil, las ich weiter. Ich las das alles so penibel nach, weil mir das Etikett bekannt vorkam. Dieses helle Türkis mit den blassgoldenen Weinlaubranken drumherum. Hatten nicht Dieter und ich so eine Flasche geleert? Je länger ich die Flasche anstarrte, desto sicherer wurde ich mir. Hatte dieses Goldkapselweinchen mich so in erotische Stimmung versetzt, dass ich mit Dieter eng umschlungen aufs Sofa gesunken war? Ich meinte, den Wein wieder zu schmecken: Er war mir einschmeichelnd die Kehle hinunter in die Glieder gefahren und hatte Glücksgefühle hervorgerufen.

Was hatte mich meine Immunsystembelebung gekostet?
Michael nahm George die Flasche aus der Hand und wedelte mit einem blütenweißen Stofftaschentuch die Staubschicht herunter wie von Kronjuwelen.
Eine Flasche Wein für hundert Euro?
»Das ist nur Riesling«, sagte ich munter, »kein französischer Grand Cru.« Das Schicksal würde mir doch keinen Streich gespielt haben? Ich hatte mir doch nicht Alkohol im Wert von hundert Euro durchs Hirn geblasen?
»Ich will mich nicht festlegen, aber die Flasche bringt auf einer Auktion locker tausendachthundert Pfund«, sagte Michael mit einer bei ihm ungewöhnlichen Feierlichkeit. »Sehr konservativ geschätzt.«
»In England?« In der Frage schwang meine ganze Ungläubigkeit mit. In England war Wein naturgemäß immer Importware und daher teurer als in Deutschland oder Frankreich. Aber nicht *so viel* teurer.
Michael nickte und grinste mich schelmisch an.
Ich schluchzte laut auf, schlug die Hände vors Gesicht und wimmerte.
»Na, na«, sagte Michael und klopfte mir begütigend auf den vor Gram gebeugten Rücken. »Also ich würde mich freuen über so einen Fund.«
Ich wischte mir übers Gesicht und riss mich zusammen.
»Du nimmst mich nicht auf den Arm? Woher weißt du, dass der Wein so viel wert ist?«
»Ich gehe öfter auf Weinauktionen, auch wenn ich nur selten mitsteigere. Auf der letzten wurde so eine Flasche versteigert. Sie hat für eine kleine Sensation gesorgt. Daran erinnere ich mich genau.«
Ich glaubte ihm, es blieb mir kaum etwas anderes übrig. Meine Güte, fühlte ich mich elend.

»Geht's dir gut, Cally?«, fragte Michael verwundert.
Fast war ich versucht, meine Dämlichkeit zu gestehen – vor Michael, aber nicht vor George. Besser für meine Nerven war, darüber nachzudenken, was der Fund dieser einen Flasche, die noch übrig war, bedeutete.
Was ich bisher als Möglichkeit mit keinem sehr hohen Wahrscheinlichkeitsgrad angesehen hatte – in etwa vergleichbar einem handfesten Lottogewinn –, sollte Wirklichkeit werden? Ich hatte zwar meine Weinliste einem Experten geschickt, mich aber innerlich auf eine Enttäuschung eingestellt. Na ja, nicht ganz. Dass hier ein paar tausend in Wein angelegte Euro schlummerten, hatte ich schon erhofft. Aber dass bereits eine einzige Flasche aus Ellas Keller so einen Wert haben könnte, wäre mir niemals in den Sinn gekommen.
»Alles bestens«, knurrte ich.
Wir nahmen natürlich einen viel, viel weniger kostbaren Wein mit. Zuvor stellte Michael noch fest, dass mein Weinkeller ein ordnungsloses Sammelsurium enthielt, nicht nur, was die Weinsorten und die Herkunft betraf, sondern vor allem den Wert der einzelnen Flaschen. Die Grand Crus schätzte er pro Stück auf ein- bis zweihundert Euro.
Er fand noch zwei Goldkapselflaschen von Weil, dabei sah er längst nicht alle Fächer durch. Er bot mir an, am nächsten Tag das gesamte Depot mit mir durchzugehen. Das wollte ich nicht. Ich sagte ihm auch nicht, dass ich bereits angefangen hatte, die Bestände zu katalogisieren, ich nahm ihm nur die drei kostbaren Flaschen ab und verstaute sie so in einem Fach, dass ich sie leicht wiederfand. Als wir die Kellertreppe hinaufstiegen, bemerkte ich, dass George eine Weinflasche hinterm Rücken versteckte.
»Was willst du damit?«, fragte ich. »Wir haben einen Wein für Henry ausgesucht, den brauchen wir nicht.«

»Den trinke ich später auf dem Zimmer, als Absacker, oder hast du was dagegen?« George lachte.
Bevor ich etwas dazu sagen konnte, hatte Michael ihm die Flasche abgenommen und ging damit zurück in den Keller.
»Das war keine von deinen teuren«, sagte George kopfschüttelnd, »darauf habe ich geachtet.«
Ich glaubte ihm sogar, fand Michaels rasches Eingreifen dennoch goldrichtig.
Und mir war etwas eingefallen: Dieter und ich hatten zwei von den Goldkapselflaschen geleert: Die zweite hatte er heraufgeholt, als ich mit Lothar auf der Gartenbank saß und Cognac trank. Rund gerechnet hatte ich mit Dieter an gerade einmal zwei Abenden fünftausend Euro vertrunken. Für die Hälfte hätte ich meine alte Karre flottmachen und für den gesamten Betrag die Hypothekenzinsen zahlen können und noch etwas übrig behalten, oder … Ich unterbrach den allzu schmerzlichen Gedankengang, bevor ich Gefahr lief, mich als heulendes Elend im Bett zu verkriechen.
Als wir zu Henry hinübergehen wollten, überraschte uns Meg mit der Ankündigung, dass sie doch mitkäme.
»Du musst dich nicht zwingen«, sagte ich freundlich. »Wenn du keine Lust hast, bleib einfach hier.« Mir wäre es lieber gewesen, sie bliebe daheim, dann hätte ich ungehemmt über meine Ex-Freunde herfallen und meiner Wut auf sie endlich freien Lauf lassen können. Auf Henry hätte ich keine Rücksicht genommen. Er hatte sich diese Gäste ja selbst eingeladen. Jetzt musste ich strategisch vorgehen.
Meg streifte Ernest mit einem verstohlenen Blick. Ernest hatte sich nicht nur umgezogen, sondern so anständig gekleidet, dass er einem Londoner Börsenmakler im Afterworklook glich: Zu Hemd und Hose in gedeckten Farben und einem unauffälligen Sakko fehlte nur die Krawatte.

Ernest zwinkerte Meggie zu. Die beiden mussten sich unterhalten haben, während ich mit den anderen im Keller gewesen war, um eine Flasche Wein auszusuchen. Fragte sich nun, was Ernest meiner Tochter erzählt hatte, um sie umzustimmen.

Henry erwartete uns wieder mit der Küchenschürze in der Hand an der Tür.

Als ich meinen Begleitern erzählt hatte, wer unser Gastgeber war, hatte Ernest das an George gewandt kommentiert. »Georgie, das ist einer von deinesgleichen!«

Mir fiel ein, dass George ja ein *Lord George* war mit Stammschloss irgendwo in Wales. Wahrscheinlich konnte Henrys Heim mit diesem altenglischen Adelssitz nicht mithalten. Ernest und Michael zeigten sich tatsächlich nicht sonderlich beeindruckt von Henrys Burg.

Aber Henry selbst machte Eindruck auf sie – trotz Schürze. Das merkte ich unter anderem daran, wie sie sich formell vorstellten und sich entschuldigten, so bei ihm hereinzuplatzen, Einladung hin oder her.

Henry spielte das nonchalant herunter und sagte betont herzlich, wie sehr er sich über den zusätzlichen Besuch freue. Das sei gar kein Problem, im Gegenteil.

»Und die Vorbereitung fürs Essen?«, fragte ich nach, »war das nicht zu viel für dich?«

»Ich hab ja Unterstützung.«

In der Küche werkelte tatsächlich seine Haushaltshilfe, eine Polin, an deren Existenz ich kaum noch geglaubt hatte. Die junge Frau lächelte uns schüchtern an, als wir durch die offenstehende Tür hineinschauten.

Henry bat uns ins Esszimmer, wo der Tisch bereits festlich gedeckt war. Meine drei Ex-Freunde schlenderten herum, ein

Glas Aperitif in der Hand, und äußerten sich launig zu den gemalten Ahnen, die auf uns herabblickten.

»Sind aber keine Schönheiten darunter«, meinte George und deutete auf eine Ahnfrau mit leichtem Schielauge und Doppelkinn, die so verschmitzt lächelte, dass ich sie dennoch mochte.

»Es kann ja nicht jeder eine Lady Emma im Stammbaum haben.« Ernest schlug George auf die Schulter, und ich zuckte zusammen. Ich hatte vollkommen vergessen, dass George Lady Emma Hamilton tatsächlich als seine Vorfahrin reklamierte, daher sein gesteigertes Interesse an ihr. Es hatte mich schon damals in London gewundert, dass er stolz auf die Verwandtschaft mit einer in halb Europa verschrienen Skandalnudel war. Aber wahrscheinlich galten in Adelskreisen andere Maßstäbe.

Henry hatte uns kurz allein gelassen und trat nun herein, gefolgt von seiner Hilfe, die eine große Platte mit Vorspeisen trug.

»Lady Emma?« Er blieb stehen und runzelte die Stirn.

Ernest ging auf, dass er die letzte Bemerkung gehört hatte. »Georgie, der fünfte Lord Haskell hier«, er deutete auf seinen Kumpel aus Studienzeiten, »behauptet, von Lady Emma Hamilton abzustammen, ist das zu glauben? Kennen Sie die? Die Lady mit dem berühmten Liebhaber Lord Nelson?«

Henry nickte reserviert und enthielt sich jeglichen Kommentars. Das bremste Ernest nicht im Geringsten.

»Mit seiner Knollennase sieht Georgie ihr allerdings kein bisschen ähnlich. Oder? Sagen Sie mal selbst.«

Wie um Himmels willen war Ernest bloß auf Lady Hamilton gekommen? War das Zufall?

George betrachtete Henry mit halbgesenkten Lidern und nippte scheinbar entspannt an seinem Sherry. Durch die Fens-

ter flutete dezent die Abendsonne herein, tauchte den Raum in warmes Licht und schuf eine trügerisch heitere und kultivierte Atmosphäre.
Auf dem Tisch glänzte das geputzte Silber. Henry hatte exquisites, zart bemaltes Porzellan aufdecken lassen, alles deutete auf einen jener gepflegten Abende hin, wo alle Menschen überaus nett zueinander sind und jede halbe Stunde auf die Uhr sehen, weil die Zeit so zäh verrinnt.
Hätte ich da bereits ahnen müssen, worauf das Ganze hinauslaufen sollte? Vielleicht. Aber da Henry nicht auf die Erwähnung Lady Emmas reagierte und uns stattdessen mit einer schwungvollen Geste zu Tisch bat, hütete ich mich, das Bild in der Bibliothek zu erwähnen – wenn schon, war das Henrys Sache, nicht meine. Er hätte uns allerdings direkt zu dem Bild führen können, das hätte auch nichts geändert. Die Würfel waren längst gefallen.
Die Unterhaltung führten wir auf Englisch, das ergab sich so. Meg schien nicht daran interessiert. Sie aß mit stoischer Miene, und ich ahnte, dass sie bereits bedauerte, doch mitgekommen zu sein. Erstaunlich war nur, dass sie nicht aufstand und nach Hause ging. So gelangweilt, wie sie sich den Anschein gab, konnte sie also nicht sein.
George verbreitete sich über seine Werbefirma, die letzten Großaufträge und seine Absicht, demnächst eine Filiale in New York aufzumachen, bis Michael dazwischenwarf: »Georgie, wir wissen, dass wir mit dir nicht mithalten können. Du hast uns früher schon immer abgehängt.«
George lächelte geschmeichelt, aber auch ein bisschen verlegen, als wäre ihm zu Bewusstsein gekommen, dass man ihn für einen Wichtigtuer halten könnte, und die gespielte Verlegenheit stand ihm gut. Das war ja das Verrückte: Jeder merkte, dass er ein Großkotz war, aber man nahm's ihm nicht übel.

Das war immer schon so gewesen. Und wie wirkte er nun auf mich?
Ich hätte es nicht zu sagen vermocht. Mein Inneres fühlte sich wie gegen den Strich gebürstet, vor allem, wenn ich zufällig einen Blick Michaels auffing und an das dachte, was ich ihm am Nachmittag über das plötzliche Ende unserer Freundschaft und Georges Schuld daran erzählt hatte. Und mit diesem Gedanken fand ich zurück zu meiner Wut.
George hatte mich seinen Freunden mit etwas Hasch garniert als Abschiedsgeschenk präsentiert, das war eine schlichte Tatsache. Andere seines Schlages gingen mit den Kumpeln ins Bordell, das war teuer, aber nicht so speziell, wie gemeinsam die Freundin zu vernaschen.
Scheißkerle, alle drei.
»Sieht sie nicht phantastisch aus?«, fragte Ernest auf einmal mit gedämpfter Stimme und deutete mit der Gabel auf meine Tochter. »Ich muss sie ständig anschauen. Diese Haare und die Augen, guckt sie euch bloß genau an, die wird Lady Emma mal in den Schatten stellen, was, George? Deine Lady Emma spielt bald nur noch in der zweiten Liga.«
Mir war bereits aufgefallen, wie die drei Meg mal mehr, mal weniger unverhohlen musterten. Sie musste das merken, und es war ein Wunder, dass sie nicht mit Tellern und Gläsern um sich warf.
Plötzlich sah Henry besorgt aus. Und seine Hand, die nach dem Weinglas griff, zitterte. Und da ging mir auf, dass er die ganze Zeit bereits unter einer gewissen Anspannung litt. Ohne Ernests Bemerkung hätte ich seine Geistesverfassung auf den Vorbereitungsstress für ein Abendessen mit unerwartet vielen Gästen geschoben.
Ehe noch ein anderer etwas sagen konnte, fuhr ich Ernest an: »Sie sitzt mit am Tisch, und sie versteht dich.«

»Du verstehst Englisch?«, fragte Michael an Meg gewandt. Sie sah ihn nur an, zuckte die Achseln, schaute auf ihren Teller und aß weiter.
»Nicht sehr gesprächig, was?«, warf George ein. »Genau wie meine kleine Schwester, die sagt auch kaum was.«
Meg warf ihm einen bösen Blick zu, senkte den Kopf und betrachtete angelegentlich das Messer in ihrer Hand. Es war ein Steakmesser mit scharfer, spitz zulaufender Klinge.
Einen Moment herrschte absolute, ungute Stille. Alle dachten wir wohl an den Stein, den Meg in Georges Richtung geworfen hatte. Meg mochte George nicht, das war offensichtlich. Ob sie in ihre Abneigung die beiden anderen einschloss, war mir weniger klar.
»Möchte noch jemand Wein?« Henry stand auf und humpelte zur Anrichte, auf der in einem antiken Kühler die nächste Flasche auf uns wartete. Ernest half ihm, den Wein zu entkorken. Ich konnte gar nicht hinsehen, denn ich musste wieder an den Kiedricher Goldkapselwein denken. Nie wieder würde ich unbedacht eine Weinflasche öffnen. Die beiden hantierten noch herum, als ein Handy zu klingeln begann. George erhob sich, sein Mobiltelefon am Ohr, und lächelte uns entschuldigend an. »Ist wichtig«, murmelte er und trat auf den Flur hinaus.
Ich weiß nicht mehr, worüber wir Übrigen redeten und wie viel Zeit dabei verging. Aber irgendwann erzählte Michael von seinem Sohn, der mit sechs Jahren bereits sehr gut rechnen konnte.
»Was meinst du mit gut rechnen? Wie gut ist er denn in Mathe?«, erkundigte sich Meg auf Deutsch. Bis zu dem Zeitpunkt hatte sie kein Wort gesagt.
Verblüfft über die plötzliche Gesprächigkeit sah Michael meine Tochter an und zwinkerte ihr zu. Er antwortete ihr auf

Deutsch: »Na ja, für sein Alter ist er nicht schlecht, sagt seine Lehrerin. Er ist ja erst in der zweiten Klasse, aber er kann das Einmaleins bis zwölf mal zwölf.«

Meg hatte die Einmaleins-Phase mit dreieinhalb hinter sich gelassen.

»Ach so.« Sie klang enttäuscht.

»Ja und du? Bist du gut in Mathe?«

Michael war sichtlich froh, mit Meg ins Gespräch zu kommen, mir schwante aber, dass nichts Gutes dabei herauskommen würde. Gerade Mathematik war ein gefährliches Thema.

Bevor Meg antworten konnte, hörten wir ein gedämpftes Bellen. Ich hatte ganz vergessen, mich nach Tobler zu erkundigen, erst jetzt ging mir auf, dass Henry ihn eingesperrt haben musste.

»Wo ist überhaupt der Hund?«, fragte ich verspätet.

»In der Bibliothek. Ich möchte wissen, was er hat«, sagte Henry.

Das Bellen wurde lauter.

Meg und ich sprangen auf, Henry machte Anstalten, sich ebenfalls zu erheben.

»Bleib nur hier, wir schauen nach«, sagte ich schnell, dann rannte ich hinaus. Ich hörte noch Michaels Stimme und Henrys, der vielleicht eine Erklärung abgab.

Auf dem Flur sah ich mich vergeblich nach George um. Suchte er inzwischen die Toilette? Erst einmal würden wir uns um Tobler kümmern. Der kleine Kerl bellte sich die Seele aus dem Hals. Das war kein Bellen aus Langeweile. Das klang nach Gefahr.

George stand stocksteif mitten in der Bibliothek, war aber noch nicht von Tobler gebissen worden. Jedenfalls war seine Hose nicht zerfetzt. Der Hund hatte sich vor ihm aufgebaut, und nun, da er uns eintreten sah, stellte er das Bellen ein und knurrte nur noch aus tiefster Kehle, wich aber nicht einen Schritt zurück. Unmissverständlich hielt er George in Schach.

»Bleib einfach so stehen, George«, säuselte ich voller Hohn.

»Braver Hund«, lobte ich Tobler aufrichtig. »Weißt du, Georgie, er beißt nämlich gern Leute, die er weder kennt noch mag. Und was er zwischen den Zähnen hat, lässt er so leicht nicht wieder los, da kann kommen, was will. Er ist ein echter englischer Bullenbeißer mit einem genauso ellenlangen Stammbaum wie deinem. Und trotzdem kein bisschen degeneriert.«

»Danke für die Aufklärung«, knurrte George.

Ich hatte nicht auf die Tür geachtet, nur undeutlich wahrgenommen, dass die anderen uns nachgekommen waren.

Ich drehte mich um. Ernest ließ seinen Blick amüsiert über George und Tobler schweifen, und ich vermutete, dass er meine Bemerkung über Stammbäume mitbekommen hatte.

»Ja, gibt's das? Ich fasse es nicht«, stieß er hervor.

»Was denn? Toblers edler Stammbaum? Was ist daran nicht zu begreifen?«

Aber Ernest hatte etwas anderes entdeckt und keinen Blick mehr für George, den Hund oder einen von uns Übrigen.

Mit offenem Mund staunte er ein Bild an, das ich nur allzu gut kannte. »Lady Emma, wie sie leibt und lebt«, sagte er andächtig, und nur, wer ihn gut kannte, hörte den spöttischen Unterton heraus.

War er wirklich so überrascht? War er überrascht, das Bild zu sehen, oder überrascht, es *hier*, in der Bibliothek zu finden?

Michael zeigte sich als Einziger mehr an Tobler interessiert. Er ging in die Knie und sprach besänftigend auf ihn ein, aber der Hund ließ sich nicht beeindrucken. Er knurrte weiter.

»Tobler, komm her«, sagte ich unbedacht, und er kam tatsächlich zu mir getrottet, schmiegte sich an mein Bein und

schaute misstrauisch die Fremden an. Sein kleiner, gedrungener Körper zitterte vor Wachsamkeit, das gefiel mir. Er hatte etwas sehr Verlässliches an sich.
»Georgie, das ist doch deine Lady Emma?«, mischte sich Ernest wieder ein. »Oder sollte ich sagen, die von Lord Nelson? Nettes Bild.«
»Halt die Klappe, Ern, und hör auf, herumzualbern«, wies ihn George zurecht und wandte sich mit tiefernster Miene Henry zu. Ich merkte, wie er seine guten Manieren aufpolierte, während er Henry in ein fachkundiges Gespräch über das Gemälde verwickelte. Wir anderen wurden dabei zu Randfiguren, die sich nicht einzumischen hatten. George kehrte uns demonstrativ den Rücken zu und tippte Henry leicht und locker mit der Hand auf den Arm, wenn ihm etwas in der Unterhaltung besonders wichtig erschien.
Klar war bald, dass George wusste, wer das Bild gemalt und wo es gehangen hatte und dass es als verschollen galt. *Verschollen* klang wie unrechtmäßig erworben.
»Wer hätte gedacht, das hier zu finden?«, meinte er kopfschüttelnd.
Ja, wer wohl?
»Ich könnte Ihnen ein ordentliches Angebot für das Bild machen«, setzte er hinzu, »dann käme es zurück nach England.« Wo es seiner Meinung nach unbedingt hingehört, wollte er wohl sagen. Heimgeholt nach Wales in das Schloss eines Nachfahren.
Henry schüttelte den Kopf. »Bin nicht interessiert.«
George sah sich mit hochgezogenen Brauen um, als wollte er abschätzen, was der Unterhalt des alten Kastens, in dem sein Gastgeber hauste, wohl kostete.
»Ernsthaft? Sie sind nicht an ein paar hunderttausend Euro interessiert? Ohne große Formalitäten? Ich würde sogar auf

eine Expertise verzichten. Ihr Wort, dass das Bild echt ist, genügt mir.«
Wie großzügig das klang. Ein Angebot von Gentleman zu Gentleman.
Henry blinzelte nicht mal, seine Miene verschloss sich nur.
»Sagen wir fünfhunderttausend?«, legte George behutsam nach.
Hielt er Henry für blöd? Das Gemälde war Millionen wert.
»Sicher nicht«, antwortete Henry nach einer Pause, in der George sich unruhig eine widerspenstige Locke aus der Stirn strich. »Wenn ich wollte, könnte ich das Bild morgen verkaufen. Aber wie gesagt, ich will nicht. Heute nicht, und morgen auch nicht. Es bleibt hier, bis meine Erben darüber befinden.«
Es klang beinahe feierlich.
Über Henrys Erben sollte ich mir mal Gedanken machen, eine gewisse Ahnung hatte ich bereits.
Die Polin steckte den Kopf herein, um uns mitzuteilen, dass der nächste Gang angerichtet sei.
»Dann gehen wir doch zurück ins Esszimmer«, schlug Henry scheinbar munter vor und winkte uns aus dem Raum. Tobler setzte sich ebenfalls in Bewegung.
»Du bleibst hier!«, befahl ihm Henry und zog die Tür vor seiner Nase zu.
Lady Emma hatte also einen Bewacher für den Abend. Oder war das Zufall, dass Henry das Tier wieder in der Bibliothek einschloss?
Wir hatten uns kaum gesetzt, da kam George mit ungewöhnlicher Hartnäckigkeit, fast schon Grobheit, wieder auf das Bild zu sprechen.
»Wie kann es sein, dass es hier hängt? Darüber haben Sie uns noch nicht aufgeklärt«, fragte er beinahe anklagend.
»Muss ich das?«, fragte Henry.

»Nun, in England gibt es inzwischen klare Gesetze über englische Kulturgüter«, erklärte George gedehnt.
Ernest lachte laut auf. »Georgie, du machst dich lächerlich. Nur weil du einen Lady-Emma-Spleen hast, ist das Bild noch nicht von nationaler Bedeutung. Allerdings wüsste ich auch gern, woher es stammt. Jetzt bin ich neugierig geworden.«
Was mischte sich Ernest bloß immer ein! Lady Emma war ihm früher schnurz gewesen. Allerdings hatte er mich einmal mit ihr verglichen, fiel mir ein, das hatte ich bis gerade eben vergessen. Wir ähnelten uns wie ein Apfel dem anderen, hatte er behauptet, und wir hatten uns beide darüber halbtot gelacht, um George aufzuziehen.
»Ich hab's nicht gestohlen«, gab Henry gleichmütig zurück. Oder war der Gleichmut nur gespielt? »Warum interessieren Sie sich so dafür? Wegen Ihrer Verwandtschaft mit Lady Hamilton? Es ist doch so wenig bekannt über ihre Nachfahren. Und da sind Sie so sicher, von ihr abzustammen?« In Henrys Worten schwangen solche Zweifel mit, dass wir anderen sofort bereit waren, Georges Abstammungsgeschichte als Märchen abzutun.
»Sie hatte zwei Töchter. Von der ersten weiß man nicht viel, vermutet aber, dass sie in ein Konvent eintrat, aber die zweite, die Nelson-Tochter, hat geheiratet und viele Kinder bekommen. Sie lebte in Wales und wurde sehr alt.«
»Ja? Und warum ist das alles so wichtig für Sie?« Henry reichte mir den Nachtisch, ein köstlich duftendes Tiramisu. Ich sehe die schwere, bis zum Rand volle Bleikristall-Schüssel noch vor mir. Auf einmal rutschte sie ihm aus der Hand, es sah nach einer Ungeschicklichkeit aus, wie sie alten Menschen passiert, wenn die Kraft sie überraschend verlässt. Aber Henry hatte etwas gehört, dessen war ich mir sicher, denn ich hatte ebenfalls etwas gehört. Diesmal war es kein Bellen und

auch kein richtiger Lärm, sondern ein Geräusch, das sich später nicht mehr identifizieren ließ. Hätten wir Tobler bellen gehört, hätte uns das sofort alarmiert.
So verstrichen kostbare Sekunden mit Unsicherheit und Zweifel. Die Schüssel war beim Aufprall nicht zerbrochen, aber die Hälfte des Nachtischs war herausgeschwappt und hatte sich auf dem Tisch verteilt. Auch Michaels Hemd war bespritzt, er versuchte, den Brei mit der Serviette abzuwischen.
»Was war das?«, fragte Meg.
War das Geräusch von draußen gekommen? Oder doch aus der Richtung, in der die Bibliothek lag?
»Was denn?« George wirkte irritiert.
Meg stand auf.
Die Polin stand in der Tür. »Alles fertig, ich fahren nach Hause, Abwasch morgen. Oh, ist was passiert!« Sie deutete auf den Tisch. Ernest begann gerade, mit einem großen Löffel das Tiramisu zurück in die Schüssel zu schaufeln. »Ich hole Lappen.«
Die junge Frau hatte bereits ihre Jacke angezogen und hielt ihre Autoschlüssel in der Hand.
»Nicht nötig, darum kümmern wir uns selbst. Sie haben für heute genug getan. Ich begleite Sie zur Tür.« Auf Henrys nachdenklich gewordene Miene trat ein beruhigendes Lächeln, und er erhob sich.
»Pfui, wer soll das noch essen?«, wandte ich mich an Ernest, und er stellte seinen Rettungsversuch ein.
Meine Tochter begleitete Henry und die Haushaltshilfe hinaus, ich nahm an, dass Meg in der Küche nach einem Lappen suchen würde.
Wir setzten unsere Unterhaltung fort, aber als weder Henry noch Meggie zurückkehrten, wurde ich zunehmend unruhig.

So lange konnte es doch nicht dauern, einen Lappen oder ein Wischtuch aus der Küche zu holen.

»Ich geh mal nachsehen, was die beiden treiben. Wahrscheinlich richtet Henry neuen Nachtisch für uns her. Das nehme ich mit«, erklärte ich, ergriff die Schüssel und ging hinaus.

Meg und Henry waren nicht in der Küche, das sah ich mit einem Blick durch die offenstehende Tür.

Ich blieb im Flur stehen und horchte.

Schwache Geräusche drangen bis zu mir, in die sich auf einmal laute Musik mischte, die aus dem Esszimmer hinter mir drang.

Wenn ich mich nicht täuschte, kamen die Geräusche aus der Bibliothek. Was machten die beiden dort? Ich setzte mich wieder in Bewegung.

In der Bibliothek stand ein Fenster weit offen, und an einer Seite des Raumes versuchten zwei schwarz Vermummte, Lady Emma samt Rahmen von der Wand zu lösen. Ein dritter hielt eine Pistole auf Meg und Henry gerichtet. Die beiden knieten auf dem Boden und versuchten, Tobler wiederzubeleben. Er lag auf der Seite und rührte sich nicht. In seiner Nähe lag etwas, das wie halb zerkaute und ausgespuckte Wurst aussah.

Stumm befahl mir der Mann mit einem Schwenk seiner Waffe, ebenfalls niederzuknien. Ich hielt noch die Schüssel in der Hand.

Früher war ich eine ganz gute Basketballwerferin gewesen, doch ich wusste nicht, ob es richtig war, mein vergrabenes Talent in dieser brenzligen Situation zu reanimieren. Ich tat's dennoch. Mit einem Wurfgeschoss hatte der Mann mit der Waffe nicht gerechnet. Es gab einen schrecklichen Radau, als er reflexartig abdrückte und die Schale traf. Überall wurde

Tiramisu verspritzt. Tobler schreckte aus dem Koma, begann zu bellen und taumelte auf die beiden Einbrecher zu, denen es gerade gelungen war, das Bild von der Wand zu holen. Einer gab dem Hund einen Tritt, der ihn aufjaulen ließ, dennoch verbiss sich Tobler in das Bein des anderen. Ein zweiter Schuss knallte, aber da langte ich einfach zu und zog dem Schützen die Maske herunter. Es war niemand anderes als der falsche Makler mit dem niederländischen Akzent. Endlich ließ er die Waffe sinken. Meg riss sie blitzschnell an sich. Henry war zur Wand getaumelt und hielt sich die Seite.

Ich weiß nicht, wie lange das alles gedauert hatte.

Viel zu spät, meiner Ansicht nach, stürmten Ernest und Michael herein. Sie mussten doch trotz der Musik den Lärm gehört haben – oder nicht? Ich fragte mich, was die beiden aufgehalten hatte. Und wollte ich sie überhaupt noch dabeihaben?

Die drei Einbrecher machten sich gerade daran, durchs Fenster zu entwischen, nachdem der eine Tobler abgeschüttelt hatte. Ernest nahm Anlauf und setzte ihnen nach.

»Das Bild!«, schrie ich.

Ernest hechtete auf den Mann mit dem Bild zu.

Es war ja kein Riesengemälde, aber auch nicht so klein, dass man es unter die Jacke schieben konnte. Immerhin war es handlich genug, dass es sich die Einbrecher zuwarfen. Im Flug traf es mit der Kante Ernest am Kopf, so dass er in die Knie ging und aus dem Rennen schied. Gern hätte ich mich nun vergewissert, dass er nicht schwer verletzt war, aber ich war anderweitig beschäftigt. Ich wand Meg die Pistole aus den Händen. Lieber ließ ich die Männer entkommen, als dass sie einen von ihnen erschoss.

So wichtig war das Bild nicht.

Michael kümmerte sich um Henry und beachtete die Einbre-

cher überhaupt nicht. Die hatten inzwischen Lady Emma aufgehoben und kletterten mit ihr durchs Fenster nach draußen.
Tatenlos starrten wir ihnen nach.
Das war's dann.
Da sprang Tobler durchs Fenster hinterher.
»Ernest, du blutest«, rief ich, ließ Meg endlich los und ging zu ihm.
Er wischte sich das Blut aus den Augenbrauen und blickte glasig um sich. »Scheiß drauf, hilf mir lieber auf die Beine. Wir dürfen die Schweine nicht entkommen lassen. Hör auf, mich zu betütteln, mir geht's gut.« Er wehrte mich so heftig ab, dass mir klarwurde, er brauchte tatsächlich keine Hilfe. Weniger klar war mir, ob er nicht doch mit den Kerlen unter einer Decke steckte. Wer hatte denn das Thema Lady Emma angeschnitten? Das war doch er gewesen!
Ich sah nach Henry, aber der saß inzwischen in einem Sessel, Michael neben sich.
»Bist du getroffen, Henry?«
Er winkte ab. »Seitenstiche. Falls ich keinen Herzinfarkt erleide, geht es mir den Umständen entsprechend nur nicht besonders gut. Mach dir keine Sorgen. Hauptsache, dir und Meg ist nichts passiert.«
Ernest hing halb aus dem Fenster.
Von draußen drang Toblers wütendes Gebell herein, dann Rufen und Schreien, das lockte uns ebenfalls zum Fenster. Michael half Henry fürsorglich auf und begleitete ihn, bis er sich an einem Fensterflügel festhalten konnte.
Draußen auf der Wiese flackerten Lichter hin und her. Aber nicht nur da. Einige Gestalten bewegten sich ums Haus und leuchteten mit Taschenlampen. Jemand schaute zu uns herauf und brüllte: »Alles in Ordnung bei euch?«

Ich beugte mich so weit wie möglich hinaus. »Lothar, bist du das?« Ich meinte seine Stimme erkannt zu haben.
»Ja, die ganze Feuerwehrtruppe ist hier. Bleibt bloß drinnen, wir haben die drei gleich.« Dann stutzte er und wies auf Michael. »Aber wieso ist der noch da? Und der da?« Er deutete auf Ernest. »Ich dachte …« Seine Hand wies zur Wiese. »Wer sind dann die?«
»Mein Gott, was ist hier los?« George hatte endlich zu uns gefunden, stand in der Tür, eine Faust in die Hüfte gestemmt, und seine Miene drückte höchste Verwunderung aus. »Waren das Schüsse?«
Erst da merkte ich, dass die Musik verstummt war.
Henry fasste nach meiner Hand und drückte sie heftig. Dann flüsterte er mir ins Ohr: »George Haskell hat sich vor sechs oder sieben Jahren in einem Schreiben an mich gewandt. Er denkt sicher, ich hätte es vergessen. Er hat sich nach dem Bild erkundigt, das er damals bereits bei mir vermutet hat. Ich weiß bis heute nicht, woher er davon wusste. Ich hab ihm natürlich geantwortet, ich wüsste nichts davon«, flüsterte er mir ins Ohr.
»Dann hat er all die Jahre gebraucht, um dahinterzukommen, dass es doch hier hängt?«
»Vielleicht hast du ihm ja dabei geholfen.«
Ja, das wäre möglich, dachte ich, wenn auch unabsichtlich. Ich würde Doris fragen müssen, was ich ihr in meiner letzten E-Mail alles über Henry und sein Haus mitgeteilt hatte.
»Kann sein, aber nicht wissentlich, Henry. Ich hoffe, du verzeihst mir irgendwann«, nuschelte ich.

Eine halbe Stunde später stiefelten zwanzig Feuerwehrmänner in die Eingangshalle der Burg, das Bild und die Einbrecher brachten sie mit.

Henry musterte die drei einen nach dem anderen, als wollte er sich ihre Gesichter einprägen. Zwei waren höchstens zwanzig, vielleicht sogar noch jünger, beim dritten handelte es sich um meinen alten Bekannten, den falschen Herrn van Ovezande. Die Waffe hatte Ernest sich näher angesehen, es war eine Schreckschusspistole, die aber, aus nächster Nähe abgefeuert, eine Menge Schaden anrichten konnte. Die zersprungene Glasschale und das verspritzte Tiramisu bewiesen es.

»Ist das Bild unbeschädigt?«, fragte Henry.

Einer der Feuerwehrleute, ein großer bulliger Kerl, trug es unter den Arm geklemmt und hielt es nun hoch. Der breite Stuckrahmen zeigte an einer Ecke eine Absplitterung, ansonsten hatte Lady Emma, schon zu Lebzeiten für ihre Robustheit bekannt, das ganze Drama sehr gut überstanden.

Henry fuhr mit einer zittrigen Hand über die gemalte Oberfläche, als würde er eine wiedergefundene Geliebte streicheln. Er lächelte wehmütig.

Dann wandte er sich an die Feuerwehrleute, die die Einbrecher festhielten. »Lasst sie laufen.«

»Das geht nicht«, widersprach Lothar.

Wie zur Bestätigung schüttelten seine Kameraden den Kopf.

»Warum willst du sie laufenlassen?«, erkundigte ich mich bei Henry.

»Ich habe meine Gründe.«

Ich sah zu Lady Emma. War sie doch geklaut? Das wäre ein guter Grund, die Einbruchsgeschichte nicht an die große Glocke zu hängen.

Henry hielt meinen Arm umklammert, er schien sich kaum noch auf den Beinen halten zu können. Ich überlegte. Auf gar keinen Fall durfte er zusammenklappen. Ich hatte noch viel mit ihm zu bereden. Es war allerhöchste Zeit für ein langes, intimes Gespräch unter vier Augen.

»Hat schon jemand die Polizei verständigt?«, fragte ich in die Runde.
Einige der Männer guckten verlegen auf ihre Stiefelspitzen, andere suchten Inspiration, indem sie die Wände anstarrten. Nanu? Die Frage war doch nicht zu kompliziert.
»Nee, wir wollten erst einmal selbst unseren Spaß haben«, antwortete endlich einer der Männer, und die anderen nickten bedächtig. »Aber jetzt wird's Zeit.« Er zückte sein Handy.
»Moment noch, nicht so hastig«, wandte ich ein.
Etwa zwanzig Augenpaare richteten sich interessiert auf mich.
»Jungs«, bat ich die Feuerwehrmänner in aufmunterndem Ton, »guckt, ob die Einbrecher Papiere dabeihaben, schreibt ihre Namen, Ausweisnummern, Adressen und so weiter auf – und schmeißt sie raus.«
»Ist das dein Ernst?«, schaltete sich Dieter ein, den ich bis zu diesem Zeitpunkt nicht wahrgenommen hatte. »Die gehören in den Knast.«
»Normalerweise ja. Aber es ist nichts gestohlen worden und nichts kaputt, was sich nicht reparieren oder für wenig Geld ersetzen ließe.« Ich dachte an die Kristallschale. »Die Polizei zu rufen, ist bei einem Diebstahl nicht immer die beste Lösung.« Mein Blick bohrte sich in seinen, bis er den Kopf senkte. Er hatte verstanden. Er wusste nun, dass er selbst als Dieb erkannt worden war. Mir war längst klar, dass er die Weinflaschen, die mir fehlten, in dem Korb für die Fliesen aus dem Haus getragen hatte, der Schuft. »Und hier handelt es sich eindeutig nur um einen Versuch, der nicht einmal besonders professionell durchgeführt worden ist. Zwei der Übeltäter sind ja fast noch Kinder«, schloss ich mein Plädoyer.
Ich war gespannt, wann er mir die Flaschen wiederbringen würde. Oder hatte er sie womöglich schon verkauft? Nun ja, ich schuldete ihm Geld für die Klosanierung, da würden wir

ein Abkommen treffen, was die Anzeige bei der Polizei betraf. Wenn er mir mit dem Preis genügend entgegenkam, würde ich Milde walten lassen, genau wie Henry.

Wir konnten die Feuerwehrleute tatsächlich überreden, die Diebe laufenzulassen und die Polizei nicht zu verständigen. Dafür versprach ihnen Henry ein Festmahl im Burggarten. Das überzeugte die Männer davon, dass alles nicht so schlimm war, wie es ausgesehen hatte. Zwei hängten das Bild wieder an die Wand und schauten sich zur Vorsicht noch gründlich im ganzen Gebäude um. Als sie zu uns zurückkehrten und berichteten, dass sie auf keine weiteren finsteren Gestalten gestoßen waren bis auf die drei englischen Gentlemen, die trübselig im Esszimmer zusammenhockten wie Hühner auf der Stange, waren wir beruhigt. Zur Vorsicht sollte draußen eine Nachtwache installiert werden. Nachdem alles so weit wieder in Ordnung war, brachten wir gemeinsam die drei Diebe hinaus zur Straße. Wir standen noch herum, nachdem sie sich davongemacht hatten, da brauste ein Auto um die Ecke.

Es musste ihr Wagen sein.

»Das ist der, der Henry beinahe überfahren hat«, sagte Meg, und ich stellte mir vor, wie in ihrem supranormalen, fehlerfreien Gedächtnis das Bild des einen Wagens mit dem des anderen abgeglichen und als identisch erkannt wurde.

Diesmal fuhr der Wagen mit Licht, der falsche van Ovezande saß am Steuer.

»Bist du sicher?«, fragte Lothar erstaunt.

»Ja, klar.«

»Wieso?«

»Ich bin's halt«, sagte Meg ungeduldig.

»Na dann, ich hab das Kennzeichen«, erklärte Lothar bündig und wischte seine Zweifel an ihrer Glaubwürdigkeit mit ei-

nem energischen Nicken beiseite. »Wir haben uns alles angesehen, was sie dabeihatten. Ausweise, Führerscheine, Fahrzeugpapiere, Kreditkarten, uns fehlen nur noch die Steuernummern fürs Finanzamt, das waren Anfänger. Wir können sie uns jederzeit greifen.«
Über die Straße kam Edith im Nachthemd auf uns zu.
»Ist alles vorbei?«
»Ja, kannst wieder schlafen gehen, Tantchen«, sagte Dieter und legte den Arm um sie. »Ich bring dich rüber. Morgen erzähl ich dir, wie's war.«
Edith sträubte sich.
»Bitte!«, sagte Dieter streng.
Unsere Truppe dezimierte sich. Die Feuerwehrmänner rückten ab, aber erst, als der Termin für das Festmahl bestimmt war. Michael, Ernest und George ließen sich nicht blicken, doch ich machte mir im Augenblick keine Gedanken über sie. Erst einmal knöpfte ich mir Lothar vor.
»Wieso seid ihr plötzlich aufgetaucht? Und was meinte Edith mit ›Ist alles vorbei‹?«
»Das wüsste ich auch gern«, mischte sich Henry ein.
Wir gingen zurück ins Haus und setzten uns in die Küche. Ich kochte starken Kaffee.
»Ich hab mir schon seit Tagen Sorgen gemacht«, begann Lothar. »Und Dieter auch. Er ist ja ein blöder Hund, aber er hat mir gesagt, dass jemand nachts bei euch im Haus gewesen ist. Und als dieser Wagen beinahe den Baron überfahren hätte, war ich ja dabei. Ich hatte immer stärker den Eindruck, hier braute sich ordentlich was zusammen. Als dann diese drei Engländer bei dir aufgetaucht sind, habe ich mir gesagt, du musst die Sache im Auge behalten. Und das war ja richtig. Also, den Jungs hat's einen Mordsspaß gemacht.«
»Kann ich mir denken«, sagte Henry trocken.

»Ich danke dir, Lothar«, sagte ich und umarmte ihn nicht nur vor lauter Dankbarkeit, sondern auch, weil es guttat, nach einem solchen Schrecken jemanden in den Arm zu nehmen. Er wurde ganz schön verlegen. Ungeschickt strich er mir über den Kopf.

»Na, kein Grund, jetzt zu heulen.«

Da erst merkte ich, dass ich vor Erleichterung weinte.

Lothar hatte uns kaum verlassen, da kam Meg mit Tobler im Schlepptau zu uns in die Küche. »Er ist noch draußen herumgelaufen«, sagte sie.

Ich hatte nicht einmal gemerkt, dass sie allein wieder nach draußen gegangen war. Allmählich verlor ich den Überblick.

»Dann bring ich dich jetzt rüber, Zeit fürs Bett.«

»Nehmt Tobler mit, ich hab ja meine Nachtwache, da kann mir nichts passieren.«

In diesem Moment traten mit ernsten Mienen Ernest und Michael zu uns herein. »Und wo ist George? Hoffentlich habt ihr ihn nicht in die Bibliothek gelassen«, sagte ich.

Michael lächelte gequält. »Wir haben ihn uns im Esszimmer vorgeknöpft und alles, was wir wissen wollten, aus ihm herausgeholt.«

»Herausgeholt?«, hakte ich zweifelnd nach. »Was denn?«

Ich traute keinem von ihnen, George natürlich am allerwenigsten. Aber Unschuldsengel waren die beiden anderen auch nicht, das waren sie damals nicht gewesen und heute ebenso wenig. Was wollten sie uns denn nun weismachen? Auf einmal überkam mich Panik.

Konnte es sein, dass sie George zur Flucht verholfen hatten – mit Lady Emma, während wir hier in der Küche saßen?

Ich konnte nicht mehr klar denken. Henry schob mir über den Tisch den Kochsherry zu, und ich nahm einen kräftigen Schluck direkt aus der Flasche. Das tat gut.

»Das wirst du gleich erfahren. Wir haben eine Menge herausgefunden, nachdem wir ...« Ernest rieb sich versonnen die Fingerknöchel der linken Hand. Er war Linkshänder. »Er war zuletzt einsichtig und hat alles gestanden.«

Ich fragte nicht nach, wie er ihm zur Einsicht verholfen hatte, und hoffte nur, dass keine sichtbaren Spuren zurückgeblieben waren. Ein blaues Auge würde George einen tragischen Anstrich verleihen, den ich ihm nicht gönnte.

Seine beiden Freunde erzählten abwechselnd, wie George nach Jahren ohne Kontakt sich plötzlich bei ihnen gemeldet hatte und ihnen von mir und meiner Tochter erzählt hatte, das hatte sie neugierig gemacht.

Ernest sah Abbitte heischend zu Meg, aber sie wandte sofort den Kopf ab. Daher ging Ernest nicht weiter auf das Thema ein. Es war George, der die beiden anderen zu einer spontanen Stippvisite bei mir überredet hatte. Was er damit im Schilde führte, hatten sie nicht ahnen können.

»Aber war das nicht alles viel zu aufwendig?«, fragte ich, »warum hat er seine Helfer nicht ausgeschickt, um das Bild klammheimlich zu stehlen, und ist unerkannt im Hintergrund geblieben? Selbst hier aufzutauchen war doch dämlich.«

»Bis vor kurzem war er sich nicht sicher, ob das Bild wirklich hier hängt. Er hat aber immer vermutet, dass Henry ihn belogen hatte, als er sich vor ein paar Jahren nach dem Bild erkundigte. Dann hat er diesen Kerl aus Amsterdam, der gelegentlich für ihn tätig war, angeheuert, um erst einmal Henrys Haus und die Umgebung auszuspionieren. Dabei ist der Mann auch über dich gestolpert, das hat bei George einiges in Bewegung gesetzt. Du als alte Freundin im Haus direkt neben Henry von Beverloe. Das war schon mal vielversprechend, daraus ließ sich doch was machen, hat er sich gesagt und uns kontaktiert, allein traute er sich nicht zu dir. Aber den entscheidenden Hinweis, der aus einer Vermutung endlich eine Gewissheit machte, hat George von einer Freundin von dir erhalten. Da hatten wir uns bereits verabredet, und er wollte keinen Rückzieher machen. Jetzt fand er es gar nicht mal schlecht, uns zur Tarnung dabeizuhaben, wenn der Raub stattfand. Und beinahe hätte doch alles wunderbar geklappt. Wir saßen hier beim Abendessen, alle zusammen, inklusive George, und seine Helfer klauten heimlich das Bild. So hätte das laufen sollen. Eine todsichere Sache.«

Er sah wieder Meg an, und ich ahnte, dass Meg vielleicht auch für George eine Rolle gespielt hatte bei diesem ganzen vertrackten Spiel. Eitel, wie er war, wollte er sehen, ob sie seine Tochter war.

»Moment mal«, hakte ich ein. »Es ist doch schon merkwürdig, dass ihr ihm so gut zugearbeitet habt.«

»Zugearbeitet?«

Anklagend deutete ich mit dem Finger auf Ernest. »*Du* hast das Thema Lady Emma aufgebracht – ohne jeden Grund. Stimmt doch, oder?«

Ernest zeigte sich nicht einmal verblüfft oder empört. Er schüttelte nur den Kopf. »Und daraus drehst du nun eine Komplizenschaft? Vergiss es. Ein paar Tage bevor wir abgereist sind, habe ich George besucht. Auf einem Schreibtisch hatte er eine Menge Fotos ausgebreitet, alles Fotos von Porträts der Lady Emma. Wenigstens ein Dutzend. Ich wusste ja, dass er diesen Spleen hatte, aber dass er immer noch so stark ausgeprägt war, wusste ich nicht. Und als ich deine Meggie sah, da dachte ich nur noch: Wow!«

»Ich weiß nicht, was du meinst«, blaffte ich.

»Ach komm, gib's auf, uns für dumm zu verkaufen! Schau sie dir doch an: Sie sieht ihr ähnlich, oder ist dir das noch nicht

aufgefallen? Du übrigens auch. Das hab ich dir schon früher gesagt, erinnerst du dich nicht mehr?«
»Ach, halt den Mund«, entgegnete ich ungnädig. »Kommen wir auf den Einbruch hier zurück. Warum hat das so lange gedauert, bis ihr mir in die Bibliothek nachgekommen seid, du und Michael? Habt ihr den Schuss nicht gehört?«
Diesmal übernahm Michael das Antworten. »Du warst kaum aus der Tür, da hatte George die Musikanlage ›entdeckt‹, wie er vorgab. Wahrscheinlich hatte er die ganze Zeit schon darüber nachgedacht, sich diese Anlage zunutze zu machen. Er legte eine CD ein und stellte die Musik möglichst laut. Als wir protestierten, hat er uns in einen richtigen Streit gezogen. Ich bin hinausgegangen, weil mir das alles zu dumm wurde. Und da habe ich etwas gehört. Ernest kam mir nach, und den Rest kannst du dir denken.«
Das klang glaubwürdig. Ich ließ die Idee, dass sie mit George unter einer Decke steckten, fallen, wenn auch ungern. Was diesen Einbruch und den versuchten Diebstahl betraf, mochten sie ja unschuldig sein.
Aber sonst! Die beiden hatten ihre eigenen hinterlistigen Motive, uns aufzusuchen, nachdem sie von Megs Existenz erfahren hatten.
»Als George telefonierte, hat er da mit seinen Komplizen Kontakt aufgenommen?«, griff ich die Befragung wieder auf.
»Aber sicher. Der ganze Einbruch wurde auf die Schnelle improvisiert, sobald George von der Einladung erfahren hatte. Sein erster Besuch bei Lady Emma in der Bibliothek wäre unentdeckt geblieben, wenn der Hund nicht gewesen wäre. Ohne den hätte er die Sache da schon durchziehen können. Einer der Kerle hat den Hund dann später mit der präparierter Wurst mattgesetzt. Die hatten sie für den Fall dabei, dass er im Garten herumstromert und ihnen dort in die Quere

kommt. Dass Henry von Beverloe einen bissigen Hund hat, wussten sie.«

Ich konnte mir nun sehr schön vorstellen, wie alles vor sich gegangen war und wie der Zufall mal positiv, mal negativ ins Geschehen eingegriffen hatte.

»Was sollen wir jetzt mit ihm machen?«, fragte ich.

»Ihr macht gar nichts.« Henry stand auf und langte nach seinem Stock. »Ist er noch im Esszimmer?«

Ernest nickte.

»Dann knöpf ich ihn mir jetzt vor.«

»Aber nicht allein«, protestierte ich.

»Du bleibst hier«, beschied mich Henry. »Ich nehme Tobler mit.«

Auch wenn Henry sich keinerlei Sorgen zu machen schien, stellten wir uns vor die Tür, für den Fall, dass George einen Übergriff auf ihn wagte. Nach einer Dreiviertelstunde kamen die beiden heraus, und George ging ohne einen Blick oder ein Wort an uns vorbei, drehte sich aber dann um und starrte Meg an.

Meg stemmte die Fäuste in die Hüften. »Hau bloß ab, du Scheißkerl, und komm nie wieder«, schrie sie ihn an. »Ist mir doch egal, wer von euch dreien mein Vater ist. Von mir habt ihr nichts zu erwarten, keiner von euch.«

15

Der Arzt war gerade gegangen, ich hatte ihn zur Tür begleitet und stieg danach unendlich langsam die Treppe in den ersten Stock hinauf. Mir kam es so vor, als würde ich in immer dünnere Luft geraten, das Atmen fiel mir von Stufe zu Stufe schwerer, bis mein Herzschlag völlig aus dem Takt geriet. Die Aussage des Arztes machte mir nicht den größten Kummer. Er war ein alter Freund von Henry, der sich mächtig aufgeregt und uns Vorwürfe gemacht hatte, weil man ihn erst jetzt hatte kommen lassen. Henry hatte nur die Augen verdreht, dann aber die Untersuchung und den Rest der Standpauke stoisch über sich ergehen lassen.

Er hatte ein Mittel für sein geschwächtes Herz und ein leichtes zur Beruhigung erhalten und lag nun im Bett, eine Teetasse neben sich auf einem Nachttischchen. Überraschend hatte er mich gebeten, noch einmal heraufzukommen, und mir schwante, warum. Jetzt war es so weit, jetzt würden wir über all das reden, was mir das Gemüt beschwerte, seit ich diese Dokumente auf dem Dachboden gefunden hatte.

Meg schlief inzwischen hoffentlich, jedenfalls hatte ich sie zusammen mit Ernest und Michael nach Hause gebracht, bevor die beiden in ihre Pension gingen. Tobler hatten wir bei ihr gelassen. Michael und Ernest wollten am nächsten Morgen noch mal zu uns kommen, bevor auch sie sich verabschiedeten und nach England zurückkehrten.

»Hoffentlich ist sie meine Tochter«, hatte mir Ernest noch zugeflüstert.

»Du hast sie doch gehört, es interessiert sie nicht, und mich ehrlich gesagt auch nicht.«

»Mach das Deckenlicht aus und setz dich zu mir«, verlangte Henry.
»Licht aus ist okay, aber ich bleibe nicht. Ich wollte nur nachsehen, ob es dir an nichts fehlt.« Ein Blick auf sein fahles, eingefallenes Gesicht hatte mir genügt. Ich hielt es nun doch für besser, die Aussprache zu verschieben. Auf ein paar Stunden kam es jetzt nicht mehr an, und Henry brauchte Schlaf – und ich auch.
»Setz dich zu mir«, wiederholte er barsch.
Er solle sich nicht aufregen, hatte der Arzt gesagt, Aufregung habe er genug gehabt. Also gehorchte ich, um ihn nicht aufzuregen.
»Na schön«, sagte ich kühl, »und worüber reden wir? Über Meg? Und ihre drei potenziellen Väter?«
»Darüber können wir uns morgen unterhalten. Jetzt reden wir über dich und Helen. War Helens Geburtsurkunde auf dem Dachboden?«
Einen Moment starrten wir uns an. »Wieso fragst du das jetzt?«
»Du hast sie gefunden«, sagte er wie zur Selbstbestätigung. »Wo?«
»Auf dem Dachboden, in einem alten Schreibtisch«, antwortete ich einsilbig. Es waren zwei Urkunden, die zweite hatte mich noch mehr umgehauen als die erste.
»Darauf wäre ich nicht gekommen. Ich hatte den Dachboden glatt vergessen, ehrlich gesagt, bis sich der Junge dort versteckt hatte. Ich hatte Ella versprochen, die Urkunde an mich zu nehmen. Du solltest sie auf keinen Fall finden, sondern ich sollte sie dir geben, wann ich es für richtig hielt. Zweimal war ich nachts drüben und hab das verdammte Dokument gesucht.«
»Dann warst du der Einbrecher bei uns?«

Er sah indigniert drein. »Ich habe einen Schlüssel, ich kann immer hinein, wenn ich das will.«
Das mochte zu Tante Ellas Zeiten ja ganz praktisch gewesen sein, aber mittlerweile hatten sich die Verhältnisse geändert. Henry hätte das respektieren müssen. Hatte er sicher auch, sonst wäre er nicht heimlich bei uns herumgeschlichen.
»Na schön, aber warum hat dir Ella nicht gesagt, wo sie die Geburtsurkunden ihrer beiden Töchter aufbewahrt hat?«
Henry wurde totenblass.
»Henry? Geht's dir noch gut?«
Besorgt beugte ich mich über ihn. Er blinzelte mich an, als sähe er ein Nachtgespenst. Auf seine Bitte hatte ich das Hauptlicht ausgemacht, es brannte nur noch die Lampe auf dem Tischchen am Bett.
»Ella hat mir gesagt, sie hätte die zweite nicht mehr. Deine wäre verbrannt.«
Er stockte. Offensichtlich war er nun geschockter als ich, und ich merkte, dass ich ihm das gönnte, während ich mir gleichzeitig wünschte, dass ihn meine Eröffnung nicht gar so mitnahm.
»Dann weißt du ja schon alles«, setzte er flüsternd hinzu.
»Dass wir beide, meine Mutter Helen und ich, Ellas Töchter sind? Meine Mutter also in Wahrheit meine Schwester ist? Ja, das weiß ich inzwischen«, sagte ich hart. »Ich hätte nur gern gewusst, warum ich das erst nach Ellas Tod erfahre, und vielleicht kannst du mir auch sagen, wer unser Vater ist. Oder gibt es zwei Väter?«
Auf beiden Dokumenten stand: Vater unbekannt.
Warum?
Dass der Mann, mit dem meine Mutter verheiratet war, nicht mein Erzeuger war, wusste ich, seit ich mich in der Schule mit dem System der Blutgruppen befasst hatte. Seine und

meine schlossen eine direkte Verwandtschaft aus. Als ich meine Eltern darauf angesprochen hatte, hatten sie nur das Nötigste zugegeben. Angeblich hatte meine Mutter bei einem Kururlaub in Bad Homburg eine kurze Affäre gehabt, deren Ergebnis ich war. Es musste sie sehr viel innere Überwindung gekostet haben, diese Affäre zu erfinden, denn eheliche Untreue stand ganz oben auf ihrer Liste unverzeihlicher Sünden. Für mich hatte sie sich zur Sünderin gemacht! Die Ärmste. Mein angeblicher Vater war ein Bratschist des Kurorchesters, der bei einem Verkehrsunfall ums Leben gekommen war, so dass sich große Nachforschungen nach ihm nicht lohnten, die ich aber auch gar nicht anstrebte. Mit meinem Ersatzvater war ich hochzufrieden, er war mir der liebste Mensch auf Erden, und daran sollte sich auch nichts ändern.

Blieb noch mein Verhältnis zu Helen. Was sie betraf, herrschte in meinem Innern ein unerträglicher Gefühlssalat. Neben Zorn in allen Spielarten auch Verlust, selbst Anfälle von Dankbarkeit waren darunter, denn mir war durchaus klar, dass sie keine schlechte Mutter für mich gewesen war – nur eine, mit der ich schon immer meine Probleme gehabt hatte. Jetzt konnte ich die Ursache dafür auf unser wahres Verwandtschaftsverhältnis schieben.

Mein leiblicher Vater lag vor mir im Bett, dessen war ich mir relativ sicher. Das erklärte sein Interesse an mir und Meg am besten, das meiner Einschätzung nach über das Interesse eines Freundes an den Kindern einer Freundin entschieden hinausging. Unversehens stieg Wut in mir hoch. All die Jahre hatte er sich fein herausgehalten. Nicht mal, als ich drei Wochen hier zu Besuch war, hatte er sich sehen lassen. Um ganz ehrlich zu sein, mischte sich in meine Wut die auf meine Ex-Freunde aus England. So unlogisch funktionierte mein Ge-

fühlsleben in dieser Stunde, es ließ sich nicht mehr eindeutig sortieren, wem der größte Teil meines Zorns galt.
»Du siehst aus, als wolltest du mich erwürgen«, murmelte Henry und versuchte, sich im Bett ein wenig aufzurichten.
Ich lehnte mich auf dem Stuhl zurück und kreuzte die Arme vor der Brust.
»Da könntest du recht haben. Und wenn du mir den ganzen Kuddelmuddel, den du und Ella angerichtet habt, nicht ausreichend erklärst, rechne mal nicht damit, dass ich meine niederen Instinkte noch lange in Zaum halte. Fang damit an, was Ella dazu veranlasst hat, als Hauptrolle in ihrem Leben die Rabenmutter zu geben!«
Henry schluckte, sein Adamsapfel hüpfte.
»Und das gleich zwei Mal!«, legte ich erbittert nach.
»Fangen wir doch bei Helen an«, begann er leise und fuhr erst fort, als ich zustimmend nickte.
»Es ist in London passiert, das hast du dir bereits ausgerechnet, nicht wahr?«
Ich nickte wieder, diesmal ungnädiger. Von mir aus konnte er seine Enthüllungen ruhig mehr am Stück vortragen und zügiger. Dann hätte ich es schneller hinter mir und konnte ungestört an meinen Rachegedanken feilen.
Was er dann erzählte, klang zumindest plausibel. Ellas und seine Wege trennten sich, bevor sie wusste, dass sie schwanger war. Und da beide nie über eine mögliche gemeinsame Zukunft geredet hatten, versuchte Ella nicht, ihn zu finden. Sie hatte nicht einmal seine Adresse, aber das erfuhr er erst einige Jahre später. Da hatte Ella ihr Kind längst von ihrer acht Jahre älteren Schwester adoptieren lassen. Ihre Schwester, meine angebliche Großmutter, hatte sich ausbedungen, dass sich Ella nicht nur aus der Erziehung heraushielt, sondern von ihrer Tochter völlig fernhielt, um ja nicht das Familienleben

durcheinanderzubringen. So hoch war der Preis für die ungestörte Fortführung ihrer Karriere gewesen.

»Weißt du«, erklärte Henry entschuldigend, »sie war noch sehr jung, sie wusste nicht, worauf sie sich damit einließ, aber sie hat sich immer an die Abmachung gehalten.«

»Aber sicher doch: Sie war froh, dass sie das uneheliche Balg so billig losgeworden war.«

Henry verzog das Gesicht und lachte überraschend.

»Kann man so sagen«, räumte er ein, »zum Muttersein hatte sie außer einer gewissen biologischen Veranlagung leider überhaupt kein Talent.«

»Oder um es anders auszudrücken: Ellas ausgeprägter Egoismus hinderte sie nachdrücklich daran, für ihr Kind Interesse aufzubringen. Keine Anrufe, keine Geburtsgeschenke von der Tante.«

Mir wurde geradezu übel bei dem Gedanken, dass Ella ja auch *meine* Mutter war.

»Die hat sie immer pünktlich geschickt, sie wurden nur umdeklariert«, widersprach Henry.

»Und du? Hast du deiner Tochter Helen jemals etwas geschenkt?«

In die Frage legte ich meine ganze Verachtung für diese ungeheuren Eltern, die auch *meine Eltern* waren.

Henry schloss kurz die Augen. »Ich hab Ella erst wiedergesehen, als Helen bereits fünf Jahre alt war. Ella ist im Opernhaus von Buenos Aires aufgetreten. Ich hatte sie nie vergessen, aber erst da, nach fünf Jahren, gelang es mir, zur gleichen Zeit am gleichen Ort zu sein.«

Ein wehmütiger Ausdruck trat auf sein Gesicht. Unerwartet rührte mich das.

»Hast du sie sehr geliebt?«, entfuhr es mir.

Er hielt die Augen geschlossen.

»Es klingt für dich sicher pathetisch oder sinnlos romantisch: Aber ja, sie war die Liebe meines Lebens, über die Jahre hinweg bin ich ihr immer mehr verfallen. Das gefiel ihr, sie blühte auf, wenn man sie anbetete, war das aber ebenso schnell wieder leid. Sie war wie Wasser, das ständig seine Farbe, die Temperatur und die Fließrichtung ändert. Das musste ich lernen. Ich hab's gelernt. Ella wollte sich nie festlegen, ihr Wunsch nach persönlicher Freiheit war eine Besessenheit von ihr. Aus ihrem Leben außerhalb des Bühnenbetriebs sog sie die Energie für die Auftritte. Manchmal kam ich mir nach einigen Tagen des Zusammenseins wie ausgepresst vor.«

»Dann hat sie sich in jungen Jahren wie eine Gottesanbeterin aufgeführt? Die fressen ihre Männchen«, sagte ich mit flacher Stimme. Konnte Henry so ein Idiot gewesen sein, immer wieder auf sie hereinzufallen? Ich hatte mich von meiner Liebe zu George schließlich auch befreit. Wenn auch nicht ganz freiwillig …

»Sie kam aus einem furchtbar konservativen Elternhaus mit sehr restriktiven Ansichten über Wohlverhalten, Moral und so weiter. Ihr Vater ließ keinerlei Abweichung von seinen Vorstellungen gelten. Dass seine Tochter als Sängerin Karriere machte, kam für ihn der Prostitution gleich.«

»Na ja, sie hatte doch eine Menge Liebhaber, oder willst du das abstreiten? Du warst bloß einer von ihnen, stimmt's?« Ich dachte an die Briefe.

»Nun ja, ich war verheiratet«, murmelte er.

»Und eine Scheidung kam nicht in Frage?« Eigentlich hatte er die Frage bereits beantwortet: Die libidinös umtriebige Ella wollte sich nicht auf einen Mann festlegen. Da hätte er mit einem Antrag wohl kaum Aussicht auf Erfolg gehabt.

Henry machte die Augen wieder auf.

»Also hör mal! Deine Ansichten vom Leben scheinen ein

bisschen denen deines Großvaters zu gleichen. Sehr schlicht, unpraktisch und lebensfremd, würde ich sagen. Ich mochte meine Frau und sie mochte mich, wir verstanden uns gut, schon deshalb kam eine Scheidung nicht in Frage.«

Wieder einmal kam ich mir blöd vor. Ella und Henry wollten beide nicht mehr als ein hübsches Verhältnis, das ihren Alltag ab und zu aufpolierte. Von wegen *die Liebe seines Lebens.* Es war der Seitensprung seines Lebens.

»Und Ella hätte eine Heirat mit mir abgelehnt«, fuhr Henry fort. »Sie hat nicht mal zugeben, dass Helen meine Tochter ist. Ich habe bis heute keine Gewissheit.«

Das saß. Damit hatte ich nicht gerechnet. Er wusste es nicht mit Bestimmtheit? Und was war mit mir?

»Dass es inzwischen Gentests gibt, weißt du?«

»Ich bin nicht der Trottel, für den du mich hältst«, knurrte er und wandte den Kopf ab.

»Dann kommen wir doch jetzt mal auf mich«, regte ich an. »Wie ist denn das zweite Malheur passiert? Und wo?«

Er seufzte. »Auf einer Kreuzfahrt durchs Mittelmeer. Ella sang auf dem Schiff, sie hatte bereits seit Jahren nur noch diese kleineren Engagements, da sie nach einer Kehlkopfentzündung keine großen Partien mehr singen konnte.«

Das wusste ich bereits und hatte mir auch schon Gedanken gemacht, wie es mit Ella weitergegangen war.

»Du meinst, sie ging ins Entertainment? Singen auf Hochzeiten und so, für wenig Geld?«

Henrys Augen schossen einen wütenden Blitz auf mich ab. »Nein, so tief ist sie nie gesunken. Ja, sie hatte solche Engagements auf Schiffen, aber es waren Luxusschiffe. Die Reedereien ließen sich die Stars, die auf so einer Reise auftraten, etwas kosten. Und sie sang auf privaten Konzerten in exklusiven Kreisen, das waren keine Dorffeste.«

»Nein, sie trat bei Multimillionären auf, die sie nachher als Liebhaber abschleppte.«
Henry hieb mit der Faust auf die Bettdecke.
»Geh, lass mich allein! Mit dir kann man nicht reden! Nicht mal mit dir, das ist unerträglich.«
Sicher dachte er an Helen und verglich mich mit ihr.
Ich beugte mich wieder über ihn. »Ja, warum wohl? Nein, Papa, ich bin unartig und sauer, weil du und Mama nie irgendwelches Interesse an mir gezeigt habt, nicht mal, als ich hier war. Warum hast du nicht einmal Hallo gesagt? Ich war doch drei Wochen da. Hattest du keine Zeit, wenigstens auf einen Kaffee rüberzukommen und einen Blick auf mich zu werfen? Und als ich vor zehn Tagen nebenan eingezogen bin, hattest du es auch nicht gerade eilig, meine Bekanntschaft zu machen.«
Henry stöhnte, und in seinen Augenwinkeln sammelten sich Tränen.
Meine angeborene Weichherzigkeit, die ich sicher nicht von Ella geerbt hatte, trat wieder zu einem ungünstigen Zeitpunkt zutage.
»Fühlst du dich unwohl? Wir können das Gespräch auch morgen fortführen«, schlug ich vor.
Er legte die Hand aufs Herz. »Unwohl?«, knurrte er. »Mir ist die Vorstellung zuwider, dass mich heute Nacht ein Infarkt erwischt, bevor ich … so wie Ella. Weißt du, ich hatte sie endlich so weit, reinen Tisch zu machen, schon weil ich wollte, dass du und Meg die Möglichkeit habt, uns kennenzulernen, und wir machten uns ja auch Sorgen um Meg. Wir wussten von Helen, was mit ihr los war.«
»Also mit ihr hattet ihr Kontakt?« Was wollte er mit der Bemerkung über einen drohenden Herzinfarkt erreichen? Mich milde stimmen? Das war ihm gelungen. Mehr oder weniger.

»Selten«, brummte er. »Wenn ich mal Gelegenheit hatte, mit ihr zu sprechen, haben wir uns immer gestritten. Sie lehnt mich kategorisch ab. Daher hatte ich Furcht, es würde mir mit dir ebenso ergehen. Ich hatte Ella versprochen, den Kontakt sehr vorsichtig aufzubauen und nichts zu überstürzen.«
Im Geist sah ich ihn vor mir, wie er das erste Mal zu uns zu Besuch kam und mich abkanzelte, weil Meg ein Stück Pizza über die Burgmauer geworfen hatte. War das seine Vorstellung von vorsichtiger Annäherung?
»Wann habt ihr das besprochen?«
»Nach ihrem ersten Herzinfarkt. Es war nur ein leichter, aber sie ahnte, dass bald der nächste kommen würde, und er ließ tatsächlich keine sechs Wochen auf sich warten. Wieder war es nur ein leichter, aber die Warnung fiel noch deutlicher aus. Wir nutzten die Zeit, die uns blieb, aber sie war zu kurz. Auf den zweiten Herzinfarkt folgte drei Tage später ein Schlaganfall, und so konnte sie mir nicht einmal mehr sagen, wo sie die Geburtsurkunde abgelegt hatte. Dass sie die zweite ebenfalls aufbewahrt hatte, ahnte ich nicht. Weißt du, sie hat viel mehr an euch gehangen, als sie sich je eingestehen mochte. Sie hat sich dafür bestraft, dass sie euch beide weggegeben hat.«
»Und mich witzigerweise an ihre ältere Tochter.«
Henry lächelte zaghaft. »Verrückt, nicht wahr? Ella war über vierzig, mit einer Schwangerschaft hatte sie nicht mehr gerechnet, nicht nach all den Jahren. Helen konnte keine eigenen Kinder bekommen, das stand fest. Sie war jung verheiratet und wünschte sich so sehr ein Kind. Es schien uns allen eine annehmbare Lösung, aber die Bedingungen waren für Ella die gleichen wie bei der ersten Adoption. Das war, denke ich heute, Helens Rache.«
Ich dachte an den Streit, den ich zwischen den beiden im Fieberwahn mitbekommen hatte. Vielleicht war es um diese Ab-

machung gegangen. Meine Großmutter war ja erst kurz zuvor gestorben, da galt zumindest dieses erste Abkommen nicht mehr.
»Wann hat Helen erfahren, dass sie Ellas Tochter ist?«
»Kurz vor ihrer Hochzeit. Sie musste für die standesamtliche Eheschließung eine Geburtsurkunde vorlegen, da kam alles heraus. Ella ließ eine beglaubigte Abschrift machen, die schickte sie an Helen.«
Ich hatte nicht geheiratet und nie eine Geburtsurkunde von mir benötigt.
Ich schwieg eine Weile.
»Oh Henry, was warst du für ein Schaf!«, sagte ich dann ehrlich bekümmert. »Gut, dass ich so gründlich über George hinweggekommen bin. Ich war nämlich schwer in ihn verliebt. Na ja, dass er solch ein Gauner ist, haben ja nicht mal seine besten Freunde gewusst.«
Henry zwinkerte mir zu. »Nimm ihm seine Vorliebe für Lady Emma nicht so krumm. Männer verfallen nun mal leicht der weiblichen Schönheit. Und weil er dich verloren hatte …«
»Sei bloß still und hör mir auf mit Lady Emma«, fiel ich ihm ins Wort. »Die ist jetzt nicht unser Thema.«
Der auschlaggebende Grund für den versuchten Diebstahl war nicht etwa Georges gewisses Faible für Lady Emma. So besessen war nicht einmal er. Ernest und Michael hatten aus ihm herausgequetscht, dass er mit seiner tollen Firma in Zahlungsschwierigkeiten geraten und gerade von seiner Ehefrau verlassen worden war, die mit einer teuren Scheidung drohte. Da hatte er den glänzenden Einfall, einen zwielichtigen Geschäftsfreund aus den Niederlanden für den Coup mit dem Emmabild anzuheuern. Seine angebliche Abstammung von Emma Hamiltons Tochter spielte dabei die Nebenrolle. Vermutlich wollte er sich damit die Idee, das Bild zu stehlen,

schönreden. Er hatte bis dahin Nachforschungen über sämtliche ihrer Nachfahren angestellt und war auf der Suche nach dem Bild auf Henry gestoßen. Es war ganz nach Georges Geschmack, zwei Fliegen mit einer Klappe zu erlegen. So wie bei der fatalen Abschiedsparty für seine Freunde.

»Ja, aber jetzt weißt du, warum deine Tochter Lady Emma ähnlich sieht. Dieser George muss keineswegs dafür verantwortlich sein, falls er doch ein Nachfahre ist. Er ist übrigens derjenige, den ich von Anfang an nicht leiden konnte. Die anderen beiden sind mir sympathisch.«

Wir lächelten uns wie Komplizen an.

Dann ging ich zu mir hinüber und fiel wie ein Stein ins Bett.

Es war beinahe Mittag, als ich zu Hause anrief und tatsächlich Helen am Apparat hatte.

»Hallo Schwester«, sagte ich mit unsicherer Stimme, »komm doch einfach rüber, wenn du mit mir reden willst. Ich warte auf dich, und Henry würde sich auch freuen, dich zu sehen.«

Bevor sie etwas darauf entgegnen konnte, legte ich auf.

Ernest und Michael wollten einen Gentest durchführen lassen, aber unabhängig davon, wie das Ergebnis ausfiel, fühlten sie sich verpflichtet, Verantwortung für Meg zu übernehmen. Michael lud sie nach England ein und versprach ihr, mit ihr das Internat in Schottland zu besuchen, riet ihr aber, noch zwei Jahre zu warten, bis sie sich dort anmeldete. Er und Ernest kannten sich im englischen Internatsleben bestens aus und waren seit der gemeinsamen Schulzeit befreundet. Meg war nach einigem Nachdenken einverstanden.

Zum Mittagessen fand sich nicht nur Henry, sondern auch Edith mit einem Apfelauflauf und Lothar und Justus ein.

Justus hatte eine Überraschung parat. Er stellte sich mit geballter Faust vor mich hin. Dann öffnete er wie schon einmal langsam die Hand und präsentierte mir auf dem Handteller die Diamantohrhänger. Er hatte sie an dem Morgen, nachdem er in meinem Bett geschlafen hatte, in der Ritze zwischen Rahmen und Kopfteil des Bettgestells gefunden und mitgenommen. Er hatte sie nicht stehlen, sondern mit dem Fund zunächst einmal Meg beeindrucken wollen. Aber leider hatte das nicht geklappt. Als er sich gerade an das Thema herantastete, hatte sie ihn stehengelassen und war abgehauen.

»Bist du jetzt sehr böse mit mir?«, erkundigte er sich zaghaft.

»Na klar bin ich das«, raunzte ich ihn an. »Wenn du sie mir früher gegeben hättest, hätte ich nicht eine tote Ratte aus der Mülltonne fischen müssen und sie darin suchen und …«

Ich bemerkte Justus' irritierten Blick und fuhr ein wenig konfus fort: »… aber das verstehst du jetzt nicht …«

»… sondern später, wenn ich groß bin?«, fragte Justus zweifelnd.

»Die Ratte, die im Garten ertrunken ist?«, mischte sich Edith erstaunt ein und sorgte damit für zusätzliche Konfusion.

Ich sparte mir die Erklärungen, die nur neue erfordert hätten, aber ich erinnerte mich daran, dass immer noch nicht das Problem geklärt war, mit dem die ganze Geschichte – zumindest für mich – begonnen hatte.

Da lag ja noch die Leiche im Gurkenbeet, vielmehr ein Skelett, denn bisher waren nur eine Knochenhand und ein Armknochen aufgetaucht, da würde der Rest kaum besser erhalten sein.

Am Nachmittag brachte Dieter die geklauten Weinflaschen zurück und bot mir von sich aus einen Zahlungsaufschub von drei Monaten an, obwohl er sich das gar nicht leisten konnte, wie er gestand. Seine vielen Außenstände hatten ihm Probleme mit seiner Hausbank eingetragen. Später sprach ich mit

Lothar darüber, und er klärte mich genüsslich darüber auf, dass Dieter der lausigste Geschäftsmann sei, den er kannte. Der Burgfrieden zwischen den Vettern ging wohl seinem Ende zu.
Abends besuchte ich Henry, wir wollten besprechen, wo wir die lange Festtafel für die Feuerwehrmänner aufbauen wollten. Wir schlenderten in der Abenddämmerung langsam durch den Garten, Henry stützte sich auf seinen Stock und hielt in der anderen Hand etwas Langes, mit dem er hierhin und dorthin wies.
»Am besten stellen wie die Tische hinterm Haus in der Nähe der Burgmauer auf«, erklärte ich gerade.
»Dort?« Henry wedelte mit dem Ding, und da fiel es mir erst richtig auf. Wahrscheinlich, weil Tobler zu ihm aufschaute und bitterlich jaulte.
Es war der Armknochen, den er ausbuddelt hatte.
»Henry«, sagte ich behutsam, »du hast da etwas Seltsames in der Hand. Sieht aus wie ein Knochen.«
»Das ist ein Knochen.«
»Ich glaube, ich hab den schon mal gesehen.«
Und endlich erzählte ich ihm von meinem allerersten Problem hier, dem Skelett im Gurkenbeet.
»Ach das«, bekannte er unaufgeregt. »Ich hab mir den Fuß angeknackst, als ich es eingegraben habe. Das habe ich vergessen.«
»Den angeknacksten Fuß?«
»Das Skelett natürlich.«
»Du vergräbst ein menschliches Skelett in Ellas Garten? Welcher von ihren Liebhabern war das denn?«
Henry lachte entspannt. »Komm, gehen wir hinein, da erklär ich's dir.«
Er bot mir erst einmal einen kleinen Sherry an, bevor er mit

seiner Erklärung loslegte. Schon nach den ersten paar Sätzen merkte ich, wie sehr so ein Sherry dazu beitragen konnte, seltsame Ereignisse nüchtern zu betrachten. Im Zusammenhang mit Ella war das eine wertvolle Eigenschaft.

Das Skelett hatte sie vor vielen, vielen Jahren aus Südamerika mitgebracht, es war ein recht kleines und uraltes, das in einer bescheidenen, privaten Sammlung als ethnologische Besonderheit ausgestellt wurde. Sie hatte es gekauft und jahrelang als Maskottchen mit sich geführt und schließlich zu Henrys Entsetzen in ihrem Wohnzimmer aufgestellt. Aber als sie spürte, dass sie nicht mehr lange zu leben hatte, bat sie ihn, das Skelett bei ihr im Garten zu vergraben, und er hatte ihr diesen Wunsch erfüllt.

»Warum hast du das Skelett nicht einfach mitgenommen und Ella weisgemacht, du hättest es vergraben?«

»Das ging nicht, sie stand neben mir und schaute zu – mit der Samentüte für die Gurken in der Hand.«

»Und warum wollte sie es überhaupt vergraben haben?«

»Weil ihr der Hobbymedizinmann, dem sie es abgekauft hatte, dazu geraten hatte: Wenn ihre Lebenskraft sinke, solle sie es der Erde übergeben, dann würde sie neue Kraft überkommen.«

»Und das hat sie geglaubt?«

»Nicht so richtig, aber die Gurken gediehen prächtig.«

Ich überlegte, wo Ella das Skelett aufgestellt hatte. Aber stand so ein Skelett von allein?

»Hatte sie es auf dem Sofa sitzen?«

Henry lachte amüsiert.

»Nein, es hing in einem Eisengestell neben dem Flügel im Wohnzimmer. Als stummer Zuhörer, wenn sie ihre Arien probte.«

Mir schwante, was er mit dem Eisenteil gemacht hatte.

»Hast du es in die Diele gestellt?« Eigentlich brauchte er zur Bestätigung gar nicht zu nicken. An diesem Gestell hingen nun Megs und meine Jacken. Als Garderobenständer war mir das Ding schon immer merkwürdig ungeeignet vorgekommen, mit Skelett konnte ich es mir vorstellen.

Wir waren bis in eine Ecke des Gartens gelangt, in der ein offener Schuppen stand. Unter dem Wellblechdach rostete das Gerippe eines Autos vor sich hin.

»Mit Gerippen habt ihr es wohl beide gehabt?«, fragte ich.

Henry grinste spitzbübisch. »Glaub mir, nur Ella. Als sie dieses hier anschleppte, hab ich sie für völlig verrückt erklärt, aber ich hab ihr erlaubt, es hier unterzustellen. Ein Freund hatte es ihr geschenkt, als Entschädigung, dass er Wein, den er für sie gekauft hatte, direkt auf einer Auktion mit großem Gewinn weiterveräußert hat. Er hat sie beschissen, weißt du. Sie wollte eine Wiedergutmachung, sie hatte den Wein längst bezahlt. Aber dann machte er Konkurs.«

»Herr C.?«

»Cardosso. Trotz des italienischen Namens war er Franzose. Ihr Hauptlieferant für teure Weine.«

»Erst die Pleite an der Börse, dann der Wein. Sie scheint mit ihren Anlagen ja kein gutes Händchen gehabt zu haben.«

»Wie man's nimmt. Sie hat teure Weine gekauft, weil sie hoffte, dass sie mit den Jahren im Wert noch stiegen. Damit hatte sie nicht ganz unrecht. Daher wollte ich dich daran hindern, die Flaschen zu trinken, bevor du dir einen Überblick verschafft hast. Aber die, die du mir mitgebracht hast, können wir getrost öffnen, die ist auch heute nur wenig mehr als vierzig Euro wert, glaub mir. Es gibt da einen Riesling, von dem müssten fünf Flaschen vorhanden sein, ein Rheingau-Riesling …«

Er legte eine Pause ein, weil ich zusammenzuckte. Reuevoll dachte ich an die zwei Flaschen Kiedricher Trockenbeerenauslese, die ich mit Dieter geleert hatte. Der Schmerz über meinen finanziellen Verlust lebte wieder auf und verdüsterte meine Laune. Sich selbst kann man immer am wenigsten verzeihen.

»Der leckerste Wein, den ich je getrunken habe«, warf ich ein.

Henry holte tief Atem und starrte in die Luft. »Du hast alle fünf …?«, fragte er sacht.

»Drei Flaschen sind noch übrig.«

Auf einmal machte es mir nichts mehr aus, den teuren Wein getrunken zu haben. Ella hatte sich um Konventionen nie geschert, Henry hatte nichts dabei gefunden, ein Skelett im Garten zu vergraben. Verrücktheiten lagen nun mal in der Familie, je eher ich das akzeptierte, desto besser.

Mein Berliner Freund hatte mich inzwischen per Mail über den Wert der Weine auf meiner Liste informiert, er war auf etwa fünftausend Euro gekommen, und ich hatte etwas mehr als ein Drittel der Flaschen aufgelistet. Wenn ich die drei superteuren Flaschen, die Michael entdeckt hatte, dazurechnete und noch ein paar unentdeckte, konnte das ganze Depot beim Verkauf zwanzig- bis fünfundzwanzigtausend Euro einbringen. So weit war ich bereits. Kamen noch die Diamantohrhänger dazu, mit denen jedoch nicht mehr als sechstausend zu erzielen waren, wie Henry mir gesagt hatte. Auch mit dem Verkauf der Vorhänge, des Flügels und allem, was sich sonst an Wertvollem über der Tausendeuromarke in Ellas Besitz befunden hatte, käme ich kaum auf mehr als fünfundvierzigtausend Euro. Das war immer noch zu wenig, um auch nur eine der Hypotheken abzulösen. Wir könnten ein paar Jahre die Zinsen zahlen, aber auf lange Sicht brachte uns das nicht weiter. Nicht so, wie Meggie es sich wünschte.

Beim Frühstück hatte sie mich gefragt, ob wir das Haus nicht behalten könnten.

Ausgeschlossen, hatte ich ihr geantwortet, denk überhaupt nicht darüber nach. Sie wusste längst, dass Henry ihr Großvater war, ich hatte ihr nichts Neues gesagt. Denn auch sie hatte die Geburtsurkunden gefunden und sich alles Übrige zusammengereimt, wobei ihr Henrys Information über seinen Bruder mit dem Asperger-Syndrom sehr geholfen hatte. Mit diesem neuen Großvater war sie einverstanden, falls er nicht verlangte, dass sie zu dem anderen – meinem bisherigen Vater – auf Distanz ging.

»Ist was Besonderes an dem Autowrack, oder warum zeigst du es mir?«, fragte ich.

Es bestand praktisch nur aus der Karosserie mit einer Achse, und vielleicht befanden sich unter der Motorhaube noch ein paar Einzelteile des Motors, aber das konnte ich nicht erkennen. Eines allerdings sah selbst ich: Der Schrotthaufen würde nie wieder fahren.

»Ja, es gehört dir«, sagte Henry.

Na prächtig, dachte ich, hoffentlich steht der Schrottpreis gerade hoch.

Zwei Tage später versprach das Wetter schon am Morgen einen lauen Abend, und wir entschlossen uns spontan, das große Festmahl jetzt schon auszurichten. Henry erwies sich als erstaunlich geschickt darin, die Angebote mehrerer Cateringfirmen zu kombinieren und günstige Preise für uns herauszuschlagen. Seine Polin kam, und Edith und ihr Mann halfen ebenfalls in der Küche aus. Und am späten Nachmittag rumpelte ein Feuerwehrwagen durch die Einfahrt, und ein halbes Dutzend Männer stellte als gut eingespieltes Team Tische und Bänke auf, die sich im Handumdrehen in eine festliche Tafel verwandelten.

Wir waren alle schon sehr, sehr satt, und die Ersten drehten Verdauungsrunden durch den Garten, als mich ein Feuerwehrmann ansprach, ein Freund von Dieter.
»Der Baron hat mir gesagt, das Autowrack im Schuppen gehört dir. Also, ich zahl dir tausend auf die Hand, wenn du's mir verkaufst.«
Tausend Euro für so eine Rostlaube?
»Sag mal, spinnst du?«
»Na gut, sagen wir dreitausend«, sagte er unruhig. »Aber sprich mit keinem drüber, die halten mich sonst für bekloppt.«
Ich winkte Henry, der sich einige Meter entfernt gerade mit Ediths Mann unterhielt. »Kann ich dich kurz sprechen?«, rief ich zu ihm hinüber.
»Er hat gesagt, es gehört dir, du kannst damit machen, was du willst«, beschwor mich Dieters Kumpel.
»Ja, schon, aber es steht hier bei Henry, da müssen wir ihn ja wohl mit einbeziehen.«
Der Mann hielt mich am Ärmel fest, als ich auf Henry zusteuerte. »Aber abgemacht ist abgemacht!«
Ich ließ ihn einfach stehen, hakte mich bei Henry ein und zog ihn sachte mit mir. »Bitte sei so gut und lass uns noch einmal einen Blick auf dieses Autowrack werfen. Das hat gerade einer von der Feuerwehr entdeckt und will es unbedingt haben.«
»Was hat er dir dafür geboten?« Henry grinste listig.
Ich grinste auch, ohne zu wissen, warum.
»Sagenhafte dreitausend Euro! Für so einen Schrotthaufen. Was sagst du dazu?«
Der Feuerwehrmann war uns gefolgt und stand nun neben uns.
»Sauberes Angebot«, meinte Henry.
»Na also, da hörst du's«, sagte Dieters Kumpel erleichtert.
»Aber nur für einen Deppen, der nicht weiß, was es ist«, legte

Henry genussvoll los. »Also, meine Liebe, damit du Bescheid weißt: Es handelt sich um die Karosserie eines Mercedes 300 SL, eines Flügeltürers, der sogar noch beide Flügel hat, und der halbe Motor ist auch noch da. Gebaut ist der Wagen 1956, und es sind nur sehr wenige Exemplare von diesem Modell gefertigt worden. Ganz konservativ veranschlagt, ist das Ding zwischen hundertneunzig- und zweihundertzwanzigtausend Euro wert. Und einen Käufer dafür gibt es auch schon, und damit meine ich nicht Sie.« Henry hielt mit seiner Erklärung inne, und erstaunt bemerkten wir, dass wir allein waren. Dieters Kumpel hatte sich leise verdrückt. »Wir können morgen die Verkaufsverhandlung aufnehmen, wenn du möchtest.« Henry tätschelte mir die Hand.

»Hat Herr Cardosso gewusst, dass es so viel wert ist?«

»Als er es Ella überließ, hatte es noch längst nicht diesen Wert. Es ist noch nicht so lange, dass du mit Schrott dieser Art richtig Geld machen kannst. Ella und ich sind erst vor ein paar Monaten darauf gekommen und hatten gerade angefangen, uns um den Verkauf zu kümmern. Damals waren es nur die Reste eines seltenen und einstmals teuren Autos und alles, was Cardosso anzubieten hatte. Besser das als gar nichts, hat sich Ella gesagt und es genommen.«

Wir grinsten uns an.

Die Lehrerin der Musikschule hatte sich noch mal nach den Kostümen erkundigt, und ich war mittlerweile gar nicht abgeneigt, sie ihr einfach zu schenken. Spontan hatten wir mitten am Tag die Flasche Sekt geleert, die immer noch gut gekühlt im Kühlschrank lag. Mir war auf einmal danach. Ich fühlte mich überhaupt sehr losgelöst von allem, von allem Schrecken hauptsächlich. Irgendwann würde mich der eine oder andere wieder einholen, aber nicht jetzt, nicht heute.

Helen hatte noch nichts von sich hören lassen. Ich sagte mir, dass sie noch Zeit benötigte, bevor sie mit uns, Henry und mir, in aller Ausführlichkeit über unsere seltsamen Familienverhältnisse reden konnte.

»Ach, Henry, hättest du gedacht, dass es ein so zauberhafter Abend wird?«, sagte ich weich und drückte zärtlich seinen Arm.

Um Henrys Augen bildete sich ein Kranz von Lachfältchen. »Aber ja, mein Kind.«

Nachbemerkung

Fällt es Ihnen, liebe Leserin oder lieber Leser, schwer, Abschied von Carlo, Meggie, Henry, Edith und all den anderen zu nehmen? Das würde mich freuen, obwohl ich Ihnen versichere, dass sämtliche Personen dieses Romans von mir frei erfunden sind. Ebenso Hund Tobler und Kater Napoleon. Und die echte freiwillige Feuerwehr von Nienborg hätte sicher völlig anders gehandelt als meine erfundene.
Den Ort Nienborg-Heek samt der Burg Hohes Haus, Carlos Haus (in Nienborg bekannt als Wachtmeisterhaus) und Landesmusikakademie gleich nebenan gibt es aber tatsächlich. Das Innere dieser Gebäude habe ich allerdings den Erfordernissen meiner Geschichte entsprechend umgestaltet. Falls Sie nun aus nostalgischen Gründen daran denken, Nienborg einen Besuch abzustatten, kann ich Ihnen nur lebhaft zuraten. Sie können sogar im Wachtmeisterhaus Quartier beziehen (schauen Sie mal unter www.wachtmeisterhaus.de nach) und einen hervorragenden Apfelkuchen mit Sahne im malerischen Gewölbekeller des Hohen Hauses – der nun als Café dient – oder bei warmem Wetter im Burggarten genießen. Es lohnt sich!

Lustige Gurkenrezepte

Beschwipstes Gurkenwasser

Zutaten für 4 Gläser:
40 cl Whisky
300 cl Weißwein
300 cl Zitronenlimonade
halbe Salatgurke
1 Zitrone
Minze
gestoßenes Eis

Zubereitung:
Gurke und Zitrone zuerst in Scheiben schneiden. Diese vierteln. Whisky und Weißwein mischen.
Eis in die Gläser geben. Zuerst Gurken- und Zitronenstücke, dann das Whisky-Wein-Gemisch hinzugeben und mit Zitronenlimonade auffüllen. Sofort servieren.

Callys Antipasti

20 Cornichons
8 Scheiben Parmaschinken
2 TL Kapern
2 Knoblauchzehen
1 Schalotte frisch
halbe Chilischote frisch
halbes Bund Blattpetersilie
Olivenöl kalt gepresst

Balsamico
Meersalz und Pfeffer aus der Mühle

Zubereitung:
Die Cornichons und den Parmaschinken klein schneiden, Knoblauch, Schalotte und Chili fein hacken, die Kapern grob hacken.
Das Gemüse in eine heiße Pfanne mit Olivenöl geben und andünsten, danach den Schinken mit zugeben und kurz mit durchschwenken.
Am Ende die grob gehackte Blattpetersilie in die Pfanne geben, mit Pfeffer und Salz würzen und mit dem Balsamico ablöschen.
Am besten noch lauwarm mit frischem Baguette oder Ciabatta genießen.

Grüne Leichenfinger

1 Salatgurke
1 Becher Naturjoghurt
1 EL Öl
1 EL Zitronensaft oder Weinessig
1 Prise Salz
1 EL Petersilie gehackt
1 EL Dill gehackt
2 EL Nüsse gehackt

Zubereitung:
Die Gurken waschen, abtrocknen und ungeschält fein hobeln. Joghurt, Öl, Zitronensaft und Salz zu einer Marinade verschlagen und darin Gurke und Kräuter mischen. Mit den gehackten Nüssen bestreuen.

Gurken-Sushi

1 Salatgurke
75 g Reis (Sushi- oder Milchreis)
2 EL Essig (Reisessig)
½ TL Salz
Wasabipaste oder Meerrettich
100 g geräucherter Lachs
Kresse
Zucker
200 ml gesalzenes Wasser

Zubereitung:
Den Reis so lange kalt waschen, bis das Wasser weitestgehend klar bleibt. Dann in 200 ml Salzwasser einmal aufkochen lassen, anschließend bei geringer Hitze mit geschlossenem Deckel in etwa 10 bis 15 Minuten gar kochen.
Den warmen Reis mit Reisessig, Salz und Zucker würzen und abkühlen lassen. Für warmes Sushi den Reis sofort verwenden. Die Salatgurke waschen und schälen. Der Länge nach halbieren und das Kerngehäuse mit einem Teelöffel herauskratzen. Die Innenseite der Gurke mit Wasabipaste oder Meerrettich bestreichen, dann den Reis in die Gurkenhälften geben. Alles

in etwa 2 bis 3 cm große Rauten schneiden. Auf jedes Teil ein wenig Räucherlachs oder je eine Messerspitze Kaviar geben und mit Kresse garniert servieren.
Zum Dippen nach Belieben Sojasauce und zusätzliche Wasabipaste oder Meerrettich bereitstellen.

Pizza *Nienborgan Style*

Zutaten für den Teig:
10 g Hefe
125 ml Wasser
200 g Dinkelweißmehl
½ TL Meersalz
1 EL Olivenöl

für die Tomatensauce:
1 kleine Zwiebel
1 EL Olivenöl
2 Knoblauchzehen
1 Dose geschälte Tomaten
3 EL Tomatenmark
Meersalz
Pfeffer
1 TL frischer oder getrockneter Oregano

für den Belag:
6 Gewürzgurken
150 g Mozzarella
3 Wiener Würstchen

Zubereitung:
Die Hefe mit 2 EL Wasser flüssig rühren. Das Mehl mit dem Salz in einer Schüssel mischen. Restliches Wasser, Olivenöl und angerührte Hefe dazugeben, zu einem geschmeidigen Teig kneten, ggf. etwas Wasser oder Mehl hinzufügen. Den Teig zugedeckt an einem warmen Ort auf das doppelte Volumen aufgehen lassen.
Für die Tomatensauce die Zwiebel fein hacken und im Öl dünsten, den Knoblauch dazupressen. Die grob gehackten Tomaten und das Tomatenmark beifügen. Die Sauce mit Salz, Pfeffer und Oregano würzen und offen bei schwacher Hitze unter gelegentlichem Rühren etwa 20 Minuten köcheln lassen. Den Backofen auf 220 Grad vorheizen.
Mozzarella in kleine Würfel, Wiener und Gewürzgurken in Scheiben schneiden. Den Teig rund ausrollen und ein eingefettetes Kuchenblech damit auslegen. Die saure Sahne darauf ausstreichen. Mit Tomatensauce bestreichen. Wiener- und Gurkenscheiben und Mozzarellawürfel darauf verteilen.
Die Pizza im vorgeheizten Backofen bei 220 Grad auf mittlerem Einschub rund 20 Minuten backen.

Nachbar-Epping-Salat

(Gurken-Apfel-Salat)

1 Salatgurke
1 Apfel, säuerlich
1 Zwiebel
½ TL Salz
2 EL Zucker
3 EL Miracel Whip
3 Cornichons
150 g Wurst (Mortadella oder Kochschinken)
Pfeffer aus der Mühle
Kräutersalz
Dillspitzen

Zubereitung:
Die Gurke schälen und in dünne Scheiben hobeln. Zwiebel und Apfel schälen und fein würfeln. Mit Salz und Zucker mischen. Mindestens 2 Stunden (am besten über Nacht) kühl ziehen lassen.
In der Zwischenzeit die übrigen Zutaten mischen und mit Pfeffer, Kräutersalz und Dillspitzen würzen. Zum Schluss nur noch beides vermengen.

Kittelschürzensalat

(Kartoffel-Gurken-Salat)

1 kg festkochende Kartoffeln
1 große Zwiebel
250 ml kräftige Gemüsebrühe
1 EL Senf
4 EL Weißweinessig
1 große Salatgurke
2 Frühlingszwiebeln
4 EL Öl (Sonnenblume oder Raps)
Petersilie
Salz, Pfeffer

Zubereitung:
Die Kartoffeln kochen, pellen und noch warm in Scheiben schneiden.
Die Zwiebel in kleine Würfel schneiden und mit der heißen Brühe übergießen. Anschließend mit Senf und Essig verrühren und über die Kartoffeln geben. Etwa 2 Stunden ziehen lassen.
Die Gurke der Länge nach halbieren und mit einem kleinen Löffel das Kerngehäuse auskratzen. In dünne Scheiben schneiden. Die Frühlingszwiebeln halbieren und ebenfalls klein schneiden. Zusammen mit dem Öl unter die Kartoffeln geben und nochmals etwa eine halbe Stunde ziehen lassen.
Mit Salz, Pfeffer und Petersilie abschmecken.

Schaf im Gurkenbeet No. 1 – Vorspeise

(Gurken-Carpaccio mit Feta)

200 g Gurke
12 Radieschen
4 EL Balsamico
4 EL Olivenöl
1 Prise Kräutersalz
1 Prise Pfeffer
4 EL Sprossen
1 EL Salatkräuter
120 g Feta

Zubereitung:
Gurke und Radieschen gründlich waschen, in feine Scheiben schneiden und auf einem großen Teller arrangieren. Sprossen und Kräuter darüberstreuen. Den Ziegenkäse würfeln und ebenfalls dazugeben. Balsamico, Olivenöl, Kräutersalz und Pfeffer zu einem Dressing rühren und das Ganze damit beträufeln. Dazu passt frischgebackenes Vollkornbrot.

Schaf im Gurkenbeet No. 2 – Hauptgericht

(Lammschulter auf Gurkenragout)

2 Lammschultern, entbeint, gerollt und gebunden
Salz
frisch gemahlener Pfeffer
125 ml Olivenöl
3 Salatgurken
1 Zwiebel
1 Knoblauchzehe
300 g saure Sahne
1 Bund Dill

Zubereitung:
Lammschulter mit Salz und Pfeffer würzen. 75 ml von 125 ml Öl in einem Bräter erhitzen, das Fleisch darin von allen Seiten gut anbraten, auf den Rost in den vorgeheizten Backofen schieben und ca. anderthalb Stunden braten und dabei mehrmals mit 2 bis 3 EL heißem Wasser begießen.
Die Salatgurken waschen, längs vierteln, entkernen, würfeln und mit Pfeffer bestreuen. Zwiebel und Knoblauch fein würfeln, im restlichen Öl glasig dünsten, die Gurken hinzufügen, mit andünsten und die saure Sahne unterrühren. Das Gemüse 10 Minuten schmoren lassen. Zuletzt den fein gehackten Dill unterrühren. Die garen Lammschultern auf dem Gurkengemüse anrichten. Als Beilage servieren Sie Kartoffeln nach Wahl.